대장부의 꿈

임진왜란 명장수 6

대장부의 꿈

임란 때 충(忠)과 효(孝)를 다한 모의장군 최대성 이야기

정찬주 장편소설

여백

작가의 말

효(孝)에서 충(忠)을 꽃피운 최대성 모의장군

　가을을 알리는 금목서 향기가 코를 찌른다. 반면에 차꽃 향기는 은은하여 귀로 듣는 듯하다. 이불재 게양대에 태극기를 달려고 현관을 나서는데 다가오는 금목서와 차꽃 향기다. 오늘은 한글날이다.
　사립문 앞 이불재 입구에는 게양대가 두 개 있는데, 나는 두 게양대에 모두 태극기를 각각 달았다. 한문을 모르는 백성을 위해 한글을 창안한(創) 세종대왕과, 범자(산스크리트어)에 능통했고 세종대왕이 신뢰했던 신미대사를 생각하며 그랬다. 신미대사는 세종대왕의 지시를 받아 소리글자 범자를 참고하여 한글을 만든[製] 고승이다. 군신(君臣)과 유불(儒佛) 갈등을 극복하고 산 같은 두 분의 노고가 합쳐진 것이 한글 창제인 것이다. 마치 진흙탕 속에서 한글이란 연꽃을 피운 셈이 아닐까 싶다.
　모국어로 소설을 밥 삼아 써온 작가로서 고맙기 그지없는 분들이다. 모국어는 공기와 같이 그 고마움을 잊기 쉽지만, 작가이기 때문인지 한글날 아침이 새삼스럽다. 모의장군 최대성 의병장 일대기인 장편소설《대장부의 꿈》집필이 만족스럽게 끝났으므로 더 그런지도 모르겠다.

모의장군 최대성 의병장은 임란 때 이순신 휘하 전라좌수군 한후장과 최측근 대솔군관으로 활약하다가 고향 보성으로 돌아와 왜적과 맞서 싸우던 중에 순절한 장수이다. 왜적에 맞서 고향을 지키다가 순절한 충절의 장수들은 많지 않다. 그런 면에서 최대성은 누구보다도 고향을 사랑했던 장수인 것이다.

나는 그 점을 소설 속에서 부각시키려고 힘썼다. 즉 최대성이 무과 급제한 뒤 한양 훈련원에서 출세의 길을 포기하고 왜구들 노략질이 빈번한 고향 보성을 지키고자 사직하고 귀향하는 그의 결단에 주목했다. 그의 결단은 이미 무과급제하고 나서 바로 고향으로 가던 중 금강에서 스스로 맹세하며 지은 시에서도 여실히 드러나 있음을 알 수 있다.

붓을 놓은 서생이 한번 벼슬길에 나서니
푸른 하늘, 큰길에도 흙먼지 날리는구나
대장부가 어찌 향리에서 늙을 수 있으리
바람 타고 왜구 물리칠 것을 맹세하노라.

참고로 제목을 《대장부의 꿈》이라고 지은 것도 사실은 이 시 구절에서 착안했음을 밝힌다. 이 시에는 문무를 겸비한 최대성의 꿈이 잘 표현돼 있다. 벼슬하여 입신양명하기보다는, 혹은 고향에서 편안한 학문 연마나 수덕(修德)보다는 대장부로서 왜구를 물리치겠다고 맹세하고 있는 것이다.

또한 나는 최대성의 일대기를 영웅주의 관점을 버리고 가능한 한 인간 최대성을 그리려고 했다는 점을 강조하고 싶다. 부자지간의 애틋한 사랑, 부모에 대한 지극한 효심, 호연지기를 기르기 위한 등산, 스승에 대한 순수한 존경심, 병사한 아내를 향한 슬픔과 눈물, 전투 때의 인간적인 고뇌와 전우애, 반상의 경계를 뛰어넘는 가노와 형제처럼 지내는 우애 등등 오늘날 우리 같은 감정으로 살았던 따뜻한 인물로 그려야만 그를 잊지 않고 친근하고 정겹게 기억할 수 있을 것 같아서였다.

그뿐만 아니라 점점 원형이 사라져가는 돌잔치나 농악, 상량식, 전통 혼례와 상례 같은 풍습도 비교적 상세하게 그렸다. 연재하는 동안 연세 지긋한 독자들이 그 시절이 생각난다며 호응해 주어 작가로서 흐뭇했던 기억이 난다. 무엇보다 표준말을 사용하지 않고 향토 언어로 보성 사람들의 언행과 감정을 리얼하게 형상화하려고 노력했다는 점도 자부심을 갖지 않을 수 없을 것 같다.

끝으로 '작가의 말'을 마치려고 하니 감사드리고 싶은 분들이 떠오른다. 최대성 일대기 소설을 보성 의병사 재조명 차원에서 제의하신 보성군수 김철우 군수님, 보성군 홈페이지에 《대장부의 꿈》이 연재되는 동안 수고한 담당 공무원, 최대성 관련 자료를 성의껏 제공한 최규환 선생, 매회 댓글로 응원해준 이남섭 시인, 조영을 선생, 이창열 선생, 안병준 선생, 김기완 시인, 오탈자를 지적해준 최일선 선생과 원고를 송고하기 전에 첫 독자로서 교정을 본 아내 호연 등등이다.

 출판 경기가 최악인데도 선뜻 출판을 맡아준 여백출판사 김태윤 대표와 편집부 여러분에게도 이 지면을 빌어 고마움을 전하고 싶다. 《대장부의 꿈》을 집필한 작가로서 바람이 하나 있다면 효(孝)에서 충(忠)을 꽃피운 모의장군 최대성 의병장을 잊지 않기를 부탁드린다. 효심과 충심은 한국인의 정체성이자 우리가 결코 잊어서는 안 될 덕목이기에 더욱 그렇다.

2025년 한글날 아침에, 이불재에서
벽록 무염 정찬주

차례

작가의 말
효(孝)에서 충(忠)을 꽃피운 최대성 모의장군 4

초암산 정기 13
돌잔치 23
을묘왜변 33
서당공부 43
대장부의 산 53
우계정 입실 63
충효당 73
아내 진원 박씨의 죽음 83
활쏘기대회 94
무과급제 104

훈련원 사직 114

열선루 회동 125

전라좌수영 지원 136

유비무환 1 146

유비무환 2 156

본영 거북선 166

거북선 화포 시범사격 176

왜군 침략 186

이순신의 장계 196

전선(戰船) 점고 206

출전 제문 216

경상도 출전 226

폭풍전야 236

옥포해전 246

부모 생각 256

2차 출전 267

특별휴가 278

사곡마을 가는 길 288

부모 봉양 298

3차 출전 308

연전연승 318

효(孝)와 충(忠) 328

5차 출전 338

싸움을 피하는 왜적 348

모의장군 358

어명이오! 369

보성, 흥양의병군 합동전투 380

거차포전투 390

안치혈투 400

에필로그 410

초암산 정기

아침저녁으로 휘파람새가 우짖었다. 농사 준비로 일손이 바빠지는 철이었다. 농사꾼들은 하루 종일 논밭으로 나가 살았다. 가랑비가 내리는 날에도 도롱이를 걸치고 나가서 이랑을 만들고 도랑을 쳤다. 부지깽이도 일손을 거든다는 농번기였다.

보성군 사곡마을에 사는 경주 최씨 최한손(崔漢孫)은 부농이었다. 그의 조부 진사 최윤지(崔潤地)가 사곡마을에 터를 잡았으며, 전답을 불려 가문을 흥하게 한 이는 종5품의 도사(都事)를 지낸 아버지 최계전(崔繼田)이었다. 그런데 경주 최씨 일가의 자제들 중에 몇몇은 농사는 노비들에게 맡기고 서당을 출입하면서 공맹의 학문뿐만 아니라 활쏘기나 검술을 익혔다. 바다가 한나절 거리에 있으므로 왜구들의 습격에 대비해야 한다는 경계심이 팽배했던 것이다. 왜구에 대한 경계심은 남해 바닷가 어부들은 물론이거니와 사곡마을처럼 산자락으로 둘러싸인 지형의 사람이라고 해서 예외는 아니었다.

사곡마을은 동북쪽으로 높이 솟구친 초암산, 서쪽으로 최일봉, 남쪽으로 감바우산이 보이는 양지바른 산자락 밑에 있었다. 벼슬길에 나가지 않고 마을유지로 살고 있는 최한손의 논밭은 서쪽의 보성강변까지

널려 있어 십여 명의 노비들이 농사를 지었다. 최한손은 출사하지는 못했지만 부러울 것이 없었다. 다만, 절실한 소원이 하나 있다면 가문을 일으킬 아들 하나를 갖는 것이었다. 작년에 시집온 그의 아내 광주(廣州) 이씨가 삼십대 중반인 남편의 마음을 모를 리 없었다.

진달래꽃이 초암산 산자락에 화사하게 핀 아침이었다. 광주 이씨가 최한손에게 시집온 지 1년여 만이었다. 광주 이씨가 안채 사랑방 문을 열고 들어왔다.

"임자, 진달래화전 지져묵는 봄날인디 답청이라도 댕겨오씨요."

"지는 이녁 맴을 잘 알지라우. 근디 어처께 속 읎이 진달래화전을 지져묵는다요."

"맴을 편허게 가지라고 헌 말이요."

"오늘은 답청 대신에 쩌그 깔그막을 올라가 볼라요."

아내 광주 이씨가 혼자서 초암산을 갔다가 온다는 말에 최한손이 놀랐다.

"험헌 깔그막을 혼자 갔다 온다는 말이요?"

"실은 말인디요…"

최한손은 아내의 속엣말이 나올 때까지 기다렸다. 아침 햇살이 사랑방에 한 줄기 쏟아져 들어오고 있었다. 광주 이씨가 말했다.

"아무래도 거그 동굴에 정한수 떠놓고 빌어 볼라요."

"허허허."

최한손은 아내의 마음을 알기 때문에 만류하지 않았다. 혼인한 지 1년이 지나가는데, 아직도 아내에게 태기가 없기 때문이었다. 다만 아내가 혼자서 초암산 동굴까지 간다는 것은 위험한 일이어서 은근히 걱정이 되었다.
"임자, 설마 혼자 올라가는 것은 아니지라우?"
"부엌데기를 델꼬 갈라고 헝마요."
"머심 서넛 붙여줄텡께 댕겨오시오."
초암산 산길을 훤히 아는 가노 서너 명이 길잡이 노릇을 해야만 최한손은 안심할 수 있을 것 같았다.
"에리기는 헌디 영리헌 두리동 성제를 앞세우고 가믄 좋겄소."
가노 중에서도 어리지만 눈치 빠른 두리동 형제가 초암산으로 땔나무를 하러 자주 다녔으니 산길에 밝을 터였다. 11살 두리동은 형이었고, 갑술은 동생이었다. 형제가 노비로 최한손에게 맡겨진 것은 천민이었던 부모가 모두 일찍 죽었기 때문이었다.
"그라믄 좋지라우. 걱정 마시씨요."
"갈라믄 핑 댕겨 오씨요."
최한손은 힘깨나 쓰는 가노 두 명을 더 붙여주었다. 두리동 형제가 길잡이를 하고 힘이 장사인 가노 두 명이 광주 이씨를 호위하면 별 탈은 없을 터였다. 최한손은 두리동을 불러 단단히 주의를 주었다.
"시상이 어수선헝께 조심해야 헌다. 동쪽 오랑캐덜이 은제 나타날지 모릉께 말이다."
"예, 주인 어르신. 지는 동굴 가는 지름길을 알고 있어라우. 염려 마시지라우."
"느그 성제보다 심이 좋은 두어 명도 함께 갈 것이다. 기도가 끝나는 대로 얼릉 귀가허그라."
"해찰 부리지 않겄습니다요. 글고 정한수를 담을라믄 사발도 한 개

필요허겄습니다요."

"아참, 거기까지는 생각을 못했다. 부엌데기헌테 가서 한 개 달라고 허그라."

두리동은 하나를 말하면 두 가지를 생각하는 어린 가노였다. 최한손은 두리동이 가노 신분이지만 총애했다. 만약에 자식을 얻는다면 두리동 형제와 가깝게 지내도록 허락하고 싶었다. 두리동이 명석한 데다 게으르지 않았기 때문이었다.

초암산 동굴까지 가는데 산길은 두 갈래였다. 한 길은 멀리 돌아서 가기는 하지만 완만하고, 또 한 길은 가까운 지름길이지만 가팔랐다. 두리동은 최한손이 빨리 다녀오라고 지시했으므로 지름길로 안내했다.

"마님, 심들믄 말씸허시지라우. 이 길은 지름길인디 싸게 갈 수는 없어라우."

"알았응께 앞에 서그라."

산길은 생각보다는 가파르지 않았다. 또한 이 정도의 경사는 광주 이씨도 익숙했다. 시집 오기 전에 광주 이씨 선산을 아버지 이유정(李有廷)을 따라서 자주 갔던 것이다. 광주 이씨는 다리가 뻐근해지면 산자락에 눈을 주면서 쉬곤 했다. 산자락에는 산불이 난 듯 진달래꽃이 군데군데 무더기로 피어 있었다.

동굴은 초암산 정상 아래에 있었다. 동굴 초입에 옹달샘이 하나 있는데 산짐승들이 목을 축이고 가는 샘이었다. 동굴 안쪽에서 찔끔찔끔 나오는 물이 고여서 생긴 옹달샘이었다. 두리동이 말했다.

"주인 어르신께서 사발을 하나 갖고 가라고 했그만요."

"기도허고 잦다는 생각만 했제, 하마트라믄 잊어불 뻔했구나."
　광주 이씨는 사발에 옹달샘 물을 떠서 동굴 안으로 들어갔다. 동굴은 안방처럼 제법 넓었고 안까지 햇빛이 들어와 환했다. 누군가가 와서 기도하고 갔는지 보시기 하나가 덩그러니 놓여 있었다. 실제로 사곡마을 아녀자들이 소원을 빌고 싶으면 산신령이 산다는 동굴까지 올라와서 기도하곤 했다. 광주 이씨가 동굴에 오려고 했던 것도 마을 친지에게 그런 사실을 전해 듣고 마음을 냈던 것이다.
　두리동과 갑술이 솔가지를 꺾어와 광주 이씨에게 건네주었다. 솔가지는 산신령에게 누가 왔다는 표시였다. 광주 이씨는 옹달샘 물이 담긴 사발을 향해서 천천히 세 번 큰절을 했다. 마음속으로는 아기를 갖게 해달라고 산신령에게 빌었다. 두리동 형제는 옆에서 어른거리면 기도를 방해할 것 같아 동굴 밖으로 나와 경계를 섰다. 한참 만에 광주 이씨가 동굴 밖으로 나왔다. 두리동이 말했다.
　"마님, 사발을 가지고 올께라우?"
　"그냥 두그라. 또 올지 모릉께."
　"기도가 한번으로 끝나불믄 좋겄는디요잉."
　"그라믄 을매나 좋겄느냐. 한번으로 들어주지 않으믄 또 와야제."
　광주 이씨는 옹달샘 가에 있는 표주박으로 물을 떠서 몇 모금 마셨다. 차가운 옹달샘 물은 사곡마을 샘물보다 무겁고 차가웠다. 찬물이 목구멍을 타고 넘어가자 진저리가 쳐졌다. 하산할 때는 반드시 약수인 옹달샘 물을 몇 모금 마시고 내려와야 한다는 말을 마을 친지에게 들었던 것이다.
　광주 이씨는 아침 햇살에 눈이 부시어 얼굴을 찡그렸다. 광주 이씨를 동굴까지 호위해 온 건장한 노비 두 명은 소나무 그늘에서 쿨쿨 잠을 자고 있었다. 갑술이 그들을 깨웠다.

"성, 일어나부러. 마님이 가신당께."

"내부러둬라. 요새 보성강변에 있는 논까지 댕기니라고 고단헌 모냥이다."

광주 이씨는 그들이 깰 때까지 동굴 입구에 앉아서 산 아래를 내려다보았다. 남쪽 멀리 바다가 흐릿하게 보일락 말락 했다. 안치를 지나 한나절을 더 걸어가야 나오는 그곳이 예진일 것이었다. 예진은 고깃배가 드나드는 작은 포구였다.

2년 후.

드디어 광주 이씨는 임신을 했다. 그녀는 초암산 동굴로 올라가 기도를 한 결과라고 믿었다. 초암산 산신령이 점지해 주었다고 믿지 않을 수 없었다. 최한손도 마찬가지였다. 그동안 기도를 한 번만 하고 만 것이 아니라 여러 차례 지극정성으로 해왔기 때문이었다.

최한손은 자정 무렵 안방으로 들어와 광주 이씨 옆에 누웠다. 등잔불을 껐지만 방안은 어둡지 않았다. 방문을 투과한 달빛이 방 안을 희미하게 밝히고 있었다. 밖은 보름달이 중천에 높이 떠서 휘영청 더 밝았다.

"임자가 애를 쓴 덕분이오."

"지가 애를 썼다기보다 산신령님 덕분이지라우."

"개흥사 주지스님이 그리시대. 자작자수(自作自受), 복이란 자기가 지어서 자기가 받는 것이라고."

개흥사는 사곡마을 남쪽 바닷가 오봉산에 있는 큰 절이었다. 사곡마을까지 때가 되면 정기적으로 탁발을 나오는 개흥사 스님들은 경주 최씨 일가와 가깝게 지내온 사이였다. 경주 최씨들은 추수철이 되면 개흥사에 곡물을 크게 보시하고, 또 개흥사 스님들은 경주 최씨 일가의 소원성취를 위해 초하룻날마다 기도해주곤 했던 것이다. 그러니까 개흥사는 경주 최씨의 원찰(願刹)인 셈이었다.

최한손이 아내 광주 이씨의 배를 가만히 만졌다. 그러나 태아의 꿈틀거림은 없었다. 서너 달은 더 기다려야 느껴질 터였다.

"임자, 애기 이름은 지어두었소?"

"아들인지 딸인지 아직 모른디 어처께 작명허겄소."

"방법이 있지라우. 아들 이름 하나, 딸 이름 하나 지으믄 되겠지라우."

"그러고 봉께 아버님께서 지어놓으신 아들 이름이 생각나요."

"뭣인디요?"

"대성(大晟)이라고 헙디다만."

"뭔 뜻이당가요?"

"큰 대(大) 자에다 밝을 성(晟) 자인디, 뜻풀이를 허자믄 시상을 크게 밝게 허는 인물이 되라는 것이오."

"큰 인물이 되라는 이름이그만요. 오메, 좋아부요."

"또 다르게 풀어보자믄 밝을 성(晟)자는 해 일(日)허고, 이룰 성(成)자가 합쳐진 자거든. 밝은 해멩키로 시상에 빛을 주는 사람이 되라는 뜻이여. 아조 큰 인물이나 가질 수 있는 이름이제."

"문식이 짚으신 아버님이 미리 아들 이름을 지어놓았다고 허신께 으쩐지 아들일 것 같그만요."

"임자만 그란 게 아니라 나 생각도 그라요."

최한손은 안방을 나와 보름달 아래서 심호흡을 했다. 광주 이씨와 혼인한 지 수년 만에 비로소 자식을 갖는다고 생각하니 마음이 격동되었다. 그러고 보니 1년 전에 아버지 최계전이 준 활과 칼이 예사롭지 않게 느껴졌다. 그 활과 칼은 아버지 최계전이 애지중지하여 늘 사랑방 한편에 놓아둔 소장품이었던 것이다.

'아버지께서는 아들을 낳을 줄 아셨던 것일까.'

한 번도 그 활과 칼에 대해서 깊이 생각해 보지 않았는데, 아내가 임신한 것 같다고 하니 그것들이 의미심장하게 다가왔다. 활과 칼은 남자를 상징하는 무기들이었다. 만약에 아버지가, 그럴 일은 없었겠지만 실과 바늘을 주었다면 당연히 최한손은 딸아이를 생각했을 터였다. 아버지 최계전의 예감인지, 아니면 손자 얻기를 바라는 강한 소원이었는지는 모르겠지만 활과 칼은 대장부의 손에 있어야 할 상징물인 것만은 분명했다.

그런 생각이 들자, 최한손은 잠을 이루지 못했다. 아내 광주 이씨가 이미 아들을 임신한 것 같은 예감이 강하게 들어서였다. 최한손은 뒤척거리다가 꼭두새벽을 맞이했다. 멀리서 첫닭 우는 소리가 들려왔다. 별채 사랑방에는 벌써 등잔불이 켜져 있었다. 최한손의 아버지 최계전은 늘 꼭두새벽에 일어나 서책을 읽곤 했던 것이다. 일찍이 출사하여 벼슬이 도사밖에 이르지 못했지만 학식의 깊이로 치자면 조정의 육조 판서 못지않았다. 그러나 최계전은 공명보다는 덕을 닦는 수덕(修德)을 중요하게 여기어 낙담한 적이 없었다. 최계전은 방 벽에 '안분지족(安分

知足'이라고 쓴 붓글씨를 붙여놓고 살 정도였다. 안분지족이란 원하는 바를 크게 이루지는 못했지만 분수대로 편안하게 살고 만족할 줄 안다는 뜻이었다. 최한손은 별채 사랑방으로 들어가 다른 날보다 이른 문안인사를 드렸다.

"오늘은 빠르구나. 으쩐 일이냐?"
"희소식을 말씸드릴라고 일찍 왔그만요."
"애비를 기쁘게 허는 소식이라고 허니 얼릉 듣고 잪구나."
"아버님, 안사람에게 태기가 있그만요."
"허허. 우리 집안에 희소식이 분명허고나. 아직 성별은 모르지야?"
"아니그만요. 1년 전에 아버님께서 주신 활과 칼이 태몽 같어라우."
"허허허. 그건 개흥사 스님이 가져온 선물일 뿐이다."
"글고 아버님께서 미리 손자 이름을 지어주신 적도 있고라우."
"고것도 서책을 보다가 큰 대와 밝은 성 자가 좋아서 조합해 본 것일 뿐이었제."
"그라시더라도 지는 아버님의 짚은 뜻이 담긴 말씸이라고 보그만요."
"애비 말을 허투루 듣지 않는 것이 고맙기는 허다만 내 뜻이 있다믄 나는 손자가 학문을 허는 인물이 되기를 바랄 뿐이다. 초암산 정기를 받은 태기는 새애기의 정성이 하늘을 감동시킨 것이라고 생각헌다. 《중용》에 나오지 않느냐."

육십대 후반의 최계전이 눈을 감고 《중용》 한 구절을 읊조렸다.

정성이라는 것은 하늘의 도(道)요, 정성스럽게 되고자 하는 것은 사람의 도(道)다. 정성이라는 것은 힘쓰지 않아도 들어맞고[中] 생각지 않아도 얻으며 조용히 도(道)에 들어맞나니[中] 성인(聖人)이시다. 정성스럽게 되고자 하는 사람은 선(善)을 택하여 굳게 잡고 나아가는 사람이다.

 誠者 天地道也 誠之者 人之道也
 誠者 不勉而中 不思而得 從容中道 聖人也
 誠之者 擇善而固 執者也.

그제야 최한손은 아버지 최계전의 마음을 이해했다. 최계전은 자신이 이루지 못했던 꿈을 앞으로 태어날 손자가 반드시 펼쳐 주기를 바랐고, 그 마음이 누구보다도 간절했다는 것을 깨달았다. 그래서 소장해 오던 활과 칼을 최한손에게 건네주고 태어날 아기 이름을 대성이라고 지어 주었을 것이라고 믿었다. 이런 일 또한 최계전의 정성이라고 할 수밖에 없었다.

돌잔치

 구름 사이로 햇살이 빛기둥처럼 쏟아졌다. 장대한 빛기둥이 초암산 산허리까지 내려왔다. 최한손 집에 모여든 사람들이 하늘을 우러러보며 탄성을 내질렀다. 최한손과 광주 이씨가 낳은 아기의 돌잔치가 열리는 날이었다. 이른 새벽부터 부엌을 들락거리던 여종들의 발걸음은 초암산 너머에서 아침 해가 떠오른 이후에도 여전히 바빴다. 가노 노비들 역시 원근각처에서 오는 손님들을 안내하느라고 안채와 별채를 잰걸음으로 돌아다녔다. 농악대는 뒷마당에서 꽹과리를 든 상쇠 지휘로 슬슬 몸을 풀었다. 건장한 농악대원 어깨에 올라타고서 춤을 추는 무동이까지 데리고 온 규모가 큰 농악대였다.
 돌잔치는 광주 이씨의 아기가 여종의 품에 안겨 안채 대청마루에 등장하면서 시작했다. 최한손의 아버지 최계전이 손자인 아기를 건네받자, 최한손이 마당을 가득 메운 손님들을 향해 "채린 것은 읎지만 많이 드시지라." 하고 말하면서 목례했다.
 이에 손님들이 박수로 돌잔치를 축하했다. 토방에는 손님들이 가져온 선물들이 가득했다. 이윽고 돌잔치 중에서 가장 관심을 끄는 순서로 이어졌다. 8폭 산수화 병풍 앞에 한쪽에는 활과 칼, 또 다른 쪽에는 붓과 벼루가 놓여 있었다. 활과 칼은 집안 소장품이었고, 붓과 벼루는 최한손이 평소에 애용하는 문방사우 가운데 하나였다. 최한손의 아내 광주 이씨가 아기를 대청마루에 내려놓으면서 병풍을 손으로 가리켰다.

"아가, 쩌그를 봐라. 우리 아가 뭣이 좋을까?"

그래도 아기는 모여든 사람들을 보고 놀랐는지 가만히 있었다. 그러자 광주 이씨가 일어나 병풍 앞으로 가서 아기를 불렀다. 아기가 병풍 쪽으로 기어가는 동안 최한손은 마음속으로 은근히 빌면서 중얼거렸다.

'아가야, 붓을 잡든지 베루를 잡아라이잉.'

아기가 아버지 최한손의 마음과 통했는지 붓과 벼루 쪽으로 기어갔다. 마당에서 지켜보고 있는 손님 중에는 고개를 끄덕거리는 사초마을의 유생 이욱도 있었다. 초암산 정기를 받은 사곡마을의 경주 최씨 중에서 언젠가는 큰 인물이 날 것이라고 소문이 자자했던 것이다. 이십 대 초반의 이욱은 대청마루 쪽으로 가까이 오더니 크게 말했다.

"아재, 지가 본께 큰 선비가 되겄그만요!"

이욱은 최한손을 아재라고 불렀다. 그러나 실제로는 남이었다.

"고맙네야."

사람들에게 촉망받아온 유생 이욱의 조부는 이극평이었고, 아버지는 이형운이었다. 선조 대대로 경기도 광주에서 살던 이극평은 벼슬에 뜻을 두지 않은 은둔 처사였다. 뿐만 아니라 전라도 지리산 부근으로 내려와 살면서 유배중인 조광조를 찾아갔을 만큼 개결한 사람이었다. 그의 아들 이형운 역시 조광조를 흠모했고, 아버지에게 물려받은 재산이 없어 곡성 땅에서 근근이 연명했다.

이형운의 아들 이욱이 그나마 사초마을에 터를 잡아 집안을 조금 일으키고 있는바, 경기도 광주에 살던 인척들도 하나 둘 내려와 합류했다. 그러니 지금의 사초마을은 광주 이씨 집성촌이라고 해도 과언이 아니었다.

삼십대 후반의 최한손은 사초마을에서 온 이욱에게 축하의 말을 듣고는 흐뭇해했다. 가노 두리동을 불러 이욱을 따로 만사정(曼思亭)으로 안내하도록 시켰다. 만사정은 최한손의 조부 진사 최윤지(崔潤地)가 서책을 읽던 정자로 사곡마을 위쪽 자드락길 끝에 있었는데, 최한손은 따로 접대할 손님은 반드시 그곳으로 초대했다.

그런데 벼루가 있는 쪽으로 기어가던 아기가 갑자기 방향을 틀어 활과 칼 쪽으로 고사리 같은 손을 내밀었다. 활과 칼이 놓여 있는 쪽으로 가겠다는 몸짓이었다. 광주 이씨가 아기를 제지하려고 했지만 소용없었다. 아기는 방긋방긋 웃으면서 벌써 활에 손을 뻗고 있었다. 마당에 모인 손님들은 최한손 부부의 마음을 알 리 없었다. 아기가 오른손으로 활을 잡고 왼손으로 칼을 잡자 모두가 탄복했다. 손님 중에 누군가가 말했다.

"깟난애기가 낸중에 장군이 되겠그만요!"

"칼을 잡은 것을 본께 야무지겠어라우!"

"깟난애기 이름이 뭐이다요?"

"대성이라 허요."

"아따, 크게 성공해불겄소."

최한손이 아기가 활과 칼을 잡은 것에 대한 아쉬움을 접고 말했다.

"쪼끔 더 말씸드리자믄 시상을 크게 빛나게 허라고 지은 이름이그만요."

"칼허고 활을 잡어부렀는디 그랬지라우."

그러자 옆에 있던 손님이 점잖게 맞장구를 쳤다.

"왜구덜이 또 은제 쳐들어올지 모른께 우리 마실에 장군이 나와야지라. 깟난애기가 장성허믄 이름값 쪼깐 허겄그만요."

그제야 최한손은 점잖은 손님을 바라보았다. 용산마을에서 온 이십 대 후반의 박광전이었다. 최한손은 곧 자리에서 일어나 토방 아래로 내려가 그를 맞았다.

"몰라 봤그만. 축하하러 여그까지 와부렀는디."

"지가 사는 용산이나 사초나 여그 사곡이나 모다 지근거린께 경사가 있으믄 얼릉 와야지라."

"여그 와서 시간을 낭비허기보담 조용헌 디서 제자덜을 갈쳐야 헐 사람이라서 더 미안허고 고맙그만."

박광전은 좀 전에 만사정으로 자리를 옮긴 이욱과 호형호제하는 사이였다. 박광전이 이욱보다 5세 연상인데, 문장을 공부하는 사장(詞章)보다 인격도야의 수덕(修德)을 중요하게 여기어 서로가 뜻이 맞았던 것이다. 두 사람은 입신양명을 꿈꾸며 문장 공부에 몰두하는 유생들의 태도와 달리 스스로 덕을 닦는 위기지학(爲己之學)에만 관심을 두었다. 최한손은 얼른 갑술을 불렀다.

"갑술아, 얼릉 만사정으로 안내허그라."

"예, 어르신."

"근디 오늘 죽천에 가서 볼 일이 있은께 지는 빨리 일어나불라요."

"쪼깜 더 쉬다가 가시제. 거그 가믄 좋아허는 유생이 있그만."
"누군디요?"
"가보믄 알겄제. 성님 동상 허는 사인께."
박광전은 그제야 눈치를 채고 말했다.
"아, 알겄그만요. 사초 동상이 왔그만요."
박광전이 말한 '사초 동상'이란 이욱이었다.
"가보문 알겄제잉."
"만사정에 들렀다가 갈게라."
박광전이 갑술이의 안내를 받아 자리에서 뜨고, 최한손이 다시 대청마루로 올라갔다. 그러자 그때부터 안채와 별채 사이에서 손을 맞추던 농악대가 안채 마당으로 나왔다. 최한손에게 곡물을 받기로 하고 보성읍성에서 달려온 농악대였다. 징과 장구, 꽹과리, 북, 피리 등을 가진 대원들과 어린 무동까지 안채 토방 아래서 대청마루를 향해 일렬로 섰다. 이윽고 꽹과리를 바로 잡은 상모 차림의 상쇠가 대청마루 한 가운데 앉은 최계전을 향해 고개 숙이며 고축했다.

〈천지신명께 빌어불라요.
사곡마실 여그 어르신 집안에 복을 겁나게 많이 주시고
새로 태어난 도련님에게도 복을 쏘내기 뿌리듯 허시고
어르신 집안 분덜뿐만 아니라
마당에 모이신 모든 분덜 만수무강허시라고 천지신명께 빌어불라요.〉

상쇠가 고축한 뒤, 꽹과리 장단에 맞추어 깃이 달린 상모를 흔들었다. 마을사람들은 상모 돌리는 것을 머리춤[首舞]이라고 불렀다. 그런데 보성읍성 상쇠만큼 머리춤을 능수능란하게 추는 꾼은 없었다. 그는 보성읍성 농악대 대원들을 먹여 살릴 만큼 꽹과리와 머리춤의 고수였던 것이다. 군수가 행차할 때는 물론이고, 보성군의 여러 행사에 불려 다닐 정도로 농악대를 실하게 키운 재주꾼이었다.

농악대원들은 앞장을 선 상쇠를 따라 안채 마당을 돌았다. 무동이는 건장한 농악대원 어깨 위에 올라탄 채 두 팔을 이리저리 흔들며 춤추었다. 징소리와 장구 소리가 울리자 사람들이 추임새를 넣기도 하고, 어떤 사람은 벌써부터 불콰한 얼굴이 되어 덩실덩실 몸을 풀기도 했다.

최한손은 흥겨운 중에도 만사정에 가 있는 이욱과 박광전이 궁금해 두리동을 불러 물었다.

"그 짝 손님은 어처드냐?"

"술을 딱 두어 잔만 자시고 야그만 허고 겨시그만이라우."

"떡과 과일을 더 챙겨 갖고 가그라. 대접 잘 받았다는 말이 나와야 허느니라."

"예, 어르신."

최한손이 아버지 최계전의 당부 중에 귀에 딱지가 생길 만큼 자주 들었던 말은 접빈객(接賓客)을 잘하라는 것이었다. 즉 손님을 잘 접대하라는 말이었다.

"술도 떨어지지 않게 허고잉."

"예, 어르신."

"글고 니는 여그만 있지 말고 핑 가서 부족헌 것이 뭣인지 살피거라."

최한손은 바로 만사정으로 가고 싶었지만 대청마루 자리를 비워둘 수는 없었다. 보성과 흥양, 능주 등지에서 끊임없이 하객들이 찾아오고 있었다. 특히 하객 중에는 보성 토성인 죽산 안씨, 진원 박씨, 보성 선씨가 많았다.

노비들은 농사일을 하루 멈추고 떡과 술을 배불리 먹고 마셨다. 반면에 가노 두리동과 갑술 형제는 주로 박광전과 이욱이 정담을 나누는 만사정을 오가거나 귀한 손님을 별채 사랑방으로 안내했다.

아침에 구름이 조금 끼었던 하늘은 오후가 되자, 보성만 깊은 바다처럼 시퍼레졌다. 햇살이 따가웠지만 선득한 바닷바람이 불어와 술기운을 씻어주었다. 이런 바닷바람까지 부는 날은 술기운이 덜 올라 술꾼들은 술을 더 마셨다. 농악대의 악기 소리가 사라졌어도 잔칫날로서는 최상이었다. 농악대는 아침나절 한때만 손님들의 흥을 돋우고는 다른 지역으로 옮겨갔던 것이다.

"바닷바람이 쌔헌께 술맛이 쪼깐 짭쪼름허그만이라우."

"요런 날은 술이 취허지 않지라우."

한쪽에서는 술에 취한 사람들이 눈살을 찌푸리게도 했다. 평소에 악감정이 있었는지 술기운을 빌어 주사를 부렸다.

"느그 새끼덜은 으째서 우리 집 앞 자두를 까마구멩키로 따묵고 댕긴다냐!"

"말 조심해부러. 집 앞에 자두나무는 마실 것이여. 마실 공터에 자라고 있은께 느그 집 것이 아니여!"

"내가 자두 많이 열리라고 잔가지도 치고, 거름도 주고 했단 말이여."

"아따, 거시기형마이. 마실 자둔께 쬐끔썩 논아 묵으믄 돼불 것인디!"

옆에 있던 또 한 사람이 두 사람의 말다툼에 끼어들었다.

"그라고 봉께 자두나무는 주인이 읎그만. 긍께 까치나 까마구 같은 바깥주인 것이란 말이여. 싸울 것도 읎그만잉."

집안의 나무 열매는 집주인 것이고, 집 밖의 나무 열매는 산짐승 같은 바깥주인 것이라는 말이었다. 그제야 이웃집 간의 말다툼은 잦아들었다. 두 사람의 말다툼이 그치자 잔치 분위기는 파장으로 돌아섰다.

그제야 최한손은 만사정으로 잰걸음 했다. 다행히 박광전과 이욱이 막 일어나려던 참이었다. 최한손이 손사래를 치면서 만류했다.

"자리를 비울 수 읎어서 인자사 왔그만."

"우리는 시방 갈라고 허요."

"아따, 술 한 잔 더 허고 가드라고."

이욱이 자리에 다시 앉으면서 말했다.

"아재 말씀인디 어처께 바로 일어스겄는게라우."

"동상 말이 맞네."

박광전도 이욱의 말에 동조했다. 두 사람은 술 한 병을 놓고서 정담만 나누었는지 조금도 흐트러짐이 없었다. 그래도 떡과 과일이 담긴 대접은 말끔하게 비어 있었다.

"시장허지는 않는가?"

"아니요, 배가 든든허그만요. 술을 더 마실 수 읎을 지경이지라. 하하하."

박광전이 크게 웃으면서 말했다.

"광주에서 온 이씨나 여그 사곡마실의 최씨는 비슷한 디가 있어라."

"뭣이 비슷헌디?"

박광전이 최한손의 조부 사연부터 꺼냈다. 박광전은 과장이 아닌 틀림없는 사실만 이야기했다. 최한손의 조부 최윤지는 조광조의 스승 김굉필의 문인이었다. 최윤지는 기묘사화 연루자들을 구하려고 상소를 올리려다가 화가 미칠까 염려되어 사곡마을로 피신해 온 선비였다. 이같은 처신은 이욱의 조부 이극평도 마찬가지였다. 한 대신이 조광조의 뜻에 동조한 이극평에게 "자네도 붙잡히면 형을 받고 유배지에서 사약을 받을지 모르네." 하고 귀띔을 해주어 급히 피신해 화를 면했던 것이다.

진사 최윤지는 사서삼경을 앞으로도, 뒤로도 다 외우는 천재였지만 사곡마을에 은거할 수밖에 없는 불운한 선비였고, 이욱의 조부 이극평의 삶도 엇비슷했다. 개혁적인 선비 이극평도 사화를 피해 식솔들과 함께 전라도 땅으로 숨어든 은둔 처사로서 생을 마감했던 것이다. 그러니 두 집안의 선대는 조광조라는 불세출의 선비와 뜻을 같이했다는 공통점이 있는 것이었다. 이욱이 말했다.

"성님은 어처께 남의 집안일을 고로코름 아시는게라."

"내가 어처께 동상 집안일을 소상허게 알겄는가. 동상이 내게 말헌 것이 전부제. 글고 경주 최씨 선대의 일은 일찍이 사곡마실 유생덜한테 들었고."

이욱이 또 말했다.

"집안의 가풍을 생각해서라도 다시 공부혈랑께 성님이 많이 도와주시씨요."

"난 내년쯤 죽천에 정사를 지어 내 공부도 더 허고, 후생덜에게 강학을 열 셈이네."

"죽천이 으디쯤 있는게라?"

"보성강 상류 천인디 광탄이라고 부르는 곳에 있네."

최한손은 박광전의 인품에 반했다. 자존심이 센 이욱이 형님이라고 부르면서 따를 만하다고 느꼈다. 자신은 공부보다는 아버지가 물려준 재산을 불리고 지키느라고 전념한 탓에 서당에서 배운 것 이상의 학문을 익히지는 못했던 것이다. 그런데 이욱은 과거를 준비하고 있는 듯했다. 박광전이 과거를 권유하자 부정하지 않았다.

"동상은 과거에 급제해 흥가(興家)헐 생각은 읎는가?"

"있지라. 근디, 성님멩키로 출사허기보다는 수덕험서 사는 것이 지 성정에 맞는 듯허그만요."

"그래도 초시 정도는 합격해야 체통은 지키고 살제."

"지도 출사에는 벨로 관심이 읎그만이라."

최한손은 두 사람이 벼슬에 뜻을 두고 있지 않다는 것을 알았다. 마음속으로 다행이라고 여겼다. 아들 최대성이 성장하면 박광전이나 이욱에게 맡기어 공부를 시킬 수 있다는 생각이 들어서였다.

을묘왜변

명종10년(1555) 5월.

장맛비가 거칠게 쏟아졌다. 전라관찰사의 늙은 행수군관은 말 엉덩이에 채찍질을 가했다. 그러나 말은 눈에 떨어지는 장맛비 때문에 잘 달리지를 못했다. 빗방울을 털어내기라도 할 것처럼 갈기를 좌우로 크게 흔들곤 했다. 그럴 때마다 행수군관의 얼굴에 누린내 나는 빗방울이 흩뿌려졌다. 과천역에서 빌려 탄 역참의 젊은 말인데 아직 훈련이 덜 된 것 같았다. 행수군관의 갑옷도 장맛비에 번들번들 젖기는 마찬가지였다. 그럼에도 불구하고 그는 장맛비를 피할 생각이 없었다. 전라관찰사 김주(金澍)의 장계를 조정에 빨리 전해야 했다.

이윽고 숭례문을 지난 행수군관은 하마비 앞에서 말고삐를 잡아당겼다. 장맛비의 기세는 여전히 쌩쌩했다. 병조 역시 다른 관청과 함께 육조거리에 있었다. 육조거리는 소나기처럼 내리꽂히는 장맛비로 흙탕물이 콸콸 넘쳤다. 누런 흙탕물은 청계천으로 빠져들었다. 행수군관은 여러 번 와 봤던 육조거리였으므로 망설이지 않고 잰걸음으로 병조까지 걸어갔다. 병조는 사헌부 지근거리에 있었다.

전라관찰사 행수군관은 병조를 지키는 늙은 군관에게 용건을 말했다.

"전라관찰사 장계를 가져왔소."

"무슨 용건이오?"

"전라도 해안에 왜변이 났소."

행수군관은 갑옷 속에서 장계를 꺼냈다. 그러나 병조 군관에게 장계를 건네주지는 않았다. 군관이 두루마리 장계를 슬쩍 보더니 말했다.

"대감님께서는 입궐하시려다가 비가 그치기를 기다리고 계시오. 급한 장계 같으니 나를 따라 오시오."

행수군관은 늙은 군관을 따라서 병조판서가 공무를 보는 안채로 갔다. 마침 병조판서는 방에서 나와 호상에 앉은 채 암키와 끝에서 대나무 발처럼 줄줄 떨어지는 낙숫물을 응시하고 있다가 늙은 군관을 보고는 일어났다.

"웬 사람인가?"

"전라관찰사 장계이옵니다."

행수군관이 재빨리 자신의 신분을 밝힌 뒤 갑옷 속에서 장계를 꺼내 바쳤다. 무심코 장계를 받아서 읽어내려 가던 병조판서의 얼굴빛이 점점 사색으로 변했다. 장계는 전라도 서남해안에서 벌어진 왜변에 대해서 전후 상황을 보고하고 있었다. 장계의 주요 내용인즉 이러했다.

〈왜구들의 왜선 70여 척이 5월 11일 달량포 밖 바다에서 정박한 뒤 곧바로 침입하여 민가를 불태우고 달량포성을 포위했다. 이에 13일 가리포첨사 이세린이 즉각 전라도병마절도사 원적에게 보고했다. 원적은 장흥부사 한온, 영암군수 이덕견과 함께 달량포성에서 수성전을 폈지만 관군은 고전을 면치 못했다. 원적과 한온은 달량포성에서 버티다가 화살이 다 떨어지자 왜구에게 화친을 제안했지만 죽임을 당했다. 이덕견은 왜구에게 항복하는 척하다가 도망쳤다.〉

장맛비가 그치기를 기다렸던 병조판서는 입궐을 서둘렀다. 관노에게 큰 삿갓과 도롱이를 챙기라고 지시했다. 임금에게 즉시 보고하고 방비대책을 서둘러야 했다. 병조판서는 급한 마음에 관복을 제대로 입지 못했다. 저고리 깃이 접히고 속옷이 밖으로 삐져나왔다.

한편, 전라도 해안의 각 고을 수령들 사기는 크게 떨어졌다. 동쪽 오랑캐라고 업신여겼던 왜국의 해적들에게 장흥부사와 영암군수가 죽임을 당했으니 그럴 수밖에 없었다. 강진과 흥양, 가리포 수령들은 전의를 상실하여 왜구가 나타나면 피신하기에 바빴다. 몇 십 명의 관군으로 7천여 명에 달하는 왜구와 맞선다는 것은 이기기 힘든 싸움이었다. 더구나 왜구들은 사납고 포악했다. 해안에 상륙한 뒤에는 관군이든 주민이든 간에 닥치는 대로 살육을 서슴지 않았고 민가가 보이면 남김없이 다 불태워버렸다.

명종은 왜변의 방비대책으로 전라도병마절도사를 급히 이광식으로 바꾸고, 호조판서 이준경을 전라도순찰사로, 김경석을 전라우도방어사, 남치훈을 전라좌도방어사로 임명하여 내려 보냈다.

"백성들이 수령을 의지하고 살 수 없으니 그대들이 가서 진무하라!"
"예, 전하. 백성들이 편하게 살 수 있도록 왜구들을 토벌하겠사옵니다."

이준경의 형인 전주부윤 이윤경도 왜구 토벌군에 합세하도록 명했고, 금군(禁軍) 등 수도 한성부의 정예군을 동원함과 동시에 벼슬을 얻지 못한 무과급제자와 한량, 공사노비, 승려들까지 징발했다. 천민인 공사노비들에게는 전공을 세우면 면천을 시켜준다는 조건을 달았던 것이다. 공사노비들이 몰려들자 명종은 병조판서에게 지시했다.

"공을 세우라고 하라. 과인은 그들의 공을 결코 잊지 않고 면천시켜 줄 것이니라."

명종의 방비대책은 때를 놓치기는 했지만 효과는 조금 있었다. 이준경 휘하의 이흠례가 북상하려는 왜구를 나주에서 격퇴했고, 전라좌도 수군절도사 최종호가 나로도에 정박한 왜구들을 공격하여 경상도까지 전장이 확대되는 걸 방지했다. 이후 나로도의 왜구들은 퇴각하면서 녹도를 습격했지만 홍양현감의 보고를 받은 남치근이 대군을 이끌고 추격하자 금당도로 물러났다가 다시 보길도로 도망쳤던 것이다.

이후 왜구들은 6월 왜선 60여 척에 1천여 명이 분승하여 제주도로 내려가 화북포에 상륙했다. 제주도를 왜구의 본거지로 삼기 위해서였다. 그러나 김수문 제주목사 휘하의 관군과 제주성민이 합세하여 3일 동안 공방전을 벌인 결과, 왜구들은 참패하고 제주도에서 퇴각했다. 이에 명종은 제주목사 김수문에게 벼슬을 한 등급 올려주고 비단 옷을 한 벌 하사했다.

이로서 5월 초에 들불처럼 번지던 왜변은 6월 중순에 막을 내렸다. 조선 건국 이래 최대 규모의 왜구들이 침입한 을묘왜변이었다. 그렇다고 전라도 해안이나 제주도의 흉흉한 민심이 완전히 가라앉은 것은 아니었다. 불안한 어민이나 농사꾼들은 대대로 살던 땅을 떠나 유랑민이 되어 떠돌았다.

"동쪽 오랑캐덜이 은제 올지 모른디 여그서 어쳐께 산다요."

"소작을 험시로 사는 것이 맴은 편허지만 그래도 왜놈덜헌테 새경을 노략질을 당허는 것보담 낫겄제잉."

특히 왜구들이 녹도까지 습격해 왔기 때문에 흥양이 가까운 보성 해안 지역의 어수선한 민심은 좀체 가라앉지 않았다. 왜구들의 노략질과 분탕질을 피했다고는 하지만 왜구들이 언제 쳐들어올지 모르기 때문이었다. 보성 해안지역 마을에서도 유랑민이 하나 둘 생겨났다. 바닷가를 돌아다니면서 해초를 뜯어 연명하는 보자기들도 나타났다.

그러나 마을유지인 양반들은 떠나지 못했다. 선산을 떠난다는 것은 가문의 뿌리가 뽑히는 것 같아서였다. 토족의 자제들 사이에서는 활쏘기와 검술 같은 호신술이 유행했다. 왜구들이 쳐들어오면 관군이 올 때까지 기다릴 것이 아니라 스스로 나서서 마을을 지키겠다는 의기(義氣)에서 그랬다.

최한손도 마을 장정들이 습사(習射)를 할 수 있는 활터와 승마장을 내놓으려고 했다. 그러나 아버지 최계전의 허락 없이는 불가능한 일이었다. 왜구들이 다 물러갔다는 소식이 보성까지 전해진 때는 7월 중순이었다. 최한손은 새벽에 문안인사를 하려고 별채 사랑방으로 들어갔다. 아버지 최계전은 벌써 등잔불을 켜놓고 서책을 읽고 있었다.

"아버님, 기침허셨는게라우?"

"오냐, 들어오거라."

"밤새 잘 주무셨는게라우?"

"늙어서 그란지 자다 깨다 그란다."

"으디 불편허신 디는 읎고라우?"

"정신은 아직 총총헌께 걱정 말아라. 일흔인디 니덜에게 짐이 되고 잪지는 않구나."

최한손은 아버지 최계전 맞은편에 앉아 바깥소식을 전했다.

"제주도까지 내려간 동쪽 오랑캐덜을 모다 무찔렀다고 허그만요."

"배고프고 묵을 것이 읎응께 자꼬 이짝으로 오는 것이여. 긍께 방심허지 말아야 써."

"마실 장정덜 중에 일부는 궁술이나 검술을 익히고 있그만요."

"그래도 니는 붓을 가차이 허그라."

최계전은 출사했지만 벼슬을 크게 하지 못한 자신의 한을 아들 최한손이 풀어주기를 바랐다. 그러나 최한손은 소년기에 서당이나 향교에 나가 공부한 것 말고는 내세울 문식(文識)이 깊지 못했다. 아버지 최계전이 이루어 놓은 재산을 불리고 지키느라고 힘을 썼기 때문이었다. 최한손은 아버지 최계전에게 말했다.

"방금 아버님 말씸대로 동쪽 오랑캐덜이 은제 올지 모른께 방비를 잘 헐라믄 우리 마실에도 젊은 장정덜이 훈련헐 승마장이나 활터가 있다믄 좋겠그만요."

"옳은 생각이다."

"훈련장으로 우리 땅을 쪼깜 내놓으믄 으쩔게라우?"

"마실에서 가차운 디가 좋겄다."

"마실 초입에 널따란 우리 밭이 있어라우."

"이 일은 니가 알아서 처리허그라. 나는 모른 체 허고 있을랑께."

최계전의 말은 아들의 체면을 세워주겠다는 뜻이나 다름없었다. 마을유지가 된 최한손의 나이도 이제 마흔이었다. 마을사람들은 무슨 일이 생기면 최한손에게 달려와서 지혜를 구했던 것이다.

아버지의 허락을 받은 최한손은 사곡마을 초입에 있는 자신의 밭을 마을에 내놓았다. 마을 장정들은 최한손이 내놓은 밭에 활터와 승마장을 닦았다. 그리고 사초마을에서 불러온 목수가 과녁이 내려다보이는 초가 사정(射亭)을 하나 지었는데, 마을사람들은 최한손의 자(字)를 붙여 충보정(忠甫亭)이라 하면 좋을 것이라고 했다.

활터를 개장한 이후 최한손은 스스로 놀라곤 했다. 자신은 아버지 최계전의 영향을 받아 타고난 재능이 있다면 도학 공부가 아닐까 싶었는데 그게 아니었다. 두리동 형제를 데리고 활터로 나와 활쏘기를 할 때마다 더없이 즐거웠다. 활을 쏘는 사대(射臺)에 올라서면 묘한 쾌감이 등골을 타고 흘렀다. 과녁까지는 어른 걸음으로 120보쯤 되었다. 화살은 습사용 유엽전을 사용했다. 유엽전은 화살의 촉이 버들잎처럼 생기어 사람이 맞아도 치명적이지는 않았다.

장대비가 세차게 내린 그날도 습사에 흥미를 붙인 최한손은 사정에 올라 비가 그치기를 기다렸다. 연전꾼으로 따라온 두리동과 갑술도 비를 피해서 사정 처마 밑에서 웅크리고 있었다. 과녁 뒤에 있다가 화살을 줍는 사람을 연전꾼이라고 불렀다.

이윽고 장대비가 서서히 갰다. 초암산 너머 하늘이 다시 파랗게 드러났다. 그런데 두리동과 갑술이 과녁으로 가려다가 걸음을 멈추었다. 멀리서 말을 탄 사람이 오고 있었다. 두리동은 그를 보자마자 알아보고는 달려가 그의 말고삐를 잡았다. 사초마을에서 온 이욱이었다. 두리동은 작년 돌잔치 때 이욱을 안내했으므로 금세 알아보았던 것이다.

"아이고메, 비를 맞으셨그만이라우."

"쏘내기 올지 누가 알았겄냐. 주인 어르신은 으디 겨시냐?"
"사정에서 비를 피하고 겨시그만요."
비가 멈추기를 기다렸다가 사정에서 내려온 최한손이 이욱을 맞았다.
"어서 오게. 무신 일인가?"
"우리 마실 목수가 아재 정자를 지었다고 말하길래 구경왔어라우."
"쬐깐헌 정잔디 구경헐 것이 있겄는가."
"활도 쏴볼 겸 왔지라우."
"활을 쏠 줄 아는가?"
"우리 마실 장정덜 사이에 활쏘기가 유행이어라우. 왜구 땜시 그란 것 같그만요."
보성군 바닷가 마을은 물론 산중마을까지 활쏘기나 검술 등이 일부 장정들 사이에 유행하고 있는 것은 사실이었다. 최한손의 조부 때만 하더라도 도학을 익히는 풍조가 팽배했는데, 지금은 무술을 단련하는 것이 대세였다. 작년 5월에 대규모로 쳐들어온 왜구들의 노략질과 분탕질 때문이었다.
"활터를 개장허셨다는 소식을 듣고 지는 깜짝 놀랬그만요."
"마실 장정덜이 원해서 개장헌 것이네."
"원래는 도사(都事) 어르신 뜻을 따라 도학 공부를 더 허시고 잪다고 그러셨지라우."
이욱은 최한손의 아버지 최계전을 '도사 어르신'이라고 불렀다. 을묘왜변이 있기 전까지만 해도 최한손의 생각은 기회가 주어진다면 도학 공부를 더 하겠다고 말한 것은 사실이었다.

"근디 말이네. 화살을 쏴보니 재미가 솔찬해. 그래서 요새는 더우를 식힐라고 쉴 때마다 여그서 시간을 보내고 있다네."

"자네는 한여름 더우에 어쩌께 보내고 있는가?"

"초시를 준비허느라고 더우를 잊고 지내그만요."

"믿음직헌 말이네. 개흥사 주지스님한테 한여름 더우에 어쩌께 보내요? 허고 물으니 더우믄 더우 속으로 들어간다고 말씸허대. 참 고상헌 말씸이 아닌가? 덥다고 더우를 피헐 수는 없는 일. 긍께 더우 속으로 들어가 허던 일에 몰두허라는 말씸이겠제."

"참말로 고상헌 말씸이그만요."

"사서삼경을 어지간히 외기만 허믄 생진사시는 무난헐 것이네."

"베슬살이 헐라고 공부허는 것은 아니지만 그래도 대과까지 응시해 볼라고라우."

"근디 아재는 으쩌실라요?"

"아버님의 기대에 어긋나는 일이어서 때를 보아 말씸 드릴라고 허네."

"생각을 바꾸셨그만요."

"그라네. 비록 나이 들었지만 기회가 되믄 무과에 응시해 볼라고 허네."

무과도 초시와 복시가 있었다. 초시는 전라감영에서 치르고, 복시는 한양 훈련원까지 가서 응시해야 했다. 이욱은 최한손에게 뜻밖의 말을 듣고는 문득 그의 활쏘기를 보고 싶어서 말했다.

"아재, 활쏘기를 한 번 보고 잪그만요."

최한손은 거절하지 않았다. 습사를 한 지 한 달밖에 안 되었지만 바람이 없고 과녁이 크게 보이는 날은 1순(巡) 중에 3발을 명중했다. 1순은 다섯 발이었다. 화살이 과녁 안에만 들어가면 명중(命中)이라고 했고, 과녁 한가운데를 맞히면 관중(貫中)이라고 했다.

이윽고 최한손은 사대에 올랐다. 두리동 형제는 연전꾼이 되어 벌써 과녁 뒤로 가 보이지 않았다. 최한손은 이욱이 보는 앞에서 쉬지 않고 단숨에 1순을 쏘았다. 잠시 후 갑술이 과녁 앞으로 나와서 노란 기를 흔들었다. 노란 기를 다 흔들고 나자 두리동이 소리쳤다.

"한 발 관중, 두 발 명중이그만요!"

최한손은 두 발을 과녁 밖으로 날려버린 것을 아쉬워했다. 그러나 이욱은 습사한 지 한 달밖에 안됐는데, 명궁수처럼 보이는 최한손을 보고 놀랐다. 최한손의 나이가 사십이라지만 젊은 장정들을 제치고 머 잖아 무과에 급제할 것만 같았다.

서당공부

명종 14년(1559) 늦가을.

사곡마을에 있는 서당은 다른 마을과 달리 훈장이 자주 바뀌는 편이었다. 학동 숫자가 적은 데다 대접이 다른 마을에 비해 후하지 않아서였다. 학동 숫자가 적은 것은 마을유지 자제들이 마을서당을 이용하지 않고 문식이 깊은 선생을 찾아가 배우기 때문이었다. 그러니 사곡마을에 온 훈장들은 1년 정도 가르치는 척하다가 다른 곳으로 떠나버렸다. 훈장이 받는 보수는 대개 여름에 보리 한 말, 겨울에 쌀 한 말이었다. 거기에다 훈장이 학동들을 잘 가르친다 싶으면 훈장 집에 땔감을 보내주고, 가끔 술과 고기를 주어 훈장의 환심을 샀다.

사곡마을에서 부른 훈장은 겨울이 되면 보성읍성으로 돌아갈 터였다. 다만, 늦봄부터 학동들이 배워온 서책을 외워 바치는 책거리가 끝나야 했다. 그런 이유로 훈장은 학동을 하나 하나 붙들고 다잡았다.

최대성은 작년까지 《천자문》을 끝냈고, 올봄부터는 《소학》을 외우고 있는 중이었다. 물론 아직도 《천자문》을 배우고 있는 학동도 있고, 벌써 《논어》를 들어간 학동도 있었다. 최대성은 나이로 치자면 다섯 명의 학동들 중에 중간이었고, 키로 비교하자면 가장 컸다. 다른 학동들에 비해 키가 월등히 컸기 때문에 처음 보는 사람은 누구도 최대성을 아홉 살로 보지 않았다. 목소리도 변성기에 든 십대 후반 같았다.

"훈장님, 지가 몬자 《소학》을 배운 디까지 외와볼께라우?"

"자신이 있느냐?"

"예."

"내가 듣기로는 활터에 가서 활만 쏜다고 허드라만."

훈장은 최대성을 눈여겨 보아왔던 것이다. 어린 학동답지 않게 완력이 좋은 최대성은 아버지 최한손이 개설한 활터로 자주 나가 활쏘기를 놀이 삼아 했다. 그렇다고 활쏘기에만 정신을 쏟는 것은 아니었다. 조익모습(朝益暮習), 새벽마다 아버지에게 문안 인사할 때 글을 외워 바쳤고, 충보정으로 올라가 그날 훈장에게 배운 바를 복습했다.

"활만 쐈다가는 아버님께 야단맞지라우."

"아마도 충보 어른께서 뜻허시는 바가 있으신께 그라실 것이다."

"지는 아버님 뜻을 확실허게는 모르겄그만이라우."

"부모님의 맴을 환히 알게 되는 날이 있을 것이다잉."

최한손은 나이 들어서 무과에 급제했지만 아직 보직을 받지 못한 상태였다. 훈련원에 무과급제자가 많아 등수대로 임명받는다고는 하지만 훈련원 우두머리인 종2품의 지사(知事)에게 줄을 잘 선 사람이 먼저 임명받기 때문이었다. 다만, 보직을 몇 년 동안 기다리다 보면 말단인 종8품의 봉사에서 4단계를 뛰어올라 음직이기는 하지만 종4품의 첨정을 제수받는 특별한 경우도 드물게 있었다.

보직을 받지 못한 급제자는 소속 관아나 향교명부에 '급제 아무개'라고 기록했다. 자존심이 센 최한손은 유생들 사이에서 그렇게 불리는 것을 은근히 꺼려했다. 차라리 지인들에게 널리 알려진 자신의 자(字)인 '충보 최한손'이 마땅하게 들렸다. 어쨌든 최한손은 굳이 한양의 훈련원에 들어가 미관말직으로 고생할 필요가 없다고도 생각했다. 아버지 최계전에게서 물려받은 넉넉한 재산을 지키면서 마을 유지로 어른 대접 받고 사는 것이 오히려 편안했기 때문이었다.

"지는 아버님이 으째서 활만 쏘지 말라고 허시는지 알지라우."

"대성이가 문관 베슬아치가 되라고 그란 것이 아니냐?"

"아니그만이라우. 아버님은 지가 문관이 되든 무관이 되든 상관허지 않는다고 허셨그만요. 다만 뭣을 허든 간에 씨앗을 봄에 뿌리데끼 공부에도 때가 있은께 시기를 놓치지 말라고 했어라우."

훈장은 어린 최대성 가슴속에는 영감이 하나 들어 있다고 느꼈다. 2년 전에 처음 만나 《천자문》을 외울 때의 학동이 아니었다.

"그라믄, 《소학》 중에서 《예기(禮記)》 내칙(內則)에 다음과 같은 구절이 있느니라. 열시 살이 되믄 음악을 배우고 시를 외움시로 춤추고, 열다섯 살이 되믄 창과 방패를 들고 춤 춤시로 활쏘기와 말타기를 헌다고 나와 있는디 니는 벌써 활을 쏘고 말타기를 헐 줄 안께, 니 또래보다 몇 년을 앞서가는 것이니라. 오늘은 《소학》에 나오는 '배우는 학생이 반드시 지켜야 할 도리', 즉 〈관중(管仲)〉의 제자직(弟子職)을 한 번 외와 보그라."

〈선생이 가르침을 베풀면 제자는 이를 본받아 온화하며 공손한 태도로 겸허하게 받아들여 배운 바를 극진히 해야 한다.

남의 선한 일을 보면 그것을 좇아 따르고, 의로운 일을 들으면 실천에 옮겨 몸을 닦아야 한다. 온화하고 유순하며 부모에게 효도하고 어른을 공경하여 공손하게 하며, 제 능력을 믿고 교만한 생각을 하는 일이 없어야 한다.

뜻은 거짓되고 사특함 없이 성실해야 하며, 행실은 반드시 바르고 곧아야 한다. 노는 곳과 거처하는 곳이 떳떳하며 일정하되 반드시 덕이 있는 사람을 택하여 좇아야 한다.

얼굴빛을 바르고 가지런하게 하면 속마음도 반드시 경건해져 공경하게 된다. 아침 일찍 일어나서부터 밤에 잠자리에 들 때까지 의관을 늘 가지런히 해야 한다.

아침에 더 배우고 저녁에 익히며, 늘 삼가고 조심하는 마음으로 공경하고 배움에 힘써야 한다. 한결같이 이러한 자세를 게을리하지 않는 것을 일컬어 '배우는 자가 반드시 지켜야 할 법칙'이라 한다.〉

"《예기(禮記)》에 효로써 부모를 섬기는 사람을 효자라고 하였느니라. 그 부분을 한 번 외와 보그라."

"예."

최대성은 조금도 망설임 없이 《소학》에 나오는 그 부분을 개울물 흐르듯 줄줄 외워 바쳤다.

〈효자로서 부모를 사랑하는 마음이 깊은 사람은 반드시 온화한 기운이 있고, 온화한 기운이 있는 사람은 반드시 즐거워하는 빛이 있으며, 즐거워하는 빛이 있는 사람은 반드시 온순한 모습이 있다. 효자는 부모 모시기를 옥(玉)을 잡은 듯하며 가득한 그릇을 받들 듯하여, 정성스럽게 하고 조심조심하여 이기지 못할 것 같이 하고 장차 떨어뜨려 잃을 것 같이 한다.

엄숙하고 의젓하여 남들로 하여금 두려워하게 만드는 것은 어버이를 섬기는 도리가 아니다.〉

"공자님은 부모를 사랑하지 않는 것도 패덕(悖德)이다라고 말씀하셨지라우."

"니는 《소학》을 다 외우고 있구나. 공자님 말씀도 한 번 외와 보그라. 옆에 앉아 있는 학동덜 가심에 새겨불게."

"예."

〈부모가 나를 낳으셨으니 몸을 이어받음이 이보다 더 큰 것이 없고, 임금과 어버이가 다스리고 가르치시니 은혜의 두터움이 이것보다 중한 것이 없도다.

이런 까닭으로 그 어버이를 사랑하지 않고 다른 사람을 사랑하는 이를 일러 패덕이라 하고, 그 어버이를 공경하지 않고 다른 사람을 공경하는 이를 패례(悖禮)라고 한다.

효자가 어버이를 섬기는 도리는 평상시에는 그 공경함을 극진히 하고, 봉양할 때는 그 즐거움을 극진히 하고, 병이 드셨으면 근심함을 극진히 하고, 상사(喪事)에는 슬퍼함을 극진히 하고, 제사 지낼 때는 엄숙함을 극진히 해야 한다.〉

"자, 다시 말허지만 대성이는 《소학》을 다 외우고 있구나. 앞으로는 《논어》를 배와야 허겄구나. 글고 총생덜은 듣거라. 방금 대성이가 외운 것 중에 어버이를 섬기는 도리가 아조 중요허니 듣거라. 어버이를 공경헐 때는 극진히 허고, 봉양헐 때는 극진히 즐겁게 허고, 병이 드셨을 때는 극진히 근심허고, 돌아가셨을 때는 극진히 슬퍼하고, 제사 지낼 때는 극진히 엄숙해야 허느니라. 알겄느냐?"

최대성은 훈장이 묻는 《소학》 중에서 두 부분을 한 자도 틀리지 않게 외워 바쳤다. 훈장은 몹시 만족해하며 《천자문》을 배워온 가장 어린 학동에게 질문했다.

"니는 《천자문》 첫 번째, 두 번째 사언고시를 외와 보그라."

"예."

여섯 살 학동은 첫 번째 사언고시만 외우고는 두 번째 사언고시는 입만 쭈뼛거렸다.

"천지현황 우주홍황(天地玄黃 宇宙洪荒), 하늘은 꺼멓고 땅은 누래불며, 우주는 넓고 거칠어분다."

어린 학동은 훈장이 앞의 두 글자를 알려주고 나서야 겨우 외워 바쳤다.

"일월 무엇이고, 진수 무엇이냐?"

"일월영측 진수열장(日月盈昃 辰宿列張), 해와 달이 차고 끼울러불며, 별덜은 널게 퍼져 있어분다."

훈장이 앞의 두 글자를 알려주지 않았으면 외우지 못했을 어린 학동이었다. 그러나 훈장은 열 살 또래의 학동에게는 목소리를 엄하게 바꾸었다.

"니는 《천자문》 아흔다섯 번째, 아흔여섯 번째 사언고시를 외와 보그라."

"어저께까지는 잘 외왔는디 머릿속이 흐게 붑니다요."

"변명허지 마라. 어저께 잘 외운 놈이 오늘 갑자기 외우지 못헌다는 것은 변명일 뿐이여. 대성이가 한 번 외와보그라."

"예, 거하적력 원망추조(渠荷的歷 園莽抽條), 도랑의 연꽃은 또렷이 빛나불고, 동산에 잡풀은 죽죽 뻗어 우거져부렀으며."

훈장이 실망했던 얼굴빛을 바꾸어 말했다.

"옳지, 아흔여섯 번째도 외와 보그라."

"비파만취 오동조조(枇杷晩翠 梧桐早凋), 비파나무는 늦게까정 푸래불고, 오동나무는 얼릉 시들어분다."

훈장이 천자문을 외우지 못한 학동에게 벌을 내렸다.

"오늘은 강학이 끝날 때가 되었은께 회초리를 들지 않겄다. 대신 외우지 못헌 학동은 벌로 초암산 동굴까지 올라갔다가 와야 허겄다. 알겄느냐?"

"선상님, 낼까지 외워 바치겄습니다요."

학동이 빌었지만 훈장은 단호했다. 오늘만 외우지 못한 것이 아니라 평소에도 복습을 게을리한 학동이기 때문이었다. 그렇다고 하더라도 초암산 동굴을 다녀오라고 하는 벌은 회초리를 맞는 것보다 더 공포심을 주었다. 산 그림자가 접히는 석양 무렵의 산은 까닭 없이 무섭고 두려움을 주었기 때문이었다. 강학이 끝나자마자 학동들은 하나둘 슬그머니 서당을 빠져나갔다. 훈장이 말했다.

"대성이 니는 으째서 여그 있느냐?"

서당공부

"선상님, 지도 초암산 동굴에 올라갔다가 내려올랍니다요."

"니는 책거리 때 상을 받어야 헐 처지인디 으째서 간다고 허느냐?"

"동상이 무서울 것 같어서 그라그만요."

"그건 니 맴대로 허그라."

그제야 무섭다고 발걸음을 한 발짝도 떼지 못하고 있던 학동이 일어나 서당을 나왔다. 산길을 오르면서 최대성이 물었다.

"정말로 《천자문》을 외우지 못헌 것이냐?"

"아니여. 외우기는 외운디 입이 떨어지지 않드라고."

"그라믄 한 번 《천자문》을 외와 보드라고. 외움서 산길을 타믄 무섬증도 달아나버릴 것인께."

학동은 큰소리로 노래하듯 천천히 외우기 시작했다. 천지현황 우주홍황(天地玄黃 宇宙洪荒)부터 성정정일 심동신피(性靜情逸 心動神疲; 마음 바탕이 고요하면 느낌이 푸근하고, 마음이 흔들리면 정신이 고달파진다)까지 갔다가 너럭바위가 나타나자 잠시 숨을 골랐다. 그런 뒤 다시 외우기를 이어 나가더니 마침내 백스물세 번째, 백스물네 번째 사언고시에 이르렀다.

속대긍장 배회첨조(束帶矜莊 徘徊瞻眺)

옷갓을 갖춰 떳떳한 몸가짐을 하고, 이리저리 움직이면서 이곳저곳을 바라보며 골똘히 생각한다.

고루과문 우몽등초(孤陋寡聞 愚蒙等誚)

고루하고 배움이 적으면 어리석고 몽매한 자와 똑같이 꾸짖는다.

마지막 여덟 글자는 1천 자를 맞추기 위해 뜻 없는 어조사 언재호야(焉哉乎也) 네 글자를 넣었을 뿐이었다. 어쨌든 《천자문》 1천 자를 몇 번을 반복해서 외우고 나니 저만치 초암산 동굴이 보였다. 그러나 눈에 가깝게 보였을 뿐 실제 거리는 생각보다 멀었다. 더구나 가파른 산길이었으므로 숨이 턱에 찼다.

두 학동은 동굴 입구에 이른 뒤 쉬지 않고 하산했다. 석양이 성큼성큼 지고 있기 때문에 어둑해지는 산길에서 미끄러지고 돌부리에 걸려 다칠 수도 있었다. 하산할 때는 최대성도 《천자문》을 외웠다. 누가 시킨 것도 아닌데 두 사람은 합창하듯 《천자문》을 달달 외웠다. 사곡마을이 보일 때쯤 학동이 말했다.

"대성이 성, 인자 선상님 앞에서 다 외와 바칠 수 있겄네."

"선상님 앞에서 외울라믄 《천자문》이 입에 달라붙어부러야 써."

어느 새 마을 고샅길은 어둑어둑했다. 사립문을 밀고 들어가자 어머니 경주 이씨가 마당에서 서성거리고 있다가 안도하는 목소리로 말했다.

"으쩐 일로 늦었느냐?"

"서당 동상이 벌로 초암산 동굴까정 댕겨오는디 따라갔다가 왔어라우."

"아부지가 지달리고 겨신께 얼릉 사랑방으로 가 보그라."

"예, 어머님."

최대성은 훈장에게 벌을 받은 학동 덕분에 《천자문》을 다시 한번 더 외우는 즐거움을 맛보았다고 생각했다. 최대성은 《천자문》 중에서 가장 좋아하는 한 구절을 외면서 안채 사랑방 문을 밀었다.

효당갈력 충즉진명(孝當竭力 忠則盡命)

　효도는 마땅히 힘써 다해야 하고, 충성은 목숨을 다해야만 한다. 어린 최대성의 가슴속에 새겨지고 있는 효(孝)와 충(忠)이었다.

대장부의 산

꼭두새벽 한때 천둥이 치고 번개가 번쩍번쩍했다. 그런 뒤 장대비가 쏟아졌다. 물이 메말랐던 마당가 연못에 빗물이 찼다. 시들어가던 수련이 생기를 되찾았다. 최대성은 새벽문안 인사를 장대비가 가늘어진 뒤에야 했다. 하루도 빠짐없이 아버지 최한손에게 했던 새벽문안 인사였다.

"요런 날은 사랑방에 오지 않아도 된다."

"《소학》에 어버이를 섬기는 도리는 평상시에 공경함을 극진히 헌다고 했그만이라우. 문안인사를 허지 않고 어찌 공경함을 극진히 헌다고 말헐 수 있겠습니까요."

"니가 《소학》을 배운 것은 잘헌 일이여. 니 증조하내께서 한훤당 김굉필 선생의 문인이었는지 니도 알고 있지야?

"예, 아버님."

김종직의 제자이자 조광조의 스승인 김굉필이 순천으로 유배 왔을 때 최대성의 증조부 최윤지는 그를 찾아가서 도학을 논하곤 했으므로 그의 문인이라고 할 수 있었다.

"한훤당께서 평생 동안 《소학》을 손에서 놓지 않음시로 스스로 소학동자(小學童子)라고 했는디 으째서 그랬겄냐? 《소학》이 모든 학문의 입문서요, 몸가짐과 마음가짐을 닦는 수신서라서 그런 거여."

"서당 선상님도 그러셨어라우."

최한손이 말한 《소학》의 평은 주자가 으뜸이었다. 주자는 《소학》은 집을 지을 때 집터를 닦고 대들보와 서까래를 깎는 것이며, 《대학》은 집터에 치목한 목재로 집을 짓는 것이라고 비유하여 《소학》이 수신(修身), 즉 위기지학의 근본임을 강조하였던 것이다.

"우리나라 양촌 선비도 《소학》을 아조 중허게 여겼제."

주자뿐만 아니라 조선 초기 문신 양촌(陽村) 권근도 《소학》의 통달을 주장했던바, 먼저 《소학》을 외운 다음에 다른 사서삼경을 배울 것이며, 성균관에 입학하고자 하는 유생에게는 《소학》의 능통 여부를 면접한 뒤 입학을 결정해야 한다고 주장했던 것이다.

"오전에 개흥사 주지스님이 오시기로 했은께 니도 방에 들어오그라."

"아버님허고 나눌 말씸이 있는디 지가 들어가도 되겄습니까요."

"스님은 젊은디도 앞을 내다보는 혜안이 있는 분인께 앞으로 니에게 도움을 줄지도 모르겄다."

"알겄그만이라우."

"해마다 요때쯤 우리 집에 왔는디 무신 일인지 재작년부터 오지 않아 나도 궁금허다. 필시 무신 큰일이 있었던 것 같다."

날빛에 빗방울이 희끗희끗 보였다. 비에 젖은 댓잎이 등잔 불빛에 반사되어 번들거렸다. 사랑방을 나서자 대숲을 때리는 빗방울 소리가 제법 크게 들려왔다. 모래를 흩뿌리는 것 같기도 하고, 갯바위를 핥아대는 파도 소리 같기도 했다.

　내리는 비 때문인지 개흥사 주지스님은 오후 미시(未時)에 왔다. 미시가 되자 비는 안개처럼 내리는 둥 마는 둥 했던 것이다. 개흥사 주지스님은 시자를 앞세우지 않고 혼자 왔다. 목탁 소리가 나자 최대성은 마당으로 나가 사립문 밖에 있는 개흥사 주지스님을 맞았다. 스님은 사랑방으로 들더니 감사의 합장부터 했다.
　"사곡마실 경주 최씨덜 덕분에 절이 날로 번창허고 있그만요."
　"해마다 보내는 것인디 당연허지라."
　"작년에는 곡석이 더 왔어라우."
　"더 드려야지요. 대성이 기도까지 해주시는디."
　"하하하. 어르신 말씸도 참말로 복되게 허시는그만요."
　"대성이도 절 인연이 크요."
　최한손은 아버지 최계전이 준 칼과 화살이 문득 생각나서 말했다. 개흥사 스님이 준 칼과 화살을 받은 이후 최대성이 태어났고, 최대성은 돌잔칫날 칼과 화살을 붙잡았던 것이다.
　"우리 집에 저 칼과 화살을 가져온 노스님은 잘 겨시오?"
　칼은 직도가 아니라 곡도였다. 칼집은 나무였는데 반질반질 윤이 났다. 손잡이에는 대자 활인검(大慈 活人劍)이라고 새겨져 있었다. 명검이라고 할 수는 없지만 뜻은 깊었다. '큰 자비로 사람을 살리는 칼'이라는 뜻이었다. 최한손이 사랑방 벽에 걸어놓고 사는 까닭은 바로 활인검이라는 뜻이 좋아서였다. 활도 마찬가지였다. 활에 대비 활인궁(大悲 活人弓)이라는 글자가 새겨져 있었는데, 그 뜻은 엇비슷했다. 대비 활인궁이란 '큰 대비심으로 사람을 살리는 활'이라는 뜻일 터였다. 개흥사 주지스님은 잠시 침묵하더니 대답했다.

"은사스님께서 갑자기 입적허셨지라."

"으째서 나에게 알리지 않았소? 그래서 재작년부터 우리 집에 오지 않았그만이라."

"은사스님 입적허신 뒤부터 언행을 삼가 조심헐라고 동구불출 묵언 수행을 했어라우."

동구불출(洞口不出)이란 무슨 일이 있어도 산문 밖을 나가지 않고 하는 수행이었다.

"그래도 개흥사는 경주 최씨 원찰인 셈인디 부고를 냈어야지요."

"소승의 은사스님이신디 입적 전에 아무에게도 알리지 말고 태워서 재를 보성바다에 뿌리라고 했그만요."

"으째서 바다에 재를 뿌린 거요?"

"은사님은 항상 왜구덜을 경계허셨그만요. 그래서 칼과 활을 벽에 걸어놓고 제자 상좌덜에게 왜구덜 침입을 대비허라고 허셨그만요."

"아, 긍께 죽어서라도 보성바다를 지키시겠다는 유언을 허셨그만잉."

"어르신, 맞습니다요."

"개흥사 노스님이야말로 참으로 큰스님이셨던 것 같소."

"다른 절은 몰라도 개흥사에는 호민(護民)의 혼이 깃들어 있그만요. 백성을 지킨다는 정신이지라우. 신라 때 대자대비허신 원효성사께서 수도했던 오봉산 칼바우 혼을 이어받은 것이겠지라우."

그때 최대성이 사랑방으로 들어왔다. 머리카락이 축축하게 젖어 있었다. 밖으로 나갔다가 돌아왔음이 틀림없었다.

"니는 개흥사 스님을 뵀으믄 사랑방으로 들어와야제 으디로 싸돌아 댕기다가 인자 오느냐? 개흥사는 우리 경주 최씨 원찰이 아니드냐?"

"비가 오는 둥 마는 둥 내리길래 얼른 두리동 성제를 앞세우고 충보정으로 가서 활 쪼깜 쏘고 왔그만이라우."

"우리 경주 최씨덜을 위해 초하룻날, 보름날마다 기도해주는 스님인디 을매나 고마운 분덜이냐. 앞으로는 조심허그라."

"예, 아버님."

최대성은 넙쭉 엎드려 개흥사 주지스님에게 큰절을 했다. 개흥사 주지스님은 최대성을 보자마자 덕담을 했다.

"아따, 기골이 장대헌 것을 본께 초암산 정기를 받은 것 같그만요. 장차 큰 인물이 될 거그만요."

"주지스님께서는 대성이를 첨 보는 것이요?"

"은사스님께서 어르신 집을 출입했지라우. 소승은 어르신을 개흥사에서 여러 번 뵀지만 여그서는 첨이지라우."

"맞소. 주지스님 은사님허고는 속가로 치자믄 나와 호형호제허고 지냈던 사이였그만요. 긍께 은사님께서 나헌테 칼과 활을 준 까닭은 호민의 정신이 우리 집에서도 이어지기를 바라는 맘이었던 것 같소."

"은사스님의 짚은 뜻을 소승이 어찌 알겠습니까만 자제 분헌테는 이미 그런 기운이 보이그만이라우."

"참말로 그렇소?"

"우리 고장의 오봉산이나 초암산은 문(文)의 산이 아니라 무(武)의 산이그만요. 그러니 초암산 정기를 받고 태어난 자제분에게 그런 기운이 읎다면 지가 눈 뜨고도 보지 못허는 당달봉사인 것이지라."

대장부의 산 57

최한손은 고개를 갸웃거렸다. 초암산이 바위가 많기는 하지만 정상 부근에는 여성의 가슴 같은 넉넉한 철쭉꽃 분지가 있고, 또 그 밑에는 옹달샘과 제법 긴 동굴이 있었다. 동굴이란 여성의 음부를 상징하고 산신령의 처소였으므로 최한손은 한 번도 초암산이 대장부를 상징하는 무(武)의 산이라고 생각해 본 적이 없었던 것이다.

"우리 마실 사람덜은 초암산 짚은 동굴에 산신령이 산다고 믿음시로 애기를 점지해달라고 빌라믄 거그 가서 삼신할매헌테 빌고 오요. 긍께 초암산이 대장부의 산이라고 한 번도 생각해 본 적이 읎소."

"어르신께서는 초암산 정상에 뭣이 있는 줄 모르고 거시그만요."

"뭣이 있소?"

"산은 정상이 중요헌디 초암산 꼭대기에는 오봉산 정상에 칼바우가 있데끼 선바우덜이 있지라우. 선바우라믄 칼이나 대장부 거시기를 연상시키는 것이지라우. 긍께 초암산은 무(武)의 산이그만요. 긍께 자제분이 대장부가 되겄다는 생각이 드는그만요."

"하하하."

최한손은 크게 소리 내어 웃었다. 개흥사 주지스님의 덕담이 과장인 듯하지만, 어쩐지 진실하게 들렸기 때문이었다. 최한손이 흡족한 표정을 짓고 있자 개흥사 주지스님은 산의 정기 이야기를 더 덧붙였다.

"초암산이나 오봉산의 지근거리에 사는 장정들 중에 장차 큰 인물이 나오겄지라우. 오봉산 정기를 받은 선여경 거사님이 무과급제해서 시방 훈련원에 있그만요. 선여경 거사뿐만 아니라 대추나무에 대추 열리데끼 줄줄이 무과급제자가 나올 것입니다요. 어르신께서는 이미 무과급제허셨지만 자제분도 물론 급제헐 것이고라우."

"여경이 훈련원에 있다는 소식은 나도 들었소. 여경의 부친이 내게 찾아와 자식이 훈련원에 근무허는디 병조에 아는 베슬아치가 있으믄 부탁헌다고 했소. 근디 내가 무신 수로 한양 베슬아치덜을 알겠소? 스스로 심을 써서 진인사대천명 해야제."

"오봉산 칼바우 정기를 받았응께 잘 허겄지라우."

선여경(宣餘慶)의 자는 경숙(敬叔), 호는 도암(陶庵)으로 선대덕의 차남이었다. 득량에서 태어나 열 살 무렵부터 오봉산 칼바위까지 올라가 무술을 연마한 뒤 스무 살에 무과급제하여 훈련원에서 근무하는 인물이었다. 미관말직의 훈련원 생활이 고됐지만 선여경은 훗날을 기약하며 사직하지 않고 버텼다. 녹봉은 보잘것없는 박봉이었으므로 여전히 고향 집의 부모에게 도움을 받고 사는 신산한 한양살이였다. 그래도 선여경은 귀향할 생각은 조금도 없었다. 병조 직속 무관으로 옮겨가 병마절도사까지 오른 뒤에야 금의환향하고 싶었기 때문이었다.

다음 해 정월.

설을 쇤 며칠 후였다. 가노 두리동 형제는 지게에 얹힐 짐을 꾸렸다. 쌀과 보리, 최대성이 외울 책 꾸러미였다. 두리동 동생 갑술은 부엌데기가 싸준 주먹밥도 챙겼다. 박광전이 강학을 열고 있는 우계정까지 가려면 이른 아침에 나서도 해질 무렵에야 도착할 터였다. 물론 쉬지 않고 잰걸음으로 간다면 더 빨리 도착하겠지만 눈발이 날리거나 삭풍이 거세게 불면 아무래도 걸음은 더뎌지기 마련이었다. 최대성은 사랑방으로 들어가 아버지 최한손에게 큰절을 했다.

"아부지, 우계정에 댕겨올라요."

"죽천 선상에게 이미 니를 부탁해 놓았은께 니는 허라는 대로만 허 믄 된다. 죽천 선상이 죽으라고 허믄 죽는 시늉이라도 허그라."

"걱정 마시씨요."

"니 엄니를 잘 안심시켜 놓고 가그라. 추운 시안에 니를 보낸다고 안 방에서 눈물을 짜드라. 허나 절집의 말이다만 추위가 한 번 뼈에 사무 치지 않으믄 어찌 코를 찌르는 매화 향기를 얻을 수 있겄느냐. 예전에 개흥사 노스님이 나에게 칼과 활을 줌시로 허신 말씸이다. 두고두고 생각나는 금쪽같은 말씸이여."

"예, 아부지. 엄니헌테는 방금도 잘 말씸드렸그만이라우."

"그라믄 떠나그라. 한 번 더 말허겄다만 죽천 선상은 니 돌잔칫날 와 서 인연을 맺은 선비다. 난 그때 벌써 맴 속으로 죽천 선상에게 니를 맽 길라고 했었느니라."

최한손의 아내 광주 이씨는 벌써 사립문 밖으로 나가서 아들 최대성 을 기다리고 있었다. 하늘은 납빛으로 무겁게 내려앉아 곧 진눈깨비라 도 쏟아부울 태세였다. 광주 이씨 눈에는 또 다시 눈물이 그렁그렁했 다. 그러고 보면 아버지 최한손은 강했다. 토방에도 내려오지 않고 마 루에 서서 한두 번 손을 흔들었을 뿐이었다.

최대성은 사립문 밖에 서 있는 어머니 광주 이씨 손을 잡으며 말 했다.

"엄니, 으디로 아주 가는 것이 아닌께 들어가시씨요. 이러다가 고뿔 이라도 걸리믄 으쩔라고 그러요."

"내 걱정 말고 죽천 선상님 고제(高弟)가 되그라. 고것이 엄니를 기쁘 게 허는 일인께."

"약속헐랑께 들어가시란 말이요."

그래도 광주 이씨는 고샅길 끝까지 주춤주춤 따라나서더니 걸음을 멈추었다. 두리동 형제가 큰소리로 인사했다.

"마님! 아드님 길잽이로 잘 댕겨오겠습니다요."

"눈발이 씨게 날리든 체면불구허고 누구 집이라도 들어가 쪼깐 쉬었다가 가그라."

"예, 마님."

광주 이씨는 이십대 중반의 두리동 형제가 함께 가니 그나마 안심했다. 두리동 형제와 아들 최대성의 인연은 지중했다. 광주 이씨가 초암산 동굴을 처음으로 찾아가 산신령 삼신할미에게 아기를 점지해달라고 빌었던 날에도 가노 두리동 형제가 길라잡이를 해주었던 것이다. 그때 두리동이 열한 살이었으니, 십수 년 만인 이번에는 광주 이씨의 아들 최대성을 외호하면서 우계정으로 가는 셈이었다.

광주 이씨는 아들 최대성이 시야에서 사라질 때까지 고샅길 끝에 서서 손을 흔들었다. 최대성도 뒤를 흘끔흘끔 보다가 눈발이 흩날리면서부터는 앞만 보고 걸었다. 두리동 형제는 짐을 얹힌 지게를 지고 가는 데도 능숙하게 움직였다. 활터에서 체력을 다진 최대성 역시 뒤처지지 않고 두리동 형제 뒤를 바짝 따라붙었다.

"성, 심들지 않은가?"

"아이고메, 요건 짐도 아니그만. 추수철에는 시 가마니를 지고 댕길 때도 있었당께. 요정도는 새털멩키로 개보와부러."

갑술이도 한마디 했다.

"진눈깨비가 내린 질이 미끄러운께 조심허드라고잉."

최대성은 겸백을 지나 복내 쪽으로 난 고개를 넘었다. 보성강은 산길에서는 사라졌다가 들녘에 들면 나타나곤 했다. 두리동 형제는 가능한 한 강변 길을 가다가도 막히면 고갯길로 들었다. 지름길로 가야만 우계정에 빨리 도착할 수 있기 때문이었다.

우계정 입실

　문덕의 첫 고갯길에서 앞서가던 두리동이 걸음을 멈추고 두리번거렸다. 눈발이 눈앞을 가릴 만큼 쏟아지고 있기 때문이었다. 더구나 점심때가 지나버린 탓에 허기가 졌다. 갑술은 형인 두리동의 눈치만 보았다. 최대성 역시 더 걷는 것은 무리라고 생각했다.
　"두리동 성, 마실에서 쉬었다가 가믄 으쩔까?"
　"고갯길 밑에 마실이 있을 거 같은디잉."
　갑술이 소리쳤다.
　"성! 쩌그 마실이 있는디 쉬어가세. 배가 고픈께 더 걷지 못허겄네."
　"알았어. 니만 배고픈지 아냐? 모다 그라제."
　두리동과 갑술이 여전히 앞서고 최대성은 뒤따라 고갯길을 내려갔다. 두리동과 갑술이 눈길에 낸 발자국을 최대성은 안전하게 밟고 있는 셈이었다. 최대성으로서는 초행길이기 때문에 두리동 형제를 뒤따를 수밖에 없었다. 두리동 형제는 쌀가마니를 지게에 지고 우계정까지 최한손의 심부름을 한 적이 있으므로 길눈이 훤했다.
　마을은 작았다. 대여섯 집이 옹기종기 붙어 있었다. 두리동은 굴뚝에서 연기가 나는 초가로 들어섰다. 허리가 구부정한 노인이 아궁이에 군불을 때고 있었다. 가족이 없는지 초가에는 노인 혼자만 있었다. 두리동이 노인에게 말했다.

"손 쪼깜 녹이고 가믄 안될께라우?"

"으디까지 가는디 그란가?"

"대원사 밑에 우계정을 가는구만이라우."

"거그까지 갈라믄 한참을 걸어가야 하는디 얼릉 손이나 녹이고 가소."

"아이고메, 고맙그만이라우."

노인이 마른 솔가지로 군불을 때는 동안 세 사람은 곁불을 쬈다. 굽은 손이 녹자 갑술이 지게에서 주먹밥을 꺼냈다. 그러자 노인이 솥에서 끓는 물을 바가지에 떠주었다.

"내놓을 찬은 읎지만 따순 물이라도 마시게."

"어르신, 점심을 같이 드시지라우?"

노인은 거절하지 않고 두리동이 내미는 주먹밥 한 개를 게걸스럽게 먹었다. 모르긴 해도 양식이 떨어져 점심을 건너뛰고 있음이 분명했다. 부엌데기가 싸준 주먹밥은 넉넉했다. 네 사람이 먹고도 조금 남았다. 초가를 떠나면서 최대성이 두리동에게 말했다.

"성, 노인께 쌀과 보리를 쪼깜 주고가믄 으쩔까?"

"주믄 좋기는 헌디 나는 뭣이라고 말허지 못허겄그만."

"내가 선상님헌테 잘 말씸드릴랑께 쪼깜 줘불드라고잉."

"나는 모른체헐랑께 알아서 허드라고."

"성, 고맙네."

그러자 갑술이 곡식 자루를 풀었다. 곡식을 덜어낸 만큼 지게는 가벼워졌다. 갑술은 속으로 신바람이 났다. 세 사람은 초가를 나와 다시 말없이 눈길을 걸었다. 주먹밥과 따뜻한 물로 요기를 한 때문인지 강바람이 불어와 눈발이 눈보라로 바뀌었지만 성큼성큼 나아갔다. 이윽고 대원사 초입에 들었다. 보성강 강바람이 사라지자 눈보라도 순하게 잦아들었다. 골짜기와 산자락들이 대원사 가는 산길을 양쪽에서 감싸고 있었다. 그래서인지 편안하고 포근한 느낌이 들었다. 산새들이 날 때마다 가지에 얹힌 눈이 한 움큼씩 떨어져 내렸다. 오는 동안 눈을 찔렀던 눈발의 사나운 설경이 아니라 신선이 살 것 같은 선경이 펼쳐졌다.

마침내 시냇물을 건너가는 징검다리가 보였다. 이윽고 초가지붕에 눈이 한 자나 쌓인 우계정이 나타났다. 시냇물은 바위를 스치며 돌돌돌 소리쳐 흐르고 있었다. 최대성은 시냇물의 또랑또랑한 소리에 잠시 귀를 기울였다. 정신이 점차 맑아졌다. 눈길과 달리 징검다리는 최대성이 먼저 건넜다. 그런 뒤 우계정 토방 앞에서 인기척을 냈다. 토방까지 눈이 들이쳤는지 비질이 선명하게 나 있었다.
"선상님!"
박광전의 제자인 듯한 한 사람이 방문을 열고 나왔다.
"으디서 온 누구인가?"
"사곡마실에 사는 최대성이라고 헙니다요."
"죽천 선상님을 뵈러 왔는가?"
"예."
그제야 박광전의 목소리가 났다.

"들어오그라. 지다리고 있었느니라."

최대성은 짚신에 박힌 눈을 털었다. 그리고는 방 안으로 들어가 박광전에게 큰절을 했다. 뿐만 아니라 삼십대 초반으로 보이는 박광전의 제자에게도 절을 했다. 삼십대 초반의 사내는 절을 받지 않겠다며 손사래를 쳤지만, 최대성은 자신보다 이십여 년 연상의 어른으로 보여 절을 하지 않을 수 없었던 것이다. 박광전보다 여덟 살 아래인 사내가 말했다.

"매형, 사곡마실에서 왔그만요."

박광전의 처남인 사내는 장흥 태생인 문위세였다. 그는 9세 때 외숙부 윤구(尹衢)에게서 처음으로 글을 배웠으며, 14세 때 윤구의 추천으로 퇴계 이황 문하에서 유학하였고, 24세 때는 박광전이 지은 죽천정사에서 《논어》를 익힌 적이 있고, 25세 때 또다시 이황에게 가서 수학했던 박광전과 이황의 제자였다.

"알고 있네. 최 첨사 어르신의 큰아들인디 나에게 글을 배우러 온 것이네."

최대성은 또 한 번 엎드려 절을 하면서 말했다.

"선상님을 뵈오니 참말로 기쁩니다요."

"어르신께서는 강녕허신가?"

"예, 선상님을 뵈믄 안부를 전허라고 했습니다요."

"오늘은 늦었은께 절에 올라가 있그라. 우계정에서 보냈다고 허믄 방을 하나 내줄 것이니라."

"근디 선상님, 아버님께서 보내신 곡식에 지가 손을 쪼깜 댔습니다요. 용서를 빕니다요."

"그 말이 무신 뜻이냐?"

최대성은 문득 고개 밑 마실에서 있었던 일을 사실대로 실토했다. 최대성이 한 이야기의 요지는 점심을 굶은 채 군불만 때고 있던 홀아비 노인을 만나 가노가 지게에 지고 왔던 곡식을 조금 퍼주었다는 고백이었다. 최대성의 말을 듣고 있던 박광전이 옳거니! 하고 중얼거렸다. 곧 칭찬과 격려를 할 것처럼 입가에 미소가 번졌다.

"니가 한 행동은 측은지심의 발로이니라. 측은지심을 갖는 것이 나에게서 글을 배우는 목적인바 니는 이미 학문의 길로 들어선 것 같구나. 나는 니를 제자로 받아들이고 글을 갈칠 것이니라."

측은지심이란 맹자가 말한 사람의 본성에서 우러나오는 네 가지 마음 중에 하나였다. 즉 측은지심(惻隱之心), 수오지심(羞惡之心), 사양지심(辭讓之心), 시비지심(是非之心) 등 4단(四端)이 있는데, 각각 인의예지의 착한 본성에서 연유한 감정이라는 것이었다. 맹자는 공손추(公孫丑)편에서 이 같은 마음들을 자세히 설명한 바, 측은지심은 남의 불행을 함께 아파하는 마음이고, 수오지심은 부끄럽게 여기고 수치스럽게 여기는 마음이며, 사양지심은 남에게 양보하는 마음이고, 시비지심은 선악 시비를 판별하는 마음이라고 밝혔던 것이다.

그런데 문위세는 박광전과 달리 얼굴이 어두워졌다. 고개를 절레절레 젓기까지 했다. 박광전이 최대성을 제자로 받아들여 글을 가르치겠다는 말에 일이 틀어져 버린 까닭이었다. 자신이 우계정에 온 이유는 매형인 박광전을 안동까지 안내하여 퇴계 이황에게 소개하려고 했던 것인데, 계획이 물거품으로 돌아갔기 때문이었다. 매형 박광전이 이황 문하로 들어가야만 우계정의 학풍이 세상에 더욱더 알려지리라고 믿어왔던 것이다. 문위세는 마음속으로 다짐했다.

'무신 일이 있어도 나는 매형을 퇴계 문하로 안내허고 말 것이다.'

밖에서는 두리동과 갑술이 지게에 얹힌 곡식을 다 내려놓은 뒤 우계정 마당을 쓸고 있었다. 바지런하고 집안 허드렛일을 민첩하게 하는데 두리동 형제를 따를 만한 자가 없었다. 박광전이 말했다.

"얼릉 절에 가그라. 절에서는 북소리를 잘 들어야 굶지 않느니라."

"예, 선상님."

절에서는 끼니때마다 여기저기 흩어져 있는 대중을 공양간으로 불러 모으기 위해 북을 쳤다. 공양 시간을 놓치지 않으려면 북소리를 잘 들어야 했다. 목탁을 치는 절도 있었지만 대원사에서는 북소리로 공양 신호를 보냈다.

최대성과 두리동 형제가 대원사로 올라가고 난 뒤였다. 문위세는 대원사에서 얻어온 누룽지를 우계정 아궁이 솥에 넣고 끓였다. 군불을 지필 겸 저녁 끼니를 해결하기 위해서였다. 소식을 하는 박광전은 저녁 끼니때마다 산채 장아찌에 누룽지 죽을 먹곤 했던 것이다.

문위세는 저녁 끼니를 마치자마자 이번에는 화롯불에 차를 끓였다. 대원사 야생차밭의 찻잎으로 만든 발효차였다. 대원사 주지스님이 준 발효차인데 한 자루면 겨우내 우려먹을 수 있는 분량이었다. 박광전이 후르륵 소리 내어 차를 마시면서 말했다.

"숙장, 최 첨사 어르신의 부탁도 있고, 대성이를 실제로 본께 갈치고 잪은 맴이 드네."

"날이 쪼깜 풀어지믄 매형께서 안동으로 가자고 약속했지라우."

숙장(叔章)은 문위세의 자였고, 그의 호는 풍암(楓庵)이었다.

"고로코름 말헌 것은 사실이제. 허나 쪼깜 뒤로 미루어야겄네. 미안 형마. 나 땜시 숙장이 안동을 왔다갔다 했는디 말이시."

"입춘이 지나서 퇴계 선상님께 매형을 모시고 가기로 했는디 지가 실읎는 사람이 되지 않을까 걱정이그만요."

"숙장 처지를 이해허네. 긍께 대성이를 갈쳐 보고 안동에 갈 날짜를 정허겄네."

"늦어도 올 시안에는 가셔야지라우."

"올해 안에는 약속을 지킬 텐께 걱정 마소."

두 사람은 일찍 이부자리에 누웠다. 두 사람 모두 꼭두새벽에 일어나니 일찍 잠자리에 드는 것이 오래된 습관이었다. 등잔불을 끄자 부엉이가 우계정 부근까지 내려와 날았다. 이 나무 저 나무를 날아다니는지 푸드덕푸드덕 하고 날갯짓 소리가 났다. 이따금 짝을 부르는 우웅우웅 하는 소리도 들려왔다. 박광전은 곧 코를 골았고, 문위세는 자정 무렵까지 뒤척거렸다. 가까스로 잠이 들 무렵 한 생각이 떠올랐다가 사라졌다. 박광전은 우계정에 입실하려는 장정들에게 면접을 보아왔는데, 반드시 묻는 말은 《소학》을 외우고 있느냐는 것이었다. 만약 《소학》을 배우지 못했다면 돌려보내곤 했다. 《소학》을 암기하는 것이 입실의 자격을 판단하는 기준이었다.

'사곡마실에서 온 저 장정은 《소학》을 다 외우고 있을까?'

다음날.

눈발이 그친 하늘은 깊은 못물처럼 푸르렀다. 두리동 형제는 대원사 스님들과 함께 경내에 쌓인 눈을 쓸었고, 최대성은 우계정으로 내려와 박광전에게 문안인사를 올렸다. 이미 박광전과 문위세는 단정히 앉은 자세로 서책을 읽고 있었다.

"잘 주무셨는게라우?"

"오냐. 절 방은 따땃허드냐?"

"예, 하마터믄 늦잠을 잘 뻔했그만요. 북소리를 듣고 일어났어라우."

박광전이 읽고 있던 서책을 덮고는 말했다.

"어저께는 늦어서 뭣을 공부허는 것이 좋을지 얘기를 허지 못했다. 공부에도 실마리가 있어야 허느니라."

입을 다물고 있던 문위세가 물었다.

"《소학》은 뗐는가?"

"예,《소학》은 앞으로도 뒤로도 외우지라우."

최대성의 한 마디 대답에 문위세는 놀란 듯 더 묻지 못했다. 대신 박광전이 차분하게 말했다. 입실을 원하는 장정이 우계정으로 찾아올 때마다 의관을 단정히 하고 당부해왔던 말이었다.

"선현의 말씸을 익히는 목적이 뭣인가? 다만 자신을 드러내려고 외우고 익히는 것이 아니라 자신의 덕을 닦는 근본에 심을 써야 써. 출사해서 입신양명허는 것이 목적이 아니란 말이여. 수덕(修德)허지 않고는 아무리 공부해도 사상누각일 뿐이제. 위기지학(爲己之學), 즉 자신을 위하는 학문이 있으니 만약 배우고 싶거든 자신을 위하는 학문을 어찌 외면하겠는가?"

"짚이 명심허겄습니다요."

박광전이 또 말했다.

"대성이는《소학》을 익혔다고 했제?"

"예. 선상님."

"그라믄 하나 물어보겠다.《소학》내용 중에 '예의가 아닌 것은 보지 말라(非禮勿視 非禮勿聽)'는 것이 있다. 그 구절을 한 번 외와보그라."

최대성은 조금도 더듬거리지 않고 또박또박 외워 바쳤다.

〈공자가 말했다.

"예가 아닌 것은 보지 말며, 예가 아닌 것은 듣지 말며, 예가 아닌 것은 말하지 말며, 예가 아닌 것은 행동하지 말라."〉

孔子曰 非禮勿視 非禮勿聽 非禮勿言 非禮勿動

박광전은 최대성이 외우는 첫 네 구절에서 말을 자르고 또 당부했다.

"옳거니, 방금 니가 외운 네 가지를 '사물잠(四勿箴)'이라고 허는디, 이 네 가지 '물(勿)'만 지키믄 선비의 수신과 처세에 문제가 읎을 것이 니라. 근디 어찌 군자 되는 길이 어렵다고만 할 것이냐. 이어서 계속 외와보그라."

〈집의 문 밖에 나가서는 귀한 손님을 대하듯이 행동하고, 백성을 부릴 때는 큰 제사를 받들듯이 하며, 내가 하고 싶지 않은 바를 다른 사람에게 시키지 말라.

행동하는 몸가짐은 엄숙하며 공손하게 하고, 일을 처리할 때는 공경하여 조심한다.

다른 사람과 더불어 사귈 때 성실하게 대하는 태도를 비록 오랑캐의 땅에 가더라도 버려서는 안 된다.

말이 성실하고 믿음이 있으며, 행실이 두텁고 공손하면 비록 오랑캐의 나라에서라도 행할 수 있다. 말이 불성실하고 믿음이 없으며, 행실이 두텁지 못하고 공손하지 못하면 비록 자신이 사는 마을이라도 어찌 다닐 수 있겠는가.〉

出門如見大賓 使民如承大祭 己所不欲 勿施於人

居處恭 執事敬 與人忠雖之夷狄 不可棄也

言忠信 行篤敬 雖蠻貊之邦行矣 言不忠信 行不篤敬 雖州里行乎哉

박광전은 최대성에게 더 물어볼 것이 없다는 듯 흡족한 표정을 지었다.

"대성이는 바로 《논어》로 들어가도 되겠다. 나는 가실까지 《논어》를 갈칠 것이다."

"혼신의 심을 다해 배우겠습니요."

오후가 되자 문위세는 장흥으로 떠났다. 그해 겨울 실제로 박광전은 처남 문위세와 그의 외사촌 윤강중과 윤흠중을 앞세우고 안동 퇴계 문하로 들어갔다.

충효당

우계정에서 일년 내내 《논어》를 익힌 최대성은 사곡마을로 돌아왔다. 아버지 최한손 앞에서 《논어》를 외워 바친 최대성은 겨우내 충보정으로 나가 활쏘기를 했다. 활쏘기 연습, 즉 습사(習射)는 체력을 단련시키는 데는 그만이었다. 활은 팔 힘만이 아닌 온몸의 힘으로 쏘는 것이기 때문이었다.

최대성은 다음 해에도 틈만 나면 충보정 활터에서 선후배 장정들과 함께 습사를 했다. 승마와 습사는 체력을 다져주기도 했지만, 마음에 의기(義氣)를 채워주기도 했던 것이다. 말을 타고 초암산 정상까지 올라가 선바위 앞에 설 때마다 새삼 용기가 솟구쳤다. 최대성은 그러한 용기를 맹자가 말한 호연지기(浩然之氣)라고 믿었다.

호연지기는 맹자의 제자 공손추가 맹자에게 장점을 묻자 "나의 장점은 지언(知言; 상대 말을 아는 것)과 호연지기이다"라고 답한 데서 유래했다. 맹자의 말에 따르면 호연지기는 기가 지극히 크고 강하며, 그 기에는 의(義)와 도(道)가 섞이어 있으므로 제대로 길러진다면 천지에 가득 차게 되지만, 만약 의와 도가 없으면 속이 텅 비게 된다고 했다. 맹자의 호연지기는 공자가 말한 용기와 비슷했다.

최한손은 아들 최대성이 공부보다 무술에 빠지는 것을 경계했다. 대장부가 되려면 호연지기 못지않게 지언의 능력도 중요하기 때문이었다. 그래서 생각해 낸 방편이 독서당을 하나 마련해 주는 것이었다. 최한손은 누구라도 대장부가 되려면 문무를 겸비해야 된다고 믿었던 것이다. 최대성이 새벽문안 인사를 왔을 때였다. 최한손은 아들의 마음을 슬쩍 떠보았다.

"대성아, 우계정으로 또 가지 않고도 혼자 공부헐 수 있겄느냐?"

"《소학》과 《논어》를 외왔은께 니는 독학헐 수 있다고 우계정 선상님께서 안동으로 떠나시기 전에 말씸허셨그만요."

"독학이 을매나 에러운 줄 니는 모를 것이다."

"그라믄 어처께 해야 쓰겄는게라우?"

"나는 작년 단옷날 개흥사에서 있었던 보성 유림 야유회 때 맘 속으로 결심허고 있었느니라."

"그때 지가 지은 시는 보성향교 어르신덜이 칭찬했지만 부끄러운 수준이었그만요."

"니가 지은 시를 잊어부렀다만 그래도 어른덜 눈에 띄었은께 칭찬했겄제."

"지도 생각도 나지 않아라우. 부끄러와서 얼릉 잊어불라고 했지라우. 또 유림 야유회가 있다믄 참말로 좋은 시를 지어불라요. 근디 아버님께서 결심허신 것이 뭣인게라우?"

"고것을 이야기헐라다가 니 시를 들먹였구나. 니가 독학헐 수 있도록 내가 독서당을 하나 지어줄라고 헌다."

"지도 실은 우계정을 나온 뒤부터 독서당이 하나 있었으믄 했어라우."

"근디 으째서 말을 허지 않았느냐?"

"아버님께 뜬금읎이 말씸드리는 것이 부담스러웠지라우."

"니도 인자 혼인허게 되믄 독서당이 필요헐 것이다. 둘이 잠자는 신방에서 어처께 서책을 볼 수 있겄느냐?"

"아버님, 지에게 혼인은 아직 멀었어라우."

"아니다. 향교에 입실허는 니 친구덜을 보그라. 모다 앞서거니 뒤서거니 혼인허지 않느냐. 니도 인자 가야 써."

최대성은 생각해 본 적이 없었으므로 더 이상 자신의 혼인에 관해서는 대답하지 않았다. 대신 조금 전에 했던 독서당 이야기로 말머리를 돌렸다.

"아버님, 지 독서당 이름은 정해 두셨는게라우?"

"지어둔 이름은 읎다만 충(忠)자가 들어갔으믄 헌다."

"지는 효(孝)자가 들어갔으믄 좋겠그만이라우."

"니가 열두어 살 땐가, 서당 훈장한테서 배운 《천자문》에서 으디가 젤로 맘에 드느냐고 물으니까 요로코름 대답했느니라."

최한손은 눈을 지그시 감은 채 나직이 읊조렸다.

〈효당갈력 충즉진명(孝當竭力 忠則盡命)

효도는 마땅히 힘써 다해야 하고, 충성은 목숨을 다해야만 한다.〉

"아버님, 고러코름 말씸드린 적이 있지라우."

"긍께 독서당을 충효당이라고 허믄 으쩌겄냐?"

"좋그만요. 은제 으디서나 충과 효를 거듭거듭 새겨불라요."

"알았다. 보성 원근각처에서 대목수를 불러오고, 가노덜이 심을 쓰믄 서너 달 안에 독서당이 지어질 것이다."

최한손이 서너 달이라고 힘을 주어 말한 것은 자신감의 발로였다. 이미 지난겨울에 대들보, 서까래, 기둥이 될 만한 소나무들을 베어와 치목을 해두었기 때문이었다. 그러니까 아들 최대성이 작년 개흥사 유림 야유회에서 시를 제법 짓는 것을 보고는 독서당을 하나 지어주겠다고 결심했던 것이다.

최한손은 아들 최대성이 사랑방을 나간 뒤 안방으로 건너갔다. 마침 안방에 있던 아내 광주 이씨가 말했다.

"대성이 혼사는 어쩨께 되야가는게라우?"

"정헌 것은 읎지만 저쪽 처녀 집안에서 또 연락이 왔그만."

저쪽 처녀란 진원 박씨인 박이성(朴而誠)의 딸을 가리켰다. 우계정에서 공부한 박광전의 제자들은 보성 토족들에게 신랑감으로 인기가 많았다. 서당 공부를 마친 뒤 우계정에서 과거 급제하여 출사도 하고, 그보다는 수신을 강조하는 위기지학에 밝은 박광전의 제자라면 전라도 일대에서 알아주었던 것이다.

"그라믄 우리도 나서야지라우. 손바닥도 마주쳐야 소리가 나지 않는게라우."

문과 급제하여 덕산군수로 나가 있는 박이성이 최한손의 아들에게 관심을 보이는 까닭은 아마도 박광전이 추천했음이 분명했다. 진원 박씨 문중 모임에서 박이성이 박광전에게 신랑감을 부탁했을 수도 있기 때문이었다.

"짱짱한 집안 딸인 것은 틀림없는디."
"멎이 캥기는 디가 있는게라우?"
"실은 처녀가 몸이 부실허다는 얘기가 있당께."
"누가 시기해서 허는 소리가 아닌지 모르겄소."
"그런 소문이 들리길래 내가 일전에 두리동을 몰래 보냈는디 몸이 부실헌 것은 맞당께."

최한손이 두리동 형제를 광주목 북쪽에 있는 진원으로 보낸 것은 사실이었다. 두리동 형제는 유랑민 행색을 하고 진원의 박이성 집이 있는 마을로 들어갔다. 그런 뒤 박이성 집의 허드렛일을 거들며 며칠 동안 문간채에서 숙식을 했다. 그런데 박이성의 외동딸은 안채 밖으로 나오지 않아서 좀체 살필 수가 없었다. 할 수 없이 두리동은 꾀를 냈다. 낯이 익은 안채 부엌데기가 샘물을 길어올 때를 기다렸다가 다가가서 부엌까지 나뭇짐을 지게로 옮겨주겠다고 호의를 보였던 것이다. 그러자 부엌데기는 고맙다며 지게 두 개를 가져왔다. 그동안에는 부엌데기가 불을 땔 적마다 한 소쿠리씩 땔나무를 끙끙 들고서 오가곤 했기 때문이었다. 두리동 형제가 헛간에 쌓여 있는 나뭇짐을 안채 부엌으로 옮기는 데는 한나절 일거리였다. 두리동 형제는 일부러 쉬엄쉬엄 나뭇짐을 날랐다. 불볕더위가 쏟아지는 날이었으므로 한두 번 지게질만 해도 땀이 비오 듯 저고리를 적셨던 것이다. 부엌데기가 밭일을 나가버린 한낮이 조금 지났을 때였다. 열여섯 살쯤 되어 보이는 처녀가 소반에 냉수를 들고 와서 두리동 형제에게 마시라고 권했다. 박이성 딸이었다. 처녀는 몇 년 동안 햇빛을 보지 못한 듯 얼굴이 백지장처럼 창백했다. 또한 키는 또래보다 큰데 작은 소반이 무겁게 보일 정도로 팔목과 손가락이 가늘었다. 마침 불볕더위에 목이 말랐으므로 두리동 형제는 냉수를 벌컥벌컥 마셨다. 두리동이 슬쩍 처녀를 훔쳐보니 그녀는 두리동 형제들이 측은하다는 듯한 표정을 짓고 있었다. 처녀의 얼굴은 선해 보였다. 그때 부엌데기가 밭에서 돌아와 화들짝 놀란 표정으로 마님이 밖에 나와 있는 것을 알면 걱정하실 것이라며 안절부절못했다. 처녀가 안채 방으로 들어간 뒤에야 두리동이 부엌데기에게 왜 그러냐고 물었고, 부엌데기는 알 수 없는 병에 걸렸다가 이제 겨우 나아가는 중이라고 대답했다. 다음날 두리동 형제는 박이성 집을 떠났다. 박이성 딸의 동정을 살폈으니 더 있을 필요가 없었던 것이다.

최한손은 광주 이씨에게 두리동으로부터 들었던 말을 다시 들려주었다.

"처녀가 병으로 고상했던 것은 사실인디 인자 다 나은 것 같고 뭣보다 맘씨가 고운 듯허요."

광주 이씨는 최대성의 혼사에 있어서 만큼은 남편보다 더 적극적이었다.

"그람은 뭣을 망설인다요. 당장 처녀 집에 연통해서 날을 잡읍시다요."

"내 맴도 그렇소. 근디 혼인헌 뒤 저지른 내 실수를 대성이에게 물려주지 않고 잪소."

"영감님이 뭔 실수를 허셨다고 그라요?"

"신방 재미에 푹 빠져 이삼 년 서책을 멀리해버린 것을 생각허든 그때 그 시간이 지금도 아까와 죽겠소."

"긍께 지가 영감님께 뭐라고 했었는게라우. 아버님 뜻을 생각해서라도 제발 책 쪼깐 보라고 했지라우."

"신방 재미에 빠지고 보니 어쳐께 밤낮이 가는지 모르겄드라고. 아조 딴 시상에 사는 것 같드랑께."

"아버님께서 을매나 걱정허셨는디라우."

"알제, 어찌 눈치마저 읎었겄소."

최계전은 벼슬이 도사에 머물고 말았으므로 아들 최한손이 높은 벼슬아치가 되기를 오매불망 원했다. 그런데 최계전은 아들이 공부에 전념하지 않고 무술에 흥미를 느끼거나 한량 기질을 보일 때마다 애가 탔다. 특히 아들이 혼인한 뒤 신방에서 아예 나오지 않자 뒷짐을 진 채 헛기침하며 마당가를 서성거리곤 했던 것이다. 어느 날 최한손은 아버지 최계전의 헛기침 소리를 듣고 마지못해 신방에서 나와 사랑방으로 들어가 꾸중을 듣기도 했던바, 최대성이라고 그러지 말라는 법은 없었다.

"긍께 대성이 혼인헌 뒤를 걱정하고 겨시그만요."

"그라요. 혼인허고 나믄 성인인디 아무리 부모라고 해도 이래라 저래라 헐 수는 읎는 뱁이요."

"혼인을 시켜도 걱정, 그라지 못해도 걱정이그만이라우."

"방법이 아조 읎는 것은 아니요."

"무신 수가 있는게라우?"

"신방에서 떨어진 사랑방 옆에 독서당을 하나 지어주는 것이요. 그라믄 옛적에 나맨치로 신방에만 빠져 있지는 않겄제."

"긍께 영감님이 지난 시안 때부터 사랑방 뒤안에 깎은 나무를 모아 두고 있었그만요."

"독서당을 짓는 것은 내 뜻만이 아니라 대성이 생각도 보태진 것이요. 대성이가 우계정을 나온 뒤에 나헌테 헌 약속인디 내가 독서당을 지어주믄 혼자 독학허겄다는 말을 했소."

"오메, 잘 됐그만이라우."

"긍께 나는 대성이 혼인 전에 독서당을 지을 것인께 고로코름 아씨요."

충효당 주춧돌은 늦여름인데도 며칠 동안 장대비가 오는 탓에 초가을에야 놓았다. 보성의 이름난 대목수 두 명이 왔고, 사곡마을의 측간 목수 한 명이 거들었다. 측간목수란 측간 정도 짓는 눈썰미를 가진 마을의 작은 목수를 뜻했다. 그리고 최한손의 가노 십여 명이 대목수의 지시에 따라 터를 닦고 기둥들을 날랐다.

상량식을 할 때까지 최한손은 일부러 아들 최대성에게 혼사 이야기는 꺼내지 않았다. 그러나 최대성은 두리동과 형제처럼 지내온 터라 자신과 혼인할 처녀가 진원의 박이성 딸이라는 것을 눈치채고 있었다. 두리동이 비밀이라면서 최대성에게 자신이 보고 온 박이성의 딸에 대한 인상을 솔직하게 말해 주었던 것이다. 보통 처녀들처럼 말같이 튼튼하지 않은 게 흠이기는 하지만 마음씨가 비단처럼 곱다는 것은 최대성이 평소에 원하던 바였다. 최대성은 집안 명성이나 처녀의 미모보다는 마음결이 따뜻해야 한다고 생각했던 것이다. 그렇기는 하지만 자신의 혼인은 어른들이 알아서 결정할 일이라며 저만큼 관심 밖에 두었다. 최대성에게 당장 화급한 것은 충효당에서 공부할 서책을 구하는 일이었다. 구하기 힘든 서책은 보성향교에서 빌려와 필사하려고 했다.

충효당 상량식은 최한손이 초가을 양명한 길일(吉日)로 잡았다. 초대 손님이라고 해봐야 보성향교에서 서너 명이 왔고, 겸백마을 유지들이 전부였다. 최한손은 아들의 스승인 박광전을 반드시 초대하려고 했지만 모친상 중이므로 그러지 못했다. 또 예전에 《천자문》과 《소학》을 가르쳤던 서당 훈장은 이미 병사하고 없었다. 축원은 개흥사 주지스님이 목탁을 치며 했다. 스님이 축원하는 동안 최한손은 붓으로 상량(마룻대) 머리에 용(龍) 자를, 밑에 귀(龜) 자를, 가운데에 효당갈력 충즉진명(孝當竭力 忠則盡命)과 이어 상량한 날짜를 썼다. 누군가가 탄성을 질렀다.

"아따, 명필이요!"

그러자 또 누군가가 추임새를 넣었다.

"첨사 어르신께서 명필이신 줄 인자서야 알았소!"

"아드님도 필체가 첨사 어르신 못지않다고 허든디 맞는게라우?"

"하하하."

여기저기서 웃음꽃이 피어났다. 이윽고 대목수가 택신(宅神)과 지신(地神)에게 술을 올렸다. 그리고 나서야 충효당의 주인 최대성이 꽃을 바쳤다. 헌주(獻酒)와 헌화(獻花)가 끝나자 대목수가 나서서 한지로 묶은 북어와 떡을 상량에 붙들어 맸다. 그런 뒤에야 겸백 유지들이 상량 양쪽 끝에 맨 긴 천을 이리저리 흔들었다.

어기어차 마룻대를 동쪽으로 올리세
어기어차 마룻대를 서쪽으로 올리세
어기어차 마룻대를 남쪽으로 올리세
어기어차 마룻대를 북쪽으로 올리세

사방신(四方神), 즉 동서남북을 지키는 청룡, 백호, 현무, 주작 등 네 신수(神獸)에게 고하는 의식이었다. 이윽고 유지들이 천을 잡아당기자 상량이 높이 올라갔고 모두가 박수치면서 환호했다.

"와아! 와아!"

최한손은 재작년부터 준비해 왔던 상량식 과정이 흡족했다. 모인 사람들이 떡을 먹고 술을 마시면서 음복했다. 최한손은 두리동 형제에게 사곡마을 모든 집에 떡과 술을 돌리도록 지시했다.

"여그 오지 않은 마실사람덜에게도 술허고 떡을 돌려야 헌다잉."

"예, 첨사 어르신."

상량식 잔치는 초암산 산자락 너머로 석양이 기울 때까지 계속됐다. 그런데 최한손은 벌써부터 이보다 더 큰 잔치를 내년 이맘때쯤 또 가지려고 했다. 아들 최대성이 장가가는 날에는 무슨 일이 있더라도 겸백 유지들은 물론 보성의 후덕한 선비들을 모두 초대하려고 작심해 왔던 것이다.

아내 진원 박씨의 죽음

4년 후.

스물한 살 최대성의 옷차림은 예전과 달리 단정하지 못했다. 충효당에서 앉은뱅이책상 앞에 앉지 않고 뒹굴기만 했던 것이다. 두리동 동생 갑술이 충효당 아궁이에 군불을 지펴주었으므로 방바닥은 늘 따듯했다. 갑술은 땔나무를 아궁이 속에 던지면서 눈물을 흘리곤 했다. 최대성의 아내 진원 박씨가 끝내 숨을 거두었기 때문이었다.

최대성은 병약한 아내의 돌연한 죽음으로 몹시 낙심한 채 충효당을 거의 나오지 않았다. 부엌데기가 끼니때마다 밥상을 들고 왔지만, 하루 한 끼만 겨우 숟가락을 들었다가 놓았다. 부엌데기에게 미안하여 먹는 시늉만 했다. 초상을 치른 지 한 달째였다. 친인척들에게 위로의 말조차 듣기가 거북했다. 두리동과 갑술이 울음 섞인 목소리로 간청했지만 소용없었다. 두리동이 또다시 눈물 흘리며 하소연했다.

"첨사 어르신께 새복 문안인사도 허지 않고 으째쓰까잉. 어르신 맴도 아플 것인께 문안인사는 해야 쓰는디."

"아버님께서 맴이 차분해질 때까지 당분간 오지 말라고 했당께."

"답답허신께 그냥 허신 말씸이겠제잉."

"초암산에 올라가 바람이라도 쐬믄 좋겄는디…."

갑술도 한 마디했다.

"마님께서 심들어 병 나시겄어라. 애기덜이 시도때도 읎이 보챈께라. 긍께 마님을 자꼬 찾아뵘시롱 애기덜도 안아주고 허믄 마님께서 좋아허실 텐디라."

"어찌 내 애기덜인디 안 보고 잪겄는가. 애기덜을 보믄 내 맴이 무너져불 거 같응께 그라제."

최대성은 진원 박씨와 혼인한 뒤 2년 터울로 아들 언립과 명립을 보았는데, 언립은 이제 스스로 걸어 다니면서 말문이 트였고, 명립은 젖 대신 미음을 먹여야 하는 갓난아기였다. 진원 박씨는 아들 명립을 난산 끝에 보고는 숨을 거둔바, 최대성은 하늘을 원망하지 않을 수 없었다.

두리동이 다시 말했다.

"초암산에 올라가믄 속이 툭 트일 것인디잉. 그라믄 답답헌 맴이 스르르 풀어질 테고."

최대성은 두리동이 하소연하는 말에 몸을 일으켰다. 가지에 봄물이 오르듯 가슴속에서 활기가 깨어나는 듯했다. 최대성이 방문을 열고 나오자 두리동 형제는 놀란 채 아궁이 턱에 넘어질 뻔했다. 최대성이 방 밖으로 나올 것이라고는 상상조차 못했던 것이다.

"나 혼자 올라갈 것인께 오지 말어."

"아이고메, 인자 살겄네잉."

최대성은 충효당을 나와 혼자서 초암산에 올랐다. 봄물이 오른 오리나무 잎눈들이 가장 먼저 싹을 틔우려고 했다. 생강나무 노란 꽃들은 벌써 꽃을 피우고 있었다. 생강나무 꽃향기가 최대성의 코를 찔렀다. 한겨울만 해도 죽은 듯이 누워 있던 산자락에 푸른 기운이 돌았다. 암꿩이 낙엽을 헤치며 달아났다. 고라니 한 쌍이 최대성을 물끄러미 바라보면서 물러서지 않았다. 그러더니 아기 목소리를 내며 경중경중 숲속으로 사라졌다.

초봄이라고는 하지만 선바위들이 있는 산 정상은 보성만에서 불어오는 바닷바람이 차가웠다. 최대성은 차가운 바닷바람에 자신을 맡겼다. 선바위들을 할퀴며 지나가는 바닷바람이 낙심해 있던 최대성을 꾸짖는 듯했다.

'그대는 대장부인가, 졸장부인가? 졸장부의 꿈은 작심삼일이고, 꺾이지 않고 물러서지 않는 꿈이 있다면 그것이 바로 대장부가 아닌가.'

최대성은 단전 아래까지 숨을 들이켰다. 차가운 바닷바람을 천천히 마셨다가 길게 토해냈다. 그러자 느슨했던 마음속의 활줄이 팽팽해지는 듯했다. 녹슬었던 가슴속의 칼이 푸른 빛을 내는 것도 같았다. 예전의 호연지기가 다시 조금씩 차오르는 듯했다.

한편, 두리동 형제는 충보정으로 나가 활터를 청소한 뒤 다시 집으로 돌아왔다. 최한손에게 최대성이 초암산에 올라갔다는 사실을 보고하기 위해서였다. 평소 같으면 최대성의 외출은 보고할 가치가 없었지만, 이번에는 한 달째 두문불출했기 때문에 달랐다. 두리동은 사랑방 문앞에서 인기척을 냈다.

"첨사 어르신, 겨신게라우?"

"……"

두리동은 최한손에게 먼저 오지 않은 것을 후회했다. 실수였다. 혹

한기 동안 충보정 활터를 방치해 두었기에 봄부터는 마을 청년들이 활터를 이용할 것이므로 서둘러 가서 청소했던 것이다. 최한손에게는 장정들이 이용하는 충보정 활터보다 두문불출하던 아들 최대성의 초암산 등산 소식이 더 중요할 터였다. 그때 부엌데기가 사랑방 앞을 지나치다가 말했다.

"두리동 아재, 어르신께서는 시방 안채 큰방에 겨시그만요."

"나는 또 그것도 모르고 여그 있었네."

광주 이씨가 거처하는 안채가 지어진 것은 작년이었다. 본채에 사랑방과 광주 이씨가 기거하는 안방, 대청마루 등이 있었는데, 사랑방 손님들이 붐비자 본채 뒤쪽에 안채를 따로 지었던 것이다.

두리동은 부엌데기를 따라 안채로 갔다. 안채는 마당이 좁았다. 대신 안채 뒤쪽이 넓었다. 광주 이씨가 이리저리 활보할 수 있도록 대숲 가장자리를 밀어버렸기 때문이었다. 그 일을 하는데도 두리동 형제가 머슴들을 불러 깔끔하게 마쳤던바, 최한손은 두리동의 공을 인정하여 논밭 수확을 관리하는 마름으로 높여주었던 것이다.

"무신 일인가?"

최한손은 집안의 어느 일꾼보다도 두리동을 신뢰했다. 마름이라고는 하지만 머슴 출신을 안채 마루에 올라와 앉게 하는 것은 드문 일이었다.

"이리 앉게."

"마당에 서서 말씸드리겄습니다요."

"여그까지 나를 찾아온 것을 본께 특별헌 일 같은디 이리 오게."

"저어, 아드님 땜시 왔그만요."

아들이라는 말에 방문이 열렸다. 광주 이씨가 아기를 안고 있는 모습이 두리동의 눈에 비쳤다. 두리동은 마루로 올라가 두어 걸음 떨어져 앉았는데 최한손을 바로 쳐다보지는 못했다.

"얼릉 얘기해 보게."

"아드님이 충효당을 나왔어라우."

"으디로 가던가?"

"초암산에 갔그만요."

최한손의 입가에 미소가 어렸다. 광주 이씨도 방을 나와 아기를 부엌데기가 안고 있게 했다.

"자네가 대성이를 나오게 했그만. 누구 말도 듣지 않았네. 자네밖에 읎어."

"눈물로 하소연했습니다요."

"잘했네, 고맙네야."

광주 이씨가 말했다.

"자네덜은 대성이가 태어날 때부텀 인연을 맺어왔네. 앞으로도 대성이 울타리가 돼불게."

"아이고메, 지보다 성근진 사람덜이 을매나 많은디요. 그래도 고로코름 생각해 주신께 분골쇄신헐랍니다요."

"허허허. 자네는 고사성어도 잘 아는그만."

"쑥도 삼대밭에서 자라믄 곧고 키가 크다는 말이 있데끼 첨사 어르신 집에서 일허다 본께 그라그만이라우."

"그래, 근묵자흑(近墨者黑), 먹을 가차이허믄 꺼매진다는 말이나 똑같네. 두리동 성제는 그런 사람이그만."

"첨사 어르신께 요로코름 칭찬을 들은께 몸둘 바를 모르겄습니다요."

"자네 성제덜은 칭찬 들을 만허네. 언립이 목검도 자네가 맹글어 줬담서."

"목검이라기보다 장난감으로 맹글었그만이라우."

최한손은 손자에게 목검까지 만들어주는 두리동 형제를 칭찬하지 않을 수 없었다. 게다가 오늘은 한 달째 꼼짝을 않던 아들 최대성이 초암산에 오르도록 했다니 두 형제가 누구보다도 믿음직했다.

"봄농사 준비헐 것이 많은 텐디 얼릉 가서 일보게."

"예, 첨사 어르신."

최한손은 두리동이 나간 뒤 광주 이씨에게 말했다.

"임자, 손자를 한 번 안아보고 잪소."

"지가 안고 올라요."

안방으로 들어간 광주 이씨가 갓난아기를 안고 나왔다. 첫째 손자는 갑술이 서당으로 데리고 간 뒤라서 보이지 않았다. 최한손이 어린 시절부터 공부하는 습관을 들이기 위해 첫째 손자를 훈장에게 맡겼는데, 손자는 공부보다는 또래들하고 목검으로 장난치기를 더 좋아했다.

최한손은 둘째 손자를 안아보고는 수염을 쓸었다. 수염이 둘째 손자의 얼굴을 찌르자 손자가 울음보를 터뜨릴 것처럼 얼굴을 찡그렸다.

"허허. 내가 니 하내다. 임자, 둘째는 메느리를 닮은 거 같소."

광주 이씨가 둘째 손자를 다시 안으며 혀를 찼다.

"쯧쯧, 메느리만 생각허믄 눈물이 나라우. 긍께 메느리 얘기는 허지 마씨요."

"근디 대성이를 어처께 했으믄 쓰겄소? 공부허라고 충효당을 지어 줬는디 내가 실수허지 않는지 모르겄소."

"대성이가 시방 제정신이 아니겄지라우. 메느리가 애기 둘을 놔두고 가부렀응게라. 긍께 가만히 지다려주시지라우. 세월이 엥간히 지나믄 돌아오겄지라."

"뭣이든 때가 있는 것이요. 이러저러다가 때를 놓치믄 아무 짝에도 쓸모읎는 사람이 돼불고 말겄제."

"그라믄 뭔 수를 내야겠그만이라."

"임자, 대성이를 빨리 재혼을 시키믄 으쩌겄소? 메느리를 잊어부러야 한 발짝이라도 앞으로 나갈 거 같아서 허는 소리요."

"메느리감이 있을게라우? 인자 튼실헌 메느리가 들어왔으믄 좋겄 그만이라우."

"찾아보믄 으디에 있을 것이요. 대성이가 키도 크고 인물 하나는 훤 헌께 말이요."

그날 석양이 기울 무렵에야 최대성은 집으로 돌아왔다. 초암산에서 정오 이전인 사시(巳時)가 조금 넘어 내려오다가 충보정 활터에서 활쏘기를 하고 돌아가는 장정을 만났는데, 그는 선거이가 살고 있는 마을에서 온 이십대 초반의 청년이었다. 청년은 대뜸 최대성에게 선거이를 만나지 않겠느냐고 말했던바, 최대성은 충효당으로 일찍 들어가는 것도 왠지 내키지 않았으므로 그러겠다고 응했던 것이다. 청년은 최대성이 박광전의 제자라는 것까지도 알고 있었다. 그리고 보니 습사하러 가끔 충보정 활터에 온 청년이었다.

최대성은 스물다섯 살의 선거이와는 초면이었다. 선거이는 최대성을 경계하지 않고 호방하게 맞아주었다. 돌진하는 무인 기질이 다분했다. 최대성이 묻지 않았는데도 자신의 꿈을 솔직하게 털어놓았다. 며칠 뒤에 임금 직속 경호대원인 겸사복에 선발되어 한양으로 올라가지만 빠른 시일 안에 무과 급제하여 금의환향하겠으니 또 만나자고 했다.

최대성은 선거이와 말이 통하는 것 같아 시간 가는 줄 모르고 이런저런 이야기를 나눴다. 서로 의기투합했다고나 할까, 스스럼없이 이야기가 오갔다. 최대성은 고향 땅을 박차고 떠나는 선거이가 부럽기조차 했다. 최대성은 석양이 기울 무렵에야 사곡마을로 돌아왔는데, 집으로 바로 들어가지 않고 충보당 활터로 갔다. 마침 날이 풀어졌기 때문인지 마을 장정 서너 명이 활쏘기를 하고 있었다. 사대에 올라가 있던 장정이 최대성을 보자마자 양보했다.

"성님, 오랜 만이네요. 활 쏠라고 왔능가?"

"니덜도 정자천 활쏘기대회에 나갈 모냥이구나."

"아이고메, 성님이나 나갈 실력이 되겠제, 우리덜은 아적 멀었그만요."

최대성은 대답하지 않고 과녁만 바라보았다. 그런데도 장정은 자신이 쏘려던 활과 유엽전 1순 다섯 발을 최대성에게 주었다. 최대성은 떠밀리듯 사대에 올랐다. 한참 습사할 때처럼 과녁의 원이 또렷하지는 않지만 그래도 가깝게 보였다. 자신이 없거나 근력이 약해졌을 때는 과녁이 멀게 보였던 것이다.

"활을 놔분 지가 몇 달 돼불어서."

"아따, 성님 실력이 으디 가분다요. 몸땡이가 기억하고 있제. 긍께 얼릉 쏴부러랑께요."

마을 장정은 최대성의 활쏘기 솜씨를 보고 싶었다. 자신은 몇 순을 쏘아도 과녁 한가운데를 맞추는 관중(貫中)을 못했기 때문이었다. 관중은 바른 자세에서 나오는 것이지 힘에서 나오지 않았다. 장정은 자신의 무엇이 잘못되어 관중을 못하는 것인지 알고 싶었으므로 최대성에게 활과 화살을 선뜻 주었던 것이다.

이윽고 최대성은 과녁에 시선을 고정해 두고 한 발을 당겼다. 시위를 떠난 화살이 과녁 한가운데를 맞추지는 못했지만 명중했다. 명중이란 과녁 안에 꽂히는 것을 뜻했다. 최대성은 어디가 잘못됐는지 금세 알았다. 쏘는 중에 호흡을 멈추어야 하는데 실수로 숨을 쉬었던 것이다. 그러나 두 번째 화살부터 다섯 번째까지는 모두 관중을 했다. 마을 장정들이 구경거리가 생긴 듯 모두 최대성이 서 있는 사대 뒤로 와서 탄복했다.

"내가 뭣이라고 했는가. 성님 활 실력은 보성에서 둘째가라믄 서러울 것이여잉."

"선거이 성님집에 갔다가 오는 길인디 성님 앞에서 내 자랑 허지 말어. 성님이야말로 명궁수 같드라고."

최대성은 마을 장정에게 활을 돌려주고 집으로 돌아왔다. 최한손이 아들 최대성을 기다리고 있었던 듯 본채 마루를 왔다갔다 하고 있었다. 그러더니 사랑방으로 휙 들어가버렸다. 최대성은 사랑방으로 들어가 절을 했다.

"요로코름 빠른 새복 인사는 첨 받아본다."

"아버님, 죄송허그만요. 낼 새복부터는 문안인사 드릴라요."

"인자 니 맴대로 허그라. 얼굴을 보니 그래도 될 것 같다."

실제로 새벽 문안인사는 최한손이 한 달 전에 먼저 받지 않겠다고 했지 최대성이 빠뜨린 것은 아니었다. 며느리 진원 박씨가 병사한 뒤 최한손은 슬퍼하는 아들의 마음을 살펴서 새벽 문안인사를 받지 않겠다고 했던 것이다.

"낼 새복부터 사랑방으로 들겄다고 헌 것을 본께 인자 정신이 쪼깜 나는 모냥이구나."

"오늘 이른 아칙에 초암산 올라갔다가 왔어라우. 글고 선거이 성님을 만났그만요. 충보정도 가봤고라우."

최대성의 말에 아버지 최한손이 반색을 하며 말했다.

"아이고, 니가 인자 정신이 돌아왔구나. 초암산에 올라간 것은 두리 동한테 들어서 알고 있제. 으쨌든 맴이 놓인다."

"죄송허그만이라우."

"아니여, 인명재천인디 니 잘못은 읎어. 하늘이 델꼬 가겄다고 허는디 사람이 으쩌겄냐. 인자 맴 추스르고 서책 속에서 니 길을 찾거라."

"예, 명심헐라요."

"글고 니 엄니가 고상이 이만저만이 아니다. 에린 손자 둘을 은제까지 저러코롬 키우겄냐? 긍께 니가 엄니를 쪼깜 생각해야 쓰겄다."

"당연허지라우. 엄니를 뭣으로 도와드릴게라우?"

"젤로 좋은 것은 니가 재혼허는 것이여. 둘째 애기는 젖도 물리지 못허고 보챌 때마다 밤을 갈아 죽 맨들어 멕인다고 허드라."

"아버님, 생각할 여유를 주시믄 말씸드릴게라우."

"오냐, 당장 결심허라는 것은 아니다. 니 엄니를 생각해서 니가 결심해야지 내가 이래라저래라 허겄느냐."

최대성은 사랑방을 나와 충효당으로 들어가자마자 울었다. 두리동 형제가 놀라서 달려왔을 만큼 소리 내어 통곡했다. 울음은 캄캄해진 해시(亥時) 무렵에 또 들려왔다. 두리동 형제도 최대성의 마음을 알고 눈물을 흘렸다.

활쏘기대회

선조 6년(1573) 4월.

초암산에 진달래꽃이 지고 철쭉꽃이 만개했다. 보성읍성 북쪽 8리에 있는 정자천(亭子川)의 봄물도 느릿느릿 염염했다. 보성군 활쏘기대회는 정자천 갈대밭 옆 활터에서 개최할 예정이었다. 사곡마을 장정들도 삼삼오오 모여 정자천으로 향했다. 최대성 역시 진원 박씨가 병사한 충격을 극복하고 활과 화살을 챙겼다. 갑술은 최한손이 타고 다니던 늙은 말을 냇가로 끌고 가서 부드럽게 웃자란 풀을 먹였다. 정자천까지 다녀오려면 말의 배를 미리 불려놓아야 했다.

최대성은 충효당 문을 열고 나왔다. 아버지 최한손이 활쏘기대회에 나가는 아들 최대성을 격려했다.

"해볼만 허겄느냐?"

"예, 활터에서 한 달간 습사했응께라우."

"보성에서는 선씨덜 궁술이 뛰어난 거 같드라."

"정씨도 있고, 소씨도 잘 쏘아라우."

최대성이 말하는 정씨 중에는 정홍수가 있고, 소씨 가운데는 소상진이 있었다. 궁술에 뛰어난 두 사람 모두 최대성보다 나이가 많았다. 미력의 정홍수는 한 살, 복내의 소상진은 다섯 살 위였다. 두 선배의 궁술은 최대성에게 결코 뒤지지 않았다. 더구나 그들 중에 소상진은 활쏘기대회에 참가하여 이미 이름을 떨친 장부였다.

"니가 말헌 소상진을 나는 안다. 허나 그가 뭣을 얻을라고 또 나오겄냐. 가보믄 알 것인디 그 자는 출전허지 않을 것이다."

"쪼깜 실망이그만요."

"으째서 그러냐?"

"진작부터 활쏘기 실력을 한 번 겨뤄보고 잪었어라우."

"니는 하나는 알고 둘은 모르는구나."

"무신 말씸인게라우?"

"시위를 땡길 때는 무념이 돼야 허는 것이여. 누구를 이길라고 활을 쏘는 것이 아니라 욕심을 놔불고 쏘는 것이란 말여."

"고로코름 쏘는 것이 가능헐께라우?"

"긍께 니 자신과 싸와서 이겨야 된단 말여. 이길라고 허는 마음을 비울라고 허는 마음이 이겨야 무심코 쏠 수 있는 것이여."

최한손은 오래전에 무과급제하러 한양 갈 때의 생각이 나서 한 말이었다. 전주를 지나 금강을 건널 때 강나루 오두막에서 한 스님을 만났는데, 마흔이 넘어 무과 복시를 보려고 하니 몹시 긴장된다고 고백했더니 스님이 최한손에게 급제할 생각 말고 활쏘기 때 무심코 쏘면 평소의 실력이 나온다고 조언해 주었던 것이다.

결국 최한손은 동대문 부근의 훈련원을 찾아가 활쏘기시험을 보았는데 스님 조언대로 급제할 욕심을 내려놓고 쏜 결과 15발 중에 13발을 명중시켜 감독관을 놀라게 했었던 것이다. 감독관을 더욱 놀라게 한 것은 최한손의 나이가 응시생 중에서 최고령이기 때문이었다.

갑술이 풀을 먹인 늙은 말을 끌고 왔다. 배가 불룩해진 말은 주인을 알아보고는 최한손에게 경중경중 다가왔다. 최한손이 말갈기를 쓰다듬으면서 말했다.

"오늘은 멀리 갈 것이다. 고상을 쪼깐 허겄구나."

그러자 늙은 말이 왼쪽 앞발을 들고서 걱정하지 말라는 몸짓을 했다. 이십여 년을 최한손과 함께 했으니 주인과 소통이 가능했다. 개흥사를 갈 때는 "절에 가자!" 하고 말하면 고삐를 당기지 않아도 최한손을 태우고 길을 나섰다. 늙은 말은 개흥사 가는 길을 훤히 외우고 있을 만큼 영리했다.

갑술이 말고삐를 잡고 걸었다. 최대성은 말을 탄 채 보성읍성 쪽을 바라보았다. 사곡마을에서 정자천 활쏘기대회장까지는 삼십여 리 거리였다. 큰 재를 하나 넘고 보성읍성 북문을 지나야 했다. 최대성은 십대 후반에 보성향교를 출입했으므로 정자천 가는 길을 잘 알고 있었다.

큰 재 밑에 이르자 활쏘기대회에 참가하기 위해 길을 나선 장정들이 눈에 띄었다. 말을 탄 장정, 걸어가는 장정 등등 여남은 명이 앞서거니 뒤서거니 하고 있었다. 갑술이 말했다.

"쉬었다가 가야허겄는디잉."

"성, 다리 아프믄 그러소."

최대성은 두리동 형제에게는 하대어를 쓰지 않았다. 태어날 때부터 인연이 지중하니 천민을 대하듯 하지 말라고 어머니 광주 이씨가 신신당부를 했기 때문이었다. 갑술은 최대성에게 허락받고는 늙은 말을 갯버들 둥치에 맸다. 갯버들 숲 공터에서는 장정들이 임시로 활터를 만들어 습사를 했다. 십대 중후반의 장정들인데 의욕이 넘쳤다. 활쏘기 대회에서 좋은 성적을 내겠다는 의욕으로 큰소리를 내면서 또래들과 겨루고 있었다. 과녁은 갯버들 숲에서 백 보쯤 떨어진 범바위였다. 범바위는 범 얼굴처럼 생겼다고 해서 사람들이 붙인 이름이었다. 갑술이 말했다.

"하룻강아지 범 무서운 줄 모르는 거 같은디잉."

"쉴 때는 쉬어야제. 여그서까지 저런다고 실력이 늘간디."

"그래도 안 질라고 허는 맴이 장허그만. 하하하."

"으째서 웃을까잉."

"성, 저로코름 해봤자 실력이 늘간디? 시방 장정덜이 불안해서 저런 것이여. 멫 번 쏴서 실력이 늘어분다믄 나도 쏘겄네."

"아따, 배짱 한 번 쎄그만잉."

"배짱이 아니라 시방은 잘 쏘아야겄다는 맴을 비워야 헐 때란 말여."

갑술은 이해를 못하겠다는 표정을 지으며 말에게 갔다. 그리고는 냇가로 가서 말에게 물을 먹였다. 최대성은 아버지 최한손이 당부한 말을 명심하고 있었다. 당부의 요지는 '활쏘기는 남과 겨루는 것이 아니다. 자신과 겨루는 것이다. 이기려고 하는 마음을 내려놓아야만 자기 실력을 발휘할 수 있다.'라는 것이었다.

두 사람은 큰 재를 넘어갔다. 보성읍성 밖으로 멀리 정자천 한 줄기가 흘러가고 있었다. 이른 아침 햇빛을 받은 정자천 줄기는 마치 흰 구렁이가 기어가고 있는 것처럼 보였다. 말이 재 밑에서 맛있는 풀을 뜯고 냇물까지 마셔서인지 힘차게 또각또각 나아갔다. 활쏘기대회에 참가한 장정과 구경꾼들이 벌써 많이 모여 있는 듯했다. 누군가가 과녁을 명중시켰는지 함성소리가 들녘을 건너왔다.

"와아! 와아!"

최대성은 활쏘기대회장에 도착했다. 말이 힘을 낸 덕분에 보성군수가 오기 전이었다. 정자(亭子) 밑에는 보성 여러 지역에서 온 장정들이 북적거렸다. 어떤 장정은 보성관아 관군의 제지를 피해서 사대(射臺)에 올라 활을 쏘기도 했다. 사대와 과녁까지의 거리를 익히고자 그랬다. 사대를 감독하는 관군이 제지하는 까닭은 미리 습사를 하는 것은 반칙이기 때문이었다. 그래도 누군가가 관군과 숨바꼭질하듯 활을 쏘면 함성이 터져 나왔다.

과녁은 사대에서 성인 걸음으로 이백 보 떨어져 있었다. 결코 가까운 거리는 아니었다. 다행히 바람은 불지 않았다. 활터에 흙바람이 일거나 거친 바람이 불면 좋은 성적을 기대하기 어려웠다. 사대는 네 개였다.

이윽고 관군들이 참가자 장정들을 정자 밑으로 모이게 했다.

"이 짝으로 오씨요! 군수 나으리께서 오시고 겨시요."

"시방부터 사대에 오른 사람은 결격으로 처리허겄소. 얼릉 줄을 서시요."

활쏘기대회 감독관인 보성향교 전교도 바쁘게 움직였다. 전교 역시 소리치면서 정자를 두세 바퀴 돌았다.

"어허! 참가자덜은 얼릉 줄을 서랑께. 군수님이 시방 오시고 있단 말여! 구경꾼덜은 저 짝으로 가 있고!"

이윽고 보성군수가 젊고 튼실한 말을 타고 나타났다. 말에서 내린 군수는 느릿느릿 정자에 오르면서 사람들에게 손을 흔들었다. 보성향교 전교가 재빨리 군수 뒤를 따라 올라갔다. 군수는 미리 가져다놓은 호상에 앉았고, 감독관인 전교는 군관 옆에 섰다. 군관이 군수에게 보고하듯 귓속말했다. 그러자 군수가 호상에서 일어나 정자 앞에 줄을 선 장정들에게 소리쳤다.

"온갖 꽃들이 피고 지는 양명한 봄날이오. 이렇게 좋은 날을 택일하여 활쏘기대회를 준비해온 보성향교 유생들께 먼저 감사드리오. 여기 모인 장정들은 그동안 갈고닦은 실력을 유감없이 발휘해 주기 기대한다. 오늘 대회에서는 등수를 매기지 않겠다. 각자가 1등이란 마음으로 대회에 임해주기 바란다. 끝으로 보성향교 유생들께 거듭 감사를 드리겠소. 선비라 함은 모름지기 문무를 겸비하는 것이 나라에 충(忠)을 다하는 도리라고 믿지 않을 수 없소."

군수의 격려사가 끝나자 사선(射線)에 선 관군이 노란 깃발을 흔들었다. 대회를 시작하니 각조 참가자들은 순서대로 사대에 오르라는 신호였다. 최대성은 2조였는데, 자신보다 다섯 살 많은 소상진은 보이지 않았다. 한 살 위인 정홍수와 선광회, 선경진, 문희성, 정사제 등만 보였다. 그러나 최대성은 전혀 신경 쓰지 않았다. 1등 하겠다는 욕심을 비웠기 때문이었다.

1조가 화살 3순, 15발을 쏘았을 때 감독관인 보성향교 전교는 고개를 절레절레 저었다. 장정들 대부분 명중시키지 못하고 화살을 허공으로 날려버렸던 것이다. 두 장정이 약속이나 한 듯 여덟 발씩 명중시켰지만 감탄할 수준은 아니었다.

군수는 실망하여 호상에서 일어나 과녁을 확인하고서 다시 앉았다. 그러나 과녁 부근에서 화살을 줍고 명중을 알리는 연전꾼의 깃발은 좀체 올라가지 않았다. 전교가 군수에게 큰 잘못이나 한 듯 머리를 조아렸다.

"나으리, 오늘은 초보덜이 많은 것 같그만요."

"내가 1등을 없앴더니 방심해서 그럴 수도 있소. 허나 1등 하겠다는 욕심을 내면 팔과 어깨에 힘이 들어가고 호흡이 거칠어져 제대로 화살을 쏠 수 없는 법이오. 정자에서 내려다보니 모두가 어깨에 힘이 너무 들어가 있는 자세 같소."

보성군수는 무과급제를 한 무인으로서 자기 경험담을 이야기하고 있었다. 실제로 보성군은 바다에 접해 있어 왜구를 경계하기 위해 조정에서는 문과 급제자보다 무과 출신을 보내곤 했다. 이전 군수였던 방진도 일찍이 제주 대정 현감을 천거받아 출사했다가 얼마 후 사직한 뒤 고향인 아산에 머물면서 무과급제하고는 이준경의 권유를 받아 보성으로 내려왔던 것이다. 방진의 사위는 이십대 초반의 눈매가 날카로운 이순신이었고, 그래서 처가살이하던 이순신은 보성에 사는 동안 장인 방진의 권유로 문과 공부에서 무과 준비로 방향을 바꾸었던 것이다. 군수가 다시 말했다.

"처음 출발은 내 기대에 어긋났소. 하지만 전교께서는 군계일학이라는 말을 들어봤을 것이오. 오늘 참가한 장정들 가운데 반드시 발군이 있을 것이오."

보성군수는 실망했던 얼굴을 바꾸더니 오히려 보성향교 전교를 위로했다. 그제야 보성향교 전교는 차분해졌다. 그러나 감독관이라는 자리는 참가자들의 실력까지 책임지는 것은 아니었다. 참가자들의 실력은 대회 때마다 들쑥날쑥 했던 것이다. 최대성은 2조 참가자와 함께 4번 사대로 올라갔다. 드디어 관군이 깃발을 올리자 각 사대에서 화살 1순을 쏘았다. 최대성은 어깨에 힘을 빼고 숨을 단전 깊숙이 들이마신 뒤 바로 시위를 당겼다. 화살이 핑하고 날아가는가 싶더니 퍽! 하고 과녁에 꽂히는 둔탁한 소리가 들려왔다. 1순 다섯 발의 화살을 모두 쏘고 나서 활을 무릎께로 내렸다. 다른 사대 장정들도 마찬가지였다. 연전꾼이 1번 과녁부터 명중을 알리는 붉은 깃발을 들어 올렸다. 역시 1조와 마찬가지로 구경꾼들의 탄성은 터지지 않았다. 그러나 최대성이 화살을 쏜 과녁에서는 달랐다. 연전꾼이 다섯 발 모두 "명중이요!" 하고 외쳤다.

  그제야 군수의 입가에 미소가 어렸다. 보성향교 전교도 박수를 치면서 군수에게 말했다.

  "나으리 말씸이 맞그만요! 군계일학이 인자사 나왔그만요."

  "내가 뭐라고 했소? 실은 어제 꿈자리가 아주 좋았다오."

  군수는 호상에 앉아서 체통을 지키느라고 점잖게 대꾸했다. 1순 결과만 가지고 최대성을 칭찬할 수는 없었다. 그러나 최대성이 2순, 3순을 끝내자마자 구경꾼과 참가자들이 탄성을 내질렀다. 군수가 내심 부러워할 정도로 함성을 터뜨렸다. 전교는 참지 못했다.

  "나으리, 보성에 명궁수가 나왔그만요. 열다섯 발 모두 명중입니다요. 그것도 열 발은 관중입니다요."

  "여기에 온 보람이 있소, 나도 활을 쏴왔지만 이런 경우는 아주 드문 일이오. 보성관아에 이순신이라는 명궁수가 거쳐갔다는 말을 들어봤지만 오늘 내 눈으로 직접 보기는 처음이오."

"지도 열선루 연회 자리에서 방진군수님 사우 이순신 나으리를 어깨 너머로 봤습니다만 지가 알기로는 방진군수님이나 이순신 나으리 모두 명궁수라는 얘기를 들었그만요."

"2조 4번 사대 참가자라면 명궁수 소리를 들을 만하오."

"최대성이라는 자인데 최한손 첨사 아들이지라."

"왕대밭에 왕대 나온다고 하더니 그 말이 맞소. 최대성이라고 했지요? 내 따로 한 번 보성관아 열선루로 불러서 격려하겠소."

"나으리, 그때 지도 불러주시믄 고맙겠습니다요."

"물론이오."

또 한 참가자가 3순을 모두 관중 없이 명중시켰는데, 그는 마지막 조에서 화살을 쏜 정홍수였다. 정홍수 역시 무과급제를 준비 중인 보성 미력 사람이었다. 하동부원군 정인지의 후손인 그의 아버지 정주성(鄭冑星)은 오래전에 무과급제하여 미조항(남해) 만호, 다경포(무안) 만호를 지냈으며 살림을 크게 일군 부자였다.

활쏘기대회는 성공적이었다. 처음은 최대성이 구경꾼들을 놀라게 했고, 정홍수가 마무리를 잘 지었기 때문이었다. 보성 장정들에게 우상이 될 만한 실력을 보여주었던 것이다.

"최대성과 정홍수가 오늘 대회를 빛내주었소. 그들을 발군이라고 하지 않을 수 없소. 나는 오늘 술과 떡을 내릴 것이오."

군수는 중요한 일정 때문에 뒤풀이 연회를 전교에게 맡기고는 대회장을 떠났다. 군수가 탄 말이 사라지자 구경꾼 틈에 있던 농악대 중에 상쇠가 무동을 머리에 이고 정자 앞에서 원을 그리며 빙빙 돌았다. 최대성은 정자로 올라가 전교에게 술을 받았다. 기골이 장대한 최대성 앞에서 전교는 왜소하기 짝이 없었다. 술잔을 건네는 모습이 마치 어른에게 술을 올리는 것처럼 보였다. 우스꽝스러운 모습을 본 구경꾼들이 또 크게 웃었다.

아무튼 최대성은 활쏘기대회를 통해서 예전의 활기를 되찾았다. 가을에는 광산 김씨와 재혼도 했다. 그제야 진원 박씨를 잃은 슬픔에서 빠져나왔다. 다음 해에는 광산 김씨가 후립을 낳자 최대성의 호연지기는 완전히 되살아났다.

무과급제

광산 김씨가 후립을 낳은 지 4년 만이었다. 가을걷이가 끝난 늦가을이었다. 전라도의 명산 서석산(무등산)을 오르기에 더없이 좋은 때였다. 낙엽이 지고 난 뒤에야 무등산 정상의 서석대와 입석대 같은 바위병풍이 장관을 드러내기 때문이었다. 낙목한천(落木寒天), 나무들은 낙엽을 떨구고 하늘은 우물물처럼 차고 푸르렀다.

유생들에게 유람과 등산은 필수였다. 향교나 독서당에 앉아 서책을 읽으며 수신하는 것도 중요하지만 몸을 단련시키는 유람과 등산도 그 못지않았다. 유람과 등산은 호연지기를 길러주고 안일한 태도나 길들여진 타성을 깨뜨려주곤 했던 것이다.

최대성은 4년 전에 득량 마천리 출신의 세 살 위인 정사제와 제주목사를 지낸 박응호 등과 전국을 유람한 적이 있었으므로 이번에는 등산하는 모임에 가담할 생각이었다. 무등산 등산 모임에 참가할 예정자는 선광회, 정홍수, 오경발, 정걸, 선경진 등이었다. 나이 차이는 들쭉날쭉했다. 스물일곱 살인 최대성보다 무려 서른일곱 살 위인 정걸이 가장 나이가 많았다. 그들 대부분이 최대성에게는 선배들이었다.

그런데도 최대성이 등산 모임에 가담한 것은 나이를 떠나서 보성과 흥양(고흥) 일대에서 유명해졌기 때문이었다. 작년 여름에 태풍이 심하게 불었을 때도 그랬다. 마을 정자에 노송이 쓰러져 인명사고가 날 뻔했는데, 최대성은 혼자 힘으로 옮기어 사람들을 놀라게 했다. 소문을 듣고 보성군수 이기실이 찾아와 고마움을 표했고, 선거이가 칭찬한 바 있는 정회 등이 달려와 친구가 됐던 것이다.

등산은 이서 쪽에서 출발하기로 했다. 허드렛일은 선광회가 데려온 하인들이 맡았다. 하인들은 동복에서 주먹밥을 만들어 챙겼다. 명종 때 무과에 급제한 선광회의 친척이 동복에 살았는데, 그 친척 집에서 하룻밤 묵었던 것이다. 최대성이 선광회에게 다가가 말했다.

"성님, 지가 묵을 것을 챙겨야 허는디 죄송허그만요."

"동상, 나가 서석산 가자고 나섰응께 그라제."

"근디 여그를 한 번 와봤는게라우?"

"나는 두 번째여. 긍께 나만 따라오믄 돼야."

선광회도 최대성 못지않게 기골이 장대했고, 목소리도 우렁우렁했다. 보성 선씨 장부들의 특징이기도 했다. 다른 보성 토성들에 비해 힘좋은 장사들이 많았다. 그래서인지 보성 선씨 중에는 문과 급제자보다 무과 급제자가 더 눈에 띄었다. 선여경, 선거이 등이 보성 선씨를 대표하는 무과 급제자들이었다. 최대성은 홍양 길두리 출신인 정걸에게는 따로 각별하게 인사를 했다.

정걸은 환갑을 넘긴 노인답게 허연 수염을 달고 있었다. 수염이 이른 아침 햇살을 받아 억새꽃보다 더 하얗게 보였다. 다부진 어깨와 형형한 눈빛이 최대성을 압도했다.

"절도사 나으리, 기침허셨는게라우?"

"새복에 일어나 적벽까지 산책허고 왔네."
"아이고메, 지가 모시고 갈 것인디 송구허그만요."
"하하하. 아직은 두 다리가 멀쩡허다네."

작년에 경상우도 수군절도사를 제수받았지만 임지로 갔다가 얼마 후 사직하고 고향 흥양으로 돌아온 정걸이었다. 등산 모임의 최고 연장자인 정걸의 이력은 화려했다. 최대성이 태어나기도 전에 무과급제한 뒤 서북병마 만호(의주), 남도포(진도) 수군만호, 부안현감, 온성부사, 종성부사, 전라좌도 수군절도사 등을 거친 무인이었다. 특히 부안현감으로 재직시에는 판옥선 건조를 감독한 경험도 있었다.

"자네는 궁술이 출중허고 심이 장사라고 소문이 났든디 으째서 무재(武才)를 썩히고 있는가?"
"지보다 출중헌 사람덜이 쎄고 쎘어라우."
"겸손헌 것은 좋은 일인디 지나치믄 오만허게 보이는 벱이네."
"나으리, 영념허겄습니다요."

정걸은 최대성을 아끼는 마음에서 다그쳤다.

"눈앞에 일을 두고 서석산을 백 번 오른들 뭣허겄는가."
"눈앞에 일이 뭣인디요?"
"장부 일 중에서 뭣이 중허겄는가? 내가 꼭 자네 손에 쥐어줘야 알겄는가?"

정걸이 말하는 눈앞에 일이란 무과든 문과든 과거급제를 뜻했다. 최대성은 가시에 찔린 것처럼 뜨끔했다. 질책 같은 진심 어린 충고였기 때문이었다.

"사실은 오륙 년 전까지만 해도 무과를 염두에 두고 궁술을 연마했는디 어느 때부턴가 잊어불고 살았그만요."

"뭣이든 때가 있는 벱이네."

"나으리, 고맙습니다요."

최대성이 무과에 대한 의욕을 잃어버린 것은 첫 부인 진원 박씨를 잃고 광산 김씨와 재혼하고 나서였다. 뒤늦게 부부 금실의 소중함을 절감한 최대성은 과거급제에 대한 야망을 저만큼 밀쳐두어 버렸던 것이다. 그런데 정걸의 따뜻한 충고를 듣고는 순간적으로 자신의 삶을 되돌아보지 않을 수 없었다.

더구나 일행이 규봉암을 향해 출발하여 첫 휴식처인 반석에 둘러앉았을 때 선광회가 중얼거렸다.

"아! 필부로 살 것인가, 대장부로 살 것인가."

"성님, 두말 허믄 잔소리지라우."

정홍수가 선광회의 말에 대꾸했다. 선경진도 한마디 했다.

"대장부라믄 대양이지라우."

대양(大洋)은 최대성의 자였다. 일찍이 보여지는 풍모가 '큰 바다' 같다고 해서 대양으로 불렸던 것이다. 최대성은 정걸을 쳐다보면서 쑥스러운 표정을 지었다. 그러자 또 오경발이 거들었다.

"대양은 보성사람 기질이 다분허지라우. 긍께 보성군수도 찾아가서 격려허고 그랬겠지라우."

정걸이 크게 웃으며 말했다.

"무인 기질은 흥양사람이네. 보성보다 흥양이 무과급제가 훨씬 많네. 문과급제자는 보성이 많지만 말여. 긍께 흥양 장수, 보성 선비라는 말이 있는 것이여."

정걸의 말은 사실이었다. 흥양이 보성보다 무과급제자가 많았다. 흥양의 토성인 고령 신씨나 여산 송씨, 영광 정씨 가문에서 무과급제자가 다수 나왔던 것이다.

"나으리, 고만고만헌 무인 베슬을 헌다믄 오십보 백보지라우. 나으리처럼 절도사 같은 높은 베슬 숫자를 갖고 따져봐야지라우."

어느새 동복과 이서를 잇는 옹성산 산자락들이 눈 아래 내려다보였다. 규봉암을 이백 보쯤 남겨두고 있었다. 규봉암은 신라시대 의상대사가 창건했고, 애장왕 때 당나라에서 귀국한 순응대사가 중창했으며 고려시대 화순 출신 진각국사 혜심이 수도하던 중 득도했다고 전해지는 작은 암자였다. 규봉암에 도착한 일행은 모두가 입을 다물지 못했다. 규봉암 뒤로 광석대, 설법대, 은신대, 풍혈대, 송하대 등등 다각형의 기둥 모양의 바위들이 규봉암을 감싸고 있었다.

일행은 광석대 밑에서 하인들이 지게에 지고 올라온 주먹밥으로 허기를 해결했다. 규봉암 석간수는 물통에서 한 사발씩만 따라 마셨다. 일행은 다시 입석대로 가기 위해 장불재로 떠났다. 장불재는 가파른 경사면을 따라 흘러내린 바위무더기 너덜 구간을 지나야 했다.

장불재에서 일행은 다시 편하게 쉬었다. 장불재에서는 시야가 사통팔달로 트여 모든 풍경이 한눈에 들어왔다. 더구나 장불재에서 입석대 가는 구간은 드넓은 억새밭이 펼쳐졌다. 평야처럼 넓은 산자락에 잔설이 가득 쌓여 있는 듯한 억새꽃밭은 장쾌했다. 입석대는 억새꽃밭 너머에 있었다.

일행은 숨이 턱에 닿기도 했지만 거대한 석책(石冊) 같은 다각형의 바위기둥들을 보고는 입을 다물어버렸다. 숨조차 쉴 수 없을 만큼 입석대는 일행을 압도했다. 정걸이 한마디 했을 뿐이다.

"아따! 점입가경이그만."

규봉암 뒤의 광석대에서 한 번 놀랐고, 장불재 억새꽃밭에서 또 놀랐고, 입석대에서 숨이 멎을 것처럼 거듭 놀랐기 때문이었다. 그러나 서석산의 절경은 이것들이 다는 아니었다. 천황봉 아래에 서석대가 우뚝 서 있었다. 돌기둥의 키가 어른 걸음으로 40보쯤 됐고, 이처럼 거대한 돌기둥들이 2백여 개나 모여서 바위 병풍을 이루고 있었다.

서석대에서는 광주목이 한눈에 내려다보였다. 서석대 주상절리 반대쪽이 동복, 이서, 화순이기 때문이었다. 일행은 전망대 같은 너럭바위에 앉아 천하를 단전까지 삼키어 넣듯 숨을 깊고 길게 들이마셨다. 서로 간의 신의와 의리가 굳게 맺어지는 순간이 아닐 수 없었다.

하산길에서는 성안촌에서 일행 모두 김덕령과 차담을 나누었다. 사곡마을로 귀가한 최대성은 아버지 최한손에게 등산하면서 느낀 점을 낱낱이 다 말했다. 또한 새롭게 다진 자신의 각오도 밝혔다.

"아버님, 반다시 무과에 급제해서 조상님덜 은혜에 보답허겄습니다요."

"오냐, 고로크롬 맴을 묵는다믄 이루지 못헐 일은 읎을 것이다."

복내 출신의 소상진에 이어 보성군수 김대정과 교분을 나눈 것은 바로 서석대를 다녀온 뒤였다. 그런데 최대성은 무과급제의 꿈을 또다시 미뤄야 했다. 그의 나이 서른에 어머니상을 당했기 때문이었다. 초암산 동굴을 올라가 산신할미에게 기도하여 자신을 낳아준 어머니 광주 이씨였다.

최대성은 두리동 형제에게 마당가에 어머니 영위(靈位)를 모신 임시사당을 짓도록 부탁했다.

"성, 영우를 지어야 쓰겄네. 머슴덜을 시켜서 빨리 지으소."

임시사당은 초가지붕에 사방 한 칸 집이었다. 사흘 만에 볏짚 이엉이 올라가고 사방 벽을 둘렀다. 그날부터 최대성은 삼년상 동안 아침저녁으로 부엌데기가 지은 밥과 국을 영위 단에 올리고 곡을 했다. 그러나 1년 뒤 아침저녁으로 곡을 하는 최대성의 몸이 비쩍 마르자, 최한손은 아들의 임시사당 출입을 만류했다.

"슬퍼서 몸땡이가 상허는 것은 부모에 대한 도리가 아니다. 긍께 곡허는 것을 멈추거라."

"아버님, 근심을 끼쳐드려 죄송합니다만 지는 계속 헐라요. 그래야 맴이 편해라우."

최대성은 끝내 삼년상 동안 단 한 번도 거르지 않고 어머니 영위 앞에 엎드려 곡을 했다. 이러한 소문은 보성읍성까지 퍼져 마침내 새로 부임한 김득광 군수가 사곡마을로 와서 최대성을 격려하기도 했다. 이어서 박광전 제자인 무과급제자 손응호도 찾아와 최대성을 위로했다.

어머니 삼년상을 마친 최대성은 선거이, 손응호 등과 충효를 맹세하며 신의계(信義契)를 맺었다. 선거이는 보성군수로부터 겸사복을 천거받아 한양으로 올라가기 전에 최대성을 만난 적이 있었으므로 초면은 아니었다. 겸사복 임기 7년을 마치고 무과에 급제한 뒤 고향에 잠시 내려온 선거이가 신의계를 만들고서는 가장 먼저 최대성을 부른 이유는 그만큼 신뢰와 기대가 컸기 때문이었다.

"나는 자네야말로 나라에 충을 다할 사람이라고 믿네."

"나으리께서 지를 잘 봐주신께 고러코름 보이시겄지라우."

"아니네. 내 주변에 사람덜이 솔찬허지만 쓸 만헌 사람 고르기가 심들어."

"고맙그만요."

"근디 자네는 무과를 은제 볼란가?"

"엄니 삼년상을 치렀응께 인자 볼라고 허그만요. 초시는 가실에나 보겄지라우."

"엥간허믄 초시는 다 붙는 것이고, 복시가 쪼깜 까다로울 것인디 자네 실력이믄 되겄제."

드디어 최대성은 서른두 살 가을에 전주감영에서 무과 초시를 보았다. 선거이 예견대로 무난하게 합격했다. 그리고 복시는 다음 해 장맛비가 오락가락하는 날에 한양 훈련원의 넓은 과장(科場)에서 치렀다. 복시 성적은 우수했다. 활쏘기에서 만점을 맞았고, 검술은 평소와 같은 실력을 보여주었으며, 말타기는 늙은 말을 탄 탓에 마지막 장애물 앞에서 하마터면 벌점을 맞을 뻔했지만 위기를 잘 넘기어 무과 병과에 합격했다. 합격증인 홍패를 주었던 우두머리 감독관이 따로 최대성을 불러 칭찬했다.

"자네는 워디서 온겨?"

"보성에서 왔습니다요."

"서른이 넘어 무과에 응시헌 이유가 있는겨?"

"충효를 다하고 잪어 응시했그만요."

"보성사람덜은 다 그대와 같은겨?"

"예, 그렇습니다요."

최대성은 우두머리 감독관이 묻는 말에 또박또박 대답했다. 그러자 우두머리 감독관이 약속했다.

"그대를 잊지 않을겨."

우두머리 감독관은 음성 출신의 조복 훈련원정이었다. 무과 병과에 합격한 몇몇이 최대성을 부러워했다.

"저 나으리가 누군 줄 아시오?"

"모르지라."

"훈련원정(訓鍊院正) 나으리도 모르오?"

"여그 훈련원뿐만 아니라 한양에는 아는 사람이 아무도 읎그만요."

"합격했으면 한양에서 벼슬을 제수받을 때까지 기다려야 하는데 어디서 묵을 생각이오?"

최대성은 웃으며 말했다.

"오라는 디가 읎응께 일단 고향에 내려가 있어야겄지라."

고향 후배인 최대성을 아끼던 선거이도 한양에 없었다. 겸사복 임기 7년을 마치고 무과급제한 뒤 함북병마절도사 이일의 요청으로 진작 변방에 올라가 있었다. 이일은 자신의 계청군관(啓請軍官, 정3품)으로 삼기 위해 병조에 선거이를 추천하여 불렀던 것이다.

결국 최대성은 6월 초에 홍패를 가슴에 품고 보성으로 떠났다. 가던 중 금강에 이르렀을 때였다. 그런데 복시를 보러 갈 때의 금강과 홍패를 가슴에 품고 있는 지금의 금강은 달랐다. 복시를 보러 갈 때의 금강은 자신과 무연한 것 같았는데, 지금은 유장한 금강 강물이 자신의 운명처럼 보였다. 나루터 강변에 넘실거리는 물결만 보아도 가슴에 뜨거운 것이 솟구쳤다. 시가 저절로 터져 나왔다.

붓을 놓은 서생이 한번 벼슬길에 나서니
푸른 하늘, 큰길에도 흙먼지 날리는구나
대장부가 어찌 향리에서 늙을 수 있으리
바람 타고 왜구 물리칠 것을 맹세하노라.
投筆書生一出身
靑天大道軟紅塵
丈夫豈肯鄕園老
誓作乘風破浪人

동풍을 타고 강 저편으로 난 길에 흙바람이 가득 일었다. 최대성은 동풍을 타고 일어난 흙바람을 경계했다. 흙바람이 동쪽에 사는 왜구들의 분탕질로 보였기 때문이었다.

훈련원 사직

장마가 끝난 초여름이었다. 아침에는 한동안 안개가 짙었다. 마치 흰 광목천을 두른 듯 앞이 보이지 않았다. 최대성은 무과급제한 지 보름 만에 한양 길에 올랐다. 말은 보성관아에서 빌렸다. 집에 있는 말이 너무 늙어 한양까지 가기에는 무리였다. 그런데도 아버지 최한손은 늙은 말에게 정이 들어 젊은 말을 사지 않았던 것이다. 최한손이 길 떠나는 최대성에게 말했다.

"훈련원 참군(參軍)이 된 니가 자랑스럽다야."

"주부(主簿)를 제수받지 못해 죄송하그만요."

최한손은 아들 최대성이 당당히 무과급제하여 정7품 참군이 된 것에 대해 몹시 흡족해했다. 그러나 최대성은 종6품의 주부를 제수받지 못해 아쉬워했다. 무과 시험에서 1등을 했더라면 종6품의 주부를 임명받았을 터인데, 1등을 놓치어 정7품의 참군이 됐기 때문이었다. 그래도 무과 시험 성적이 나쁜 것은 아니었다. 성적순으로 종8품 봉사(奉事)에서부터 종9품 말단하위직을 임명받은 무관도 있기 때문이었다.

"으쨌든 거그서 훈련원정까지는 올라가그라잉."

"아이고메, 아버님. 훈련원에서 시 번째 서열인 정(正)까지는 실력만

가지고는 안되라우. 운도 좋아야겄지라우."

"꿈을 크게 가지라는 말이여."

"예, 아버님."

훈련원 최고 우두머리는 정2품 지사(知事)였고, 두 번째는 도정(都正)이었는데, 이들은 모두 무예 실력보다는 문관 당상관이 겸직하는 자리였다. 그러니까 훈련원에 상주하면서 지휘하는 사람은 훈련원정이었다. 최대성이 무과급제했을 때의 감독관은 조복 훈련원정이었다.

최대성이 참군 벼슬을 제수받은 것도 그를 눈여겨봤던 조복 훈련원정이 병조에 공문을 보냈기 때문에 가능한 일이었다. 병조나 훈련원에 연줄이 없고 무과 응시 성적이 하위에 해당하는 사람은 몇 달, 혹은 몇 년씩 기다리는 경우도 허다했다.

최한손이 아들 최대성을 자랑스럽게 생각하는 것은 바로 그 점이었다. 아무런 연줄 없이 자기 실력껏 참군이 됐으므로 경주 최씨 집안의 경사라고 생각했다.

"니 근무허는 모습을 보고 잪은께 나도 한 번 상경헐란다. 필요허믄 집도 한 채 사줄 텐께 그리 알아라."

"집이요?"

"훈련원에서 가차운 거리에 집이 있으믄 니가 편허겄제."

"집이 필요헐게라우?"

"무관덜만 아는 것보다 유생덜도 사귀라고 그란다. 낙산은 성균관이 가차와서 상경헌 유생덜이 많이 산다고 헌다. 긍께 낙산에 살다보믄 괴안찮은 사람덜허고 친구가 될 수도 있을 것이다."

일주일 후.

최대성은 훈련원 근무를 시작했다. 무과를 응시했을 때 호감을 가졌던 우락부락하게 생긴 조복 훈련원정이 반갑게 맞이했다.

"여기는 무관을 뽑는 곳이니 보람도 클 것이네. 그러니 다른 생각하지 말고 성실하게 근무하게. 자네를 지켜보겠네."

"영념허겄습니다요."

"자네 동기들 중에는 직급이 낮은 봉사도 있고 그러네. 그래도 동기이니 잘 어울려 지내다 보면 외롭지는 않을 걸세."

"예, 나으리."

이틀 뒤, 최대성은 임무와 숙소를 배정받았다. 임무는 훈련원 외곽에서 보초를 서는 관군의 경계 상태를 수시로 감독하는 순찰이었고, 숙소는 무기고 옆의 군관청이었다. 군관청에는 방마다 무과급제한 하급 군관들이 두세 명씩 들어 있었다. 최대성이 배정받은 방에도 이십 초반의 젊은 군관이 한 명 있었다. 젊은 군관은 한양 말을 쓰면서 싹싹했다.

"참군 나으리, 잘 모시겠습니다."

"이번 봄에 응시했소?"

"병과 30명 중에서 25위로 겨우 붙었습니다. 겸습독(兼習讀) 문효구 인사 올립니다."

종9품 겸습독은 무과 시험에서 하위성적에 해당하는 자들이 받는 직책이었다. 동기이기는 하지만 서열이 분명한 훈련원에서 두 품계 차이가 났고, 더구나 나이까지 어리기 때문에 문효구는 첫 만남부터 최대성을 깍듯하게 예우했다. 또한 문효구는 거침없이 자유분망했다.

"어쩌면 저는 곧 겸사복이나 병조로 갈지 모르겠습니다."
"자네는 벌써 자리를 옮기려고 생각허고 있그만."
겸사복이라면 고향 선배 선거이가 한양 금군(禁軍)에 있을 때 맡았던 임금 친위대의 하위 직급이었다.
"백부님께서 병조에 계시는데 귀띔을 해주셨습니다."
"만나자마자 이별이그만."
"또 언제 어디서 뵐지 모릅니다. 저는 한양을 떠나지 않을 것입니다."
"백부님이 겨신께 그러겄제."
자신만만하게 말하던 문효구는 선반에서 보자기에 싼 무언가를 꺼냈다. 술항아리였다.
"나으리, 남산 집에서 가져온 술입니다. 피곤하실 텐데 목을 축이시겠습니까?"
"아니네. 나는 시방 피곤해서 잠을 자고 잪네."
문효구가 머쓱한 얼굴을 하더니 다시 말했다.
"며칠 후에 낙산에서 훈련원 동기 분들 회식이 있습니다. 그때 제가 모시고 가겠습니다."
"알았네."
최대성은 건성으로 대꾸한 뒤 곧 잠에 떨어졌다. 최대성은 몹시 고단했다. 보성에서 올라와 잠시도 쉬지 않고 훈련원 근무를 바로 들어갔기 때문이었다. 순찰군관 최대성은 몇몇 군관과 조를 짜서 하루 내내 밤낮으로 정해진 시각에 훈련원 외곽을 돌아야 했고, 처음 이틀간은 숙소를 배정받지 못해 숙직실에서 앉은 채 잠을 잤던 것이다.
문효구의 말은 사실이었다. 나흘 뒤, 선조 18년에 무과급제한 동기들의 회식이 있었다. 합천 출신 봉사 윤탁, 해남 출신 이원해, 순천 출신 허일 등도 낙산 문효구 부친 별채로 모여들었다. 문효구가 말했다.

"모임을 진즉 가지려고 했지만 오늘에야 성사됐습니다. 술은 넉넉하게 준비했으니 많이 드시고 회포를 푸시기 바랍니다."

"제수받은 베슬은 다르드라도 동기라는 사실은 잊어불지 맙시다잉."

"아따, 두 말 허든 잔소리지라. 글고 시방 받은 베슬은 아무 것도 아니지라. 끝까지 가봐야 베슬 순서가 정해지겄지라."

이원해의 말에 허일이 맞장구를 쳤다. 문효구가 윤탁에게 물었다.

"봉사 형님께서는 왜 무과로 나섰습니까?"

"우리 집안은 선대부터 무예가 남다른기라."

허일이 말했다.

"뭐, 나는 솔직허게 말해서 출세헐라고 무과에 응시했지라. 향리 출신이 부모님께 큰 효도헐라믄 급제뿐이 더 있겄는게라."

이원해가 또 말했다.

"향리에서 출세헐라믄 무과 급제가 젤로 빠르겄지라, 나도 그랴요. 근디 최 참군은 뭣 땜시 한양에 올라왔소?"

"부모님께 효도도 되겠지만 그보다는 나라에 충(忠)을 다헐라고 무과에 응시했그만요."

"하하하. 효와 충은 이복성제인기라. 효를 잘헌 사람이 충도 잘허지 않겄십니꺼?"

윤탁이 큰소리로 호탕하게 웃는 바람에 최대성은 잠시 무안했다. 그러나 바로 정색하며 반격했다.

"충도 나름이지라. 임금님을 잘 모시는 것도 충이요, 백성을 잘 섬기는 것도 충이지라. 나는 백성을 잘 섬기고 잪소."

"최 참군 말은 백성만 잘 섬기믄 되지, 임금은 잘 모시지 않아도 된다는 말 같십니더."

"나는 충을 고로코름 실천허고 잪다는 말이오. 그렇다고 어명을 거역허겄다는 말은 아니지라. 우리 고을은 보성 바다가 가차와서 가끔 왜구덜이 침입해 분탕질헐 때가 있소. 왜구덜 노략질을 보고 자라선지 무과급제해서 백성덜을 보호허겄다는 생각뿐이오."

최대성이 연설하듯 말하자 모두 입을 다물어버렸다. 입신양명하는 것도 아니고, 무인 가풍을 빛내려는 것도 아니고, 효도하려는 것도 아닌 백성을 섬기고 보호하고자 무과에 응시했다는 최대성의 말에 아무도 반박하지 못했다. 회식 분위기가 갑자기 썰렁해지자 문효구가 말했다.

"형님들 말씀은 모두 옳소. 무과급제한 것이 어찌 출세한 것이 아니겠습니까. 또한 무인 가풍을 빛내는 것이 아니겠습니까. 부모님께 홍패를 안겨드리는 것이 어찌 큰 효도가 아니겠습니까. 나라에 충을 하고자 하는 것이 어찌 아니겠습니까. 그러니 형님들 생각은 모두 옳고 맞습니다. 그러니 자, 술 한 잔 하시고 정담을 나눕시다."

나이가 가장 어린 데다 모두를 형님으로 예우하는 문효구의 부드러운 말에 분위기가 다시 활기를 되찾았다. 허일이 말했다.

"동상 말이 맞소. 술 한 잔 험시로 모다 회포를 풀지라."

"하하하. 최 참군 성깔에 반했십니더."

"아이고메, 윤 봉사 효성을 본받아야지라."

이원해도 웃으며 말했다.

"출세허믄 효나 충, 다 절로 절로 이뤄지겠지라."

모두가 큰소리로 웃으며 주거니 받거니 술이 몇 잔 더 돌았다. 무과 급제자답게 체격이 우람해서인지 모두가 두꺼비 파리 잡아먹듯 잘 마셨다. 술항아리 서너 개가 금세 비워졌다. 그러자 문효구는 하인을 불러 즉시 술항아리를 방으로 들였다.

"술을 더 준비하라. 헌데 형님들 술을 당할 자가 한양에는 없을 듯합니다."

"하하하."

자정이 넘어서자 모두가 대취했다. 그러나 방을 나서면서 비틀거리는 사람은 아무도 없었다. 군기가 바짝 든 신입 무관다웠다. 그런데 최대성은 가슴 한구석이 허전했다. 동기들에게 받은 이질감 같은 것을 지우지 못했다. 무관이 되려고 한 동기가 이처럼 다른가 싶었다. 동기들 모두가 태평성대를 살고 있는 것처럼 말했기 때문이었다.

훈련원 군관청으로 돌아온 최대성은 잠을 자지 못하고 뒤척거렸다. 취기는 어느새 사라지고 정신은 훈련원 가까이 흐르는 청계천 개울물처럼 맑기만 했다. 낙산 쪽에서 홰치는 닭 울음소리가 들려왔다. 꼭두새벽이었다. 최대성은 순찰을 돌기 위해 벌떡 일어났다. 밖은 보름달이 떠서 어둡지 않았다. 또한 밤안개에 젖은 보름달 둘레에는 달무리가 은은했다.

훈련원 생활 2년째였다. 2월쯤 한양에 올라오겠다는 아버지 최한손의 소식은 감감했다. 고향에 무슨 일이 있던지, 아니면 집안에 변고가 있던지 두 가지 중에 하나일 터였다. 때마침 훈련원에 음력 2월 27일 공문이 내려왔다. 2월 26일 전라감영에서 달려온 군관이 병조에 보고한 내용이었다.

훈련원 군관들은 병조에서 급히 내려온 공문을 공람했다. 공문의 내용은 이러했다. 선조 18년 2월 초에 왜구들이 전선 18척을 타고 전라도 남해안을 침략했는데, 처음에는 녹도만호 이대원이 승전했으나 손죽도에서 전사했다는 내용과 이후 왜구들은 완도까지 가서 수군 진영을 공격해서 전라좌우수군 1천여 명이 죽고, 포로 1백여 명이 붙들려 갔으며 전선 4척이 나포당했다는 보고였다.

조정은 물론 훈련원은 발칵 뒤집혔다. 최대성은 마침내 올 것이 왔다고 온몸을 부르르 떨었다. 그러나 자신이 할 수 있는 일은 아무것도 없었다. 다음날, 조정에서는 신립과 변협을 방어사, 김명원을 전라순찰사로 삼아 왜구들을 토벌하도록 명했다. 이때 최대성은 훈련원 동기들에게 신립 방어사를 따라가자고 제의했지만 모두 시큰둥했다. 병조의 지시를 받아야지 미관말직으로서 단독으로 결정할 일이 아니라고 했다. 최대성은 사직이라도 하고 싶었지만 아버지 최한손이 실망할 것 같아서 그러지도 못했다.

최한손은 왜구들이 침입한 지 한 달 뒤에야 훈련원으로 찾아왔다. 남해안에서 왜구들을 모두 격퇴한 후였다. 그제야 훈련원은 비상을 해제하고 군관들에게 외출을 허락했다. 훈련원 외곽 언덕에는 조팝나무 꽃들이 하얗게 피어나고 있었다. 최대성은 아버지가 기다리고 있는 훈련원 정문으로 나가서 맞이했다. 최대성은 땅바닥에 엎드려 최한손에게 큰절을 했다.

"관군덜이 니를 보고 웃겄다. 얼릉 일어나그라."

"아버님, 그간 강녕허셨는게라우?"

"아이고, 말도 마라. 지난 초봄에 왜구덜이 쳐들어와 난리가 나부렀다."

"예, 알고 있그만요."

군관청으로 돌아온 최대성은 문효구에게 부탁했다.

"아버님이 오셨는디 신세 쪼깐 지든 으쩔까?"

"참군 형님 말씀인데 당연히 낙산 집에 아버님 방을 마련해드려야지요."

"아따, 고맙네야. 그래도 자네 덕분에 훈련원 생활이 외롭지 않다네."

"고맙기는요, 형님 덕분에 많은 것을 배웠지요. 무관으로서 백성을 섬기겠다는 형님 말씀을 저는 가슴에 말뚝처럼 박고 살기로 했습니다."

일과 시간을 마칠 때까지 최대성은 아버지 최한손과 함께 군관청에서 기다리다가 초저녁에야 문효구를 앞세우고 낙산으로 올라갔다. 낮에 미리 얘기해두었는지 하인 하나가 나와서 최대성을 별채 방으로 안내했다.

"큰방을 내드리라는 말씀을 들었습죠. 언제든 소인을 부르시면 달려오겠습니다요."

"알았으니 가게나."

하인은 방으로 들어와 등잔불을 켜놓고 나갔다. 최대성은 늙어가는 아버지 최한손를 바라보는 순간 자신의 심정을 고백해야겠다고 결심했다.

"아버님, 죄송하그만요."

"시방처럼 잘 살믄 됐지 뭣이 죄송허다는 것이냐?"

"사실은 훈련원을 떠나고 잪그만요. 지는 아무래도 아버님을 모시고 고향 땅을 지키고 잪습니다요."

"왜구덜은 다 물러갔어. 긍께 다시 한 번 생각해 보그라."

"아니어라. 왜구덜은 또 쳐들어올 거그만요. 섬에서는 묵고 살기가 심든께 또 쳐들어오겄지라."

"허긴 니가 이대원 장수맹키로 살겄다고 허믄 말릴 방도는 읎다만. 대장부라믄 그래야 허겄제."

잠시 후, 최한손은 무슨 생각이 들었는지 이대원이 순절하기 직전에 남겼다는 절명시를 읊조렸다.

해 저무는 진중에 왜구들 바다를 건너서 쳐들어오나
병사는 적어 외롭고 힘이 다했으니 장수는 서글프네
임금과 어버이께 은혜도 의리도 모두 갚지 못했으니
한스런 사람의 시름에 구름도 흩어질 줄 모르는구나.
日暮轅門渡海來
兵孤勢乏此生哀
君親恩意俱無報
恨入愁雲結不開

최대성은 주먹을 불끈 쥐었다. 날이 밝는 대로 조복 훈련원정을 면담한 뒤 사직하고 귀향하리라고 결심했다. 아버지 최한손이 귀향을 허락했으니 더 이상 훈련원에서 허송세월하지 않겠다고 결단했던 것이다.

열선루 회동

선조 24년(1591) 3월.

열선루 뒤쪽 소나무 숲이 흔들렸다. 솔바람 소리가 열선루 마룻바닥에 쏴쏴 뒹굴었다. 열선루는 관아 아래쪽에 있었는데, 널따란 마루 한편에 아궁이 방이 딸린 누각이었다. 초봄이지만 솔가지를 흔드는 바람결이 드셌다. 열선루 방에는 사발통문을 받은 보성 유생과 무과 급제자들이 모여 있었다. 방은 생각보다 넓었다. 예닐곱 명이 앉았는데도 좁지 않았다. 보성향교 전교인 쉰세 살 채정해가 가장 늦게 도착했고, 정사제, 소상진, 최대성, 정홍수, 정회, 전방삭 등 무과 급제자들이 먼저 와 자리에 앉아 있었다.

열선루 방은 관노들이 꼭두새벽에 군불을 지피어 윗목 아랫목 할 것 없이 따듯했다. 보성군수 김득광은 채정해 옆에 앉았다. 내아 하인들이 분청사발에 담은 보성 발효차를 한 잔씩 놓고 나갔다. 이윽고 보성군수가 입을 열었다.

"먼저 원근 각처에서 오신 유지들께 감사를 드리오. 일각이 여삼추라서 사발통문을 돌렸소이다. 지난달에 전라좌수영 수사로 부임하신 사또께서 5관 5포 수장들에게 알린 내용이 워낙 화급한바, 여러분을 오시게 한 것이오. 사또께서는 왜적이 어느 때 쳐들어올지 모르니 유비무환 하라고 지시했소이다. 왜적의 동태는 왜국을 다녀온 황진 동복현감에게 보고를 들었다고 하오. 사태를 알리고자 여러분을 급히 부른 것이오."

 이순신이 전라좌수사로 부임해 왔다는 것은 보성 유지들에게 새로운 소식이었다. 널리 알려진 인물이 아니라 갑자기 사또 자리에 오른 벼슬아치이기 때문이었다. 전라감사 이광의 군관으로 발탁되더니 조방장에 올랐는데, 이는 이광 전라감사가 덕수 이씨 문중 사람이므로 가능한 일이었다. 이후 이순신은 선전관으로 비변사의 부름을 받았다가 작년(1590) 8월에 종3품의 고사리진, 만포진의 첨사로 거듭 부임하려고 했지만 지나치게 진급이 빠르다는 논핵을 받아 보류되었다. 그러나 작년 2월 남쪽 요해지에 무신들을 보내라는 어명이 내려 이순신은 종6품의 정읍 현감에서 종4품 진도군수를 제수받았다. 이때 이순신을 선조에게 천거한 인물이 바로 유성룡 대감이었다. 유성룡 대감은 이전에 이순신의 진급이 빠르다는 논핵을 받은 바 있으므로 실제로 부임하지는 않지만 진도군수에 이어 종3품의 가리포첨사로 전임시키면서 정3품의 전라좌수사로 정식 부임하게끔 조력했다. 이는 여섯 품계나 건너뛴 특진이었다. 그러니 지방의 유지들이 이순신의 전라좌수사 부임을 두고 놀랄 수밖에 없는 일이었다.

 한편, 동복현감 황진이 이순신을 찾아와 왜군의 동태를 보고한 것은 동복이 전라좌도에 속했으므로 직급상 이순신이 상관이기 때문이었다. 황진은 스물일곱 살에 무과 급제하여 선전관이 됐지만 모친상을 당하여 사직했다. 3년 동안 입었던 상복을 벗고는 거산도 찰방으로 나갔다가 선조 16년(1583)에 함경도 서북쪽 시전(時錢)전투에 참가하여 공을 세우고 안원보 권관, 다시 선전관으로 복귀하여 제용감 주부에 오른 뒤 동복현감이 된 완력이 남보다 뛰어나고 강건하며 민첩함이 비호(飛虎) 같은 무관이었다. 선조 24년(1591) 조선통신사를 따라 무관 자격으로 왜국에 들어간 것도 그의 용맹함을 인정해서였다.

동복현감 황진은 이순신 좌수사를 찾아와 자신이 본 대로 보고했다.

"적의 형세로 볼 때 반드시 군대를 출동시키리라는 것을 소장의 눈으로 확인했그만요. 은제 출동시킬지 모르니 우리 군사의 방비 태세도 한시가 급헙니다요. 소장은 왜국에서 돌아올 때 전대를 풀어 보검 한 자루를 사왔는디 바로 이 검이그만요. 소장은 머잖아 적이 쳐들어올 때 반다시 이 검을 쓸 거그만요."

이순신은 황진의 보고를 신뢰했다. 그의 말을 듣고 나서 전라좌수영 관할의 5관 5포 수장들을 불러 방비 태세를 강화하라고 지시했던 것이다. 보성군수 김득광이 이순신을 만난 뒤 읍성으로 돌아와 첫 번째로 한 일은 열선루 회동이었다.

최대성은 흥분한 보성군수 태도와 달리 담담했다. 왜구들이 남해안을 침입할 때부터 언젠가는 왜국 정예군이 침략할 것이라고 예견했기 때문이었다. 특히 선조 20년(1587)에 왜구들이 18척 함대로 침입했을 때 머잖아 더 큰 왜적이 쳐들어오리라는 불길한 징후를 느끼지 않을 수 없었던 것이다. 채정해가 말했다.

"당장 마실로 돌아가믄 농사짓는 토군 명부를 점검 정리허고 자체적으로 훈련을 시켜야 쓰겄소."

"그렇소이다. 토군 명부가 정확해야 군사를 징발할 때 차질이 없을 것이오."

토군이란 평소에는 농사를 짓다가 전시에 관군이 되는 일종의 예비군을 뜻했다. 그런데 토군 명부에는 대부분 오래전에 작성하여 유랑민이 되어 떠난 자도 있고, 사망자도 다수 있었다. 채정해의 말에 보성군수가 동의를 표했다. 오십대 초반의 채정해 말이 옳기도 했지만 나이로 치자면 아버지뻘이었고, 관록도 녹록지 않았던 것이다. 채정해는 열다섯 살에 보성향교에 입학하여 10여 년 동안 한 해도 거르지 않고 공부한 끝에 선조 즉위년인 스물아홉 살 때 생원시에 합격했으므로 관록으로도 대선배였다. 다만 지병 때문에 출사하지 못한 채 복내 풍치(風峙)에서 은둔해 살고 있을 뿐이었다. 김득광이 다시 말했다.

"채 좌윤 말씀은 참으로 옳소이다. 여러분도 각자 마을로 돌아가시면 토군 명부를 반드시 확인 점검해 주시오."

"예, 고로코름 허겠습니다요."

"오늘 이 자리는 좌수사 사또 말씀을 전하고, 여러분들의 고견을 듣고자 회동했으니 허심탄회하게 말씀들 하시오."

왜적이 곧 쳐들어올 것이라는 첩보에 놀랐는지 모두가 입을 다물고만 있었다. 그러자 보성군수 김득광이 최대성을 지목해 의견을 구했다.

"장대한 체격에 아름다운 수염을 보니 마치 황진 동복현감을 보는 것 같구려. 의견을 말씀해 보시오."

"사곡마실에서 온 급제 최대성이그만요. 나리 말씀을 듣고 본께 의기가 솟구치는 거 같그만요. 지는 훈련원 참군으로 있다가 정해년에 왜구덜이 남해안을 쑥대밭으로 맹글었다는 비보를 듣고 나서 향리를 지키겄다고 낙향헌 사람이지라. 지는 마실 장정덜을 델꼬 유비무환 정신으로 말타기와 활쏘기를 더욱더 해볼라요."

자신의 이름 앞에 '급제'를 붙인 것은 무과 급제를 했지만 현재는 벼슬이 없다는 뜻이었다. 최대성이 말한 요지는 무술을 단련하여 향리부터 방비하겠다는 것이었다. 김득광이 최대성의 말에 감격했는지 고개를 크게 끄덕였다.

"적을 무찌르는 첫걸음은 향토부터 방비하는 것이 기본이오. 첫걸음 방비에 충실하면 적은 발붙일 데가 없어 오합지졸이 되고 말 것이오."

입을 꾹 다물고 있던 정사제가 말했다.

"맞그만요. 지도 향리를 떠나지 않고 지킬 생각이그만요. 성님 생각은 으쩌요?"

"나도 동상허고 동감이네. 복내 땅을 지키겄네."

소상진이 정사제 말에 조금도 망설이지 않고 대답했다. 다만 정홍수만 침묵을 지켰다. 보성군수 김득광이 정홍수를 보면서 말했다.

"정 주부(主簿)께서는 말씀이 없으신데 무슨 묘수라도 있는 것이오?"

"묘수라고 할 것까지는 읎지만 지는 탁월헌 장수 막하에서 전술을 조언허는 역할을 허고 잪소. 고것이 지 소질에 맞는 거 같으요."

정홍수의 말에 용기를 얻었는지 정회가 말했다.

"지도 정 주부님 말에 공감허요. 글고 지는 장인인 선거이 장수를 찾아가 도울 것이요. 긍께 선거이 장수께서 겨시는 곳이 지가 죽을 자리가 될 것이요."

정회가 비장하게 말하는 동안 여러 사람의 얼굴에 의기가 서렸다.

이윽고 김득광이 회동 자리를 서둘러 파하려고 했다.

"자, 상황이 급박하니 오늘 회동은 여기서 마무리하겠소. 여러분의 의견은 두 가지로 나누어졌소. 하나는 향토를 지키겠다는 것이고, 또 하나는 명장을 따라가 싸우겠다는 것이오. 두 가지 모두 나라에 은혜를 갚는 일이니 무엇을 선택하든 여러분의 뜻을 존중하겠소."

채정해는 보성향교로 바로 갔고, 몇몇은 서둘러 향리로 돌아갔다. 그러나 최대성은 보성군수 김득광이 손짓하자 열선루에 남았다. 김득광이 말했다.

"최 참군께 할 말이 있소."

"말씸허시지라."

"무재가 출중한 최 참군께서 향리에 남는다면 우리 보성이야 더 바랄 것 없이 좋은 일이오. 뿐만 아니라 최 참군께서 좌수사 사또와 힘을 합친다면 어떤 왜적이라도 능히 물리칠 것이오. 사또께서는 출중한 군관이 필요한바, 사또 막하로 지원한다면 분명 나라의 은혜를 크게 갚을 것이오."

"사또 막하로 지원허는 것은 아직 생각해 본 적이 읎소."

"물론 강권하는 것은 아니오. 허나 사또는 아주 출중한 인물이오. 오죽했으면 유성룡 대감께서 여섯 품계를 특진시키면서까지 좌수사로 보냈겠소. 유 대감께서 어린 시절에 이웃 형으로 살면서 좌수사의 됨됨이를 눈여겨보았다고 하오."

김득광의 말은 사실이었다. 이순신은 훈련원이 가까운 건천동에서 태어나 어린 시절을 보냈고, 유성룡은 일찍이 안동에서 올라와 훈련원 부근 가난한 선비들이 사는 마을에서 성장했던 것이다.

"군수 나리 말씀대로 사또께서는 출중헌 분이시겠지라. 사또를 일찌감치 알아본 유 대감도 대단허시고라."

최대성은 선뜻 이순신 막하로 지원하겠다는 약속을 못했다. 이 일은 아버지 최한손과 상의해서 결정해야만 했다. 더구나 아버지 최한손은 노환을 앓고 있었다. 갑술이 아침저녁으로 탕기에 약을 달여 사랑방을 드나들고 있는 처지였다.

"반다시 다시 찾아뵙고 상의드릴 것이요."

"최 참군, 무운을 빌겠소."

보성군수 김득광은 마치 최대성이 이순신 막하로 가겠다고 약속한 듯 '무운(武運)'이란 말을 했다. 그러나 최대성은 말을 타고 사곡마을로 돌아오는 동안 내내 갈등했다. 원래는 아버지 최한손을 간병하면서 향리를 지키는 쪽으로 결심하고 있었던 것이다. 이순신이 아무리 탁월한 인품의 사또라 하더라도 노환을 앓고 있는 아버지 최한손을 두고 떠날 수 없는 노릇이었다.

'충은 효에서 나온다고 했거늘 어찌 아버님을 두고 떠날 수 있겠는가.'

정자천에서 갈라진 개울을 건너면서 최대성은 하마터면 말에서 떨어질 뻔했다. 말이 경중경중 개울 가운데로 들어가면서 앞발을 헛디딘 탓에 갑자기 크게 비틀거렸던 것이다. 말고삐를 잡고 허리를 바짝 낮추었기 때문에 최대성은 곤두박질을 면했다. 최대성은 사곡마을 초입 충보정 활터에 이르러서야 말고삐를 잡아당겼다.

충보정 활터에는 마을 장정 두세 명이 활쏘기를 연습하고 있었다. 최대성이 나타나자 모두 사대에서 내려와 인사했다.

"대양 어른, 남풍 땜시 활쏘기가 심들어라우."

"목수는 낭구 탓을 허지 않는 벱이여. 이럴 때는 바람 부는 방향을 이용해야 써."

"대양 어른께서 한 번 쫘봄시롱 갈쳐 주시씨요."

대양(大洋)은 최대성의 자(字)였다. 열일곱 살 때 진원 박씨와 결혼하고 난 이후 '대성' 대신에 마을 친지들이 '대양'이라고 불렀던 것이다.

최대성은 장정에게 활을 빌려 사대에 올랐다. 남풍이 보성바다 쪽에서 제법 거칠게 불어왔지만 최대성은 개의치 않았다. 그런데 그때였다. 꿩 한 마리가 활터 허공을 날았다. 최대성은 과녁이 아니라 꿩을 향해 화살을 쏘았다. 순간 장정들이 탄성을 질렀다.

"명중이요!"

화살을 맞은 꿩은 맥없이 활터로 떨어졌다. 한 장정이 달려가 꿩을 들고 왔다. 화살이 훈련용 유엽전이라 꿩이 죽지는 않았다. 꿩은 화살을 맞고 기절한 상태였다. 그때 갑술이 활터로 왔는데 초암산에 약초를 캐러 갔다가 돌아오는 길이었다. 갑술은 꿩의 배를 만지더니 한마디 했다.

"배가 아직 따닷헌 것이 살아 있그만잉."

"얼른 죽여야 써. 정신이 돌아오믄 도망갈지 모른께."

옆에 있던 장정 말에 갑술이 꿩의 목을 비틀어버렸다. 그러자 꺾어진 꿩 머리가 힘없이 덜렁거렸다. 최대성은 사대를 내려오면서 장정들에게 말했다.

"습사를 허다보믄 나같이 쏠 때가 올 것이여. 긍께 뭣이든 꾸준해야 써."

"예, 대양 어른. 영념헐께라우."

충보정을 나와 사곡마을 고샅길을 걸으면서 최대성이 말했다.

"아적 떡국대가 남었는지 모르겄네잉."

"아이고메, 고 생각을 못했그만. 영감님께서 꿩괴기 들어간 떡국을 아조 잘 잡수시는디."

최대성은 운수 좋은 날이라는 생각이 들었다. 보성군수를 만나 호감을 나눈 사이가 됐고, 귀갓길에 아버지가 잘 드셨던 꿩고기 떡국을 쑤어 드릴 수 있어서였다. 최대성은 집에 들어와 바로 사랑방으로 들어갔다.

"아버님, 미음은 드셨는게라우?"

"서너 숟깔 떠 묵었다. 읍성에 간 일은 잘 보았느냐?"

"군수 말로는 왜적이 곧 쳐들어올 거 같다고 허그만요."

"나도 그런 예감이 든다. 긍께 니는 내 걱정허지 말고 나라에 은혜 갚을 일이나 생각허그라."

"지 일은 지가 알아서 헐틴께 탕약 드시고 아버님께서 얼릉 기력을 회복허셔야지라."

"지난 시안보다 많이 좋아졌지 않느냐. 긍께 니는 나보다 나라를 생각허란 말여."

"아버님, 명심헐라요."

최대성이 자신의 뜻을 받아주자 모처럼 최한손이 웃었다. 최한손의 머리맡에는 정철의 장남 정기명이 지은 〈녹도가〉가 놓여 있었다. 이대원의 순절을 기리고 이대원에게 군사를 보내지 않은 당시 전라좌수사 심암을 비웃는 〈녹도가〉였다.

어허! 슬픈지고, 녹도 만호 이대원은
다만 나라를 위해 충신이 되었도다.
배가 바다로 들어갈 제
왜적들은 달려오고 수사는 물러가니
백만 명 진중에서 빈주먹만 휘둘렀도다.

"대성아, 니는 심암 같은 베슬아치로 살지 말그라. 하루를 살드라도 이대원 만호맹키로 살아야 써."
"아버님, 명심헐라요."
최한손의 기력은 놀랍게도 조금씩 되살아났다. 꿩고기로 장조림 한 떡국을 먹고 난 뒤부터였다. 잠시 회복한 것인지는 좀 더 지켜봐야겠지만 어쨌든 사랑방에서 일어나 마을 고샅길 밖은 물론 충보정까지 걸어갔다가 돌아오곤 했다. 그때마다 두리동은 조마조마한 마음으로 최한손을 부축하곤 했다.

그해 가을이었다. 초암산 숲에도 붉고 노란 단풍이 불붙듯 번지고 있을 무렵이었다. 사초마을에서 이십대 중후반의 두 사람이 최대성을 찾아왔다. 경기도 광주에서 온 두 사람은 이욱의 손자들로서 이미 무과에 급제한 이봉수와 이봉직이었다. 두 사람은 사촌 간이었는데, 이봉수는 선조 13년 별시무과를 응시해서 44명 중 35위 후순위로 합격해 벼슬을 바로 받지 못하고 사초마을로 내려온 무인이었다. 사촌동생 이봉직도 사정은 엇비슷했다. 그렇다고 이봉수가 명민하지 못한 것은 아니었다. 이봉수는 이조판서를 지낸 조부 이도(李都)가 어린 시절부터 애지중지했을 만큼 산학(算學)에 뛰어난 수재였던 것이다. 이봉수가 말했다.

"이(李) 자 욱(郁) 자 할아버지께서 늘 말씀하신 바 있어서 찾아왔습니다. 아버님 3년 시묘하느라고 이렇게 늦었습니다."

"두 집안 간에 인연이 있제. 아버님께서 보한당 어르신 인품을 가끔 말씸허셨다네."

"할아버지께서도 대양 어른을 꼭 찾아뵈라고 말씀하셨습니다."

이봉수의 친할아버지 이욱의 호는 보한당(保閒堂)이었고, 판서 이도와는 형제간이었다.

"시세가 급변헐 거 같은디 자네덜은 앞으로 어쩌께 헐 것인가?"

"사실은 좌수영으로 가려고 결심한 뒤 인사차 들렀습니다. 할아버지께서 반드시 뵈라고 하신 말씀이 계셔서 찾아왔습니다."

"고맙네."

최대성은 두 사람을 다시 만날 것 같은 예감이 들었다. 아버지 최한손의 건강만 조금이라도 나아진다면 최대성 역시 좌수영으로 가려고 결심하고 있었기 때문이었다.

전라좌수영 지원

최한손은 겨울을 넘기면서 자리에서 일어났다. 늦가을에는 사랑방 문턱을 넘어서지 못했는데, 갑술의 정성으로 기력을 많이 회복했다. 노환이었으므로 특별한 증상이 있는 것은 아니었다. 최한손의 건강은 날씨처럼 맑고 흐리고를 반복했다. 최대성이 전라좌수영 지원을 계속 늦춰온 것도 아버지 최한손의 노환 때문이었다.

그러나 최대성은 자신의 결심을 이제는 더 늦출 수는 없었다. 물러나고 나아가는 것도 때가 있는 법이었다. 다행히 아버지 최한손이 기력을 어느 정도 회복했기 때문에 집을 떠난다고 해도 조금은 안심할 수 있었다. 두리동 형제가 자식처럼 아버지 최한손을 정성껏 시봉하기에 전라좌수영 이순신 좌수사 막하로 지원할 수 있었다. 더구나 최한손이 아들 최대성에게 결단의 용기를 주었다.

"대장부 덕목 중에 젤로 중헌 것은 진퇴를 아는 것이여. 나아갈 때 나아가고, 물러설 때 물러서는 것을 아는 사람이 대장부란 말이여. 알겄냐?"

"아버님 몸이 성치 않으신께 그라지라."

"내 몸도 인자 엥간해졌응께 가그라. 내가 다 안다. 니맹키로 부모 봉양 잘허는 사람도 드물 것이다. 긍께 나는 복이 많은 사람이여."

최대성에게 용기를 주는 말이었다. 진퇴(進退), 나아가고 물러설 줄 아는 것은 원래 병법(兵法)에 나오는 수칙이지만 수덕(修德)을 중시하는 선비도 잊지 말아야 할 덕목이었다. 최대성은 선산에 올라가 증조부 진사 최윤지, 조부 도사 최계전, 어머니 광주 이씨 유택 앞에 엎드려 큰 절을 올리며 지금이야말로 전라좌수영으로 나아갈 때라고 결심했다.

선조 25년(1592) 3월 초.
최대성은 말구종을 앞세우고 전라좌수영 남문 앞에 섰다. 말구종은 최대성이 말에서 내리자 남문 앞에서 사곡마을로 돌아갔다. 창을 든 문지기 군졸이 최대성에게 다가와 물었다.

"으디서 왔는게라우?"
"사또를 뵈러 왔소. 나는 참군 최대성이라고 허요."
"아이고메, 참군 나리. 쪼깜 지달려 보시씨요."

군졸이 남문 안으로 들어가 남문 2층에 있는 늙은 수문장 진무에게 보고했다. 그러자 늙은 수문장 진무가 남문 누각에서 내려왔다. 진무란 군졸과 군관 사이의 계급인데 일종의 직업군인이었다.

"뭣 땜시 왔소?"
"사또 막하로 지원 왔소."

그제야 늙은 수문장 진무가 태도를 부드럽게 바꾸었다.
"따라 오씨요. 요새는 지원허는 군관덜이 뜸허요."
"작년에는 많았다는 말씸이오?"
"그랬지라. 사또께서 부임허신 뒤로 흥양에서 오고 심지어는 나주에서도 왔소. 화엄사, 송광사, 능가사 중덜도 왔소."

흥양에서 온 군관은 송희립이었고, 나주에서 온 군관은 나대용, 나치용이었다. 각 절에서 온 승려 수장은 삼혜, 의능, 신해, 성휘, 지원 등이었다.

최대성은 남문 수문장 진무가 안내하는 동헌으로 갔다. 수문장 진무가 동헌 마당에 서서 큰소리로 참좌군관에게 용건을 말했다.

"참좌군관님! 손님이 사또를 뵈러 왔그만요!"

"쪼깜만 지달리게 허씨요."

잠시 후 참좌군관이 동헌 마루로 나왔다. 그는 송희립이었다. 눈이 부리부리하고 얼굴은 떡판처럼 넓었다. 어깨가 딱 벌어져서인지 앞으로 곧 달려들 것처럼 저돌적인 인상을 주었다.

"으째서 사또를 찾으시요?"

"사또를 모시고 잪어서 왔소."

송희립이 눈을 여전히 부릅뜨고 말했다.

"누구라고 전허믄 좋겄소?"

"급제 최대성이라고 전허시요."

급제라는 말에 송희립이 경계심을 풀었다. 무관끼리는 문관과 달리 동료애가 강했던 것이다. 송희립이 동헌방으로 들어가더니 금세 나왔다.

"들어오씨요."

최대성은 마루로 올라가 동헌방으로 들어갔다. 동헌방은 좌수사 이순신의 집무실이었다. 최대성은 방에 들자마자 이순신에게 큰절을 올렸다. 이순신은 앉은뱅이책상 뒤에 벽을 등지고 반듯하게 앉아 있었다.

"훈련원 참군을 지낸 최대성이그만요."

"나를 도와 적을 무찌르고자 온 것인가?"

"예, 사또."

"나이는 몇인겨?"

"올해 마흔이그만요."

"허허. 여그 있는 참좌군관허고 동갑이구먼. 우덜찌리 심을 합치믄 이루지 못헐 일이 읎을겨."

이순신은 흔쾌하게 최대성을 받아주었다. 최대성은 이순신의 첫인상에 다소 놀랐다. 체격은 장사와 같고 후덕한 용모의 덕장이라고 생각했는데, 실제로 보니 몸이 깡마르고 눈썹과 눈꼬리가 위로 올라간 탓에 다소 엄한 용장 같았다. 그러면서도 넓은 인중과 큰 귀는 예사롭지 않은 고상한 귀티를 풍겼다. 이순신의 말투는 한양 말이 언뜻언뜻 섞이었으나 충청도 말이 진했다. 최대성은 이순신을 바로 보지 못하고 앉은뱅이책상 위의 서책 한 권에 눈을 주었다. 이순신이 말했다.

"편하게 앉어. 병서에 관심이 많구먼."

"예. 사또."

"이 병서는 지난 2월에 전령 진무를 한양으로 보냈드니 유성룡 대감께서 보내주신겨."

판서 유성룡이 편지와 함께 보낸 병서는 《증손전수방략(增損戰守方略)》이었다. 이순신이 한양에서 돌아온 전령 진무에게 《증손전수방략》을 받은 날짜는 이번 달(3월) 초닷새였다. 이순신은 병서를 받고 나서 밤을 새워 몇 번이고 읽었는데, 병서의 내용은 수전(水戰), 육전(陸戰), 화공전(火攻戰) 등 모든 싸움의 전술이 다 들어 있었다. 이순신은 유성룡이 보내준 병서를 봤을 때의 감동이 되살아나는지 혼잣말로 중얼거렸다.

'참으로 만고의 훌륭헌 책인겨!'

그때 이봉수가 나타났다. 인기척만 하고 들어오는 이봉수의 태도로 보아 동헌방을 자유롭게 드나드는 듯했다. 그만큼 이순신의 신뢰를 받고 있다는 방증이었다. 이봉수가 말했다.

"오실 줄 알았어라."

"쪼깜 늦었네."

"잘 알고 있는 사이요?" 송희립이 묻자 이봉수가 대답했다.

"참좌군관님, 보성에 사시는 분이라 잘 알지요."

"같은 보성에서 온 급제라고 허니 더 신뢰헐 수 있구먼. 이 군관이 최 급제에게 좌수영 진영을 안내허게."

"예, 사또 나으리."

이순신은 자신의 막하로 온 신임 군관에게 가장 먼저 시키는 일은 진영 숙지였다. 좌수영 성 안팎의 건물과 지형지물을 숙지하도록 했던 것이다. 최대성은 이봉수를 따라 성안부터 살펴보기 시작했다. 동헌 왼쪽으로는 수사가 숙식하는 내아가 있었다. 이봉수는 내아(內衙)를 손으로 가리키기만 하고 동헌 문을 앞서 나왔다. 동헌 문 오른쪽으로 가장 큰 건물이 객사 진남관이었다. 이봉수가 말했다.

"여기가 객사인데 궁궐 쪽을 보고 절하는 곳입니다."

"아따, 엄청 큰 건물이네이."

"원래 객사는 임금님이나 왕비님 탄신일에 절하기도 하고, 초하루, 보름, 한식, 단오, 추석, 동지 때 임금님께 절하지요. 그런데 사또가 오시고 나서 바뀌어졌지요."

최대성은 객사 안으로 들어가 정면을 보고 4배를 했다. 그러고 나서 이봉수에게 말했다.

"좌수영으로 왔다고 임금님께 보고해부렀네."

"잘하셨그만요."

"근디 사또가 오고 나서 뭣이 바꽈졌다는 말인가?"

"사또께서 망궐례는 초하룻날 한 번만 올리자고 했습니다."

"으째서?"

"사또께서는 허례허식을 다 없애라고 지시했지요."

"군무에 집중허실라고 그런 거 같네."

최대성은 이순신의 강단에 또다시 놀랐다. 망궐례는 충성맹세 같은 의례인데, 초하룻날 한 번으로 줄여버렸으니 배포가 세지 않으면 할 수 없는 조치였기 때문이었다. 다음으로 간 곳은 무기고였다. 그리고 좀 더 한갓진 데 있는 화약고였다.

"사또께서 수시로 점고하는 무기고이지요. 그러니까 무기고를 감독하는 군관이 항상 긴장하는 곳이지요."

무기고의 주요 무기는 천지현황 화포와 활이었다. 활은 장전과 편전 두 종류였는데, 적이 있는 거리에 따라 달리 지급했다. 화포는 화약을 아껴야 했으므로 1년에 한두 번 무기고에서 꺼내는 데 그쳤다.

"무기고를 보믄 군기를 알 수 있다네. 무기덜이 정비가 돼 있지 않은 군대는 군기가 빠진 오합지졸이라고 볼 수 있제."

"참군 어른, 그렇겠습니다."

"에끼! 이 군관. 향리에서나 '참군 어른'이라고 불러야제 여그서는 최 군관이라고 허게."

이봉수가 향리에서 최대성을 대할 때 많은 나이 차이 때문에 '참군 어른'이라고 했지만 지금은 이순신 막하에서 동등한 군관 지위로 있으므로 '최 군관'이라고 부르라는 부탁이었다.

"예, 알겠습니다."

이봉수가 화약고 앞에서 말했다.

"한양 도성 화약고에 보관 중인 화약을 지원받아 왔는데 앞으로는 자체적으로 화약을 만들어야 할 것 같습니다."

"각도 관찰사들이 서로 달라고 허겄제."

"어쨌든 병조에서 충분하게 지원해주지 못하고 있습니다. 좌수영 전선(戰船)의 주력은 화포인데 화약이 부족하면 그만큼 전력이 약화될 수밖에 없습니다."

좌수영 전선이란 판옥선을 뜻했다. 판옥선은 좌현과 우현에 화포들이 거치돼 있었고, 훈련 때마다 이순신이 화포장들에게 강조해온 주요 전술은 화포 사격이었던 것이다.

"사또께서는 병조에서 찔금찔금 내려오는 화약을 기다리지 말고 좌수영에서 자체적으로 만들기를 원하고 계십니다. 그래서 제가 화약 제조술을 익히고 있지요."

"화약은 뭣으로 맹그는가?"

"염초와 유황, 목탄을 잘 배합하면 화약이 되지요. 물론 아무렇게나 배합한다고 화약이 되는 것은 아닙니다. 배합 비율이 딱 맞아떨어져야 합니다."

"배합 비율을 알고 있는가?"

"염초가 7할 안팎, 유황이 2할 안팎, 목탄이 1할쯤이라는데 실제로 성공하려면 수십 번 만들어봐야 합니다."

최대성에게 설명하는 이봉수의 눈에서 빛이 났다. 이십대 후반의 이봉수 태도는 진지했다. 그의 태도로 보아 이순신 좌수사가 신뢰할 수밖에 없을 것 같았다.

"이 군관멩키로 산학(算學)이 밝지 못허믄 아조 에럽겄그만."

"오늘은 성안을 보시고 성 밖은 낼 가시지요."

다음으로 간 곳은 군관청과 이청(吏廳)이었다. 말 그대로 군관청은 군관들 숙소이고, 이청은 색리들이 쉬는 장소였다. 그런데 색리, 즉 세습해온 이방들은 대부분 성 밖의 자기 집으로 가서 잠을 잤다.

"방은 군관청을 관리하는 진무가 정해 줄 겁니다. 아니면 제 방을 함께 써도 되고요."

"아니네. 나허고 같은 방을 쓰믄 이 군관이 불편허겄제. 나는 따로 쓸라네."

군관청과 조금 떨어진 곳에는 의승청(義僧廳)이 있었다. 최대성으로서는 생소한 의승청이었다.

"의승청이라는 말은 첨 들어보네."

"승려들 숙소인데 좌수영에만 있지요. 다른 진포에 있다는 말을 아직 들어본 적이 없습니다."

"승려덜이 와 있는 이유가 뭔가?"

"승려들이 사또를 의지하고 따르는 것 같습니다. 사또 또한 승려들에게 호의적입니다. 나라를 지키는데 신분이 따로 없다고 생각하고 계십니다."

이순신은 대표 승려를 수승(首僧)이라고 부르고, 때로는 수승의 자문을 받기도 했다. 거북선을 비밀리에 건조하면서도 순천에서 활동한 수승 삼혜와 나주 출신 군관 나대용을 동헌방으로 자주 불러 상의하곤 했던 것이다. 그런데 그때였다. 의승청 방문을 열고 나오는 두 사람 중에 최대성에게 낯익은 무장이 있었다. 수염이 허연 백발의 노인인 정걸이었다. 최대성이 놀란 채 말했다.

"어르신 무신 일로 여그 겨십니까요?"

"허허, 대양이그만. 난 좌수사께서 불러서 여그로 내려와 있다네. 대양도 좌수사 막하로 지원헌 모냥이그만."

"예, 어르신."

칠십대 후반인 정걸은 이순신에게 적잖이 도움을 주는 노장(老將)이었다. 정걸은 부안현감을 지낼 때 판옥선을 건조한 경험이 있을 뿐더러 전술과 전략을 이순신에게 거침없이 조언해 주곤 했다. 군관들은 정걸이 한양에서 내려왔으므로 '경장(京將)님'이라고 불렀다. 이봉수가 말했다.

"경장님, 무슨 일로 의승청에 와 계십니까?"

"의능 수승허고 나는 흥양(고흥) 태생이라네. 의능스님이 와 있다고 해서 내가 찾아왔다네."

그제야 의능이 합장했다.

"의능이요. 경장님께서는 소승의 한참 선배 어른이시지라."

"고향 까마구만 봐도 반갑다는 말이 있데끼 여그서 흥양 사람을 본께 더 반갑네야. 하하하."

정걸은 최대성을 정확하게 기억하고 있었다.

"내가 환갑을 넘긴 나이였제, 자네를 앞세우고 서석산 등산을 헌 때가 말이시,"

"예, 그렇그만요. 지도 똑똑허게 기억허지라."

최대성이 이봉수에게 말했다.

"어르신을 뵀응께 오늘은 여그서 끝내믄 으쩔까?"

"아까 말씀드린 대로 성 밖은 내일 안내하겠습니다."

최대성은 의승청 마루에 앉아 정걸과 이야기를 주고받았다. 찻자리는 의능이 만들어 주었다. 발효차 차담은 초저녁 때까지 계속 이어졌다. 초저녁 이후부터는 찻자리가 술자리로 바뀌었다. 서석산을 오를 때 나누었던 이야기부터 최근의 근황까지 온갖 정담을 나누며 회포를 풀었다.

유비무환 1

보성을 떠난 최대성은 전라좌수영 군관청에서 하룻밤을 잤다. 꼭두새벽에는 객사 진남관으로 혼자 가서 북쪽을 향해 4배 하면서 선조 임금에게 충성을 맹세했다. 망궐례를 지내는 초하룻날은 아니었지만 문득 충심(忠心)이 솟구쳐 진남관으로 갔던 것이다.

아침 햇볕이 동문을 넘어온 뒤에야 이봉수가 왔다. 햇볕은 군관청 토방에도 올라와 최대성의 신발을 비추고 있었다. 이봉수는 동헌으로 올라가 이순신에게 오늘 할 일을 보고하고 오는 길이었다. 이봉수의 일이란 최대성을 안내하는 것이었다.

"사또께 보고하고 오는 길입니다. 오늘은 어제 말씀드린 것처럼 성 밖을 안내하겠습니다."

"사또께서 뭣이라고 허든가?"

"먼저 북봉으로 올라가 좌수영을 보여주고, 소포 선소로 가서 귀선(龜船)까지 보여주라고 했습니다."

"좌수영에 귀선(龜船), 거북선이 있다는 말인가?"

"임금님도 모르게 건조한 거북선이지요. 비밀리에 건조해 왔기 때문에 아는 사람이 몇 명 안 됩니다."

"으째서 임금님도 모르게 맹글어 왔다는 말인가?"

"조정에 보고하면 건조하지 못하게 했을 겁니다. 두 가지 이유가 있지요. 하나는 많은 물자를 지원해야 하고, 또 하나는 수십 명의 목수를 지원해야 하기 때문입니다. 조정에 그럴 만한 재원이 없으니 만류했을 겁니다."

왜군 침입에 대한 보고는 지금까지도 선조 23년(1590) 왜국에 조선 통신사로 갔던 정사 황윤길과 부사 김성일 쪽으로 의견이 갈려 있는데, 지혜롭지 못한 선조는 김성일이 보고한 대로 '왜국이 당장 쳐들어오지 않는다.'고 믿었다. 그러한 선조가 이순신의 거북선 건조 건의는 적잖은 인적 물적 자원을 요구할 터이므로 거부할 것이 뻔했다.

"사또께서는 왜적이 쳐들어온다고 확신허고 겨시는구만."

"최 군관님, 제 생각도 마찬가지입니다."

"이 군관이 거북선 건조를 아는 사람이 벨로 읎다고 했는디 사실인가?"

"조정에서는 유성룡 대감 정도 알겠고, 이광 전라감사는 확실합니다."

"전라감사도 덕수 이씨라고 알고 있네만."

"덕수 이씨 문중 어른이라고 합니다. 감사께서 사또를 조방장으로 데리고 있기도 했고요. 그러니 사또께서 전라감사를 믿고 보고했을 겁니다."

전라감사 이광은 이순신을 신뢰하는 지방 수령 가운데 한 사람이었다. 특히 이순신이 파직되어 아산에서 쉬고 있을 때 전라감사 수하의 군관으로 특채했고 얼마 뒤 조방장으로 승진시켰던 것이다.

이순신이 전라감사 이광에게 거북선 건조를 보고한 사실은 확실했다. 이광이 거북선에 쓰일 돛베 스물아홉 필을 보내주었기 때문이었다. 그날 이순신은 몹시 만족해하며 이러한 사실을 자신의 《난중일기》에 다음과 같이 기록했음이다.

〈날씨는 맑지만 다시 바람이 사납다. 동헌에 나와 집무하고 날을 받은바 거북선에 쓰일 돛베 스물아홉 필을 나라에 바치는 봉헌례를 드렸다.
    말을 타고 달리면서 활쏘기 시합을 조이립과 변존서가 하였는데 변존서가 이겼다.
    우후 이몽구가 방답을 경유하여 돌아왔다. 우후가 방답첨사 이순신(李純信)이 거북선 철갑용 철물을 마련해 놓는 등 방비 임무에 전념하고 있다는 사실을 보고했다. 횃불이 놓이는 화대(火臺) 돌기둥을 동헌 마당에 세웠다.〉

이순신이 일기에 돛베를 보낸 이광의 이름을 뺀 것은 나중에라도 그에게 화가 미칠지 모르므로 미리 경계해서였다. 이순신은 진중에서 일어난 크고 작은 일들을 일기에 기록하는데 있어서 자신을 변호해 줄 수 있고, 누군가가 오해하지 않게끔 문장 하나하나에 세심한 주의를 기울였는데 용의주도한 성격 때문이었다.

최대성은 이봉수를 앞세우고 성 밖으로 나왔다. 성 밖은 바닷바람이 제법 거셌다. 오리나무와 느티나무 여린 새싹들이 오들오들 떨었다. 이봉수가 말했다.

"북봉을 올라가서 보면 좌수영 진영이 한눈에 듭니다."

"까마구도 고향 까마구가 반갑다고 허드니만 여그서 이 군관을 또 만나다니…."

"경기도 광주에서 보성으로 내려온 지 오래됐으니 저도 사실은 보성 사람이지요."

"이 군관 조부께서 보성에 몬자 오시어 자리잡았은께 그때부터 산 것이나 다름읎제."

"최 군관님 말씀이 옳습니다. 고향을 말할 때는 아버지가 사신 곳을 고향이라고 하니까요."

"아따, 이 군관은 사또 신임을 받을 수밖에 읎겄그만. 말끝마다 딱딱 떨어져분 것이 말이여. 하하하."

좌수영 성문은 동문, 서문, 남문 세 개였다. 북봉으로 나가는 북문은 없었다. 두 사람은 서문으로 나와서 북봉으로 난 산길을 올라갔다. 사람들은 성 북쪽에 있는 봉우리라고 해서 '성북봉(城北峯)'이라고도 불렀다.

산 위로 올라갈수록 바닷바람이 더 세찼다. 여린 새잎들이 나뭇가지에서 곧 떨어져 나갈 것처럼 바닷바람에 팔랑거렸다. 그런데 최대성은 이마에 찬물을 끼얹는 듯한 바닷바람의 기세가 좋았다. 그래서 보성만 바닷바람이 거친 초암산 정상에 자주 올라갔던 것이다.

북봉 정상 밑에는 연대(煙臺) 하나가 반듯하게 있었다. 네모진 돌로 전탑의 기단처럼 촘촘하게 만들어진 것으로 보아 최근에 손을 본 것이 틀림없었다. 최대성이 말했다.

"보통 솜씨가 아닌디잉. 돌 쌓기가 생각보다 에렵거든."

"지난달 초에 제가 관노들을 데리고 올라와 정비한 연대입니다."

연대는 통신수단 시설인 봉수대 역할을 하고, 적선이 침입하는지 경계하는 망루 같은 곳이었다. 주로 관노들이 연대를 지켜왔는데, 이순신이 부임해 오기 전에는 유명무실한 상태로 방치돼 있었으므로 이봉수가 손을 보았던 것이다. 연대 정비 역시 이순신에게 지시받은 이봉수가 처리한 사실이 《난중일기》 2월 초나흘 자에 나와 있는바 왜란을 대비하는 이순신의 핵심 전술 가운데 하나인 '유비무환'이 아닐 수 없었다.

〈맑다. 동헌에 나왔다가 사무 처리를 폐하고 북봉 연대에 오르니 쌓아놓은 것이 매우 훌륭하다. 앞으로는 허물어질 리가 만무하니 이봉수가 애써 일한 것을 알겠다. 종일 구경하다가 하산하여 해자 구덩이를 순시했다.〉

동문 앞에는 해자가 있었던 것이다. 이봉수는 연대에 서서 좌수영 진영 성안을 일일이 가리키며 설명했다. 그런 뒤 남문 아래의 굴강을 설명했다. 방파제를 쌓아서 산더미 같은 파도가 밀려와도 병선(兵船)을 안전하게 정박시키는 인공시설이 바로 굴강이었다. 때로는 선소와 같이 배를 수리 정비하는 곳이기도 했다.

"남문 밑에 입 구(口) 자 같은 방파제가 보이지요?"

"진남관 아래에 있는 남문 말이여?"

"그것은 망해루이고 더 아래에 있는 남문 밖입니다."

"아따, 쩌어기 오목한 해변을 감싼 방파제가 보이는그만."
"맞습니다. 굴강은 물론 소포 선소까지 가서 거북선을 보시지요."
"이 군관이 나 땜시 애를 많이 쓰네잉."
"사또 지시이니 당연합니다."
굴강에는 좌수영 주력 전선인 판옥선이 대여섯 척 정박해 있었다. 최대성은 이봉수를 따라서 판옥선에 올랐다. 판옥선은 멀리서 보았을 때와 달리 큰 건물이 한 채 떠 있는 것처럼 묵직하고 거대했다.
"판옥선 중에서 가장 큰 대장선입니다. 화포가 18문이 거치돼 있고, 누각 형태인 저것을 대장이 전투를 지휘하는 장대(將臺)라고 합니다."
"정걸 경장님께서 설계허신 전선이 요것이란 말인가!"
"경장님께서 건조한 것이 맞습니까?"
"부안현감 때 맹그셨다고 허든디."
물론 정걸이 판옥선을 처음으로 창안한 것은 아니었다. 조선 초부터 조선 수군은 맹선(猛船)을 보유하고 있었는데, 그 맹선을 개선한 전선이 판옥선이었다. 조선 초기의 맹선은 느리고 전투하기에 불편했는데, 대맹선, 중맹선 소맹선 등이 그것이었다. 고물[船尾]에서 경계를 서고 있던 화포장 진무가 달려왔다.
"군관님, 순찰 나오셨그만요."
"순찰이 아니네. 새 군관님이 오셔서 안내하고 있다네."
그러자 화포장 진무가 최대성 앞으로 와서 부동자세를 취했다. 최대성이 웃으며 말했다.
"편허게 서 있게."
"아이고메, 감사허그만요."

이봉수가 긴장을 푼 화포장 진무에게 말했다.

"대장선에 대해서 설명해 줄 수 있겠는가?"

"작년 봄에 사또 나으리께서 오셨을 때도 지가 말씸 드렸어라."

"잘 됐네, 한 번 들어보세."

화포장 진무가 설명하는 대장선 승선 인원은 150여 명이 넘었다. 대장, 신호용 깃발을 다루는 기패관, 행정을 보는 훈도, 창고를 관리하는 선직, 돛을 다루는 무상, 키를 잡는 타공, 돛줄을 조정하는 요수, 닻을 다루는 정수, 수졸들의 군기와 질서를 바로잡는 포도장, 활을 쏘는 사부, 화약과 탄환 장전을 맡은 화포장, 화포를 맡는 포수, 노를 젓는 격군 등이 대장선 승선 인원이었다. 특히 격군은 100명에서 120명으로 숫자가 가장 많았다.

최대성은 장대 계단을 밟기만 하고 올라가지는 않았다. 거기는 이순신 좌수사의 자리 같아서였다. 돛은 장대 앞뒤로 두 개가 서 있었다. 돛베가 내려져 있어 간짓대 같은 돛이 더 길어 보였다. 화포는 좌현, 우현에 18문이 거치돼 있었다. 화포와 활은 위층에서 쏘고 아래층은 격군들이 앉아서 노를 젓는 곳이었다. 아래층까지 내려가 본 최대성은 판옥선의 규모에 놀랐다. 아래층은 뾰족하지 않고 평평했다. 최대성이 화포장 진무에게 물었다.

"왜선은 밑이 쐐기멩키로 생겨서 속도가 빠르다고 헌디 우리 배는 으째서 평평헌 것이여?"

"……."

화포장 진무는 대답을 못했다. 왜선인 안택선을 본 적이 없기 때문이었다. 그런데 이봉수가 대신 말했다.

"최 군관님, 사또께서 군관들을 모아놓고 판옥선과 안택선에 대해서 말씀하셨습니다. 안택선은 밑이 뾰쪽하여 속도가 빠른 것은 사실입니다. 더 자세한 것은 정걸 경장님께 들으십시오. 경장님께서 남도포 만호 겸 부안현감으로 계실 때 달량포에서 왜선을 무찌르시고 판옥선을 건조한 적이 있기 때문입니다."

"우리 맹선을 판옥선으로 개조헌 분이 경장님이라는 것은 나도 안다네."

북봉 연대와 굴강까지만 보았는데, 어느새 정오를 알리는 북소리가 들려왔다. 이봉수가 갑자기 배를 움켜쥐면서 얼굴을 찡그렸다.

"이 군관, 배가 아픈가?"

"예, 아침부터 뱃속이 꼬륵꼬륵 하더니 배탈이 난 것 같습니다."

"그라믄 선소는 낼 가는 것이 으떤가? 어젯밤에 잠을 못 자고 뒤척거렸더니 나도 피곤허네."

"낼 사또께서 무슨 지시를 내리실지 모르겠습니다만 선소는 기회를 봐서 안내해드리겠습니다."

"여기서 이 군관을 만난 것이 나헌테는 겁나게 심이 되네. 든든허단 마시."

"아닙니다. 참군 어른을 또 뵌 것이 저로서는 영광입니다."

"아따, 여그서는 참군 어른이라고 허지 말고, 그냥 최 군관이라고 부르게. 인자 나도 여그 군관덜 중에 하나가 아닌가."

"알겠습니다. 선소는 사또를 보필할 일이 있어 삼사일 후에나 안내하겠습니다."

이봉수는 급히 말한 뒤 한 손바닥으로 엉덩이를 틀어막고는 남문 밖 민가까지 달려갔다. 대장선을 오르내리면서 설사가 난 것이 틀림없었다. 남문 수문장 진무가 최대성에게 다가와 인사했다. 최대성이 좌수영에 처음 왔을 때 동헌까지 안내했던 수문장이었다.

"군관님이 새로 오셨다고 소문이 한 바꾸 돌아부렀그만요."

"으디 군관이 나 한 사람뿐이겠는가."

"아니어라. 별시무과 급제헌 군관님덜이 대부분인디 군관님은 정식으로 훈련원에서 급제헌 분이지라. 긍께 사또 나으리께서 기대가 크시겠지라."

"그런 소리 말어, 나도 부족헌 디가 많은 사람이여."

"별시는 활 쪼깜 쏠 줄 알고, 키 크고, 심 좋으믄 다 붙는다고 허든디요."

최대성이 웃으며 말했다.

"급제했으믄 다 똑같은 것이여. 앞으로 누가 더 전공을 쌓느냐가 중허제."

"아이고메, 군관님 말씸을 들은께 참말로 그라그만요잉."

"근디 자네는 성씨가 뭣이여?"

"보성 선씨그만요."

"선거이 성님 집안이여?"

"지헌테는 아재뻘이어라. 먼 일가지라."

"자네는 으째서 여그로 왔는가?"

"작년에 선씨 문중에서 의곡 1백 석을 모아 좌수영으로 가지고 왔지라. 그때 지는 사또 나으리를 뵙고 지도 모르게 좌수영에 주저앉아부렀지라."

"군량미를 모아서 가지고 왔그만."

"나중에 들었는디 선소에서 일허는 목수덜헌테 줬다고 허드랑께요."

"목수덜이 많은가?"

"얼추 백여 명쯤 된다고 허든디 자세헌 것은 모르지라. 글고 알 필요도 읎고라. 선소 일은 모다 쉬쉬 허지라."

작년에 좌수영에서 모곡한 것은 사실이었다. 최대성은 그것이 군량미인 줄 알았지만 보성 선씨 수문장 진무 말로는 목수들에게 간 현물이 분명했다. 거북선을 비밀리에 건조하는 동안 수십 명의 목수들에게 쌀 같은 현물을 지급해야 했기 때문이었다.

그날 밤.

최대성은 군관청에서 정걸의 방으로 들어가서 판옥선과 왜선의 차이점을 알았다. 정걸은 판옥선을 설계한 장수답게 폭포수의 물이 떨어지듯 시원하게 설명해 주었다. 배 밑이 너럭바위처럼 반반한 평저선(平底船)이 판옥선이었고, 쐐기같이 뽀족한 첨저선(尖底船)이 왜국의 안택선이었다. 속도가 빠른 안택선은 목표물에 신속하게 근접하여 백병전에 유리한 배였고, 화포 반동에 흔들림이 적은 판옥선은 함포 사격에 용이한 배였다. 말하자면 안택선은 원을 그리며 선회해야만 방향을 바꿀 수 있는데, 판옥선은 그 자리에 360도 회전하여 좌현과 우현의 화포로 공격을 할 수 있었다. 그러니 판옥선은 멀리 떨어져 있는 적선까지 화포와 활로 공격하는 전선이라고 할 수 있었다.

유비무환 2

비바람이 몰아쳤다. 군관청에는 도롱이가 하나도 없었다. 순찰 나간 군관들이 먼저 챙긴 탓에 최대성은 쏟아지는 비를 망연히 바라볼 뿐이었다. 낙숫물이 군관청 지붕 끝에서 줄줄 흘러내렸다. 최대성은 마루에 엉거주춤 앉은 채 동헌으로 가야 할지 말지를 결정하지 못했다. 좌수영에 온 지 보름이 가까워지고 있었다. 이순신에게 지시받은 특별한 임무는 아직 없었다. 자정과 이른 아침에 같은 조의 군관들과 성을 한 바퀴 순찰한 뒤 오후가 되면 활터에 나가 활쏘기했을 뿐이었다. 이순신은 군관들에게 틈나는 대로 활쏘기하라고 강권했고, 한 달에 한 번 정도는 별방군과 정규군, 하번군에게도 습사(習射)를 시켰다. 이순신 자신도 공무를 마친 뒤 활터로 나가 어떤 날은 10순을 쏘곤 했다.

이순신은 좌수영 군관들 모두 명궁수가 되기를 바랐다. 판옥선에 오르면 공격 수단은 활과 화포뿐이기 때문이었다. 이봉수가 동헌에서 왔다.

"사또께서 몸살이 나시어 공무를 잠깐 보시고 내아에서 쉬고 계십니다. 오늘은 비바람이 심하니 소포 선소는 다음 기회로 미뤄야겠습니다."

"요런 날 선소를 어처께 가겠는가? 근디 사또께서 누워겨시는디 병문안을 가믄 안 되겄는가?"

"동헌 당직 군관에게 말씀하시면 사또를 뵐 수는 있을 겁니다."

"이 군관이 삼사일 보필헌다고 했는디 그 사이에 사또께서 몸살이 나신 거 같그만."

"예, 맞습니다."

나흘 전, 샛바람이 돌산도 옆에서 불어오던 날이었다. 이순신은 이른 아침에 동문 밖 선상 부두에 들러 한강을 오가는 경강선(京江船)에 올라가 점고했다. 그런 뒤 작은 배로 소포 선소를 갔다가 샛바람이 거세지면 거북선을 돌리기 어려우므로 포기하고 돌아왔는데 그때부터 몸이 무거워지기 시작했던 것이다. 이순신이 소포 선소를 가려고 했던 까닭은 거북선 진수(進水) 문제 때문이었다. 건조한 거북선을 선소 바닷물에 띄울 가장 알맞은 때가 그 시각이었던 것이다. 3월에는 해 뜰 무렵인 묘시(卯時, 오전 6시) 이후 조류가 멈추는 정조(停潮) 때여서 선박을 진수하는 데 가장 적합한 시간대였던 것이다.

그런데 다음날 이광 전라감사에게서 편지가 왔다. 거북선에 달 돛베를 보낸 적이 있는 이광은 거북선 진수가 궁금해 편지를 보냈던 것이다. 이에 이순신은 직속상관이자 덕수 이씨 문중 어른인 이광이 순천에 순시를 온다고 하니 좌수영에 머물 수 없었다. 봄비라고는 하지만 여름 장대비처럼 쏟아지는데도 불구하고 이순신은 서문을 나섰다. 삿갓을 쓰고 도롱이를 걸쳤지만 금세 갑옷은 물론 속옷까지 빗물에 젖었다. 뿐만 아니라 말이 이따금 말갈기를 좌우로 털 때마다 빗물이 이순신의 얼굴에 튀었다. 말고삐를 쥔 말구종이 말을 잘 다루기는 했지만 퍼붓는 비 때문에 소용없었다.

이순신은 선생원(先生院)에 들러 빗줄기가 수그러들 때까지 기다렸다. 그 사이에 말구종은 벌써 지친 말에게 꼴을 먹였다. 다시 길을 나선 이순신은 순천부가 가까운 해농창평(海農倉坪)에서 또 애를 먹었다. 벌건 흙탕물이 석 자 정도 벙벙하게 길을 덮고 있었던 것이다. 그랬음에도 불구하고 이순신은 순천부에서 기다리고 있던 이광 전라감사를 어렵사리 만나 거북선 진수 문제를 논의했다. 조류 형세를 모르는 이광에게 이순신은 이해하기 쉽도록 보고했다.

"3월 12일은 샛바람이 불어 거북선 진수를 취소했시유. 샛바람이 불면 점점 파고가 높아지니께 포기헌 것이지유. 진수헌 거북선을 대감께서 보셨어야 허는디 죄송허그먼유."

"하늘이 도와주지 않는데 어찌하겠소? 그렇다면 언제가 적당하겠소?"

"3월 12일이 '조금'이었으니께 다음 '조금'은 3월 27일이 되겠구먼유. 물론 묘시 이후 정조 때겠지유."

조류의 속도가 느린 '조금'이란 바닷물이 가장 적게 들고 나가는 시간대의 물때를 뜻했다. 반대는 '사리'인데 바닷물이 가장 많이 들고 나가므로 조류 속도는 빠를 수밖에 없었다.

"그날 내 군관을 보내 참관케 하겠소."

이광은 직접 바닷물에 뜬 거북선을 보고자 순천부까지 내려온 터라 아쉽지 않을 수 없었다. 그러나 이제는 거북선을 진수하는 날에 휘하의 군관을 보내어 보고받는 것으로 만족해야 했다. 이순신은 유일하게 거북선 건조를 인정하고 지원해 준 이광이 고마워 바로 떠나지 않고 3박 4일 동안 이광 전라감사와 술자리를 함께 하고, 활도 쏘면서 순천부에 머물렀다.

지난 2월부터 쉬지 않고 강행군을 한 탓에 이순신은 좌수영으로 돌아와 몸살 기운에 시달렸다. 그러다가 이틀 동안 밀린 공무를 보고 나서는 사흘째 되는 날 억지로 동헌으로 나가 공무를 보는 둥 마는 둥 했으나 결국에는 뼈마디가 쑤시는 몸살기를 이기지 못하고 내아로 돌아와버렸던 것이다.

최대성은 동헌 문에 들자마자 당직하는 군관을 만났다.
"최 군관님, 무신 일로 오신게라우?"
"사또를 뵙고자 왔소."
"사또께서 몸살로 누워 겨신디 낼 뵙지라."
"긴히 보고드릴 일이 있소. 긍께 말씸이나 드려보시요."
동헌 당직군관이 내아로 들어가더니 잠시 후 나왔다. 최대성은 병문안 허락이 떨어졌음을 직감했다. 최대성의 직감대로 동헌 당직 군관이 말했다.
"사또께서 들어오라고 허요."
"알겠소."
내아는 동헌 왼쪽에 담장 너머에 있었다. 최대성은 내아로 들어가는 문을 지나 인기척을 냈다. 그런 뒤 말했다.
"사또께 드릴 말씸이 있어서 왔그만요."
"최 군관, 들어와."

이순신은 앉은뱅이책상 뒤에 단정히 앉아 있었다. 몸살이 심한데도 누워 있지 않았다. 동헌방에서 처음 보았던 꼿꼿한 모습 그대로였다. 앉은뱅이책상 위에 놓인 큰 사발에는 담황색을 띤 발효차가 반쯤 담겨 있었다.

"워쩐 일인감?"

"몸이 불편허시다고 해서 왔그만요."

"병문안 온 겨?"

"근디 막상 뵈니 안심이 되그만요."

"송광사 삼혜 수승이 가져온 보성차를 뜨겁게 우려 마셨드니 시방은 괴안찮혀."

"다행이그만요. 보성 사람덜은 고뿔에 걸리든 모다 갈평이나 웅점 발효차를 마시지라."

갈평(회천)은 보성만이 가까워 따듯한 해무가 자주 끼었고, 웅점(웅치)은 제암산 아래 있는 포근한 산촌이었다. 모두 차나무가 자생하기에 좋은 곳이었다. 이순신은 차를 즐기는 다인(茶人)이라기보다는 보성차를 몸살에 좋은 특효약처럼 마시고 있었다.

최대성은 보성 발효차를 보면서 이순신에게 친근감을 느꼈다. 이전에는 이순신의 사나운 눈초리 때문에 자신도 모르게 움츠러들었던 것이다. 고향 사람끼리 마셨던 정겨운 빛깔의 보성 발효차가 최대성의 마음을 편하게 해주었다.

"사또께서 드시는 보성차를 본께 갑자기 반가운 맴이 듭니다요."

"그르니께 보성차는 몸살 고뿔에 아조 특효여. 첨 마시는 것은 아니여. 장인어른이 보성군수로 겨실 때 나도 보성에서 머물면서 가끔 마셔봤던겨."

"숙취에도 따땃헌 보성차가 그만이지라."

"기여. 짐작으루는 보성차만 헌 것이 읎어."

이순신은 눈을 지그시 감았다. 삼십여 년 전 보성관아에서 살 때를 떠올리고 있었다. 잠시 후 이순신은 보성 출신 최대성을 스스럼없는 측근처럼 대해주었다. 공무를 보면서 느꼈던 불만을 토로하기도 했던 것이다.

"은제 왜적이 쳐들어올지 모르는디 일부 수령의 규율이 엉망이 아닌감. 미리 자기 지역을 수색을 해둬야 방비를 잘 헐 수 있는디 똑바루 다가 해두 모자랄 판에 말이여. 특히 순천 관내를 수색하는 일도 제날 짜에 마치지 못혀 대리장수와 색리, 도훈도 등을 아침에 문책했구먼. 사도첨사에게도 주변 섬을 수색허라고 공문까지 보냈는디 혼자서 수색혔다구 엉터리 보고 공문을 보내온겨. 한나절 만에 내나로도, 외나로도 섬을 다 수색허구 돌아왔다구 허는디 워찌 믿겠는겨. 바로잡으라구 흥양현감허고 사도첨사에게 공무을 보내기는 했는디 괘씸허지 않은감."

"공문을 보내고 문책을 허셨은께 곧 바로잡아질 거그만요."

"근디 최 군관은 병문안 온 것이 사실인겨?"

"사실은 겸사겸사해서 왔그만요."

"무신 일인감?"

"지가 활쏘기는 으디 가서나 못 헌다는 소리는 듣지 않았그만요. 긍께 활터 습사감독군관(習射監督軍官) 업무를 맡고 잪그만요."

"최 군관에게 뭣을 맡길까 찾고 있는 중이여. 습사감독군관을 잘

허겄지만서두 그보다는 훈련원 무과급제잔디 더 중헌 중책을 맡으야 혀."

"글믄 자리가 나올 때까지 임시로 활터 습사감독군관을 맡으믄 으쩌겄습니까요?"

"기여. 그것두 내게는 고마운 일이여."

최대성은 자신에게 합당한 업무를 찾을 때까지 습사감독군관을 맡기로 하고 내아를 나왔다. 습사감독군관이란 편제에는 없는 임시직책이었다. 다른 말로 하자면 활터 훈련감독 군관이었다. 비바람은 여전했다. 최대성은 동헌 당직군관에게 도롱이를 빌려 걸치고 군관청으로 뛰었다.

다음날.

비바람이 그치자 하늘과 바다 모두 푸른색으로 변했다. 그러나 비바람의 잔해가 진영 곳곳에 널브러져 있었다. 비바람에 꺾인 자잘한 나뭇가지들이 뒹굴었고, 어린 나무이파리들이 점점이 땅바닥에 달라붙어 있었다. 이봉수가 활터에 있는 최대성을 찾아왔다.

"군관님, 왜 활터에 계십니까?"

"활터 상태를 점고허고 있네. 사또께 활터를 감독허겄다고 말씸 드렸네. 근디 이 군관은 먼 일인가?"

"사또께서 아침까지는 내아에서 쉬시다가 다행히 오후 늦게 동헌에 나오시어 저와 몇몇 군관들을 부르셨습니다. 저보고는 소포에 철쇄를 설치하라고 지시하셨습니다."

"철쇄라니?"

"예, 소포 해협에 쇠사슬을 가로질러 매는 작업입니다. 준비하고 있다가 이달 27일에 작업하라는 지시입니다."

"현장을 나도 보고 잪네."

"그렇지 않아도 오늘은 군관님께 소포에 있는 선소를 안내하려고 했습니다."

"여그 일은 헐 것이 벨로 읎은께 시방 내려가보세."

소포 선소를 가려면 남문보다는 동문으로 나가는 것이 더 가까웠다. 이순신은 주로 작은 배를 타고 선소에 들렀지만 두 사람은 걸어서 갔다. 항상 선상 부두에 묶여 있었던 경강선은 보이지 않았다. 아마도 파도가 잦아드는 봄이 되자 세곡과 조정에 올리는 진상물을 싣고 한양으로 떠난 듯했다. 올해 초에도 이순신은 조정에 새해를 경하하는 진상물로 곡식 및 장전과 편전을 보냈던 것이다.

소포는 넓은 해협이 아니었다. 어른 걸음으로 이백오십 보쯤 되는 협수로였다. 소포라고 불리는 까닭은 바다 밑에 웅덩이 같은 소(沼)가 있기 때문이었다. 웅덩이가 있으므로 소포 깊이는 어른 걸음으로 삼십오 보쯤 되었고, 밀물과 썰물 때는 조류가 빠르게 소용돌이치며 흘렀다.

소포 부근에 이르자 구명 뚫린 돌덩이[石塊]들이 쌓여 있었다. 또 한편에는 나무기둥들이 가지런히 놓여 있었다. 돌덩이는 지난 1월부터 석수들이 선생원에서 구멍 뚫는 작업을 한 뒤 배로 실어왔고, 나무기둥은 지난 2월에 이원룡 군관이 군사를 거느리고 돌산도로 들어가 벤 것들이었다.

"최 군관님, 여기 돌덩이와 나무기둥들은 모두 철쇄횡설 작업에 쓰일 것들입니다."

"소포에 철쇄를 설치헌다는 말인가?"

"사또께서 저를 철쇄횡설감조군관 업무를 맡기셨습니다. 남해를 돌아온 왜적선이 소포로 곧장 들어와 우리 진영을 공격할 수 있기 때문입니다."

이봉수가 관노들을 거느리고 하게 될 철쇄 작업은 어렵고 까다로운 일이었다. 이봉수는 쇠사슬을 소포 선소에서 돌산도까지 횡으로 설치하는데, 두 가지 방법으로 실행하려고 했다. 하나는 쇠사슬과 나무기둥을 일(一) 자 횡으로 하되 조류에 떠내려가지 않게 바다 밑에 놓은 구멍 뚫린 돌덩이에 쇠사슬로 나무기둥을 고정시키는 방법이었고, 두 번째는 일정한 간격마다 나무기둥을 바다 밑 구멍 뚫린 돌덩이에 직립으로 박은 뒤 그것들의 상단에 쇠사슬을 연결하여 설치하는 방법이었다. 이봉수는 두 가지 방법을 다 응용해서 제1열과 제2열로 중복 설치하려고 이미 이순신에게 보고를 마친 상태였다.

"조류 때문에 수월허지 않을 거 같은디 심들겄네."

"그러니 설치할 날은 '조금' 때이지요. 조금녘에 물때가 순조(順潮)이거나 정조(停潮)가 되는 시간대를 기다렸다가 작업해야 합니다."

"이 군관맹키로 두뇌가 명석허지 않고는 아조 에러운 일 같으네."

"과찬입니다. 명석하기로는 보성 분들을 따라갈 수 없으니까요. 죽천 박광전, 삼도공 임계영, 친친재 선거이 같은 분들은 모두 탁월한 어른들이지요."

"그러믄 여그다가 은제 철쇄를 횡설헌다는 말인가? 그 '조금' 때가 은제여?"

"며칠 전 12일은 지나가 버렸고 이제 27일이 되겠습니다."

"하루에 끝낼 수 있는 작업인가?"

"군사들이 수십 명 달라붙으면 한나절이면 충분할 것입니다."

최대성은 이봉수의 자신만만한 태도에 새삼 놀랐다. 더구나 이봉수는 아직 서른도 되지 않은 이십대 후반이었다. 경기도 광주에서 내려왔지만 그의 조부 때부터 초암산 아래 사초마을에서 터를 잡고 살았기 때문에 이봉수 역시도 이제는 보성 사람으로 봐야 옳았다.

"군관님, 여기가 선소입니다. 보통사람은 들어갈 수 없는 금지구역입니다."

"거북선을 맹그는 곳이라서 그런가?"

"그렇습니다. 거북선을 비밀리에 건조한 곳입니다. 군관이 아니면 누구도 출입할 수 없습니다."

그때 선소초소에서 누군가가 두 사람에게 다가왔다. 전선감조군관(戰船監造軍官) 나대용의 사촌동생 나치용이었다. 나치용 역시 형을 따라서 전라좌수영으로 온 인물이었다.

본영 거북선

갈대 지붕을 한 선소 초소는 제법 큰 돌집이었다. 군사들이 교대하면서 보초를 서고 기거도 하는 숙소 같았다. 초소 뒤편 굴뚝에서는 연기가 피어오르고 있었다. 실제로 관노들이 선소에서 일하는 목수들의 새참을 준비하고 있었다. 초소군관인 나치용에게 이봉수가 최대성을 소개했다.

"새로 오신 최대성 군관님이오."

"무신 일로 오시었소?"

"사또께서 최 군관님께 선소를 안내하라고 지시하셨소."

"잠깐 지다리시지라. 여그 전선감조군관님께 허락을 받아야 헌께."

"좌수영 진포 중에서 여기 군율이 가장 세지요."

"이 군관 말을 으째서 믿지 못하겄소? 여그는 누구도 함부로 드나들 수 읎은께 그라제."

나치용이 까다롭게 대하자 이봉수는 멋쩍은 표정을 지었다. 나치용이 선소 안으로 들어간 뒤 최대성은 어정쩡하게 서서 선소 안쪽을 둘러보았다. 그러나 선소 안쪽은 대나무 울타리가 쳐져 있어 잘 보이지 않았다. 그러니까 외부인들이 작업 현장을 볼 수 없게끔 대나무 울타리를 세워 놓은 게 분명했다.

그때였다. 돌집 초소 뒤에서 수염이 허연 노인이 나왔다. 정걸이었다. 요즘 정걸은 본영에 있지 않고 선소에 나와 전선 수리를 감독하고 있었던 것이다. 정걸은 새참을 먹고 사레들렸는지 재채기를 크게 했다. 이봉수가 정걸에게 달려가 등을 두드리면서 말했다.

"조방장님 되신 것을 감축드립니다."

"감축이고 뭣이고 죽겠네야."

"맛있는 것을 혼자만 잡수신께 그라지라."

최대성이 우스갯소리를 하자 그제야 정걸이 정색하며 말했다.

"최 군관은 무신 일로 왔는가?"

"사또께서 선소를 보고 오라 해서 왔그만요."

"사또 말씸은 우리 전선이 어처크롬 생겼는지 살펴보라는 것이네."

"예, 그란 거 같어라우. 전번 참에 굴강에서 대장전선은 보았그만요."

"나를 따라오게."

나치용이 달려오자 정걸이 말했다.

"최 군관이네. 인사허게. 자네 성보다 세 살쯤 나이가 많제."

나대용보다 세 살 위라는 말이었다. 나대용은 이미 최대성을 알고 있었으므로 굳이 초소까지 나오지 않았다. 목수들을 데리고 건조한 거북선을 최종 점고하느라 신경을 곤두세우고 있었다. 2월 11일에 점고를 마쳤지만 그래도 미심쩍은 곳을 거듭거듭 살폈다.

정걸이 하는 임무는 판옥선 점고였다. 좌수영 소속의 판옥선 중에 수리가 필요했던 서너 척을 정걸이 직접 목수들에게 지시하고 감독을 했다. 특히 부두에 정박하다가 깨진 삼판(杉板)은 반드시 교체해야 했다. 바닷물에 잠기는 부분이 삼판이기 때문이었다. 암초와 부딪쳐 파손된 키(舵)나 화포를 거치하는 널빤지인 포판(鋪板)도 마찬가지였다. 화포 무게 때문에 갑판이라고 불리는 포판이 종종 깨지기도 했던 것이다. 교체 수리할 널빤지는 좌수영 관할의 오관오포(五官五浦)에서 충당했다. 오관이란 순천부, 낙안군, 보성군, 광양현, 흥양현이고, 오포란 방답진, 흥양의 여도진, 발포진, 녹도진, 사도진 등이었다. 그러니까 흥양 땅에 1관(흥양현) 4포가 있는 셈이었다.

그러나 이순신의 지시를 제때 이행하지 못하여 지적당하는 오관오포의 수장도 있었다. 보성군수 김득광이 그랬다. 이순신은 3월 23일까지 보성에서 보낼 소나무와 참나무를 켠 널빤지를 기다리다가 색리 편에 독촉하는 공문을 보냈던 것이다. 정걸이 선소에서 판옥선을 수리 정비를 감독하듯, 나대용은 거북선을 책임지고 건조하는 데 최선을 다했다.

대나무 울타리 안으로 들어가자, 절집 전각처럼 커다란 거북선 한 척과 판옥선 두 척이 보였다. 거북선과 판옥선에는 목수들이 매미처럼 달라붙어 있었다. 거북선 아래 서 있던 나대용이 최대성을 보고는 잰걸음으로 다가왔다.

"성님도 여그 올 줄 알았소."
"혼자 왔으믄 들어오지 못헐 뻔했그만."
"사또 허락 읎이는 아무도 들어오지 못허요."
"그라겄제. 비밀로 맹근 거북선인께."

정걸이 또 재채기를 시작했다. 그러자 나대용이 말했다.

"조방장님, 숙소에 들어가 쉬시씨요. 인자 벨로 허실 일이 읎응께라."

"알았네. 청어회 쪼깐 고추장에 묶었드니 자꼬 목구녘이 간질간질 허네."

"따땃헌 보성 발효차 한 잔 드시믄 괴안찮을 텐께요."

"난 몬자 들어가 볼라네. 최 군관, 잘 보고 가소."

"예, 조방장님."

나대용은 이봉수에게도 한 마디 했다.

"동상 군관은 사또께서 겁나게 칭찬허대야. 선소 뒤 자산 망루도 동상 솜씨라고 허대."

"자산 망루는 손볼 디가 벨로 읎었고 북봉 연대가 많이 허물어져 있었지라."

"철쇄횡설 작업을 동상헌테 맽긴 걸 보믄 사또가 을매나 자네를 믿으믄 그라시겄는가?"

이봉수는 나대용이 말하는 동안 손사래를 쳤다.

"아이고메, 칭찬 받을라고 온 것이 아니어라. 최 군관님께 거북선 보여드릴라고 왔어라."

"나는 사실을 말했어. 하하하."

나대용을 따라서 최대성과 이봉수는 거북선으로 올라갔다. 나대용이 안내했다. 거북선은 판옥선에 철판 덮개를 씌우고 있는 것이 특징이었다. 전투원이나 격군을 보호하기 위해 철판 덮개를 씌우고 있음이 틀림없었다. 거북선은 선체 길이 70자, 저판(底板)의 길이 50자, 선체 너비 24자, 상장(上粧)의 너비가 30자인데 덮개를 씌움으로써 판옥선보다 1층이 늘어난 3층이었다. 승선 인원은 최소 125명에서 160여 명이었다. 선원은 최대로 잡았을 때 선장(船將) 1명, 좌우 포도장 각 1명, 장령

6명, 선직 2명, 무상 2명, 타공 2명, 요수 2명, 정수 2명, 사부 14명, 화포장 8명, 포수 24명, 격군(櫓軍) 90여 명 등이었다. 노의 수는 14자루인데 격군이 90여 명인 것은 조를 짜서 돌아가며 젓기 때문이었다.

한편 거북선의 1층은 전투원들이 쉬는 휴식 공간 내지는 창고였고, 2층은 격군들이 노를 젓는 공간이었고, 3층은 화포가 거치된 공간이었다. 나대용은 3층부터 설명했다.

"판옥선이나 거북선은 소나무와 참나무 널빤지로 짜서 선체가 아조 견고한께 으떤 화포 발사도 견딜 수 있지라. 근디 왜적선은 화포 발사 시 삼나무로 짠 선체가 취약헌께 심헌 반동이 생겨 파손이 되겄지라."

거북선과 판옥선은 소나무와 참나무로 짠 저판(底板)이나 외판(外板) 등이 바닷물에 잠길 때 서로 밀어내는 재질의 특성이 있으므로 선체를 더 견고하게 했다. 반면에 왜선인 안택선은 저판이나 외판을 삼나무로 맞추었기 때문에 외부 충격에 약했다.

조선 전선의 주력 화포는 천자총통이었다. 천자총통은 길이가 어른 걸음으로 1보 반쯤 되었고, 포탄이 나가는 구경은 장사 팔뚝 정도 컸다. 그러니 사정거리가 어른 걸음으로 5백 보 이상 되었다. 반면에 왜선은 선체 구조상 명중률이 크게 떨어지므로 화포를 장착할 수 없었다. 좌현과 우현에서 화포 공격을 할 수 있는 조선 전선과 왜선은 화력에 있어서 비교가 되지 않았다. 왜선은 겨우 뱃머리(船頭)에만 화포를 거치하고 있을 뿐이었다.

천자총통보다 작은 총통이 지자총통, 현자총통이었다. 3층 뱃머리에 일(一) 자 형태로 돌출한 거북선 용두(龍頭) 안쪽에도 총통이 거치돼 있었다. 총통의 명중률이 가장 효율적인 거리는 어른 걸음으로 150보이내였다. 따라서 1백 보 이내로 적과 거리가 좁혀지면 그때는 사부들이 활로 공격했다.

"왜구멩키로 적덜은 백병전에 능허지라. 허나 거북선을 보믄 혼비백산허겄지라. 거북선이 앞으로 나가 휘젓고 댕기믄 왜적덜이 놀래서 전의를 상실허고 말겄지라."

거북선은 적진까지 들어가 적선의 대열을 흩뜨리고 쳐부수는 돌격용 전선이라는 설명이었다. 실제로 거북선의 선장은 돌격장이라고 불렀다. 나대용은 거북선의 단점도 말했다.

"거북선의 가장 큰 흠은 속도가 느리다는 것이지라. 또 흠이 있다믄 덮개가 있은께 적이 공격헐 때 안전허기는 허지만 그 대신 우리가 적을 공격헐 때 판옥선보다 효율이 떨어진다는 것이지라. 거북선 안에서는 시야가 좁을 수밖에 읎은께 그라지라."

최대성은 나대용의 말에 고개를 끄덕였다. 판옥선은 위쪽이 개방돼 있으니 시야가 넓으므로 목표물을 순간순간 조준할 수 있지만 거북선은 그러지 못했다. 사부나 포수들이 선실 안에 있으므로 목표물 조준이 어려울 수밖에 없을 터였다. 나대용은 거북선의 단점을 보완하기 위해 1년 동안 노력해 왔지만 철갑 덮개 때문에 어쩌지 못했다고 털어놓았다. 최대성이 물었다.

"좌수영이 보유하고 있는 거북선은 몇 척이요?"

"본영 선소에서 건조한 한 척 하고, 방답 선소에서 또 한 척을 건조 중인께 두 척이지라. 긍께 이달 27일에 진수헐 거북선은 본영 거북선[營龜船]이어라."

"동시에 건조허지 못허는 이유가 뭣이요?"

"배를 맹글 줄 아는 목수덜이 부족허고 북쪽 몰래 비밀리에 작업허기가 참말로 심들어라."

 북쪽이란 임금과 병조를 뜻했다. 이순신은 지나칠 정도로 엄하게 양민들의 선소 출입을 금지시켰다. 거북선을 건조하는 본영 선소와 방답 선소를 출입금지 구역으로 지정했던 것이다. 사실과 다르게 음해하는 소문을 경계하기 위해서였다. 거북선 건조 사실을 임금이 알게 된다면 '왜군이 곧 쳐들어온다'고 유언비어를 퍼뜨렸다는 죄를 이순신에게 물을지도 모르기 때문이었다.

 그러나 이제는 그럴 일은 일어나지 않을 터였다. 늦기는 했지만 김수 경상감사까지 왜침을 직감하고 이광 전라감사에게도 급히 공문을 보냈던 것이다. 대마도주 소 요시토시(宗義智)가 김수에게 보내온 외교문서에 '지난번에 모든 배(세견선)를 모아 보냈는데 귀국(조선)에 도착되지 않았다면 아마 틀림없이 풍파에 침몰된 것이다.'라고 속임수를 썼기 때문이었다. 동래와 대마도 사이의 바다에 풍파가 일어난 적이 없었으므로 음흉한 속임수라는 것을 바로 알 수 있었음이었다.

 세견선(歲遣船)이란 조선이 대마도에 무상으로 주던 세사미(歲賜米)를 실어 가는 무역선을 뜻했다. 원래는 매년 2백 석을 주었는데, 근년에는 흉년이 들어 1백 석으로 줄여서 주었다. 그런데 선조 25년 2월 중순부터는 대마도주 소 요시토시가 보내는 세견선이 부산 바다에 나타나지 않았다. 선조 24년까지만 해도 무역선 25척과 특송선 몇 척이 세견선이라는 이름으로 왔었는데, 지난 2월 중순부터는 세사미를 받으러 오지 않았던 것이다.

 이순신은 소 요시토시의 거짓말을 왜침의 징후로 판단했다. 이순신의 예견은 정확했다. 실제로 왜왕 도요토미 히데요시는 3월 1일을 조선으로 진격하는 날로 정했다가 다시 3월 말로 연기하고 있었기 때문이었다. 왜관은 왜인들이 하나둘 알게 모르게 빠져나가 이미 텅 빈 상태였고, 진격을 명령받은 대마도주 소 요시토시는 조선을 속이려고 김수 경상감사에게 거짓 외교문서를 보냈던 것이다.

나대용은 선소를 떠나려고 하는 최대성과 이봉수에게 숙소로 가서 술을 권하려고 했지만 두 사람은 사양했다. 선소에서 거북선을 보았으니 이제는 선소 뒤쪽 자산 봉우리에 있는 망루를 보기 위해서였다. 자산 망루는 이봉수가 최대성에게 반드시 보여주고 싶은 곳이었다.

"최 군관님, 북봉을 올라가 보믄 왜적이 으디로 오는지 환하게 알 수 있지라."

그러니까 좌수영에는 북봉이 두 군데였다. 진남관 북쪽의 종고산 북봉과 선소 동북쪽의 자산 북봉이 그것이었다. 종고산 북봉 연대(煙臺)는 좌수영 진영과 굴강 앞바다만 조망하지만 자산 북봉 망루는 왜적의 침투로인 동쪽 노량바다와 남해바다를 모두 감시할 수 있었다. 왜적의 침투로는 동풍인 샛바람이 불어오는 방향과 일치했다.

자산 망루까지 올라가는 산길은 잘 닦여 있었다. 망루를 지키는 군사들이 하루에도 몇 번씩 오르내리기 때문에 고샅길처럼 반질반질했다.

"여그 망루도 이 군관이 손을 보았는가?"

"사또께서 신경 쓰는 곳이라 그랬지라."

"긍께 자산 망루도 좌수영의 주요 군사시설이그만."

"사또께서 늘 강조하시는 것이 몇 가지 있습니다."

"뭣인가?"

"화포나 활 같은 무기, 군사들 전투력, 연대나 망루, 관할지역 자체 수색 등은 수시로 점고하십니다. 또 보고만 받는 것이 아니라 직접 순시하십니다. 지난 2월 중하순에는 직접 오포를 순시하시며 군율까지 점고하시었습니다."

"사또께서는 뭣을 젤로 아숩게 생각허시는가?"

"화약이 부족해 화포 훈련을 마음껏 못하는 것입니다."

"그건 경상도 진포도 마찬가지가 아닌가?"

"화포 훈련은 마음대로 못합니다. 직속상관에게 보고해야 하고, 1년에 두 번 이상은 할 수 없습니다."

"그렇다면 우리가 직접 화약을 맹글어 쓰는 방법도 있지 않은가."

"저도 그런 생각을 하고 있습니다. 그래서 제가 화약 제조술을 익히고 있는 것입니다."

"이 군관이 내게 말헌 적이 있네. 염초와 유황, 목탄 섞는 비율을 찾는 중이라고 말이네."

"예."

"근디 저것이 망루그만."

"왜적 침투를 감시하는 자산 망루입니다."

과연 자산 망루에 오르자 동쪽 가까운 곳에 오동도가 엎드려 있고, 남쪽에 돌산도가 솟아 있었다. 하동과 남해섬 사이의 노량바다는 멀리 보였고, 왜적 침투로인 남해섬 바다가 한눈에 들었다. 그러니 왜적이 망루의 감시를 벗어난다거나 속인다는 것은 불가능할 터였다.

"썰물 때는 소포 해협은 조류가 빨라 선박이 통과하기 어렵습니다. 그러니 철쇄는 밀물 때 쳐들어오는 적을 막기 위해 설치하는 것입니다."

최대성은 지형과 조류를 아직 모르므로 이봉수의 말을 듣기만 했다.

"어느 물때이건 거북선은 선소 맞은편 돌산 갑진(甲陣)에 은폐하고 있다가 적을 공격하면 백전백승할 것입니다."

"돌산 갑진도 썰물일 때는 물이 빠져나갈 것인디 어쩌께 거북선을 은폐시킨단 말인가?"

"갑진은 천혜의 진입니다. 썰물 때도 갑진은 물이 거슬러 올라오는 곳입니다. 조류의 영향이 없는 곳이니 배가 안전합니다. 그러니 소포 물목을 지키는 거북선은 갑진에 있어야 합니다."

"이 군관은 소포의 조류를 환히 꿰고 있네그려."

"철쇄 작업을 하려고 어민들에게 물어 소포 조류를 직접 확인했습니다. 그러니까 지난 12일에 사또께서는 거북선을 진수하려고 하시다가 물때를 놓치시기도 했고, 때마침 샛바람이 강하게 불어 포기하신 것입니다."

"조류를 몰라 시간만 허비허셨그만."

"썰물로 바뀔 줄 모르셨고, 선소를 향해 샛바람이 세게 불어올지 모르셨던 겁니다."

그제야 최대성은 본영 선소의 거북선이 어느 물때에 진수해야 하는가를 이해했고, 거북선이 왜 갑진에 있어야 하는지를 알았다.

거북선 화포 시범사격

선조 25년 3월 27일.

꼭두새벽부터 좌수영 군관들이 소포 선소로 모였다. 컴컴한 하늘에 별들이 또록또록 빛나고 있었다. 별들이 꼭두새벽까지 반짝이는 것은 하늘에 구름 한 점 없기 때문이었다. 바람도 불지 않고 물때는 조류가 거의 멈춰 있는 정조이므로 철쇄 횡설 작업과 거북선을 진수하기에 더없이 좋은 시간대였다.

철쇄 횡설작업을 할 군사들과 의승청의 승군들 및 관노들이 선소 밖에서 대오를 갖추어 서 있었다. 먼동이 틀 무렵 이순신은 거룻배를 타고 선소에 도착했다. 아직 철쇄 횡설 작업 전이기 때문에 선소까지 거룻배가 올 수 있었다. 선소는 철쇄 횡설 위치보다 더 동쪽에 있었던 것이다. 이순신은 거룻배에서 내리자마자 군관들에게 인사를 받았다.

그런데 참좌군관 송희립은 보이지 않았다. 이순신을 그림자처럼 보좌해야 할 송희립이 나타나지 않는 것은 드문 일이었다. 그러나 이순신은 송희립을 찾지 않았다. 송희립이 어제 배를 타고 남해현으로 떠난 줄 알고 있었기 때문이었다. 왜침의 징후가 뚜렷해진 긴박한 상황이었으므로 송희립을 남해현으로 보내 연락사무를 관장하도록 조치했던 것이다.

남해현은 경상우수영과 전라좌수영 관할지역이 만나는 접경이므로 이전부터 전라좌수영 군사를 남해현으로 파견시킨 뒤 서로 연락을 취했던 요해지였다. 최근에는 왜침 첩보가 많아져 상황이 긴박해진 까닭에 이순신은 우후 이몽구에게 지시하여 급히 송희립을 파견하도록 했던 것이다. 이순신이 이봉수에게 물었다.

"철쇄 횡설 준비는 다 된겨?"

"예, 사또."

나대용에게도 물었다.

"거북선 진수 준비도 다 된겨?"

"예, 사또. 해 뜰 때를 지다리고 있그만요."

거북선을 진수하려면 밀물의 수위가 가장 올라가는 만조(滿潮)가 되어야 했다. 해 뜰 때가 만조였고, 그 이후 조류가 한동안 멈춰 있는 시간대를 정조라고 불렀다. 거북선은 선소 안까지 밀물이 가득 들어차야만 띄울 수 있었다. 소포 해협을 가로지르는 철쇄 횡설작업은 거북선을 진수하고 난 뒤에야 시작할 터였다. 이순신은 꼭두새벽부터 모인 승군들의 수승 의능에게도 다가가서 덕담했다.

"승군덜 땜시 무너진 성벽이 복원됐으니께 고마운 일이지유."

"사또께서 우리 중덜을 보살펴주신께 자꼬 의승청으로 지원해 오그만요."

의승청에 등재된 승군 숫자는 벌써 1백여 명이나 되었다. 이달 초나흘에 스님들이 돌 줍는 작업을 게을리하다가 이순신에게 발각되어 수승 의능이 동헌으로 불려가 문책당한 일도 있었지만 서로 간에는 호의와 신뢰가 깊었다.

 이순신 좌수사가 수승 의능에게 불같이 화를 낸 것은 왜침 방비 대책의 일환으로 낮은 성벽을 높이거나 무너진 성벽을 복원하려고 크고 작은 바위를 모으라고 했는데, 의승청 승군들이 한가하게 늑장을 부리고 있었기 때문이었다. 왜침을 확신하고 있었던 이순신으로서는 참을 수 없었으므로 의능을 동헌으로 불러서 곤장을 쳤던 것이다. 일벌백계 차원이었다. 그러나 그날 밤 이순신은 의능에게 미안한 마음이 들어 의승청으로 찾아가 머잖아 왜침이 있을 것이니 방비를 잘하라고 당부하며 사과했다.

 왜침 방비가 아니더라도 《경국대전》 병전(兵典)에는 성벽과 보루에 관한 다음과 같은 규정이 정해져 있었다.

 '제진(諸鎭)의 읍성, 산성, 행성(行城)에 대해서는 병마절도사가 무너진 곳을 순시한 후 수축해야 할 곳들을 적어 매년 연말에 임금에게 보고한다. 무너진 곳을 수축하지 않았거나 수축은 했으나 견고하지 못한 경우에는 해당 관리를 파면시킨다.'

 그러니까 왜침 방비가 아니라도 성벽이 무너진 곳을 반드시 복원하는 것은 여러 진(鎭) 수장들의 주요 임무 중 하나였다. 진의 수장이라면 성문 앞 물웅덩이인 해자나 보루 등까지 꼼꼼하게 살펴야 할 업무였던 것이다.

 동녘 하늘에 놀이 벌겋게 번지고 있었다. 아침 해가 솟구치기 바로 직전이었다. 그때 나대용이 이순신에게 달려와 보고했다.

 "사또, 거북선을 진수헐라고 헙니다요!"

 "그려."

이순신의 허락이 떨어지자 군관들이 거북선에 승선했다. 거북선에는 임시 선장 나대용, 화포장, 포수, 무상, 요수, 정수, 사부, 격군 등이 이미 승선하여 정위치를 지키고 있었다. 이봉수는 철쇄 횡설작업을 진두지휘해야 하므로 승선하지 않았다. 최대성도 이순신을 보좌하기 위해 선소에 남았다.

이윽고 목수들이 거북선을 붙들어 매고 있던 밧줄을 풀었다. 그러자 거북선이 스르르 바닷물 위에 떴다. 바람 한 점 없었으므로 돛폭은 조금도 펄럭거리지 않았다. 이윽고 격군들이 젓는 노가 지네 발처럼 일시에 움직였다. 노들이 삐걱거리면서 바닷물을 뒤로 밀어냈다. 선소 망루로 올라가는 이순신에게 최대성이 물었다.

"진지는 드셨는게라우?"

"일찍 허고 왔네. 최 군관은 아침 헌겨?"

"선소에서 마련헌 주먹밥이 있그만요."

이순신은 망루에서 철쇄 횡설작업을 본 뒤, 거북선에 올라서 화포 시범사격까지 직접 참관한 뒤 진영으로 돌아갈 계획이었다. 거북선은 돌산도 쪽으로 느리게 다가갔다. 그런데 거북선은 돌산도 갑진(甲陣)까지 가지 않고 소포 해협 중간에 머물렀다. 나대용이 정수(碇手) 임무를 맡은 진무에게 손짓을 보내자 닻줄을 풀기 시작했다. 이윽고 닻은 소포 밑바닥의 개흙에 박혔고, 거북선은 그곳에서 멈추었다. 그때 이순신은 선소 망루에서 동헌군관에게 지시했다.

"이 군관에게 철쇄 횡설작업을 즉시 실시허라고 혀."

"예, 사또."

철쇄 횡설작업을 준비하고 있던 이봉수가 동헌군관의 말을 듣고는 선소의 거룻배 이십여 척을 두 조로 나누어 쇠사슬과 구멍 뚫린 돌, 나무기둥들을 소포 해협으로 싣고 갔다. 이십여 척의 거룻배에는 군사와 승군, 관노들이 타고 있었다. 작업은 전광석화처럼 시작되었다. 뭍에서 여러 번 연습했기 때문에 큰 차질이나 실수는 없었다.

 한 조는 선소 옆에서 돌산도까지 나무기둥을 일정한 간격으로 바다에 띄운 뒤, 해저(海底) 개흙에 놓은 구멍 뚫린 바위들과 하나씩 쇠사슬로 묶어 나갔다. 또 다른 조는 선소 옆에서 돌산도까지 쇠사슬을 먼저 횡설한 뒤 일정한 간격으로 나무기둥을 세워서 해저 개흙에 박아나갔다. 철쇄 횡설작업은 제1열과 제2열이 조금 다른 방식이지만 중복시설이라고 할 수 있었다.

 작업은 조류의 흐름이 미미한 정조가 끝나기 전에 끝났다. 이봉수가 망루에 있는 이순신에게 달려와서 보고했다.

 "사또, 사고 없이 철쇄 횡설작업을 마치었습니다."

 "여그서 다 지켜보고 있었네. 이 군관이 애쓴 바를 알겄네."

 이순신은 동헌군관에게 또 지시했다.

 "시방 거북선으로 가서 이물허고 고물을 밧줄로 고정시키도록 나 군관에게 전혀."

 "예, 사또."

 "나도 여기 있는 군관덜과 함께 거북선으루 곧 갈겨."

 이순신이 횡설한 철쇄 사이의 나무기둥에 거북선의 이물[船頭]과 고물[船尾]을 밧줄로 묶으라고 지시했다. 이미 닻을 내리기는 했지만 조류에 흔들리지 않으면서 화포 사격을 하기 위해서였다. 소포 조류가 빠른 협수로이기 때문에 밧줄로 거북선을 고정시키지 않으면 화포의 명중률이 떨어질 게 뻔했다. 나대용이 결정한 거북선의 정위치는 소포해협 한가운데였다.

　나대용은 거북선을 고정시키라는 이순신의 지시를 즉시 이행했다. 거북선의 좌현 이물과 좌현 고물을 밧줄로 철쇄 나무기둥에다가 묶었다. 그래도 미덥지 못하여 우현 고물에 긴 밧줄로 돌산도 쪽의 철쇄 나무기둥에 단단히 맸다.

　"인자 밀물이 거세게 들 때도 거북선은 움직임이 읎겄제."

　이순신이 거룻배를 타고 와서 거북선에 승선했다. 거북선은 소포해협에서 뱃머리가 돌산도 쪽을 바라보고 좌현이 철쇄 횡설 너머 남해섬 쪽을 향해 비스듬히 묶여 있었다. 소포해협은 협수로이기 때문에 거북선을 한 척 이상은 띄울 수 없었다. 이제 화포 시범사격만 하면 되었다. 대형화포인 천자총통은 제외했다. 화약을 너무 많이 사용하기 때문이었다. 중형화포인 지자총통, 현자총통 중에 하나만 이용하기로 했다. 이 역시 화약을 아끼기 위해서였다. 드디어 이순신이 지시봉인 날창을 들고 소리쳤다.

　"좌현 화포 방포혀!"

　그러자 나대용이 화포장과 포수들에게 복창했다.

　"좌현 화포 방포!"

　좌현 화포 뒤에 정위치하고 있던 포수가 화약에 불을 붙였다. 그러자 지자총통 하나가 불을 뿜으며 꽝하고 장쾌한 소리를 냈다. 순간 총통 구멍에서 나온 큰 포환은 철쇄 횡설 너머 바다로 번개처럼 날아갔다. 이순신은 대단히 흡족해했다. 옆에 있는 나대용의 손을 잡으며 말했다.

"나 군관, 대성공이여. 수고했어."

"아니지라. 사또께서 노심초사허셨지라."

그때 거북선에 승선해 있던 사람들 모두 탄성을 터트렸다. 선원, 군관, 승군, 관노 할 것 없이 모두가 두 손을 번쩍 들고 함성을 질렀다. 수염이 허연 조방장 정걸은 눈을 지그시 감고 감개무량한 듯 눈물을 흘렸다.

"와아! 와아!"

방답 선소에서 거북선 건조를 감독하고 있는 이기남 군관이 누구보다도 기뻐했다. 이순신이 말했다.

"자네 심정을 알만 허구먼."

"나 군관과 성제맹키로 본영 선소와 방답 선소를 수십 번 왔다갔다 했응께라우."

"방답 선소 거북선은 은제 진수허는겨?"

"곧 진수헐 수 있을 거그만요."

"허긴 본영 선소보다 늦게 건조허기 시작했으니께."

본영 선소와 방답 선소에서 거북선을 건조하고 있었지만 공정은 본영 선소의 거북선이 더 빨랐다. 본영 선소가 먼저 시작했기 때문이었다. 어쨌든 나대용과 이기남은 형제처럼 거북선 건조 지식과 요령을 숨김없이 나누었기에 이기남은 자기 일처럼 환호했다.

"방답 거북선은 은제 굴강에 도착헐 수 있는겨?"

"다음 달 말쯤에는 가능허지라우."

"방답 거북선은 안 되겠구먼. 다음 달 12일에 좌수영 오관오포 수장덜허고 양민덜이 보는 앞에서 거북선 화포 시범사격을 또 가질라구 혀."

"12일이믄 저희 거북선은 안되겄습니다요."

이순신은 4월 12일 해 뜰 무렵이 '조금'녘의 정조란 시간대를 알고 있었다. 4월 12일을 놓치면 4월 27일에 거북선을 띄워 화포 시범사격을 실시해야 했다.

동헌으로 돌아온 이순신은 전라감사 이광에게 편지를 썼다. 4월 12일에 거북선 화포시범 사격을 가지려고 하니 직접 오실 수 없다면 수하 군관이라도 보내 참관케 해달라는 편지였다. 편지는 즉시 전령이 가지고 전주로 올라갔다.

다음날 아침.

이순신은 동헌에 모인 군관들에게 4월 12일 소포해협에서 본영 거북선을 띄우고 화포시범 사격을 또다시 할 예정이라고 알렸다.

"인자 거북선을 숨길 필요는 읎을겨. 오관오포 수장이나 양민덜에게 거북선 화포 위력을 보여준다믄 왜침이 있더라도 우덜을 믿고 불안허지 않을겨."

"민심이 동요허지 않으므 유랑민도 생기지 않겄지라우."

"기여, 유랑민이 생기기는커녕 양민덜이 좌수영으로 너도나도 모여들겨."

나대용이 말했다.

"사또, 4월 12일 인시(寅時)에 거북선을 소포에 띄우겄습니다요. 이번에 임시돌격장은 이기남 군관이 으쩌겄습니까요?"

"이기남이라믄 믿을 수 있을겨."

나대용은 지난 3월 27일 자신이 거북선 임시대장으로 올랐으므로 이번에는 이기남을 추천했다. 나대용은 방답 선소에서 거북선 건조를 감독해온 이기남을 믿었다. 자신은 꼼꼼하여 공무나 감독에 능한 편인데 이기남은 성품이 용맹스러워 훈련이나 실전에 강했던 것이다. 실제로 군관들의 성품은 조금씩 달랐다. 동헌에서 회의할 때마다 군관들의 자기 성품들이 얼핏얼핏 드러났는데 최대성은 군관 회의를 할 때마다 묵직하게 한 마디하고 말았고, 송희립은 자기 주장이 강한 데다 성미가 급했고, 이봉수는 숫자와 비유를 들어가며 상대를 설득하는데 능했다. 군관 회의 말미에 이순신이 말했다.

"이번 화포 시범사격허는 날은 잔칫날멩키로 혀. 농악도 부르고 술과 떡도 푸짐허게 준비허고 말여. 알겠는가?"

"예, 사또."

"참좌군관이 책임지고 준비혀."

"예, 영념허겄습니다요."

거북선 화포 시범사격은 소포에서 한 번 했기 때문에 별 어려움 없었다. 더구나 이번에는 철쇄 횡설작업 같은 것이 없었으므로 사역하는 군사나 관노들도 동원하지 않았다. 거북선에 승선하는 군사만으로도 화포 시범사격을 충분히 해낼 수 있기 때문이었다.

거북선 화포 시범사격을 하기 전날 이광의 군관 남한이 동헌으로 찾아왔다. 이순신은 남한을 동헌 호상에 앉아서 맞이하지 않고 동헌방으로 불러들였다. 이광을 대신하여 화포 시범사격을 참관할 군관이자 손님이었던 것이다. 남한이 이순신에게 이광의 편지를 건넸다. 그 자리에서 이순신은 이광의 편지를 보았다. 편지 내용은 이광과 약속한 날짜에 거북선이 건조되었는지 거북선 화포 사격을 어찌 할런지 궁금하다는 것이었다.

"순찰사께서 궁금허실겨."

"사정이 있어 가지 못하니 저에게 참관한 바를 보고하라고 하셨습니다."

"지난번에 한 번 시범사격을 해보았으니께 군사들이 능숙하게 잘 헐겨."

"순찰사께서는 거북선 화포 위력에 대해서 몹시 관심이 많으십니다."

"화약만 충분하다면 좌현 우현 화포를 총동원해서 방포한다면 아마도 굉장헐 거여. 허나 화약을 아껴야 헐 처지이니께 그것이 한스러울 뿐여."

"사또. 감영에서 화약을 충분하게 지원해야 하는데 그렇지 못해 죄송합니다."

"아마도 내년쯤에는 좌수영 자체로 화약을 제조헐지도 물러. 화약 제조군관을 임명헐 것이니께."

그날 밤 이순신은 밤새도록 악몽에 시달렸다. 갑자기 오한이 들고 온몸이 쑤시기도 했다. 꼭두새벽에야 보성 발효차 덕분에 겨우 통증이 가라앉아 거북선 화포 시범사격을 참관은 할 수 있었다. 첫 번째 화포 시범사격 날과 달리 이번에는 좌수영의 잔칫날처럼 양민들이 구름처럼 몰려들어 소포 선소 일대는 인산인해를 이루었다. 그런데 이순신은 왜침에 대한 극도의 긴장 때문에 단 한 번도 웃지 못했다.

왜군 침략

하늘에 핏빛 노을이 번지고 있었다. 갈매기들은 굴강의 방파제를 넘나들며 날카로운 부리로 먹잇감을 노리곤 했다. 핏물 같은 노을은 좌수영 앞바다까지 벌겋게 물들였다. 그때 협선 한 척이 급히 굴강 쪽으로 다가오고 있었다. 협선 이물에는 돛대보다 작은 깃발이 꽂혀 있었다. 푸른 비단 바탕에 붉은 영(令)자가 새겨진 전령의 깃발[令旗]이었다.

협선에서 내린 군사는 경상우수사 원균이 보낸 전령이었다. 원균이 보낸 전령은 협선에서 내리자마자 영기를 들고 바로 남문으로 달려갔다. 그는 남문 수문장에게 소리쳤다.

"경상우수사께서 보낸 통첩을 가져 왔심니더!"

"무신 통첩이요?"

"비밀통첩입니더. 빨리 사또를 뵙고 전해야 합니데이."

"알았그만."

비밀통첩이란 말에 수문장이 직접 남문을 열었다. 원균의 전령은 바로 수문장을 따라 동헌으로 갔다. 마침 이순신이 군관들과 회의를 하고 있는 중이었다. 원균의 전령이 용건을 말하고 비밀통첩을 동헌군관에게 전했다. 이순신은 원균의 전령이 동헌을 나간 뒤에야 비밀통첩을 펴 보았다. 무슨 상황인지 직감했지만 이순신의 표정은 의외로 담담했다. 그러나 상황을 감지하지 못한 좌수영 군관들은 진무들의 활쏘기대회에 대한 회의를 더 진행하려고 했다.

"본영 및 각 포구 진무덜이 자웅을 겨루는 활쏘기대회도 석 달이 지나부렀그만요. 은제 허믄 좋겄는가요?"

"장전과 편전이 충분헌께 아무 때라도 상관읎지라."

이순신이 수시로 오관오포의 군기고를 점고한 까닭에 화살이 부족해서 활쏘기대회를 못할 리는 없었다. 송희립이 군관들에게 무안을 주었다.

"아따, 시방 그런 한가헌 소리나 헐 때요? 왜침 첩보덜이 있어 갖고 뒤숭숭헌디!"

"송 군관, 진무덜 역할이 중요헌께 그라제. 군졸허고 군관 사이가 진무인디 좌수영 전력이 강헐라믄 진무덜이 뛰어나야 헌단 말이여. 활쏘기를 군졸보다 못허믄 쓰겄어?"

이순신이 원균의 비밀통첩을 펴서 읽은 뒤 말했다.

"왜군덜이 왜선 90척을 부산 앞 절영도에다 대놓구 있다는 비밀통첩이구먼."

"사또, 좌수영 군사덜이 경상도로 나가서 싸울 때가 됐그만요."

송희립의 말에 조방장 정걸이 받았다.

"송 군관 의견에 공감험세. 왜적덜이 뭍에 오르기 전에 박살내서 초전에 기를 죽여부러야 써."

그러나 최대성은 신중하게 출진하자고 말했다.

"전라도 군사가 경상도로 가는 것은 임금님 허락이 떨어져야 하는 일이요. 함부로 움직였다가는 역적이 된께 쪼깐 지달려 봅시다요."

　최대성을 지지하는 군관들이 많아지자 정걸과 송희립은 입을 다물었다. 그러면서도 송희립은 눈을 크게 부라리며 이순신의 지시를 기다렸다. 이순신은 눈을 지그시 감은 채 군관들의 의견을 듣고만 있었던 것이다.

　하늘에 놀이 사라지고 어느새 동헌 마당에는 땅거미가 어둑어둑 지고 있었다. 동헌 마당가 동백나무 가지에서는 동박새 몇 마리가 앉아서 삐삐삐 우짖었다. 그때였다. 이번에는 경상좌수사 전령이 동헌으로 달려와 이순신을 찾았다. 경상좌수사 박홍의 전령이 가지고 온 것은 공문이었다. 공문의 내용은 원균의 비밀통첩보다 더 긴박했다. 이순신은 좌수영 군관들에게 바로 알렸다.

　"왜선 350여 척이 이미 부산포 건너편에 도착했다구 허는구먼. 즉시 조정에 장계를 올리구 전라감사, 병마사, 우수사에게도 공문을 보내야겄네."

　박홍의 공문에 이어 또 경상감사 김수의 공문도 왔다. 김수의 공문은 박홍의 공문과 같은 내용이었다. 이순신은 전령을 불러 오관오포 수장들을 내일 아침 사시(巳時, 오전 10시)까지 진해루로 집합할 것을 지시했다.

　"나는 좌수영 오관오포 수장과 군사덜에게 전투 준비태세를 명허구, 나라의 명이 떨어지믄 즉시 출동헐겨."

　"은제쯤이나 나라의 명이 떨어지겄습니까?"

　"방금 한양으로 역졸을 시켜 보냈으니께 미구에 올겨."

　송희립은 이순신의 차분한 태도에 불만스러운 듯 고개를 좌우로 흔들었다. 정걸 역시 마찬가지였다.

"사또 판단이 옳으시겠지만 나라믄 몬자 적을 쳐부수고 나서 사후 보고를 허겄소."

"조방장님 충의는 이해가 되지만서두 군율이 있으니께 지켜야쥬."

군관들은 이순신의 말에 아무도 이견을 달지 못했다. 78세 조방장 정걸의 의견마저 받아들이지 않는 이순신이었으므로 눈치만 보았다. 나대용이 진심을 참지 못하고 말했을 뿐이었다.

"왜침 방비 계책으로 일찍이 지에게 거북선을 건조허라고 명허시고, 지난달 27일과 이달 12일에 거북선 화포 시범사격을 허신 것은 참말로 선견지명이 아니고 뭣이겠습니까요."

"사또께서 북봉 연대를 수리허고, 철쇄 횡설이나 화약을 제조허라고 허신 것을 보믄 나 군관님 말씸대로 사또의 선견지명이 분명헙니다요."

이봉수 역시 이순신의 선견지명에 탄복하는 말을 했다. 그러나 이순신은 두 군관의 말을 받아들이지 않았다.

"나 군관, 이 군관. 천학비재헌 나에게 선견지명이 있을 리 읎네. 내가 믿는 것이 있다믄 오직 유비무환일 뿐이여. 미리 방비허믄 환란이 읎다는 말인겨. 알겄는가?"

"예, 사또."

군관들 모두 이순신의 말에 "예, 사또" 하고 복창했다. 밖은 벌써 초저녁이 되어 있었다. 그러나 어둡지는 않았다. 보름달이 뜨려고 동쪽 하늘은 훤해지고 있었다. 동헌 뜰에 지난 2월 초여드렛날 세웠던 돌기둥 화대(火臺)에 기름불까지 타오르고 있어 동헌 마당은 대낮처럼 환했다.

한편, 왜국의 왜왕 도요토미 히데요시가 조선 침략을 명령한 때는 임진년 1월 5일이었다. 왜왕은 휘하의 모든 장수에게 임무를 부여하고 통솔할 병력의 수를 할당 통고했다.

제1군 대장 고니시 유키나가의 병력은 1만8천7백 명이었다.

제2군 대장 가토 기요마사의 병력은 2만8백 명이었다.

제3군 대장 구로다 나가마사의 병력은 1만2천 명이었다.

제4군 대장 시마즈 요시히로의 병력은 1만4천 명이었다.

제5군 대장 후쿠시마 마사노리의 병력은 2만4천7백 명이었다.

제6군 대장 고바야가와 다카가게의 병력은 1만5천7백 명이었다.

제7군 대장 모리 데루모토의 병력은 3만 명이었다.

제8군 대장 우키타 히데이에의 병력은 1만 명이었다.

제9군 대장 도요토미 히데카츠의 병력은 1만1천5백 명이었다.

이밖에도 왜왕 직할군에서 3만7천 명이 예비군으로 동원되었다. 그리고 왜 수군은 1만2천여 명이 동원령을 받았다.

마침내 왜군은 4월 1일 진시(辰時, 이른 아침)쯤 왜장 고니시의 제1군이 왜선에 분승하고 나고야 항구를 출발했다. 이어서 왜장 가토의 제2군, 왜장 구로다의 제3군도 뒤따랐다. 왜군들은 이키섬으로 향했는데, 저녁 무렵에 이키섬의 가츠모토 포구로 진입했다. 다음날 이키섬에서 쓰시마 섬으로 이동하려고 했지만 역풍이 사납게 불어 며칠 동안 출항하지 못했다.

그러다가 선발대 선단이 쓰시마섬 완노우라 포구에 도착한 것은 4

월 8일 한밤중이었다. 날씨는 악천후였다. 완노우라 포구에서 풍랑이 그치기를 기다리던 왜군 제1군은 12일 바다가 잔잔해지자 13일 먼동이 틀 무렵 120여 리 전방에 있는 부산포를 향해 일제히 전진하기 시작했다.

이윽고 14일에 왜장 고니시의 제1군 1만8천여 명은 부산포 동편 우암리로 상륙하여 부산진성을 노도처럼 삽시간에 포위해버렸다. 그런 뒤 부산진성을 공격하여 불과 서너 식경 만에 함락시켰고, 다음날에는 다대진성을 공격했으나 정발 첨사의 분투에 패하고 동래성으로 방향을 틀었다. 동래성 부사 송상현은 관군과 성민들을 이끌고 항전했지만 결국 성을 왜군에게 내어주고 말았다.

왜군은 1백 년 동안 전국시대를 거치면서 전투 경험을 쌓았고 훈련받은 정예군이었을 뿐만 아니라 병력수로도 압도했으므로 조선군은 방어하기가 힘에 부쳤다. 더구나 왜군의 신무기인 조총은 조선군에게 공포심을 주었고 전의를 상실케 했다.

그러나 전라좌수영은 경상도 좌우수영과 달랐다. 왜군 침략에 대한 방비 계책의 일환으로 비밀전선 거북선을 건조해 놓고, 두 번의 화포 시범사격까지 성공한 뒤 왜군 동태를 단단히 주시하고 있었던 것이다.

군관청으로 돌아온 최대성은 정걸을 기다렸다. 정걸은 이순신의 요청으로 동헌에 남았는데, 이순신은 가끔 정걸에게 조언을 듣기 위해 독대하곤 했던 것이다. 정걸은 보름달이 동녘 하늘에 두둥실 떠 있을 때쯤 군관청으로 돌아왔다. 정걸이 최대성을 보고 놀랐다.

"최 군관, 아직 자지 않고 있네잉!"

"왜적이 부산에 쳐들어왔다고 헌께 맘이 뒤숭숭허그만요. 사또 전략은 뭣인게라우?"

"바우멩키로 진중헌 분이라 속을 모르겠네야."

"조방장님께서는 이런 때 으떤 전술을 쓰시겠습니까?"

"나라믄 왜적이 뭍에 오르지 못허게 바다에서 쳐부수겄네. 고것이 전술 중에 최선이제. 적이 뭍에 오르지 못허게 강 입구에서 막아버리는 것을 강구대변(江口待變)이라고 허지 않은가."

"차선의 전술은 뭣인게라우?"

"전력이 약해 바다에서 막지 못했으믄 뭍에서는 성문을 잠구고 지구전을 펴는 것이여. 그래야 왜적의 사기를 꺾을 수 있제. 싸움에서 젤로 중헌 것은 사기여."

"왜적이 부산포에 상륙했다고 허니 인자 남은 전략은 공성전뿐이그만요."

"장수의 자질이 공성전 때 빛날 것이그만."

두 사람은 공문이 아직 오지 않아서 모르고 있었지만 부산진성 옆의 다대진성 조선군들은 공성전에서 승리했다. 정발 첨사가 막강한 왜군을 물리쳤던 것이다. 왜군의 발목을 잡은 조선군이 올린 귀한 첫 승이었다. 패전한 왜군은 선발대를 동래성으로 돌렸다. 동래성은 송상헌 부사가 수성하고 있었다. 왜군의 최종 공격 목표는 한성인데, 공성전을 길게 끌고 간다면 그만큼 그곳으로 가는 길은 늦어질 수밖에 없었다.

공성전을 예상하고 방비한다는 것은 아주 당연한 일이었다. 활쏘기를 훈련하고, 무너진 성을 쌓고, 성벽을 더 높이고, 해자 구덩이를 파고,

연대를 수축하고, 군기고의 무기들을 점고하고, 군창의 군량미를 점고하는 것 등이 모두 공성전의 방비 계책이었다. 최대성이 좌수영으로 와서 직접 눈으로 목격한 방비 계책들이었다.

엊그제 거북선 함포 시범사격이 끝난 뒤 이순신의 명으로 새긴 노대석(路臺石)의 글씨도 예사롭지 않았다. 진해루 앞의 노대석에 '거동을 신중하라'는 글씨가 새겨져 있었던 것이다. 좌수영 군사들에게 긴장감을 주는 글씨가 아닐 수 없었다.

"조방장님, 사또께서 무신 결단을 내리신 거 같그만요."

"사실은 쪼깐 전에 전투 장수덜 임무를 정허셨네. 출진 날 약간의 장수덜이 바뀌는 일이 있겠지만 말이네. 각자 임무는 사흘 후 진해루에 장수덜이 다 모이믄 사또께서 직접 말씸허실 것이네."

"출진 날이 다가오고 있은께 각자 임무부터 정해야 허겠지라우."

"그라제, 장수는 자기 임무를 숙지허고 있어야 헌께."

"지 임무는 뭣이든가요?"

"최 군관은 사또께서 생각허신 바로는 한후장이나 참퇴장이여."

"긍께 일부는 유동적이그만요."

"최 군관 말이 맞어."

최대성은 이순신이 직접 진해루에서 명한다고 하니 더 묻지 않았다. 북봉에서 소쩍새 울음소리가 들려왔다. 중천에 뜬 보름달이 군관청 마당을 환히 밝히고 있었다. 달빛이 군관청 마당에 켜켜이 쌓이는 듯 사금처럼 반짝거렸다. 밤공기가 한층 서늘해지자 정걸이 쿨룩쿨룩 기침을 했다.

"조방장님, 주무시지라우."

"알겄네. 낼 봄세."

최대성은 정걸이 방에 들자 그쪽을 향해 꾸벅 인사를 했다. 정걸은 상관이기도 하거니와 아버지 같은 느낌이 들었기 때문이었다. 문득 보성 사곡마을에 계시는 아버지 최한손이 떠올랐다. 두리동 형제가 보살피고 있으므로 안심은 하지만 일말의 조바심은 어쩔 수 없었다.

'저 보름달이 사곡마실도 비추고 있겄지.'

사흘 후.

진해루 앞 활터[射場]에서 이순신은 시름을 달래기 위해 열 순을 습사했다. 최대성, 이봉수 등 군관들도 열 순씩 활을 쏘았다. 사시가 되려면 네댓 식경은 지나야 했다. 아침 햇살이 굴강에 떨어질 때쯤에는 각자의 이마에 땀이 났다. 본영에서 가까운 방답첨사가 가장 먼저 진해루에 도착했다. 나머지 오관오포 수장들은 앞서거니 뒤서거니 하면서 잰걸음으로 왔다. 모두가 꼭두새벽에 출발했을 터였다. 다만 순천부사 권준은 몸에 탈이 나서 대신 대장(代將) 유섭을 보냈다.

사시가 되자 진해루 2층에 오관오포 수장들이 다 올라와 이순신을 중심으로 빙 둘러앉았다. 본영 군관들은 호명한 사람만 올라왔다.

"천지신명께 무운을 빌구 이 자리에 온겨. 왜적이 쳐들어왔으니께 시방은 전시여. 우덜은 은제라도 나가 싸울 수 있도룩 전투 준비태세를 갖추고 있어야 혀. 여기 모인 장수덜에게 각자 임무를 줄겨."

이순신은 우후 이몽구부터 임무를 부여했다.

"우후 이몽구는 유진장(留鎭將)으로 본영을 지켜야 혀."

진해루에서 이순신이 부여한 임무들은 다음과 같았다.

광양현감 어영담은 중부장, 낙안군수 신호는 좌부장, 보성군수 김득광은 우부장, 흥양현감 배흥립은 전부장, 방답첨사 이순신(李純信)은 중위장, 여도권관 김인영은 좌척후장, 사도첨사 김완은 우척후장, 녹도만호 정운은 후부장, 본영군관 최대성은 한후장, 정걸은 조방장으로서 수시로 전략 전술을 조언하기로 했다. 또한 발포만호 권관이 곧 물러날 것이므로 나대용은 대신 발포가장(假將)으로서 유군장(遊軍將)을 맡았다. 다만 최종 확정은 출진하는 날에야 확실하게 정해질 터였다.

이순신의 장계

 마파람이 불면서 눅눅한 습기가 성안에 가득 찼다. 소금기를 밴 습기는 장마철이 가까워졌음을 알려 주고 있었다. 날씨는 후텁지근했고 언제 비구름이 몰려올지 몰랐다. 외침을 알리는 공문이 경상도 감영이나 수영(水營)에서 날마다 오고 있으므로 전라좌수영 군사들은 전투준비 단계로 돌입했다.

 4월 26일.
 선전관 조명이 좌부승지 민준의 서장을 들고 왔다. 좌부승지 민준이 보낸 서장(書狀)에는 유서(諭書)가 들어 있었다. 유서란 임금의 명령서였다. 이제부터 이순신은 자신에게 주어진 군사권을 소신껏 행사할 수 있었다. 이순신은 동헌에서 군관 회의를 열고 좌부승지 민준이 보낸 서장을 공람시켰다. 참좌군관 송희립이 먼저 훑어보고 돌렸다. 한후장 최대성은 특히 유서 한 글자 한 글자를 경건하게 읽었다. 배응록, 송일성, 이경복, 송한련, 김인문, 이봉수 등도 임금의 명령서이기 때문에 무릎을 꿇고 보았다. 나대용은 이달 18일부터 군관 회의에 빠졌다. 발포 가장(假將)으로 자리를 옮겼기 때문이었다. 그리고 송한련은 남해현으로 가서 그곳 상황을 살펴보라는 이순신의 지시를 받고 먼저 자리를 떴다. 유서의 내용은 다음과 같았다.

〈물길을 따라 적선을 습격하여 육지의 적들이 겁내어 뒤를 연방 돌아보게 하는 것이 가장 좋은 방책이다. 그래서 경상도 순변사 이일이 내려갈 적에 이미 일러 보낸 바이거니와 다만 군사상 나가고 물러나고 하는 것은 모두 기회를 살펴서 해야만 실수가 없는 법이다.〉

바다에서 적을 무찌르면 육지의 적들이 뒤가 불안하니 함부로 진격하지 못할 것이라는 유서의 서두였다. 최대성은 속으로 일전에 조방장 정걸에게서 들었던 강구대변 전술이 생각났다. 적을 바다에서부터 막으면 설령 일부 적이 육지에 올랐더라도 보급선이 끊어지고 지원군이 가담할 수 없으므로 적은 육지에서 고립될 것이 뻔했다.

〈오직 마땅히 먼저 적선의 많고 적음과 지나가는 길목의 섬 사이에 적들의 복병이 있나 없나를 살펴본 연후에 가히 행할 것이다. 그러나 이것이 좋은 방책이긴 하지만, 만일 사정과 형편 따라 할 것을 아니 했다가는 기회를 크게 놓치는 수가 있는바, 조정이 멀리서 지휘할 수 없으므로 그 도(道) 우두머리 장수의 호령에 맡길 뿐인데, 본도(本道, 전라도)에서는 이미 서로 의논을 돌렸다고 한즉, 경상도에 통문을 보내어 서로 의논한 뒤에 기회를 보아 처치하도록 하라.(하략)〉

적들이 매복해 있을 수 있으니 수색과 정찰을 철저히 하되 싸움은 적기가 있으니 기회를 잃지 말라는 유서 내용이었다. 틀린 말은 하나도 없었다. 그러나 자세히 읽어보면 조정에서는 지휘할 수 없으니 잘 판단해 대처하라는, 우두머리 장수에게 책임을 전가하는 선조의 속셈도 숨어 있었다.

최대성은 군관 회의를 마친 뒤 이봉수와 한 조가 되어 본영성을 한 바퀴 순찰했다. 며칠 전에 진해루 앞 동쪽 활터에서 성가퀴에 세울 군사들을 정한 일이 있었는데, 군사 배치가 잘 되었는지를 확인하는 순찰이었다. 성벽 위에 쌓은 낮은 담을 성가퀴라고 불렀다. 군사들이 성 위에서 방어와 공격을 할 수 있는 시설이었다. 군사들은 며칠 전부터 성가퀴 뒤에서 일정한 간격으로 서 있었다. 경계 근무와 달랐다. 적의 공격을 방어하는 전투 준비태세였다. 이봉수가 말했다.

"최 군관님, 성에 서 있는 군사들을 보니 실감이 납니다요."

"임금님 명령서도 내려왔은께 인자 출진만 허믄 싸우는 것이여."

"언제 출진합니까?"

"극비라서 사또께서만 아실 것이네."

"사또께서 낼쯤 임금님께 장계를 써 올리신다고 합니다요."

"나를 또 부르실지 모르겄네."

이순신은 공문이나 장계를 군관들에게 공람시키곤 했다. 그래야만 군관들이 엇나가지 않고 일사불란하게 움직이리라고 판단해서였다.

최대성은 서문 쪽 성가퀴 그늘에서 발걸음을 멈추었다. 진무 하나가 성가퀴 그늘에서 낮잠을 자고 있었기 때문이었다. 코를 드르렁드르렁 골고 있었다. 최대성이 소리쳤다.

"자는 놈은 누군가!"

옆에 서 있던 군사가 흔들어 깨웠다. 그제야 진무가 일어나 입이 찢어질 것처럼 크게 하품했다.

"간이 배 밖으로 나온 놈이군!"

"아이고메, 군관님, 무신 처벌이든 달게 받겄습니요."

진무가 두 손을 앞으로 모으고 서서 빌었다. 이봉수가 양미간을 찌푸리며 소리쳤다.

"이놈아! 지금은 전시다. 너 때문에 아군이 몰살당할 수도 있단 말이다!"

최대성은 이봉수가 화내는 것을 처음 본 셈인데, 그에게서 젊은 혈기뿐만 아니라 의기를 느꼈다. 이봉수가 다시 소리쳤다.

"군율이 엄허다는 것을 보여줘야겠다!"

진무가 최대성 앞에서 무릎을 꿇었다. 그러나 이봉수는 용서하지 않을 기세로 말했다.

"옥에 가두고 말 것이다!"

"아따, 이 군관. 이만치 야단쳤으믄 정신차렸을 것인께 한 번 봐주믄 으쩌겠는가?"

"예?"

"아마 어저께 밤에 잠을 자지 못했은께 잠시 졸았을 것이네."

"청어회 묵고 밤새 한숨도 못 잤어라우. 긍께 한 번만 봐주시지라우."

진무가 사정을 말하고 또 빌었다.

"최 군관님께서 말씀하시니 이번에는 봐주겠지만 담엔 국물도 없을 것이다."

이봉수는 최대성의 체통을 생각해서 슬그머니 코를 골며 자던 진무를 용서해 주었다. 그 사이에 성가퀴 연락망이 움직였는지 두 사람이 순찰하는 동안 흐트러진 모습을 보인 군사는 단 한 사람도 없었다.

다음날 미시(未時, 오후 2시)에 이순신은 또 동헌으로 문식(文識)이 있는 군관 두 명을 집합시켰다. 종사관 같은 군관들이었다. 그중에는 최대성도 끼어 있었다. 한양으로 올라가는 역졸에게 장계를 건네주기 직전이었다. 이순신은 두 군관에게 장계를 공람시켰다. 마지막 순간까지 허술한 부분이 없는가를 확인하기 위해서였다. 이순신의 장계는 다음과 같았다.

〈전라좌도 수군절도사 신(臣) 이(李) 삼가 아룀은 사변에 대비하는 것에 관한 일입니다. 4월 23일 성첩(成帖)된 것으로 선전관 조명이 받들고 온 좌부승지의 서장(書狀)에, 이번에 경상우수사 원균의 장계를 본즉, '각 포구의 수군을 거느리고 바다로 나가 군사의 위세를 뽐내어 엄습할 계획이다' 하니 불가불 그 뒤를 따라 나가 주어야 할 것이다. 그대는 각 포구의 병선을 거느리고 나가서 기회를 잃지 말라. 그러나 천리 밖이라 혹시 뜻밖의 일이 있거든 이 명령에 반드시 구애될 것 없다는 전지(傳旨, 임금 명령서)가 계시므로 서장을 이렇게 낸다고 하였기 때문에 신에게 소속된 수군 각 고을과 포구의 여러 장수에게 '구원하러 갈 때 지나게 되는 해로가 본영 앞바다에 있으니 일제히 약속대로 도착하라'고 급히 통고하고, 경상도의 우수사 원균에게도 '물길의 형편과 두 도(道) 수군이 모이기로 약속한 곳과 적선의 많고 적음과 정박해 있는 곳과 그밖의 책응할 여러 가지 사세를 아울러 급급히 화답하라'고 통고

한 사유는 이미 장계에 밝혔습니다.

 이달 4월 29일 정오에 도착한 우수사 원균의 회답공문을 보니 적선 5백여 척이 부산, 김해, 양산, 명지도 등지에 정박하고, 함부로 상륙하여 연해변의 각 고을과 포구와 병영 및 수영을 거의 점령하였으며 봉홧불이 끊어졌으므로 매우 통분합니다.(중략)〉

 원균의 회답공문의 요지는 '원군 요청'이었다. 이에 이순신은 기회를 보아 경상도로 원군 나가겠다는 의지를 밝혔다.

〈신은 수군 여러 장수를 거느리고 오늘 4월 30일 꼭두새벽에 출진할 예정으로 경상우도 소속이며, 본영의 이웃 진인 남해현 미조항과 상주포, 곡포, 평산포 등 4개 진영이 이미 첩입(疊入)되었으므로 그곳의 현령, 첨사, 만호 등에게 '마땅히 군사와 병선을 정비하여 중로(中路)에 나와서 기다리라'고 이달 4월 29일 새벽에 공문을 만들어서 일부러 사람을 달려 보냈습니다.

 그런데 그날 미시쯤 신이 보냈던 순천수군 이언호가 급히 돌아와서 보고하는 말에 "남해현 성안의 관아건물과 여염집들은 거의 비었고, 집안에서 밥 짓는 연기도 나지 않으며, 창고의 문은 이미 열려 곡물은 흩어졌고, 무기고의 병기도 모두 없어지고, 마침 무기고의 행랑채에 한 사람이 있기에 그 사유를 물어보니 '적의 세력이 급박하게 닥쳐오자 온 성안의 사졸(士卒)들이 소문만 듣고 도망했으며, 현령과 첨사도 도망하여 간 곳을 알 수 없다'고 대답하는지라 돌아오다가 또 한 사람을 보았는데 쌀 섬을 진 채 장전을 가지고 남문 밖에서 달려 나오다가 장전 전부를 소인에게 주는 것이었습니다." 하기에 신이 그 장전을 살펴보니 '곡포(曲浦)'라고 새긴 것이 분명하며 '성을 비우고 도망했다'는 말이 그럴듯했습니다.

하인들이 보고하는 말을 그대로 믿기 어려워서 신의 군관 송한련에게 "이 말이 사실과 같다면 적에게 무기와 양식을 주는 격이 되어 적이 본도(전라좌도)로 침입하여 오래 머물며 퇴각하지 않을 것이므로 그 창고와 무기고 등을 불살라 없애라"고 전령하여 급히 달려 보냈습니다.(중략)〉

경상우수영이 함락된 이후 전라좌수영으로 편입된 남해현의 상황은 이순신을 크게 실망시켰다. 왜적과 한 차례도 싸워 보지 않고 적세가 두려워 현령, 첨사, 만호, 사졸들이 모두 도망쳐버렸으니 한심하지 않을 수 없었다. 더구나 남해는 전라도의 관문이므로 왜적이 쳐들어온다면 위기에 빠질 수 있으니 이제는 경상도 출진이 경솔할 수도 있다고 보고했다.

〈남해 평산포 등 4개 진영의 진장과 현령 등이 왜적들의 얼굴을 보기도 전에 도피하였으므로 신의 외로운 객병(客兵)으로는 그 도의 물길이 험하고 평탄한 것도 알 수 없고, 물길을 인도할 배도, 호응해 줄 장수도 없는데 경솔하게 출발했다가는 천리 길에 뜻밖의 염려가 생길 수도 있을 뿐만 아니라 신에게 소속된 전함을 죄다 모은 수효가 30척 미만으로서 세력이 매우 외롭고 약하기 때문에 관찰사 이광도 이미 실정을 알고 본도 우수사 소속 수군에 명령하여 신의 뒤를 따라서 힘을 모아 구원하도록 하였습니다. 일이 비록 급하더라도 반드시 구원선이 다 도착하는 것을 기다린 연후에 약속하고 발선(發船)하여 바로 경상도로 달려갈 계획입니다.(중략)〉

전라좌수영의 전선은 30척 미만이니 전라우수영의 구원선이 와서 합세하면 그때 경상도로 달려가 구원하겠다는 이순신의 보고였다. 왜적을 생각하면 분노가 치솟고, 원한이 뼛속에 사무치지만 그렇다고 감정대로만 결단할 수만은 없는 노릇이었다. 이순신은 전선의 수효를 늘린 뒤에 출진하려고 결심했다. 좌수영의 전력과 경상도의 어려움을 냉정하게 살펴보고 있는 이순신은 얼음처럼 냉정했다.

〈신의 어리석은 생각으로는 오늘날 적의 세력이 이같이 덤비게 된 것은 모두 바다에서 막아내지 못하고 적을 방자히 상륙하게 하였기 때문입니다. 경상도 연해안 고을에는 깊은 참호와 성이 견고하고 든든한데 성을 지키던 비겁한 군졸들 모두 소문만 듣고 간담이 떨려 도망갈 생각을 품었기 때문에 적들이 포위하면 반드시 함락되어 온전한 성이라고는 하나도 없는 것입니다. 지난번 부산 및 동래의 연해안 여러 장수가 배들을 강하게 정비하여 바다에 가득 진을 벌려 엄격한 위세를 보이면서 정세를 보고 힘을 헤아려 병법대로 진퇴하여 적을 육지로 기어오르지 못하게 했더라면 나라를 욕되게 한 환란이 이처럼 극도에 이르지는 않았을 것입니다. 생각이 이에 미치매 분함을 참을 수 없습니다.

원하옵건대 오직 죽는 것을 기약하고, 곧 범의 굴에 바로 들어가 요망한 기운을 소탕하여 나라의 수치를 만분의 일이라도 씻으려 하옵는 바 성공하고 실패하고, 잘 되고 못 되는 것은 신이 미리 생각할 바가 아닌 것임을 삼가 갖추어 아룁니다.〉

최대성은 이순신의 장계 가운데 '나라의 수치를 만분의 일이라도 씻으려 하옵는바'에서 이를 악물었다. 동헌에서 나온 최대성을 기다리고 있던 이봉수가 말했다.

"최 군관님. 조방장님께서 기다리고 계십니다."

"으디 겨시는디?"

"군관청에 계십니다."

"알았네."

최대성은 군관청으로 내려갔다. 정걸이 군관청 마루에 앉아 있다가 최대성을 보고는 자신의 허연 수염을 쓸었다.

"조방장님, 지를 찾으셨는게라우?"

"사또께서 쓰신 장계 내용은 뭣이든가?"

"젤로 눈에 띄는 것은 경상도 출전을 늦추신 것입니다요. 우수영 전선이 올 때까지 지다리겠다는 것이 눈에 띄었습니다요."

"사또께서 임금님 명령서를 받고도 망설이고 있는 거 같네. 녹도진 정운 만호는 불만이 많더군. 나헌테 이것저것 따지지 말고 당장 출진해야 헌다고 말허대."

"지 생각으로는 사또께서 신중허시기도 허지만 다른 이유도 있는 거 같습니다요."

"최 군관은 그 이유를 뭣이라도 생각허는가?"

"이미 경상도 원군을 결심허시고서도 지다리는 거 아닐게라우?"
"나는 알 수가 읎네."
"왜적에 대한 적개심이 남다른 정운 만호 같은 장수덜이 더 나오기를 지다리시는 거 같습니다요."
"송희립도 정운 못지 않드그만. 성질이 불 같드랑께."
"으쨌든 사또께서는 왜적에 대한 적개심을 유도해 전의를 고취시키려고 허는지도 모르겄습니다요."
"그렇다믄 헐 말이 읎제! 장수덜 심리까지 이용허는 사또야말로 고수가 아니겄는가 말일세."

정걸은 장수들의 심리까지 이용하는 이순신의 계책에 내심 놀랐다. 적개심을 갖게 해서 전의를 고취시킨다는 병서의 구절을 아직 본 적이 없었기 때문이었다. 그렇다면 이순신만의 심리 전략이 아닐 수 없었다.

전선(戰船) 점고

　오관오포 장수들이 동헌에 모였다. 출진 장수들의 임무는 이제 확정된 상황이었다. 4월 30일자로 조정에 올린 장계에 보고했던 바 그대로였다. 대장선 앞뒤에서 대장의 명을 전달하는 중위장에 방답첨사 이순신(李純信), 좌부장에 낙안군수 신호, 전부장에 흥양현감 배흥립, 중부장에 광양현감 어영담, 유군장에 발포가장이면서 본영 군관인 나대용, 우부장에 보성군수 김득광, 후부장에 녹도만호 정운, 좌척후장에 여도권관 김인영, 우척후장에 사도첨사 김완, 한후장에 본영 군관인 최대성, 참퇴장에 본영 군관인 배응록, 돌격장에 본영 군관인 이언량 등 이미 임무가 부여된 장수들이 동헌에서 작전 회의를 했다. 남해현을 다녀온 송한련이 보고를 먼저 했다.
　"남해현 현령, 미조항 첨사는 물론이고, 상주포와 곡포, 평산포 만호들을 모두 붙잡아야 될 것 같습니다요. 들려오는 소식만으로 적의 형세가 두려워 홀연히 도주해 버렸습니다요. 소관 군기물들은 명해 모두 없애 버려 남아 있는 것이 없었습니다요."
　이순신이 씁쓸한 표정으로 말했다.
　"의리를 저버린 것이 심히 놀랍구먼."

"옥에 가두는 것도 아까운 놈덜이그만요. 그냥 참수해부러야지라!"

"살려주믄 영이 서지 않지라."

송희립의 말에 녹도만호 정운이 맞장구쳤다. 정운은 이순신과 의기투합을 잘하는 친구 같은 장수였다. 그러나 이순신은 냉정했다.

"경상우수사 부하덜이니께 그짝 군율에 맡겨야 혀."

"경상우수영이 함락되고 나서부터 남해현을 사또가 관할허신께 드리는 말씸이지라."

"지역은 그렇드라도 그 자덜은 아직 우수사 부하덜이여."

"고건 그라지라."

"정오에 바다로 나가 출진을 대비해서 진을 점고할 테니께 장수덜은 그리 아슈."

동헌에 모인 장수들이 모두 복창했다.

"예, 대장 나으리."

"군호는 용호(龍虎), 산수(山水)니께 수군덜에게 잘 숙지시켜야 혀."

군호(軍號)란 상관이 묻고 군사가 대답하는 암구호였다. 상관이 '용호!' 하면 군사는 "산수!" 하고 대답해야 했다. 세 번을 물어도 대답 못하면 적으로 간주하는 것이 전시군율이었다.

좌수영 앞바다는 잔잔했다. 오관오포에서 온 판옥선들은 부두에 정박해 있고, 협선과 포작선들은 굴강에 들어와 있었다. 장수들과 수군들은 각자의 판옥선에 승선해 정위치한 상태에서 이순신의 점고를 기다렸다. 드디어 정오를 알리는 북소리가 나자 이순신은 대장선부터 점고를 시작했다. 참좌군관 송희립은 눈을 부릅뜨고 이순신 바로 뒤에서 걸었다. 이순신은 화포부터 점고했다. 현자포, 지자포 포신을 만져본 뒤 화포장과 포수의 눈을 보며 말했다.

"방포 준비는 끝난겨?"

"예, 대장 나오리."

이순신은 좌현, 우현 순으로 대장선 포판을 한 바퀴 돌았다. 화포를 먼저 점고한 까닭은 판옥선의 함포 사격이 이순신의 주요 전술이기 때문이었다. 포판을 한 바퀴 돈 이순신은 아래층으로 내려가 격군들을 점고했다. 격군들이 노를 잡고 앉은 자리에서 일어서려 하자 이순신이 만류했다.

"정위치 혀! 격군덜은 서서 노를 젓는감."

"아니그만요. 앉아서 젓지라우."

"그러니께 앉아 있으라고 허는겨!"

"예, 대장 나오리."

격군들이 포진한 아래층은 휴식처 및 창고였다. 이순신은 창고를 관리하는 선직에게 군량미를 확인했다.

"군량은 워쩌?"

"창고에 대장선 수군덜 보름 군량이 들어 있습니다요."

"그 정도믄 경상도 바다를 왔다 갔다 허는디 충분헐겨."

다시 갑판으로 올라온 이순신은 대장선 장대를 올라갔다. 장대는 누각처럼 높아서 오관오포 장수들이 탄 판옥선 전체가 한눈에 들어왔다. 뿐만 아니라 굴강 안에 든 협선과 포작선들이 훤히 내려다보였다.

이순신이 다음으로 점고한 판옥선은 방답첨사 이순신(李純信)이 탄 전선이었다. 방답첨사 이순신은 장수들에게 대장의 명을 전달하는 중위장(中衛將)이므로 대장선 다음으로 중요한 판옥선이었다. 이순신은 방답진에서 온 전선에 올랐다. 대장선처럼 샅샅이 점고하지 않고 중위장에게 보고만 받았다.

"대장 나으리, 중위장 전선(戰船) 이상 없습니다."

"방답진에서 건조허는 거북선은 완성된겨?"

"예, 진즉 완성했습니다. 진수식만 아직 못했을 뿐입니다. 나으리께서 하명하시면 언제든지 진수할 수 있습니다."

"인자 우리 좌수영 거북선은 두 척이 된겨. 두 척의 돌격선이 적진을 휘젓고 댕기믄 으떤 강적이라두 혼비백산허고 말겨."

"예, 그럴 것입니다."

이순신이 다음으로 오른 판옥선은 좌부장(左部將) 낙안군수 신호가 탄 전선이었다. 오십대 초로의 나이가 된 신호는 점고 전에 사십대 후반인 이순신에게 건의를 했다.

"나으리, 건의 드릴 것이 있어부요."

"뭐이유?"

"진격허라는 비변사 명령이 내려진 것 같지 않은께 쪼깐 지다리시는 것이 으쩌겄소?"

오전 동헌 회의에서 장수들이 기꺼이 진격할 의사를 밝힌 것과는 사뭇 달랐다. 신호 역시 남해안을 방어하라는 조정의 명을 받고 낙안군수로 내려온 무장이었다. 그런데 이순신은 이미 임금으로부터 4월 26일 다음과 같은 출전명령서[諭書]를 받아놓고 있었다.

〈왜적이 이미 부산 동래를 함몰하고 밀양으로 들어왔다는바, 이제 경상우수사 원균의 장계를 본즉 여러 포구의 수군들을 거느리고 바다로 나가 형세를 과시하여 적을 덮쳐 격멸할 계획을 세운다고 하니, 이는 큰 기회이므로 그 뒤를 따라 나가지 않을 수 없을 것이다.

네가 원균과 합세하여 적선을 쳐부수기만 한다면 적을 평정시킨다고 할 것조차 없으리라. 그러므로 선전관을 보내어 달려가 이르도록 하는 것이니, 너는 포구의 병선들을 독촉하여 거느리고 급히 나가 기회를 잃지 말도록 하라. 그러나 천리 밖이라 혹시 무슨 뜻밖의 일이 있을 것 같으면 반드시 이에 구애받지 말라.〉

이순신은 임금으로부터 출전명령서가 떨어졌으므로 비변사의 명령이 내려오지 않은 것 같다는 신호의 건의는 받아들일 수 없었다.

"좌부장은 딴 맘 먹지 마슈!"

"예, 대장 나으리."

이순신보다 일곱 살 위인 낙안군수 신호는 이순신의 단호한 말에 당황했다. 이순신은 속으로 혀를 찼다.

'낙안군수는 자기 지역만 지키구 싶은가? 물러나 피허려구 헌들 될 법한 일인가?'

신호는 이순신이 점고를 생략하고 판옥선에 내리자 뒤쫓아와 자신의 말을 뒤집었다.

"지가 드린 말씸은 나으리와 다른 뜻이 아니요잉."

"좌부장도 진격허자구 약속헐 줄 알았슈. 근디 탄식헐 일이구먼."

"비변사 대감덜이 나중에 다른 말을 헐지 몰라서 드린 말씸이요. 대장께서 하명허시는 대로 따를 것이요."

"알았슈."

이순신은 뒤도 돌아보지 않고 전부장, 중부장, 유군장, 우부장, 후부장, 좌척후장, 우척후장 순으로 각 장수가 탄 판옥선에 올라 점고했다. 한후장 최대성이 탄 판옥선에서는 잠시 휴식을 취했다. 신시(申時, 오후 4시)가 되자 갑자기 하늘이 흐려졌다. 축축한 바닷바람이 불면서 잔잔했던 파도가 출렁거렸다. 그러자 닻을 내린 판옥선이 요동을 쳤다. 이순신이 말했다.

"한후장은 출진허믄 워디에 있을겨?"

"예, 출진허는 동안에는 후방에서 방어허다가 전투가 개시되믄 적진에 들어가겄습니다요."

"그려. 수군이 이동헐 때는 후방을 방어허구 전투헐 때는 전방에서 싸우는 것이 한후장인겨."

"지 소신은 싸우다가 죽는 것이그만요."

"장수라믄 마지막 원(願)이 바로 고것인겨."

판옥선이 출렁이는 파도에 자꾸 흔들리자 이순신은 한 손으로 여장(女牆)을 붙잡았다. 갑판 좌우에 낮은 담처럼 두른 널빤지를 수군들은 여장이라고 불렀다. 성벽의 성가퀴 같은 것이 여장이었다.

"나으리께서 말씸허신 대로 대장부라믄 누구라도 고로코롬 생각헐 거그만요."

"한후장."

"예, 대장 나으리."

"나도 원이 있다믄 바로 고것이여."

"지도 그라그만요."

"인자 한후장은 나허구 약속헌겨."

"나으리, 광영입니다요."

이순신은 여장에서 손을 떼며 최대성 손을 마주 잡았다. 이순신의 손가락은 보통 사람보다 길고 가늘었다. 그런데 손아귀 힘은 사뭇 강했다. 최대성의 손을 집게발처럼 꽉 움켜쥐었던 것이다. 잠시 후 이순신이 호탕하게 웃었다.

"하하하. 두 사람이 앞날을 약속허구 말았구먼."

"지는 약속을 흐지부지하지 않을 것입니다요."

"부모님이 아적 살아 겨신디 방금 약속이 불효 같긴 혀. 한후장 부모님도 고향에 겨신다구 했남?"

"예, 나으리."

이순신이 화제를 돌렸다. 문득 아산에 살고 있는 어머니 초계 변씨가 생각나서였다. 이순신은 한 달 전에도 나장(羅將)을 아산으로 보내 초계 변씨의 안부를 살피고 올 만큼 효심이 깊었다. 거북선 진수 문제로 신경을 곤두세우고 있을 무렵에도 어머니 초계 변씨의 안부는 자나 깨나 항상 궁금했던 것이다. 참좌군관 송희립은 이순신과 최대성이 마음을 터놓고 사적인 이야기를 나누자 슬그머니 자리를 피했다.

"부모님, 건강은 워쪄?"

"예, 노환으로 고상허셨는디 시방은 으쩔지 모르겄습니다요."

"안강(安康)허셔야 한후장 맴이 놓일겨."

"나으리 자당님께서도 안강허시겄지라우."

"한 달 전에 나장이 아산에 댕겨왔는디 편안허시댜."

이순신은 최대성이 탄 판옥선에 올라와서는 전선 점고보다는 부모

안부를 얘기하면서 휴식을 취하고는 내려갔다. 그런 뒤 이순신은 참퇴장 배응록이 탄 판옥선과 돌격장 이언량의 판옥선 점고를 마치고는 남문 수문장이 대기시켜 놓은 말을 타고 본영으로 올라갔다. 정오부터 시작한 전선 점고는 저녁때까지 했으니 철저하게 실시한 셈이었다.

그런데 그때 수문장 진무가 다가와서 보고했다.

"방답 연락선 3척이 오고 있습니다요."

"송 군관이 가서 우덜 협선으루 포함시키게."

"예, 대장 나으리."

이로써 좌수영 협선은 15척이 되었다. 어선인 포작선 46척과 판옥선 24척을 합치면 총 85척이 좌수영 전선 전력이었다. 낮에 낙안군수 신호가 말하던 비변사의 명령서는 초저녁에야 내려왔다. 경상우수사, 전라좌수사, 전라우수사에게 내려온 비변사 명령서였다.

한편, 4월 29일 충주에서 최후방어선을 쳤던 신립 장수마저 패했다는 소식이 전해지자 종실과 대신들은 천도를 결정했다. 그리고 선조는 둘째 아들 광해군을 세자로 책봉하고 각 도의 군사들에게 도성을 지키도록 명했다. 도성을 수비할 군사가 부족했기 때문이었다. 4대 성문 군사를 합쳐봐야 겨우 7천여 명에 불과했다. 그나마 그들은 훈련받지 못한 오합지졸이었고, 도망갈 생각만 했다. 비가 퍼붓는 4월 30일 선조는 서천(西遷) 길에 올랐다. 초라하고 비루한 파천이었다. 이후 도성 민심은 몹시 흉흉해졌고 백성들의 사기는 더욱 떨어졌다. 조정에서는 급히 왕자들을 각 도로 파견하여 근왕병을 모병하는 한편 명나라에 원병을 청하여 도성 수복을 꾀했다. 모병을 위해 선조의 맏아들 임해군은 함경도, 순화군은 강원도로 갔던 것이다.

다음날.
축축한 바람이 밤새 불더니 기어코 가랑비가 내렸다. 다행히 정오 무렵에 비는 그쳤다. 이순신은 마음이 심란해 동헌을 나왔다. 시시각각 상황이 긴박하게 돌아가므로 동헌 호상에 앉아 있을 수 없었다. 광양현감 어영담과 흥양현감 배흥립을 남문인 진해루로 불러냈다. 어영담은 이순신보다 무관 경험이 풍부했는데 사천현감 때 경상도 물길을 익힌 인물이었다. 이순신은 두 장수와 경상도로 원군 나가는 일에 대해 의논했다. 이순신은 환갑의 노인이 된 중부장 어영담에게 물었다.
"중부장, 당포에 있다는 원균 우수사를 만나 합세헐 생각인디 워떤 물길로 가야 안전허겄슈?"
"남해 평산포, 상주포, 미조항 앞바다를 지나 소비포를 거쳐 사량도 밑에 있는 당포에 이르는 물길이 안전합니데이."
"적의 복병을 피헐 수 있는 물길이 맞슈?"
"왜적이 있는 연해안을 피해서 잡은 물길입니더."
"그렇다 허드라두 수색과 정찰은 척후선덜이 철저허게 해야쥬."
전부장 배흥립에게는 칭찬을 먼저 했다.
"전부장, 흥양은 오관오포 중에서 일관사포가 있는겨. 그러니께 좌수영 전력의 반이 흥양에 있지 않은감. 전선도 흥양에서 젤로 많이 왔고, 군사도 다른 곳보다 많이 온겨."
"대장 나으리, 군량도 흥양에서 젤로 많이 보냈십니더."
"그러니께 흥양은 좌수영의 대들보 같은 곳인겨."

"대장 나으리께서 격려해주시니께 억수로 심이 납니더. 전라우수영 전선만 오면 으떤 적이라 캐도 을마든지 막을 수 있을 낍니더."

그때 중부장 어영담이 소리쳤다.

"전부장이 우수영 전선을 말해가꼬 우수사가 군사를 태워 오고 있구마!"

이순신은 자리에서 벌떡 일어났다. 전라우수영 판옥선만 온다면 경상도 원군을 망설일 이유가 없기 때문이었다. 이순신은 즉시 동헌군관에게 바다로 나가 알아보라고 지시했다.

"출동을 아뢰는 장계를 써야겠구먼!"

"나으리, 출동허시기 전에는 반드시 천지신명께 고해야 합니더. 그래야 물길이 편안합니데이."

"옥에 있는 탈영 군졸은 으쩔랍니꺼?"

배흥립이 말한 탈영 군졸은 여도 수군 황옥천이었다. 왜적이 두려워 집으로 도망쳤다가 참퇴장 배응록에게 붙잡혀온 군졸이었다. 그런데 잠시 후 돌아온 동헌군관에게 보고를 받은 이순신은 아연실색했다. 전라우수사의 판옥선이 아니라 방답선이었기 때문이었다.

출전 제문

초사흗날 초승달이 서쪽 밤하늘에 떴다. 초승달은 유난히 날카롭게 좌수영 본영을 노려보고 있는 것 같았다. 바다와 하늘은 검푸른 빛깔 일색이었다. 다만 굴강 앞뒤로 불빛이 점점이 명멸하고 있었는데, 진을 치고 있는 판옥선과 협선에서 새어나오는 불빛이었다. 오관오포 장수들은 진해루 2층으로 모였다. 바닷바람의 기운은 희미했다. 꼿꼿하게 선 등잔불에 장수들의 얼굴이 번득였다. 잠시 후 이순신이 장수들 앞에서 출전 제문을 읽으며 천지신명에게 고(告)할 터였다.

몇몇 장수는 동헌으로 올라갔다. 녹도만호 정운과 방답첨사 이순신이 앞에 서고 최대성은 뒤따랐다. 최대성이 따라 간 것은 출전 장계를 보기 위해서였다. 어느새 최대성은 장계를 검토하는 계청군관(啓請軍官) 역할까지 하고 있었던 것이다.

녹도만호와 방답첨사가 동헌방에 들자 이순신은 앉은뱅이책상에서 출전 제문과 출전 장계를 방금 다 써놓은 채 장수들을 기다리고 있었다. 두 장의 한지에서는 아직 묵향이 났다. 이순신이 녹도만호 정운에게 말했다.

"만호는 무신 일인겨? 장수덜은 모두 진해루에 모이라고 송 군관이

전했을 것인디."

"드릴 말씸이 있은께 왔지라우."

"만호는 성질이 급혀. 진해루에서 말혀두 될 텐디."

"천불이 날 거 같그만요."

"그렇다믄 말혀."

"전라우수사는 오지 않을 거 같고 적세는 점차 도성 가차이 다가가는디 통분헌 맘을 참지 못허겄그만요. 만약 적을 치는 시기를 놓친다믄 그때는 막아내지도 못허고 한탄만 되씹겄지라우."

정운은 왜적이 한양에 접근하고 있다고 말하지만 실제로는 이날 5월 3일은 한양 도성이 함락된 날이었다. 이순신과 정운은 4월 30일 선조가 도성을 버리고 파천했다는 사실만 알고 있었다.

"만호 말이 옳으니께 낼 새복에 출전헐겨."

"대장 나으리께서 고로코름 말씸허신께 속이 후련허그만요."

"그러니께 진해루로 내려가 있어."

이순신은 앞에 앉아 있던 참퇴장 배응록에게도 지시했다.

"황옥천을 옥에서 꺼내 진해루 앞에 묶어놔. 간짓대도 준비허구."

이순신은 황옥천을 참수해 군사들에게 엄한 군율을 보여줄 작정이었다. 정운이 나가자 이순신은 바로 출전을 아뢰는 장계를 방답첨사와 최대성에게 보여주었다. 이순신의 붓글씨는 단정했다. 단 한 자도 흐트러짐이 없었다. 너무 단정하여 비장했다.

〈전라좌도 수군절도사 신(臣) 이(李) 삼가 아룀은 구원하러 출전하는 데에 관한 일입니다. 전일 공경히 받자온 전지(傳旨) 내용에 의하여 경상우수사 원균과 합세하여 적선을 쳐부술 예정으로 소속 수군과 여러 장수를 지난 4월 29일 본영 앞바다로 불러 모아 30일 출전하려고 했습니다. 그런데 관찰사 이광이 병세(兵勢)가 외롭고 약함을 염려하여 본도 우수사에게 '수군을 거느리고 신의 뒤를 따르라'고 명령하여 우수사 이억기 공문에 '이달 30일 전선을 띄운다(發船)' 하였으므로 도착을 기다려 군대의 위세를 엄하게 갖추어 일시에 출전하겠다는 내용은 이미 장계를 올렸습니다. 육지 안으로 쳐들어간 적들이 곧 한양을 육박한다 하므로 신과 여러 장수는 모두 분발하여 칼날을 무릅쓰고 사생결단할 것을 각오하였습니다. 뿐만 아니라 적들이 돌아갈 길목을 막아 끊어서 적선들을 쳐부순다면 후방이 염려되어 그 자들이 바로 후퇴할 생각을 가질 수도 있을 듯하니 오늘 5월 4일 첫닭이 울 때 출동하여 곧장 경상도로 향하오며 한편으로는 우수사 이억기에게 속히 뒤따라 달려오라고 공문을 보냈음을 삼가 갖추어 아룁니다.〉

　이순신은 우수사의 전선이 오지 않았음에도 불구하고 이제 더 이상 기다리지 않고 출전을 결심했다. 오늘 밤에라도 온다면 더 바랄 것이 없겠지만 이억기를 마냥 기다릴 수만은 없었다. 그런데도 이순신은 이억기가 뒤따라올 것이란 기대를 가졌다. 이억기에게 선심을 쓴 적도 있었기 때문이었다. 지난 2월 13일 이억기 군관이 왔을 때 화살대 1백 다발과 쇠 50근을 보냈던 것이다. 쇠는 본영 부근 서당산에서 채굴한 철광석을 사철소(沙鐵所)에서 제련한 것이었다.
　이순신은 중위장 방답첨사에게 지시했다.
　"장계에 아뢴 대로 낼 날이 샐 때 바로 출동헐겨. 그러니께 중위장은 시방 나가서 진해루에 있는 여러 장수덜에게 알려야 혀."

"예, 대장 나으리."

"황옥천 같은 탈영 군사가 나올 수 있으니께 아직 군사덜에게는 비밀로 혀."

"예, 나으리."

이순신은 최대성에게도 당부했다.

"적덜이 워디에 숨어 있는 줄 모르니께 한후장은 이동헐 때 후방 방어를 철저히 혀. 척후장덜이 몬자 나가 수색 정찰을 잘헌다 해두 적덜이 대오의 허리를 끊어버릴려구 측면에서 공격헐 수 있으니께."

"빈틈읎이 경계허고 복병이 발견되믄 즉시 토벌허겄습니다요."

"경상우수영이 함락허니께 경상도 연안은 적덜 소굴이 되구 있는겨. 여그서 막지 못허믄 다음 차례는 전라도여. 그러니께 시방 우덜이 경상도로 출전허려구 허는 것이여."

"반다시 지 활로 적장을 쓰러뜨리겄습니다요."

"한후장은 군관덜 중에서 활을 잘 쏘는 명궁수인께 그럴 거여."

"습사헌 지는 오래 됐그만요."

"나는 활을 늦게 잡았는디 한후장은 은제부턴감?"

"십대에 활을 잡기 시작했지라우. 스물두 살 때 대회에 나가 우승허고라우."

최대성은 그때, 그러니까 스물두 살 봄에 정자천 활쏘기대회 때 2백 보 밖에서 열다섯 발 화살을 쏘아 모두 과녁을 맞힌 기억이 떠올라 미소를 지었다.

"그려? 나는 스물두 살 때 첨으로 활을 잡아봤는디."

"대장 나으리께서는 활을 늦게 잡으셨그만이라우."

"나는 원래 문과를 공부허다가 장인어른 권유를 받구 무과로 바꽈서 늦어진겨. 그때 내가 보성군수를 지냈던 장인을 따라 보성에 오지 않았드라믄 문관이 됐을지두 몰러."

"빙장어른께서 명궁수였그만이라우."

"그려. 아산 처가댁에 활터와 승마장이 있을 정도였으니께."

"긍께 대장 나으리께서는 무과로 전향헐 수밖에 읎었그만요."

"아녀, 장인어른 때문만은 아녀. 보성에 와보니께 보성 바다 연안에 왜구덜 노략질이 목불인견이여. 그때 백성을 지킬라믄 활을 잡아야겄다구 결심헌겨."

"지 생각도 그랬그만이라우. 훈련원을 사직헌 것이 바로 그 이유 땜시였그만요."

"허허허. 한후장은 나허고 의기투합허는 바가 있구먼."

"과찬이시그만요."

"아녀, 한후장이 싸우다 죽는 장수가 되고 싶다구 했는디 나두 그려. 그러니께 의기투합이라고 허는겨."

그때 참퇴장 배응록이 동헌으로 와서 보고했다.

"대장 나으리, 황옥천을 두 손 두 발을 꽁꽁 묶어 진해루 앞에 데려다 놓았습니다요."

"간짓대는 준비헌겨?"

"예, 나으리. 망나니도 불러놨습니다요."

"망나니는 필요읎어. 참퇴장이 본때를 보여야 혀."

"예, 알겠습니다요."

이순신은 미리 써 놓은 출전 제문은 최대성에게 보여주지 않았다. 장계는 임금에게 올리는 문서이므로 문식이 있는 군관들과 여러 번 신중하게 검토해야 하지만 출전 제문은 대장으로서 천지신명에게 고하는 글이므로 굳이 그럴 필요는 없었다.

최대성은 동헌을 나서는 이순신을 몇 걸음 떨어져 뒤따랐다. 최대성이 옆에 있는 송희립에게 말했다.

"송 군관, 출전 제문 봤어?"

"먹을 갈아 드림서 쪼깐 봤는디 왜적을 패망시켜달라는 글이드라고."

두 사람은 나이도 같고 고향이 거리가 가까운 흥양, 보성이었으므로 어느 순간부터 친구처럼 말을 놓고 있었다.

"장계는 보여주시든디 출전 제문은 그냥 접으시드라고."

"진해루서 알게 될 텡께 쪼깐 지다리드라고잉."

"요럴 때는 성질 급헌 송 군관답지 않네잉. 하하하."

'성질 급헌 장수는 녹도만호여, 대장 나으리허고 의견이 다를 땐 용호상박이랑께."

초승달은 이미 지고 사위는 숯덩이처럼 캄캄했다. 그러나 진해루 둘레는 환했다. 돌기둥 화대(火臺)에 횃불이 타올랐다. 등잔불이 켜진 진해루 2층은 더 환했다. 본영 앞바다에서 잡은 청어를 짠 기름의 등잔불이었다. 이순신이 진해루에 오르자 장수들이 모두 일어나 맞이했다. 장수들 앞에는 조방장 정걸, 의승장 의능이 서 있었다. 이순신이 본영 앞바다를 향해서 호상에 앉자 장수들이 두 손을 모으고 고개를 숙였다. 참좌군관 송희립만 이순신 옆에서 부동자세를 취하고 있었다. 이윽고 이순신이 말했다.

"출전 시각은 중위장에게 전달받았을겨. 내가 진해루에 온 것은 출전을 천지신명께 고하기 위한 것이니께 제장덜은 경건허게 들으야 혀."

이순신이 진해루에 온 용건을 말하자마자 장수들이 무릎을 꿇고 일제히 큰절하듯 머리를 조아렸다. 이순신은 지체하지 않고 엄한 목소리로 천지신명에게 고하기 시작했다.

〈천지신명이여!
나라가 구분됨은 하늘이 정한 것이고
임금을 섬기는 나라가 수모와
치욕을 당하면 하늘도 분노하거늘
하물며 무위(武威)를 숭상하는 군인들로서
적이 돌입하여 지켜야 할 성지를 잃고
종묘와 사직은 의탁할 곳조차 없으며
어가(御駕)는 정처 없이 떠도는데
함선은 바다를 굳게 지키건만
피난 중인 임금님은 궁궐에서 나라를
다스리지 못한 채 시일만 지나가니
천지신명이여!
신하 된 자들은 창의(倡義)를 결의하였습니다.
하늘은 이를 어찌 외면하시겠습니까.
이제 예의를 갖추고 고제(告祭)를 올리오니

천지신명이여 받아 주옵소서.
용맹스러운 힘으로 임무를 완수하겠다는 뜻도
임금님께 올렸습니다만 왜군을 대적해
싸움에서 비록 온갖 힘을 동원해
가득한 충의로서 왜적을 쓸어 없앤다고 하더라도
천지신명이여!
산 자와 죽은 자의 정신과 영혼까지도
협력이 되게끔 하사
적의 세력을 꺾어 없애도록 하여 주옵소서.
칼을 휘두르는 적을 패망시키도록 도와주시옵소서.〉

출전 제문을 천지신명에게 고하는 동안 장수들 사이에서 꺼이꺼이 우는 소리가 났다. 모두가 머리를 마룻바닥에 닿을 듯 숙이고 있었기 때문에 누가 흐느끼는지 알 수 없었지만 충심과 비통함이 뒤섞이어 진해루의 공기는 바윗돌처럼 무거웠다. 잠시 후 이순신이 무겁게 입을 열어 소리쳤다.

"천지신명에게 고했으니께 인자 우덜은 승리허는 일만 남은겨! 낼 첫닭이 울 때 출전헐 것이니께 경상도 바다에 창궐헌 왜적을 쓸어 없애야 헐겨. 알겄는가!"

"예, 대장 나으리!"

이순신이 갑자기 의승장 의능을 불러냈다.

"의승장은 생사를 초월헌 대사(大師)니께 우덜 장수덜에게도 생사를 초월허는 길을 일러주오."

의능이 일어서서 흘러내린 가사를 어깨 뒤로 넘긴 뒤 장수들에게 합장했다. 장수들이 의능의 입을 주시했다. '생사를 초월하는 길'이라고 하니 모두 기대했다. 그런데 의능의 법문은 짧았다.

"소승의 법문을 귀로 듣지 않는다믄 다 이해헐 수 있지라. 으째서 생(生)과 사(死)가 같은지 말씸드려 보리다. 생은 사에서 나왔고, 사는 생에서 나온 것이지라. 그런께 생과 사는 같은 것이라고 허요. 생과 사가 다르다고 생각허니 사가 두려웁지라. 사를 받아들이믄 또 다른 생이 있는디 뭣이 두렵겄소. 대의를 위해 살았다믄 사가 조금도 두렵지 않을 것이지라.

또 으째서 우리가 칼을 들었는지 파사현정이란 말씸만 드리겄소. 삿된 것을 깨뜨리믄 바른 것이 나타난다는 것이 파사현정이지라. 소승은 왜적을 치는 것이 삿된 것을 깨뜨리는 일이라고 생각허요. 뿐만 아니라 나라에 은혜 갚는 일이기까지 헌디 어찌 물러설 수 있겄소? 소승이 대장 나으리 막하에 온 까닭은 바로 이런 생각 땜시 왔지라."

의능의 짧은 법문이 끝나자 장수들의 얼굴에 긴장의 빛이 역력한데도 안도감 같은 게 희미하게 감돌았다. 장수들이 어깨를 좌우로 흔들거나 주먹을 쥐었다가 폈다. 이순신이 다시 말했다.

"잠시 후 진해루 앞에서 황옥천을 참수헐겨. 참퇴장이 직접 황옥천의 목을 베어 간짓대에 높이 매달을겨."

"대장 나으리, 명허신 대로 허겄습니다요."

참퇴장 배응록이 나서서 대답했다. 이순신은 지시만 하고 바로 동헌으로 올라갔다. 그러나 대부분의 장수들은 진해루 성문 밖으로 나가 황옥천이 참수당하는 것을 보았다. 진해루 밖에는 화톳불이 활활 타고 있었다. 배응록이 데리고 온 군사 서너 명이 낮은 기둥에 황옥천의 손과 발을 묶었다. 그런 뒤 배응록에게 방금 숫돌에 칼날을 간 장검을 건넸다. 참퇴장 배응록은 칼을 휘두르는 데 능숙했다. 칼이 캄캄한 허공에서 번쩍, 하는가 싶었는데 황옥천의 잘린 머리가 데굴데굴 굴렀다. 군사 한 명이 잘린 황옥천의 머리를 들고 간짓대 끝에 묶었다. 새끼줄 같은 것은 필요 없었다. 상투를 풀어버린 황옥천의 머리카락만으로 충분했다.

전선을 타러 가는 수군 군사들이 황옥천의 잘린 머리를 보고는 퉤, 침을 뱉고 지나갔다. 성 밖에 사는 양민들까지 몰려와 돌멩이를 던지며 돌아갔다. 바닷바람이 조금 거세게 불자 간짓대 끝에 매단 황옥천의 머리가 흔들흔들 대롱거렸다.

경상도 출전

 첫닭 우는 소리가 좌수영 앞바다까지 들려왔다. 달도 없는 캄캄한 축시(丑時, 새벽 2시)였다. 판옥선 외판에 부딪치는 파도 소리만 찰싹찰싹 들릴 뿐이었다. 이윽고 중군선에서 화포 1발이 여수 밤바다의 적막을 찢었다. 동시에 흑대기가 올라갔다. 출진을 알리는 지자포 소리였다. 화포 소리에 정박해 있던 판옥선과 협선, 포작선의 수군들이 닻을 올렸다. 중군선에서 다시 지자포 2발을 쏜 뒤 남색기(藍色旗)를 세우고 둥둥둥 북을 치자 좌수영 함대는 일제히 움직였다. 그러자 대오를 알리는 나팔 소리가 길게 났다.
 항해 대오는 첨자진(尖字陣)이었다. 첨(尖, 小+大)자 형태로 대오를 지어 이동하는 것이 첨자진인데, 이는 중국 병서에도 나오지 않는 이순신이 창안한 대오였다. 소(小)와 대(大) 중에 소(小)에서 맨 앞은 경상도 물길을 잘 아는 중부장 어영담, 바로 뒤는 전부장 배흥립, 돌격장 이언량, 후부장 정운 순이었고, 대(大) 자에서 일(一)자의 왼쪽은 좌부장 신호, 오른쪽은 우부장 김득광이었다. 그리고 가운데 중군선의 중위장 방답첨사와 바로 뒤의 대장선의 이순신, 이어서 한후장 최대성과 유군장 나대용 및 참퇴장 배응록이 따르고 인(人)자 좌우로는 협선과 포작선이 두 줄로 뒤따랐다. 최대성은 자신이 탄 판옥선 수군 요수에게 지시했다.

"대장선 맨 왼쪽에 우리 전선이 있어야 헌께 돛을 돌리거라."

"예, 한후장님."

"글고 타공은 요수가 어처께 돛을 조정허는지 보고 키를 잡아야 헌다잉."

"훈련헐 때는 잘 되얐는디 으째 키가 그라그만요."

"긴장헌께 그라제."

"근디 적덜이 구신멩키로 댕긴다는디 참말일게라우?"

"적덜 배가 빠르기는 헌 모냥인디 우리 화포 사격에는 박살이 날 것이여."

옆에 있던 화포장이 말했다.

"한후장님, 지는 어젯밤 현몽을 했그만요."

"현몽이라믄 나헌테 팔드라고."

화포장 말에 포수가 끼어들자 최대성이 말했다.

"시방 우리는 적덜을 무찌를라고 가는디 그런 꿈이여?"

"반은 맞그만요."

"우리 전선 화포가 왜적을 오십 명쯤 죽인 거여?"

"아니요, 우리 전선 화포로 왜적선 한 척을 불태와부렀지라우. 긍께 왜적 백오십 명이 물구신 되야분 것이지라우."

화포장 현몽에 불안해하던 타공이 자신감을 되찾았다.

"아따, 참말로 현몽이요. 인자 적덜을 때려잡을 일만 남았그만잉."

최대성은 뒤따르고 있는 협선과 포작선들도 살폈다. 깃발을 들고 대

경상도 출전 227

오에서 이탈하지 않도록 흔들었다. 협선은 장수들에게 첩보를 전하거나 대장의 명을 수령할 때 요긴하게 이용했다. 배가 작고 빠르기 때문에 경쾌선(輕快船)이라고도 불렸다. 그리고 포작선은 정예수군이 아닌 토병들이 가지고 나온 어선으로 적에게 위세를 보여주기 위한 과시용 거룻배였다. 최대성은 기수에게 지시했다.

"백기를 흔들어부러. 가운데로 몰리지 않게 말여."

"돌산도를 돌아나옴서부터 서너 척이 자꼬 가운데 대장선 뒤로 가그만요."

"무서워서 그라겄제. 대장선 뒤쪽에 있는 유군장에게 말해놨는디 쪼깐 지다려봐."

유군장은 발포가장 나대용이었다. 나대용 역시 백기를 들고 뒤따르는 협선과 포작선들의 대오 유지를 위해 애를 쓰고 있었다. 최대성의 임무 중에 하나는 대장선 왼쪽에서 후미를 방어하는 것이었다. 좌측에서 적들이 매복하고 있다가 습격할 수 있기 때문이었.

첨자진으로 전라좌수영 수군 5천여 명이 이동하는 것은 결코 쉬운 일이 아니었다. 더구나 달이 없는 캄캄한 밤이었으므로 판옥선의 위치가 잘 가늠되지 않기 때문이었다. 별빛에 의지해서 대오를 짓는다는 것이 훈련 때와는 또 달랐다. 출진의 긴장감이 장수와 수군들 모두 극도로 팽배했던 것이다. 그러나 전라좌수영 함대가 여수를 벗어나 남해섬 평산포 앞바다에 이르렀을 무렵에는 각 장수들은 평상심을 되찾았고, 판옥선의 돛을 다루는 무상과 키를 잡은 타공들이 자신의 능력을 발휘하여 함대는 확실하게 첨자진 대오로 이동했다.

이순신은 자신이 탄 대장선으로 중위장 방답첨사와 중부장 어영담이 오자 장수들에게 전달하라고 몇 가지를 명했다.

"경상우수사를 만나기로 헌 곳이 당포니께 우덜도 그짝으로 가는 겨. 근디 한꺼번에 많은 수군이 이동허는 것은 위험혀. 그러니께 워쩌케 이동했으믄 좋겄는겨?"

경상도 물길을 환히 꿰고 있는 어영담에게 묻는 말이었다. 어영담은 사천현감으로 있으면서 수군들을 데리고 바다로 나가 청어잡이를 많이 한 까닭에 경상도 물길을 익혔던 것이다. 환갑 노인 어영담이 말했다.

"둘로 갈라질라믄 미조항이 좋을 낍니데이. 미조항부터 바다는 망망대해인기라. 그러니 둘로 나누어 여러 섬을 정탐하다가 고성 소비포에서 만나면 좋을 낍니데이."

"소비포 가는 길에 섬이 많은겨?"

"한 수군은 남해섬 오른쪽 해안, 창선도, 사량도 왼쪽 해안을 정탐하면서 북동진하다가 소비포로 가고, 또 한 수군은 당포를 향해 동진하다가 추도와 개이도를 살피고 사량도 오른쪽을 정탐하면서 북진하면 소비포가 나옵니더. 거그서 1박 하고 당포로 이동하면 안전하게 갈 수 있십니데이."

"경상도 바다 물길을 잘 아는 중부장이 있으니께 천군만마를 얻은 거 같으요."

"물길도 중요허지만 대장 나으리께서 강조하시는 정탐도 중요헙니데이. 허술하게 이동하다가 적에게 당하면 물길을 잘 안다 캐도 무신 소용이 있겠십니꺼?"

"중부장 말대루 정탐은 나의 중요한 전술 중에 하나요. 정탐은 시

간을 갖고 철저히 허되 공격은 전광석화처럼 허는 것이 나의 전술이
니께."

이순신은 즉시 수군을 둘로 나누었다. 자신은 북동진하는 물길을 택했고, 어영담에게는 개이도를 돌아 북진하는 물길을 택하게 했다.

"중위장은 즉시 각 장수덜에게 알릴겨."

"예, 대장 나으리."

이순신 함대는 곡포와 상주포 앞바다를 거쳐 미조항에 도착했다. 굳이 이동 속도를 내지 않고 남해섬의 여러 포구를 거친 것은 정탐 차원이었다. 미조항에 함대가 도착했을 때는 날이 훤해졌고 아침 해가 수평선 너머에서 떠오르고 있었다. 햇살이 난반사하는 바다는 온통 은빛으로 눈부시게 반짝거렸다. 미조항에서 이순신은 어영담의 조언을 받아들여 수군을 둘로 나누었다. 이순신이 지시했다.

"우척후장, 우부장, 중부장, 후부장 등은 오른편을 맡아 개이도를 돌아 사량도 오른쪽을 정탐허구 소비포로 와야 혀. 글구 왼편은 대장선허구 나머지 전선덜이 사량도 왼쪽과 창선도를 정탐허구 소비포루 갈겨."

이순신의 지시를 받은 전라좌수영 수군은 둘로 나뉘어 항해했다. 정탐하면서 이동하므로 속도는 느렸다. 한후장 최대성은 대장선 대열에 재편되어 소비포로 향했다. 파도는 잔잔했고 바람은 동쪽에서 불어오는 샛바람이었다.

그런데 창선도와 사량도 사이의 바다에서 앞서가던 좌척후장이 우는 화살, 효시(嚆矢)를 쏘아 올렸다. 대장선을 호위하고 가던 함대는 즉시 멈추었다.

"좌척후장이 신호를 보냈으니께 지달려라!"

"지가 접근해 볼랍니다요."

"한후장이 가차이 가볼겨?"

"예, 대장 나으리."

최대성이 탄 판옥선이 창선도 쪽으로 방향을 틀었다. 속도를 내서 다가가니 좌척후장이 탄 배가 보였다. 판옥선끼리는 기수가 깃발로 대화했다. 최대성은 좌척후장이 보내는 깃발을 보고 격군들에게 지시했다.

"심껏 저어라!"

"예, 한후장님."

"포수는 지시헐 때까지는 방포허지 마라."

"요수는 돛을 올리고 타공은 키를 잡아라."

드디어 중선들이 보였다. 그러나 왜선이 아니라 창선도 근해에서 고기를 잡는 배들이었다. 최대성은 첩보라도 얻고자 중선 가까이 접근했다. 늙은 어부가 최대성에게 고개를 숙였다.

"대장님, 고생이 많십니더."

"왜적덜이 나타날 것인디 위험허지 않소?"

"위험하지만 어캐 합니꺼. 청어 철이라 나왔다, 아입니꺼."

"왜적을 본 적이 있소?"

"아적 요짝에서는 못 봤십니더."

창선도에서 평생 어부로 살아온 늙은 어부의 말은 믿을 수 있었다. 그렇다면 왜수군은 남해섬까지는 침입하지 않은 것이 확실했다. 이순신은 대장선 장대에서 최대성을 기다리고 있었다. 최대성은 바로 대장선으로 가서 이순신에게 보고했다.

"대장 나으리, 왜적이 아니라 창선도 어부그만요. 근디 어부 말인즉슨 적덜을 이짝에서는 보지 못했다고 헙니다."

"다행이여. 이짝에 적이 있다구 헌다믄 우덜은 당포로 가는 것을 포기혀야 헐겨. 뒤에 적이 있는디 워쩌케 가남."

"소장 생각도 그러구만요."

"개이도 쪽으로 간 배덜 정탐은 워쩐댜?"

"우척후장, 물길을 잘 아는 중부장이 있은께 잘 가고 있겄지라우."

한편, 이순신의 예감대로 개이도 쪽으로 간 전라좌수영 수군들도 정찰을 요하는 사건을 만났다. 판옥선들이 개이도를 돌아 사량도 오른쪽으로 이동하고 있을 때였다. 사량도는 상도와 하도 두 개의 섬인데, 하도 해안에 사람들이 있다가 후부장 정운이 탄 판옥선을 보고서는 도망쳤다. 정운은 즉시 중부장 어영담과 상의했다.

"하도 해안에 사람덜이 우리를 보고 흩어져부렀소. 수상허그만요."

"하도는 공도(空島)가 된 지 오래된 기라. 근디 사람이 있다 카니 의심스럽데이."

"적덜 탐망군이 아닐게라우?"

"어부로 위장해 갖꼬 거그 있었는지도 모르겠데이."

성질이 급한 정운은 당장 하도를 수색 정찰하겠다고 말했다.

"중부장님, 지가 수군을 델꼬 갔다가 오겄습니다요."

"후부장이 간다 카니 안심이데이."

노장 어영담은 아홉 살 아래인 정운에게 하도(下島) 수색 정찰을 맡겼다. 정운은 즉시 협선 다섯 척을 하도 해안에 댔다. 그런 뒤 수군들을 좌우로 풀었다. 수군들의 작전은 금세 끝났다. 해안 갯바위에 있었던 사람들은 왜적이 아니라 보자기들이었던 것이다. 그래도 정운은 보자기 중에 나이 든 노인을 상대로 심문했다.

"공도에서 뭣하고 있소?"

"보다시피 우리덜은 해초를 뜯고 있었십니더."

"안전헌 뭍에 있어야지 왜적이 침입헌지 모르요?"

"바닷가도 다 주인이 있은께 사람이 살지 않은 이짝까지 왔지라."

"으쨌던 이짝은 위험헌께 전라도 쪽으로 가씨요."

"원래 지 고향도 전라도지라. 근디 떠돌아 댕기다본께 여그까지 왔그만요."

정운은 하도에서 지체할 수 없었다. 곧 소비포로 가서 대장선의 이순신을 만나야 했다. 정운은 수군들에게 그들을 놓아주라고 지시했다. 함대로 돌아와서 중부장 어영담에게 수색 정찰한 결과를 이야기하자 어영담이 말했다.

"숭년이 들어갖고 오갈 데가 읎으니께 보자기가 된 사람들이데이. 보자기 중에는 제주도 출신덜이 많데이."

어영담 쪽 수군들은 다시 돛을 올리고 격군들은 전력을 다해 노를 저었다. 왜적이 사량도 부근에 없는 것을 확인했으니 안심하고 소비포로 이동할 수 있었다. 그런데 대장선이 이끄는 수군들이 먼저 소비포에 도착했다. 소비포는 오목하게 들어간 제법 큰 포구였다. 전라좌수영 전선들이 정박하기에 충분했다.

창선도 쪽에서 석양이 기울고 있었다. 햇살이 떨어지는 바다는 황금

빛으로 변했다. 그러다가 하늘에 벌건 노을이 번지자, 바다 빛깔은 금세 검붉어졌다. 개이도를 돌아온 수군들은 그제야 소비포로 들어오고 있었다. 이순신은 참좌군관 송희립을 불렀다.

"장수덜을 대장선으루 집합시키게. 작전 회의를 헌 뒤에 소비포에서 1박 헐겨."

"예, 대장 나으리. 중위장에게 전허겄습니다요."

"신속허게 혀. 군사덜 모다 고단허니께 경계 수군을 내보내구 충분히 쉬어야 헐겨."

송희립은 대장의 명을 각 장수들에게 전하는 중위장에게 갔다. 중위장은 송희립의 말을 듣자마자 각 장수들에게 전령을 보냈다. 석양이 수평선 너머로 저버리자 바다는 바로 검푸른 빛으로 돌변했다. 정박한 판옥선들 사이사이로 파도가 철썩거렸다.

대장선에 장수들이 모인 시각은 어스름이 소비포를 덮고 난 뒤였다. 장수들이 중위장 전령의 말을 듣고서도 바로 모이지 못한 것은 수하의 수군들 상태를 점고해야 했기 때문이었다.

이순신은 대장선에 각 장수들이 다 모이자 격려부터 했다.

"한 사람도 낙오읎이 소비포까지 오느라구 애쓴겨. 천지신명이 우덜을 도운겨. 낼 목적지는 당포여. 경상우수사를 당포에서 만나기루 했으니께. 다행이 이짝 바다에는 적덜이 읎으니께 안심이여. 포구 초입에는 척후군사를 내보내구, 뭍에는 경계군사를 내보낸 뒤 오늘 밤은 푹 쉬어야 헐겨."

"우수사께서 오실께라우?"

"가배량에서 온다구 했으니께 믿어야지 워쩌겄남."

"경상우수영이 왜적에게 함락당했다고 허는디 과연 거그 겨실게라우?"

"부근에 있기루 했으니께 워디 숨어 있을겨."

"긍께 우수사는 왜적덜 허고 거그서 숨바꼭질 허고 겨시그만요."

"목심을 걸구 허구 있겄제. 조무래기 장난은 아니니께 말여."

어영담이 경상우수사 원균을 믿지 못하여 의심하자 이순신은 그래도 믿어보자고 달랬다. 경상우수영이 괴멸한 상태이므로 소속 장수들이 어딘가에 숨을 수밖에 없는 측면도 있었기 때문이었다.

"당포루 들어갈 때 대오는 첨자진이 아니라 척후장덜이 앞선 일자진(一字陣)이여. 이짝 바다는 적덜이 읎으니께 그래두 될겨."

"참말로 천우신조가 우리를 도와주고 있는 거 같습니데이. 적도 읎었고 물길도 좋았십니더."

중부장 어영담이 말했다.

"낼도 첫닭이 울 때 출진헐겨. 어서 돌아가 군사덜 밥 멕이구 쬐끔이라두 눈을 붙여."

"예, 대장 나으리."

이순신은 작전 회의를 짧게 했다. 휘하의 장수와 수군들에게 좀 더 많은 휴식을 주기 위해서였다.

폭풍전야

첫닭 우는 소리만큼은 경상도와 전라도가 똑같았다. 전라좌수영 함대는 소비포 앞바다에서 첫닭 우는 소리를 듣자마자 발선(發船)을 준비했다. 장수와 수군들은 이미 눈을 뜨고 있다가 각자의 정위치로 돌아왔다. 가장 먼저 움직인 판옥선은 좌척후장, 우척후장이 탄 판옥선이었다. 이어서 나머지 판옥선 22척과 협선 15척, 포작선 46척이 일자진 대오로 남진했다. 숯덩이 같은 어둠이 하늘과 바다를 덮고 있었으므로 전선들의 간격은 가능한 한 좁혔다. 앞서가는 전선을 놓치면 망망대해에서 낙오할 수 있기 때문이었다. 최대성은 일자진 끝에서 후방을 방어하며 유군장 나대용이 탄 배를 좇았다.

소비포 포구는 점점 멀어졌다. 포구의 불빛이 명멸하더니 그마저도 보이지 않았다. 냉기를 머금은 바닷바람은 차가웠지만 견딜 만했다. 꼭두새벽 밤바람이기는 했지만 바람결은 매섭지 않았다. 최대성은 위층부터 순찰을 돌았다. 화포들을 먼저 점고했다. 화포장과 포수들이 부동자세로 서서 최대성이 묻는 말에 답했다.

"졸리지 않는가?"

"예."

"화포는 잘 닦아놓았는가?"

"거울맹키로 반질반질 허그만요."

돛 줄을 다루는 요수에게도 물었다.

"돛은 이상 읎는가?"

"부실헌 돛 줄을 튼튼허게 해놓았어라우."

항해를 살피는 무상에게도 물었다.

"우리 전선이 시방 남진을 허고 있는가?"

"틀림없이 남진하고 있습니다요."

위층에 선 수군들을 점고한 뒤 아래층으로 내려갔다. 아래층에는 격군들이 노를 젓고 있었다. 격군장에게 물었다.

"부러진 노는 읎는가?"

"어젯밤에 부러진 노를 수리했그만요."

"아픈 사람은 읎는가?"

"예. 이상읎그만요."

아래층과 저판 사이는 창고와 수군들의 휴식하는 공간이었다. 창고를 관리하는 선직에게도 물었다.

"군량은 충분헌가?"

"보름치 군량이 있은께 걱정 읎어라우."

수군들 점고를 마친 최대성은 젊은 군관과 늙은 진무들을 불러 어제 이순신으로부터 받은 명을 전달했다.

"우리는 시방 경상우수사가 오기로 약속헌 당포로 가는디 대오는 일자진이여. 날이 샐 때까지 후방을 잘 정탐해야 써."

"예, 한후장님."

대장선에서 불빛이 서너 번 보였다가 꺼졌다. 판옥선들이 아무 이상 없이 미륵도 당포로 가고 있는 신호였다. 칠흑같이 껌껌한 밤에는 불빛으로 전선끼리 신호를 보내곤 했다. 최대성도 소나무 관솔에 불을 붙여 원을 그렸다. 후방도 잘 따라가고 있으니 안심하라는 신호였다.

척후장이나 무상들은 북극성을 보고 판옥선 함대를 목적지 방향으로 인도했다. 좌척후장 여도권관 김인영이나 우척후장 사도첨사 김완은 모두 공무로 바다를 오가곤 하면서 항해술을 익혔던 것이다. 어쨌든 항해술에 능하지 못하면 척후장을 맡을 수 없었다. 전라좌수영 함대가 방향을 잡고 가는 것도 척후장이 길잡이를 잘하고 있기 때문이었다.

먼동이 틀 무렵이었다. 우는 화살인 효시가 함대 쪽으로 날아왔다. 좌우 척후장들이 쏘아 올린 효시였다. 미륵도 당포 앞바다가 가까워졌다는 신호였다. 이순신은 당포로 들어가지 않고 바다에서 일자진을 유지한 채 판옥선들을 멈추게 했다.

"이동을 멈추어라!"

"협선을 보내 당포를 정탐혀!"

이순신은 탐망군관과 날쌘 수군을 뽑았다. 그런 뒤 협선에 오르는 탐망군관에게 지시했다.

"경상우수사가 있는가 봐."

"예, 대장 나오리."

"약속했으니께 있을겨."

"빨리 갔다가 오겠습니다요."

그런데 당포에서는 아무런 반응이 없었다. 전라좌수영 함대를 보고 경상우수사의 전령이나 수하 장수가 나올 줄 알았는데 무반응이었다. 불을 달고 날아가는 신기전을 허공에 쏘았지만 역시 당포는 조용했다. 이순신은 약간 실망하면서도 포구로 들어간 탐망군관의 보고를 기다렸다. 성미가 급한 후부장 정운이 이순신에게 다가와 말했다.

"포구가 텅 빈 거 같지 않는게라우?"

"나두 찜찜허기는 헌디 탐망군관을 지달려 봐유."

"만약 경상우수가 약속을 어긴다믄 지는 앞으로 우수사를 인정허지 않을라요."

"시방은 맘에 들지 않더래두 보태기를 헐 때여. 화살 한 개, 화포 하나가 아수우니께 말여."

탐망군관이 돌아와 이순신에게 보고했다.

"경상우수사님을 만나지 못했그만요."

"군사가 읎든가?"

"예, 늙은이덜만 굴껍데기멩키로 쪼그리고 앉아 있어라우."

"공문을 써줄 테니께 경쾌선으루 가배량을 댕겨와."

"예, 대장 나으리."

이순신은 즉석에서 '당포로 빨리 나오라'는 내용의 공문을 써서 탐망군관에게 주었다. 가배량은 경상우수영이 있었던 한산도 맞은편에 있는 포구였다. 경상우수사 원균은 부하 장수들과 함께 미륵도와 한산도, 거제도 어딘가에 숨어 은거하고 있음이 분명했다.

탐망군관은 영리했다. 바로 가배량으로 가지 않고 한산도로 들어가 수소문했다. 아무래도 한산도가 미륵도에서 가깝기 때문이었다. 그의 예감은 적중했다. 원균이 한산도에 숨어 있었던 것이다.

결국 원균은 다음날 진시(辰時, 오전 8시)에 판옥선 1척을 타고 당포로 왔다. 이순신은 실망했던 표정을 감추고 원균에게 자세히 물었다.

"원공, 적선 규모는 우덜허구 워쩌유?"

"종잡을 수 없소. 대여섯 척이 해안가를 다니기도 하고, 포구에 수십 척 함대가 몰려 있기도 하니까요."

"대여섯 척은 탐망선이구 수십 척은 함대겠지유."

"맞소이다. 탐망선이 출몰하면 반드시 그곳에 함대가 뒤따라 오지요."

"적선덜이 정박허구 있는 곳은 워디유?"

"가덕도 천성에 많은 적선들이 정박하고 있을 가능성이 크오."

"그곳에 정박허고 있는 이유가 뭣이유?"

"부산 등에서 지원군이나 물자 보급받기가 수월하니까 그런 듯 하오."

가덕도는 거제도와 부산진 사이에 있는 섬이었고, 천성은 가덕도 왼쪽에 있는 포구였다. 원균이 당포로 오고 난 뒤부터 경상우수영 장수들이 미륵도나 한산도 등에 숨어 있다가 하나 둘 나타났다. 남해현령 기효근, 미조항첨사 김승룡, 평산포권관 김축 등이 판옥선 1척에 함께 타고 왔고, 뒤이어 사량만호 이여념, 소비포권관 이영남이 협선을 타고 왔다. 뿐만 아니라 영등포만호 우치적, 지세포만호 한백록, 옥포만호 이운룡 등은 판옥선 2척을 가지고 뒤따라왔다. 이로써 경상우수영 장수들이 대부분 왔고, 판옥선 3척과 협선 1척이 보강된 셈이었다. 원균은 자신의 전력이 전라좌수영에 비해 비교할 수 없을 만큼 열세였으므로 부대장(副大長)처럼 입을 다물고 있었다. 총대장인 이순신은 전라좌수영, 경상우수영 장수들을 불러 모아놓고 지시했다.

"우수사 말씀은 적이 가덕도 천성에 있다고 보니께 여그서 지체헐 수 없다. 당장 그짝으로 가되 날이 저물면 가차운 포구에 정박헐겨."

옥포만호 이운룡이 말했다.

"거제도 옥포는 천성과 마주보고 있는 포구입니다. 그러니 옥포에도 적이 있을지 모릅니다."

"우덜이 가덕도로 가지만 거제도 해안을 철저허게 정탐헌 뒤 움직일겨. 그러니께 안심해도 될겨."

어영담이 물길을 말했다.

"천성으로 갈려면 한산도로 들어가지 말아야 됩니데이. 먼바다를 이용해 동진하다가 거제도에서 북진하면 될낍니더."

"제장수들은 광양현감이 말헌 물길을 이용헐 것이니께 숙지혀. 알겄는가!"

경상우수영 장수들은 기가 꺾인 탓에 입을 다문 채 눈만 껌벅거렸다. 이에 이순신이 말했다.

"경상우수영이나 전라좌수영 수군덜은 모다 한 나라 임금님을 섬기는 사람덜이여. 그러니께 이짝 저짝 따지지 말으야 혀. 적을 만나면 목심을 아끼지 말구 한몸으로 싸워야 혀. 알겄는가!"

"예, 대장 나으리."

이순신은 전라좌수영 장수와 경상우수영 장수들에게 재차 다짐받은 뒤 지시했다.

"함대는 가덕으루 가 싸울겨!"

장수들은 번개처럼 빠르게 자신의 위치로 돌아갔다. 이윽고 이순신 함대 중군선에서 화포 1발이 터졌다. 총대장이 발선을 명하는 신호였다. 중군선이 흑대기를 높이 올린 뒤 판옥선 뱃머리를 돌렸다. 그러자 모든 판옥선과 협선들이 일제히 돛을 펴고 뱃머리를 남쪽으로 돌렸다. 또 중군선에서 화포 2발을 쏘았다. 첨자진 대오를 갖추라는 신호였다. 이어서 기패관이 남색기(藍色旗)를 올리자 독전(督戰)의 북소리가 둥둥 둥 바다에 울려퍼졌다.

최대성이 탄 판옥선도 대장선을 뒤따랐다. 캄캄한 밤에 이동할 때와 달리 대장선에서 조금 거리를 두었다. 노를 젓는 격군들은 당포에서 충분하게 휴식을 취했기 때문에 힘이 넘쳤다. 화포장과 포수들도 사기가 솟구쳐 있었다. 최대성이 싸움을 앞두고서 전혀 불안해하지 않기 때문이었다. 최대성은 틈나는 대로 판옥선 위아래층을 오르내리면서 부하들을 격려하고 다녔다.

"아픈 데는 읎제?"

"예, 한후장님."

"심들믄 말해부러. 교대해 줄텐께."

"괴안찮습니다요."

오후에 발선한 함대는 멀리 가지는 못했다. 거제도 남쪽 포구인 송미포에 이르자 날이 저물어버렸다. 왜선이 출몰하는 바다에 들어왔으므로 더 이상 이동하는 것은 위험했다. 이순신은 송미포 앞바다에서 전선들을 정박시키라는 명을 내렸다. 포구로 깊숙이 들어가지 않는 것은 적의 기습공격을 대비하기 위해서였다. 이것도 이순신의 전술 중 하나였다. 포구에 정박한 상태에서는 판옥선의 장점인 화포 공격을 최대한 끌어올리기가 어렵기 때문이었다.

"군사덜은 경계를 잘 서구 장수덜은 순찰에 심쓸겨."
"예, 영념허겄습니다요!"

최대성은 젊은 군관들과 조를 짜서 밤새 순찰을 돌았다. 그런데 어젯밤 당포 앞바다에서처럼 잠깐잠깐 토막잠도 자지 못했다. 갑자기 노환을 앓고 있는 아버지 최한손이 자꾸 생각나서였다.

'두리동 성이 잘 모시고 있겄제. 근디 성도 인자 오십대 초로의 나이가 되부렀네. 그래도 아버님은 잘 모시겄제잉. 갑술이 성은 마름일 잘 보고 있을라나. 두리동 성이 옆에 있은께 잘 헐 거여.'

최대성은 전라좌수영으로 떠나기 전 아버지 최한손의 말을 잊지 못했다. 아버지가 "대장부 덕목 중에 젤로 중헌 것은 진퇴를 아는 것이여. 나아갈 때 나아가고, 물러설 때 물러서는 것을 아는 사람이 대장부란 말이여. 알겄냐?"라고 했던 것이다. 최대성에게 용기를 주는 말이었던 바, 선산에 올라가 증조부 진사 최윤지, 조부 도사 최계전, 어머니 광주 이씨 유택 앞에 엎드려 큰절을 올리며 지금이야말로 전라좌수영으로 나아갈 때라고 결심했던 것이다.

이제는 싸움터로 나아갈 때가 다가오고 있었다. 최대성은 잠자리에서 뒤척거리다가 벌떡 일어나 갑옷으로 갈아입었다. 전복(戰服) 차림으로 뱃머리 쪽으로 나서자, 순찰을 돌던 젊은 군관이 말했다.

"한후장님, 쪼깐이라도 눈을 붙이시지라우."
"저 반달을 보시게."
"예?"
"저 달은 우리가 목심을 아끼지 않고 싸우다가 물구신이 되드라도 우리들의 충의를 다 기억해 줄 것이네."

 최대성의 비장한 말에 젊은 군관이 놀란 듯 반걸음 뒤로 물러섰다.

 "놀랄 것 읎네. 인자 우리가 싸움터에 나아갈 때라는 생각이 들어서 헌 말이네."

 "한후장님께서 갑자기 물구신 말씸을 허신께 놀랐그만요. 저는 반다시 이기는 싸움을 헐 것인께 죽지 않을 것입니다요."

 "사즉생이란 말이 있네. 죽기로 허고 싸우면 죽지 않겄제. 허나 인명재천인디 누가 자기 운명을 알겄는가."

 "으쨌든 지는 사즉생으로 싸우겄습니다요."

 "고맙네. 내 부하라는 것이 자랑스럽네."

 "지만 그란 것이 아니어라우. 우리 배에 타고 있는 수군덜 모다 한후장님을 따른당께요."

 "군관 말을 들으니 이미 우리는 적덜을 이긴 것이나 다름읎네. 얼릉 가서 한숨 붙이시게."

 "한후장님께서 들어가시지 않으믄 지도 여그 있을랍니다요."

 최대성은 가슴이 뭉클하여 하마터면 눈물을 보일 뻔했다. 본영에서 출진하여 처음으로 느껴보는 전우애였다. 최대성은 아래층으로 군관을 따라가는 척하다 다시 갑판으로 올라와 화포장 진무에게 다가갔다.

 "인자 싸울 때는 화약을 애끼지 말고 원대로 써."

 "훈련 때 화약을 애끼니라고 쓰지 못했지만 싸울 때는 겁나게 써불랍니다요."

 "그라게."

 "화약은 적덜을 잡으라고 있제 다른 목적이 있간디요."

"화포장 진무 말이 맞네."

최대성은 부하들에게 전의를 고취시키려고 순찰하는 동안 자신도 그것이 끓어오르는 걸 실감했다.

'아, 드디어 때가 오고 있구나!'

대장선 전령이 협선을 타고 와서 이순신의 명을 전했다. 가덕도가 가까워지고 있으니 판옥선의 이동 속도를 늦추라는 명이었다. 이순신 함대와 원균의 작은 함대는 먼바다로 나와 속도를 늦추면서 뱃머리를 돌렸다. 다시 거제도 해안 가까이 붙어 정탐하면서 북진하기 위해서였다. 거제도와 가덕도 사이의 바다는 폭풍전야 같은 긴장감이 감돌았다. 그러나 이순신 함대 장수들과 수군들의 왜적에 대한 적의(敵意)는 점점 더 끓어올랐다.

옥포해전

이순신 함대는 새벽에 일제히 발선(發船)을 했다. 뱃머리의 방향은 가덕도 천성 쪽이었다. 거제도 동쪽 앞바다를 정탐하면서 첨자진 대오로 북동진했다. 그런데 지금까지 거쳐온 바다와 달리 거제도와 가덕도 밑의 큰 바다는 파고가 높았다. 그러나 이순신 함대의 판옥선은 높은 파도에 강했고 조류는 정조 시간대였다.

정오 무렵이었다. 거제도 동쪽 해안 앞바다에서 가덕도 천성 쪽으로 뱃머리를 돌리기 전이었다. 우척후장 김완과 좌척후장 김인영이 동시에 신기전을 쏘아 올렸다. 신기전은 꼬리에 연기를 물고 하늘로 날아올랐다가는 바다에 떨어졌다. 신기전을 동시에 쏜 것은 왜선이 있다는 신호였다. 이순신 함대는 이동을 멈추었다. 아직 가덕도는 멀었으므로 왜선은 거제도 옥포에 있을 것 같았다. 이순신은 대장선에 모인 장수들에게 지시했다.

"함부로 행동허지 말구 거동은 신중하기를 태산같이 헐겨!"

이는 이순신이 평소에 외우고 있었던 《손자병법》의 '군쟁' 편을 떠올리면서 한 지시였다.

'전투는 적을 속임으로써 성립하고, 이로운 방향을 쫓아 행동한다. 병력을 분산하기도 하고, 합하기도 하여 변화 있게 대응한다. 그러므로 그 행동은 빠를 때는 마치 바람[風]과도 같고, 느릴 때는 숲[林]과 같이 고요하고, 쳐들어갈 때는 불[火]과 같이 맹렬하고, 움직이지 않을 때는 산[山]과 같고, 그 행동[動靜]은 어둠 속에서처럼 알지 못하게 하고, 움직일 때는 우레와 번개처럼 한다.'

장수들 가운데는 성질이 급한 몇몇이 있었다. 후부장 정운이나 우척후장 김완은 행동은 기민하지만 급한 것이 흠이었고, 포수나 사부들도 마찬가지였다. 겁이 나거나 흥분하여 지시보다 먼저 포를 쏘거나 화살을 당기면 전투를 그르칠 수 있었다. 그래서 이순신은 다혈질인 장수들에게 '거동을 절제하라'고 당부했다. 그뿐만 아니라 화포장에게는 미리 화약과 탄환을, 사부들에게는 화살을 나누어 주지 않았다. 그러나 이제는 전투 직전이었다. 왜선 50여 척이 옥포 선창에 정박해 있는 상황이었다. 이순신은 화포장과 사부들에게 포환과 화약, 화살을 신속하게 지급했다. 이순신이 경상우수사 원균에게 물었다.

"원공, 적덜이 가덕 천성에 있지 않구 옥포에 있는 것 같슈."

"옥포에 노략질하러 온 것 같소."

분탕질하는 연기가 옥포의 뒷산을 덮고 있었다. 옆에 있던 중부장 어영담이 말했다.

"분탕질할라꼬 왔다가 파도가 높아 미처 천성으로 돌아가지 못하고 있는기 아닌지 모르겠십니데이."

"워쨌든 승운은 우덜에게 있소. 적덜은 독 안에 든 쥐나 다름읎으니께."

 이순신 함대는 옥포 앞바다 가운데를 첨자진 대오로 들어가다가 옥포 선창이 좀 더 가까워지자 판옥선들을 2열 횡대로 배치했다. 협선과 포작선들은 후방에서 왜선들의 퇴로를 막았다. 아직까지 왜적들은 옥포 선창에서 분탕질하느라고 정신이 없었다. 왜선들은 눈이 어지러울 만큼 온갖 치장을 하고 있었다. 대선인 안택선은 채색 문양들을 난잡하게 그린 휘장을 사면에 두르고 있었으며, 갑판에 세운 대나무 장대들에는 여러 가지 모양의 깃발들이 바람에 펄럭거렸다. 위세를 과시하는 치장임이 분명했다. 한후장 최대성이 화포장 진무에게 말했다.

 "또랑물이 원래 시끄러운 벱이여."

 "한 발 쏴불께라우?"

 "아따, 큰일 날 소리 허네. 대장 나으리 명이 떨어지믄 쏘아부러."

 "왜놈덜이 약올린께 그라지라우."

 "쪼깐 지달려. 겁나게 쏴불드라고잉."

 2열 판옥선 뒤에는 중군선과 대장선이 있었다. 드디어 옥포 선창에 정박한 왜선이 2백 보 이내로 들어오자 대장선에서 화포 1발 소리가 났다. 화포 공격하라는 명이었다. 이에 장수들이 소리쳤다.

 "방포하라!"

 기수들은 공격 개시를 알리는 남색기와 백색기를 세웠다. 뒤이어 또 다른 기수들이 황색기와 흑색기를 좌우로 흔들었고 동시에 독전의 북이 둥둥둥 울렸다. 순식간에 화포의 포환이 왜선으로 날아갔다. 왜선 한 척이 금세 불붙어 연기를 피워올렸다.

 "한 척 명중이요!"

그때부터 왜수군들은 허둥지둥 어찌할 바를 모르고 왜선을 타고 급하게 노를 저었다. 판옥선이 버티는 중앙으로는 나오지 못하고 선창 양쪽 기슭으로 도망쳤다. 왜수군들이 지르는 아우성과 괴성이 판옥선까지 들려왔다. 그런데도 왜선 6척은 선봉대인 듯 이순신 함대를 향해 돌진해 왔다. 그러자 이순신은 큰소리로 장수들에게 명했다.

"물러서지 말구 일심분발(一心憤發)헐겨!"

"예, 대장 나으리!"

최대성도 부하들에게 소리쳤다.

"맨 앞에 오는 배를 몬자 쏘아부러!"

"왜놈덜이 시방 발악허그만요."

"맞어. 도망칠 데가 읎은께 저로코름 발광허는 것이여."

"괭이헌테 쥐새끼가 달라드는 꼴이그만요."

최대성은 부하들이 긴장하지 않고 있다는 것을 느꼈다. 화포 공격이 더 위력을 발휘했다. 사부들이 화살을 소나기처럼 날리고, 포수들이 화포를 벼락 치듯 쏘았다. 처음에는 왜적들도 조총과 활을 쏘다가 점차 지쳐가는지 공격을 포기했다. 배 안에 있는 물건들을 바다에 던졌다. 그런 뒤 바다에 뛰어내려 죽기 살기로 헤엄쳐서 갯바위로 기어올랐다. 그러나 포환이나 화살을 맞고 죽은 왜군의 시신이 훨씬 더 많았다.

6척이 모두 불에 타 바다에 가라앉고 나자, 이순신 함대는 잔불을 정리하듯 옥포 선창에 있는 왜선들까지 화포 공격을 멈추지 않았다. 1열 판옥선의 포신이 뜨거워지면 2열 판옥선이 앞으로 나와 화포 공격을 했다. 함포 사격이나 다름없었다. 불꽃과 연기가 거제도 하늘을 뒤덮었고, 옥포 바다는 왜군의 피로 벌겋게 물들었다. 결국 왜군은 배를 버리고 선창 뒷산으로 도망쳤다.

 이에 이순신은 최대성에게 담력이 세고 활을 잘 쏘는 사부들을 뽑아 오라고 지시했다. 산으로 도망친 왜수군을 추포하기 위해서였다. 바로 최대성과 사부들은 거제도에 내려 산으로 도망친 왜수군을 쫓아갔다. 그러나 전과는 미미했다. 오히려 최대성이 왜군의 조총에 부상당하고 말았다. 옥포만호 이운룡이 거제도 사정을 이순신에게 말했다.

 "거제도는 산이 험준하고 수목이 울창하여 왜적을 찾기가 쉽지 않십니더."

 또 다른 장수도 도망친 왜군의 추포를 걱정했다.

 "방금 적의 소굴에 들어와 있는데 우리 전선에 사부가 없으면 혹 뒤로 포위될 염려가 있습니다."

 이순신은 장수들의 걱정을 받아들였다. 날이 저물기 전에 거제도 영등포 앞바다로 퇴각하여 수군들에게 물을 긷고 땔나무를 베게 하여 저녁을 준비하라고 지시했다. 옥포 전투는 완벽한 승리였다.

 영등포로 퇴각하면서 이순신은 장수들에게 전과를 보고 받았다. 아군의 전사자는 단 한 명도 없었고, 첫 해전의 전과는 기대 이상이었다. 좌부장 신호는 안택선인 왜대선(안택선) 1척을 부수었고 머리 1급을 베었다. 그리고 왜선 안에서 가져온 칼. 갑옷, 의관들은 모두 왜장의 것인 듯했다. 우부장 김득광도 왜대선 1척을 불태웠고 우리나라 포로 1명을 산 채로 구했다. 전부장 배흥립은 왜대선 2척을, 중부장 어영담은 왜중선(倭中船, 關船) 2척과 소선(小船) 1척을, 사도진 군관 이춘은 왜중선 1척을, 후부장 정운은 왜중선 2척을, 좌척후장 김인영은 왜중선 1척을 쳐부수고 불살랐다. 또 순천대장(代將) 유섭은 왜대선 1척을 쳐부수고 소녀 1명을 산 채로 구했으며, 한후장 최대성은 왜대선 1척을, 참퇴장 배응록은 왜대선 1척을, 돌격장 이언량은 왜대선 1척을, 군관 변존서와 김효성 등은 힘을 합하여 왜대선 1척을 각각 분멸시켰다.

경상우수사 부하들도 전과를 올렸다. 여러 장수가 왜선 5척을 쳐부수고 포로 1명을 산 채로 구했다. 결과적으로 화포로 쏘아 쳐부수고 불태운 왜선은 모두 26척이나 되었다. 정박했던 왜선 50여 척 중에 절반을 분멸(焚滅)시켜버린 전과였다.

그런데 신시(申時, 오후 4시)쯤 좌척후장 김인영이 대장선으로 다가왔다. 좌척후장 김인영은 지난 2월의 여도진 순시 점고에서 흠이 없었으며, 활쏘기와 담력이 뛰어나 이순신은 그를 믿고 중용해 왔던 것이다. 김인영이 급하게 보고했다.

"대장 나으리, 멀지 않은 바다에서 왜선 5척을 발견했습니다."

"영등포에서 편히 1박 할려믄 왜선을 잡으야 혀."

"영등포 1박은 왜선 5척을 쳐부수고 난 뒤에 결정하셔도 됩니다."

"좌척후장 말을 따를겨."

이순신 함대는 영등포에서 정박하려던 계획을 바꾸어 척후장을 따라 올라갔다. 과연 웅천땅 합포 앞바다에 왜선 5척이 머물고 있었다. 그런데 왜선 5척의 왜수군들은 거대한 이순신 함대를 보자마자 합포 선창으로 물러나더니 배를 버리고 뭍으로 올라가 버렸다. 해전은 싱겁게 끝나버렸다. 우척후장 김완이 왜대선 1척을, 중위장 방답첨사가 왜대선 1척을, 중부장 어영담이 왜대선 1척을, 방답진에서 귀양살이하던 전 첨사 이응화가 왜소선 1척을, 변존서와 송희립 및 김효성과 이설 등이 힘을 합쳐 왜대선 1척을 불태워버렸다.

최대성은 옥포해전과 달리 합포해전은 왜수군이 적수가 되지 못하였으므로 후방을 방어하는 데다 부상당한 상태라서 전과를 올리지 못했다. 젊은 군관이 투덜거렸다.

"한후장님, 싸우러 왔는디 시방 요로코름 후방 방어나 허고 있은께 쪼깐 거시기헙니다요."

"전공을 세우는 것도 중허지만 적을 방어허는 임무도 우리 수군을 보호허는 일인께 중헌 것이여."

"오늘 싸우는 것은 누워서 떡 묵기보다 쉬운 싸움이었당께요. 화포로 공격만 허든 전과를 올리는 싸움인디 참말로 아숩그만요."

"앞으로도 기회는 많을 것이여. 긍께 너무 실망허지 말드라고잉."

"대장선 앞에 있는 전선덜이 전과를 올린 것은 사실인께라우."

최대성이 화제를 돌렸다.

"아따, 한바탕 허고 난께 별이 떠부렀네. 쩌그 좀 봐. 오늘은 북극성이 겁나게 밝아부러."

"구름이 읎응께 그라지라우. 낼도 날씨가 좋을 모냥이그만요."

어느새 해시였다. 그러나 이순신 함대는 합포에서 1박 할 수는 없었다. 왜수군들이 뭍으로 올라가 산개해 있기 때문이었다. 이순신 함대는 합포 바다 어귀까지 내려와 영등포와 대각선으로 마주하는 창원땅 남포 앞바다에서 정박했다.

다음날, 이른 아침이었다.

이순신은 '진해땅 고리량에 왜선이 정박하고 있다'는 보고를 받았다. 이순신 함대는 곧 첨자진 대오로 천천히 서진했다. 섬들이 많은 곳이므로 수색하면서 이동했다. 항해 속도는 느릴 수밖에 없었다. 사시쯤 저도를 막 지났을 때였다. 고성땅 적진포에 왜선들이 있다며 척후장이 보고했다. 이순신은 첨자진을 적진포 바다 어귀에서 옥포해전처럼 공격 대오인 2열 횡대로 바꾸었다. 과연 적진포 앞바다에는 왜선 13척이 있었고, 왜수군들은 적진포에 들어가 민가를 약탈하고 있었다. 적진포 해전도 합포와 비슷하게 시작했다. 배에서 내린 왜수군들이 적진포 민가들을 분탕질하는 중이었으므로 정작 왜선은 텅 비어 있다시피 했던 것이다. 이순신 함대는 화포 공격과 화살 공격을 일제히 했다.

"방포하라!"

"불화살을 쏘아라!"

왜선들은 저항 한 번 해보지 못한 채 불타다가 가라앉았다. 뭍으로 내려간 왜수군들은 이순신 함대의 화력에 겁을 먹고 산으로 도망쳤다. 이로써 옥포, 합포, 적진포까지 세 번째 전투 모두 아군의 완벽한 승리였다. 적진포 해전도 아군의 사상자는 단 한 명도 없었고 전과는 컸다.

좌부장 신호는 순천대장 유섭과 협력하여 왜대선 1척을, 급제 박영남과 보인(保人) 김봉수가 왜대선 1척을, 우부장 김득광이 왜대선 1척을, 중위장 방답첨사가 왜대선 1척을, 좌척후장 김완이 왜대선 1척을, 후부장 정운이 왜대선 1척을, 귀양살이하던 전 봉사 주몽령이 왜중선 1척을, 전 봉사 이설과 송희립이 협력하여 왜대선 2척을, 군관 정로위(定虜衛) 이봉수가 왜대선 1척을, 군관 별시위(別侍衛) 송한련이 왜중선 1척을 쳐부수고 불태웠다.

적진포에서도 최대성이 탄 판옥선은 전과를 내지 못했다. 후방을 방어하는 임무에 충실했기 때문이었다. 적진포해전이 끝나고 늦은 아침을 먹는데 최대성은 한두 숟갈 뜨고 말았다. 부상 부위의 통증 탓만은 아니었다. 적진포 근처에 사는 이신동을 수군들이 포작선에 태우고 왔기 때문이었다. 수군이 산정에서 울부짖으며 아기를 업고 내려와 데려왔다고 보고했다. 최대성은 즉시 이신동을 데리고 대장선으로 갔다. 장수들도 대장선으로 건너왔다. 이순신 역시 늦은 아침을 먹은 뒤 쉬고 있던 참이었다.

"대장 나으리. 수군들이 포작선에 태우고 와서 일단 나으리께 데리고 왔그만요."

이순신이 이신동에게 물었다.

"워디 사는 누군겨?"

"적진포에 사는 이신동입니더."

"왜적덜 행동을 직접 보았겠구먼."

"예."

"적도덜 행동이 워쨌어?"

"왜적덜이 어저께 포구로 와갖꼬 여염집에서 빼앗은 재물을 우마로 싣고 가더니 배에 실었십니더. 초저녁에 배를 바다 가운데 띄워 놓고 소를 잡아 술 마시며 노래하고 피리까지 불면서 날이 새도록 그치지 않았십니더. 오늘 아침에는 적덜 반은 배에 남고 반은 뭍으로 내려와서 고성으로 갔십니더. 소인의 노모와 처자는 적을 보자마자 서로 헤어져 간 곳을 알지 못합니더."

이신동이 눈물을 흘리며 말하자 이순신이 말했다.

"여그 있다가는 적의 포로가 될겨. 그러니께 수군이 되어 배를 타는 것이 좋을겨."

"아닙니더 지는 노모와 처자를 꼭 찾고 말낍니더."

이신동의 말을 듣고 있던 장수들이 왜적의 분탕질에 모두 분개했다. 좌부장 신호와 후부장 정운이 특히 더했다.

"대장 나으리, 천성, 가덕, 부산으로 가서 적을 섬멸해불지라우."

그러나 중부장 어영담이 반대했다.

"적선이 정박하고 있는 곳들은 지세가 좁고 얕아서 판옥선과 같은 대선으로는 싸우기가 억수로 에러울 낍니데이."

최대성도 어영담의 반대 입장에 공감했다.

"이억기 수사께서 미처 달려오지 않은 상황에서 홀로 적중(敵中)으로 진격허기에는 세력이 외로운께 신중허게 대처허는 것이 으쩌겠습니까요."

원균의 부하 장수도 한마디 했다.

"원 수사님하고 계획을 논의하고 별도의 기묘한 전략을 짜내어 나라의 치욕을 씻기를 바랍니다요."

그런데 그때였다. 전라도 도사 최철견의 통첩이 이순신에게 전해졌다. 뜻밖이었다. 전라감영의 군관이 최철견 도사의 통첩을 적진포까지 가지고 오리라고는 상상도 못했기 때문이었다. 통첩의 내용은 더 놀라웠다. 선조의 대가(大駕)가 관서(關西)로 옮아갔다는 내용이었던 것이다.

순간, 이순신과 장수들은 서로 붙들고 통곡했다. 정오가 되어서야 이순신은 어쩔 수 없이 본영으로 귀진(歸陣)을 명했다.

부모 생각

본영으로 복귀한 전라좌수영 수군들의 사기는 한껏 충천했다. 수군들은 틈만 나면 삼삼오오 모여서 왜적을 무찌른 무용담을 즐겼다. 사상자 한 명 없이 왜군과 세 번을 싸워서 모두 이겼으니 그럴 만도 했다. 이순신은 조정에 옥포 승첩장계를 써 올린 뒤 수하 장수와 군사들에게 달콤한 휴식을 주었다. 마침 새벽부터 비가 오는 날이어서 활쏘기 등 훈련을 중지시키고 출전 중에 금지했던 막걸리도 마시게 했다.

이순신은 동헌에 모인 장수들에게도 격려의 말을 아끼지 않았다.

"장수덜 덕분에 옥포에서만 적선 스물여섯 척을 불태우구, 특히 포로가 될 뻔헌 우리 양민 세 명을 구헌 것은 장헌 일인겨. 양민이 우덜 친척이라구 생각허믄 다행스럽지 않은감."

후부장 녹도만호 정운이 말했다.

"왜적덜이야 죄를 진 놈덜인께 천벌을 받아도 싸지만 양민 세 명을 구헌 일은 참말로 잘헌 일이지라우."

좌척후장 여도권관 김인영이 어깨를 으쓱하며 말했다.

"정 만호님 말씀대로 천벌을 받아야지라우, 근디 스물 여섯 척에 탄 왜놈덜은 모다 물구신이 됐겄지라우?"

"배에서 뛰어내려 도망친 놈도 있지만 물구신 된 놈덜이 훨씬 더 많 겄제잉."

"오메, 옥포 바다에는 갑재기 물구신덜이 바글바글허겄그만요."

산학에 밝은 군관 이봉수가 말했다.

"적선 한 척에 백 명만 잡아도 물귀신 된 적들이 이천 명은 될 것 같습니다."

"합포하고 적진포까지 합치믄 물구신 삼천 명이 넘겠십니다. 하하하."

우척후장 사도첨사 김완이 큰소리로 웃었다. 이순신도 따라 웃으며 고개를 크게 끄덕였다.

"근디 중부장은 워째 안 보이남?"

"고뿔이 심해 누워 있다고 합니다."

"푹 쉬면 나을겨. 환갑 노인이 메칠 간 밤낮으루 참모노릇 허느라구 고상을 많이 헌겨."

"대장 나으리, 유군장도 보이지 않십니다. 무시 일이 있십니꺼?"

"그려. 다음 출전 때는 거북선을 가지구 나갈겨. 그러니께 선소에서 대기허라구 했어."

전부장 흥양현감 배흥립의 말에 이순신이 거북선 출전 계획을 밝혔다. 이에 1차 출전에서 거북선 없이 돌격장을 맡았던 군관 이언량이 말했다.

"대장 나으리, 1차 출전 때부터 거북선이 나갔다 카몬 왜놈덜이 마 정신줄을 놨을 낍니더."

"이 군관, 1차 때는 일부러 안 가지고 나간겨. 왜적덜헌테 비밀 병선으루 남겼다가 2차 때부터 적덜 사기를 꺾어불 계획인겨."

이순신의 말은 나대용을 제외한 어떤 군관에게도 밝히지 않은 비밀이었다. 1차 출전 때부터 비밀 병선 거북선이 등장한다면 왜수군에게 차후 방어책을 마련할 여지를 줄 것이고, 판옥선만으로도 대적이 가능한지 시험하고 싶었던 것이다. 또한 2차 출전부터 왜수군들이 보지 못했던 거북선이 출현하면 그들은 그 자체만으로도 혼비백산하여 전의를 상실할지도 몰랐다. 이순신은 바로 그 점을 노리고 1차 출전 때 거북선을 함대에 포함시키지 않았던 것이다.

후부장 정운이 말했다.

"1차전에서 판옥선만으로도 승리했은께 2차전에서는 대장 나으리 말씸대로 애껴둔 거북선으로 적덜 사기를 완전히 꺾어부러야겠지라. 하하하."

1차 출전의 승전으로 자신감을 얻은 장수들이 정운의 큰소리에 모두 따라서 크게 웃었다. 화기애애한 장수 회의였다. 웃지 않은 장수는 옥포해전 중 거제도 산으로 도망치는 왜적을 추격하다가 조총의 탄환에 부상당한 최대성뿐이었다. 이순신이 눈치를 채고 장수 회의가 끝난 뒤 최대성만 동헌방에 남게 했다.

"한후장은 근심거리가 있는겨?"

"대장 나으리, 지가 고로코름 보이신게라우?"

"우덜이 웃고 있는디 한후장만 입을 다물고만 있드라니께. 거제에서 적을 쫓다가 부상당해서 그려? 적을 가볍게 여기구 용맹이 넘치는 것두 위태로울 수 있는겨. 내가 볼 때는 한후장은 참모가 맞어. 다음 출전 때는 참모를 맡길겨."

"사실은 노환 중인 부모님을 걱정허고 있습니다요."
"고충이 있으믄 털어놔야 허는겨. 나두 아산에 겨시는 어머님 소식이 궁금혀. 낼이라두 나장을 보낼겨."
"지는 전시라 움직일 수 읎고, 성 밖 양민에게 부탁해보겠습니다요."
"그려. 얼릉 찾아봐."

동헌을 나온 최대성은 도롱이를 걸치고 서문 밖으로 나갔다. 이순신도 자신과 마찬가지로 부모를 생각하고 있다니 망설일 이유가 없었다. 서문 수문장이 최대성에게 소리쳤다.

"으디 가시오?"
"여그 마실 쪼깜 댕겨옴세."
"비나 그치믄 가시제 그랴요?"
"죙일 싸목싸목 내릴 비 같네."

빗방울은 가랑비보다 더 굵었다. 장대비가 아닌 게 다행이었다. 그러나 마파람 때문에 빗방울이 삿갓 밑으로 들어와 얼굴에 달라붙었다. 최대성은 주먹으로 빗물을 훔치며 서문 밖의 첫 마을로 들어갔다. 성 밖의 마을사람이라고 해야 모두 늙은이들 뿐이었다. 사지가 멀쩡한 장정들은 이미 전라좌수영에 차출되었으므로 마을에는 절름발이나 외팔이들만 남아 있었다. 늙은이들은 최대성을 보고도 모른 척했다. 방문을 빼꼼히 열었다가는 슬그머니 닫아버렸다. 최대성이 한 오두막에서 큰소리로 인기척을 냈다.

"노인장 겨신게라우?"
"……"
"노인장 겨시요!"

부모 생각

그제야 얼굴에 잔주름이 자글자글한 노파가 방문을 열었다.

"무신 일인게라우?"

"부탁헐 일이 있어서 왔그만요."

"우리 영감은 아퍼서 누워 있어라우. 아들놈은 수군이 됐고라."

"알겄그만요."

최대성은 마을을 한 바퀴 돌고 나서 포기했다. 도롱이 속으로 파고든 빗물에 겉옷과 속옷이 다 젖어버렸다. 이제는 더 이상 다른 마을까지 가서 돌아다닐 엄두가 나지 않았다. 서문으로 다시 들어서자, 수문장이 달려나와 기름종이를 건네주었다.

"군관님, 지름종우때기를 뒤집어쓰시지라우."

"고맙네."

그때 순찰을 돌던 이봉수가 다가왔다.

"최 군관님. 무슨 일인가요?"

최대성은 이봉수에게 서문 밖 마을에 간 일을 간단하게 말했다. 그러자 이봉수가 말했다.

"제가 재빨리 다녀오면 좋겠습니다만 전시라 함부로 움직일 수도 없고 난처합니다요."

"사또께서 보성에 댕겨오라고 허는디 전시라 그럴 수는 읎네. 그래서 댕겨올 사람을 찾고 있는 것이네."

"허 참, 저라면 다녀왔겠습니다. 제가 사또께 다시 말씀드려보겠습니다. 보성이라면 하루면 오갈 수 있는 거리가 아닙니까?"

"쓰잘때기읎는 소리 말게. 전시에 장수가 어쩌께 진영을 이탈헌단 말인가? 부하덜이 나를 보믄 뭐라고 허겄는가? 그런 장수헌테서 뭣을 배우겄는가 말이네."

"어쨌든 사또께 여쭙고 오겠습니다."

이봉수도 고집이 만만찮았다. 그가 고집을 피우는 데는 이유가 있었다. 장마가 온다면 2차 출전은 늦출 수밖에 없을 것이고, 그렇다면 그 사이에 충분히 다녀올 수 있기 때문이었다.

"최 군관님, 장마가 오면 2차 출전은 늦어질 수밖에 없을 것 같습니다."

"이 군관, 비 온다고 싸움이 읎나? 적덜은 그걸 노리것제. 긍께 비가 오든, 눈이 오든 전투 준비는 항상 허고 있어야 써."

잠시 후 도롱이를 걸친 이봉수는 동헌으로 올라갔고, 기름종이를 둘러쓴 최대성은 군관청으로 향했다. 군관청에 모인 본영 군관들은 마루에 앉아서 노획한 물건들에 대해서 의기양양하게 이야기를 나누고 있었다. 왜선을 수색해서 가져온 전리품들은 많았다. 본영 다섯 칸 창고에 가득 채우고도 남았다. 쌀은 3백여 석, 의복과 목화솜, 붉고 검은 철갑, 여러 가지 모양의 철두(鐵頭), 총통, 나각(소라), 우의(雨衣), 금관, 금우(金羽) 등등이었다.

"쌀은 대장 나으리께서 사부와 격군들에게 양식으로 나누어 줄 것인디 조정에 허락을 받아서 지급헌다고 허대."

"근디 의복이나 목화솜 등 물건을 나누어 주믄 적을 무찔러서 이익을 얻을라고 허는 맘이 생기지 않을까 걱정되네."

"대장 나으리께서 임금님께 궤에 철갑, 총통, 좌부장이 벤 머리 1급은 왼쪽 귀를 베어 소금에 절여 넣고 봉해서 올린다네."

"누가 가지고 올라간당가?"

"군관 송한련허고 진무 김대수가 가지고 간다고 허드그만."

경상우수사 원균에 대한 성토도 나왔다. 고작 3척 전선을 거느리고 나타난 원균 수사가 전라좌수영 장수들이 사로잡은 왜선을 활까지 쏘며 빼앗으려고 했기 때문이었다. 그 바람에 전라좌수영 사부 1명과 격군 1명이 상처를 입었던 것이다. 더욱 해괴한 일은 거제현령 김준민이 원균이 빨리 오라는 공문을 보냈지만, 왜수군과 연일 접전을 벌이는데도 나타나지 않은 점이었다. 군관들은 원균과 김준민을 실컷 비난했다.

동헌에 올라갔던 이봉수가 웃으며 나타났다. 최대성은 그가 이순신 수사에게 무슨 언질을 받았기 때문에 밝은 표정을 짓고 있을 것이라고 생각했다.

"최 군관님, 묘수가 하나 생겼습니다."

"대장 나으리께서 말씸허신 것인가?"

"아닙니다. 제가 건의드렸습니다."

이봉수가 생각해 낸 묘수란 색리의 아들 중에 여러 읍성에 공문을 들고 오가는 통인(通引)이 있는데, 그를 이용하자는 것이었다. 그러니까 보성읍성에 다녀올 통인에게 그곳에서 가까운 사곡마을에 들러 최대성 아버지 최한손의 안부를 살피고 오라며 부탁하자는 묘수였다. 최대성은 수령들의 공문을 가지고 심부름하는 통인에게 부탁하는 것이므로 부담이 되지 않았다.

"통인은 은제 떠나는가?"

"대장 나으리께서 보성군수를 부를 때 공문을 가지고 갈 것입니다."

"늦어질 수도 있겄그만."

"그렇지는 않을 것입니다. 아마도 2차 출전 전에는 다녀오겠지요."

최대성은 아버지 최한손에 대한 걱정을 한시름 놓았다. 2차 출전은 장마가 끝나면 바로 있을 것이므로 길어야 보름 정도 기다리면 되리라고 생각했다. 그제야 최대성은 방으로 들어가 젖은 옷을 갈아입었다. 그런 뒤 마루로 나와 이봉수와 함께 막걸리를 마셨다. 전라좌수영으로 지원해 온 이후 처음으로 마시는 술이었다. 군관들이 "한후장님! 한후장님!" 하고 돌아가며 권하는 바람에 최대성은 해시(亥時, 밤 10시) 무렵인데도 대취하고 말았다.

비는 밤새 내렸다. 낙숫물 소리가 소쩍새 우는 소리처럼 밤새 끊이지 않았다. 낙숫물이 흐느끼는 소리로 들렸기 때문일까? 군관청 같은 방에 최대성 옆에 자고 있던 젊은 군관 하나가 눈을 떴다. 낙숫물 소리를 소쩍새 우는 소리로 들었던 것이다. 꼭두새벽이었다. 밖은 깊은 바다 밑같이 어두웠다. 젊은 군관은 옆으로 누워서 귀를 기울였다. 비가 내리는 숲에서 소쩍새 우는 소리가 들려오기는 했다. 그러나 소쩍새 우는 소리뿐만이 아니었다. 바로 옆에서 흐느끼는 소리가 간헐적으로 들렸던 것이다.

더욱 귀를 기울여보니 최대성의 입에서 흘러나오고 있었다. 젊은 군관은 아마도 최대성이 비통한 꿈속에서 그런다고 짐작했다. 할 수 없이 젊은 군관은 최대성이 베고 있는 목침을 흔들었다. 그제야 최대성의 입에서 신음 소리가 흘러나오지 않았다. 그런데 젊은 군관이 또 목침을 흔드는 순간 최대성이 눈을 떴다.

"악몽인지 뭔지 모르겠그만."

"사나운 꿈을 꾸셨그만이라우."

"사납다기보다는 맴이 아픈 꿈이네."

최대성은 일어나 앉았다. 젊은 군관이 말했다.

"어저께 대취허신 뒤끝이겄지라우."

"꿈을 꾸다니, 술이 약해진 모냥이네."

그렇다고 최대성이 엉뚱한 꿈을 꾼 것은 아니었다. 아버지 최한손의 노환을 걱정했기 때문인지 두리동 형제가 꿈에 나타났다. 두리동 형제는 최대성을 보자마자 큰소리로 울었다. 아버지가 곡기를 끊고 죽을 날만 기다리고 있다며 통곡했다. 자신들이 잘 모시지 못하여 그러니 용서해 달라며 최대성 앞에 무릎을 꿇고 빌기까지 했다. 최대성은 두리동 형제에게 다가가서 오히려 자신이 아버지를 봉양을 못해서 그런 것이라고 말하며 흐느꼈다. 두리동 형제와 그러기를 여러 번 꿈속에서 반복하던 참에 젊은 군관이 목침을 흔들었던 것이다.

"나 땜시 잠을 못자는그만. 얼릉 토막잠이라도 자세."

"개꿈이겄지라우. 꿈은 반대지라우. 좋은 일이 생길라고 그런 꿈을 꾸신 모냥입니다요."

"꿈이 반대였으믄 좋겄네."

다음날 오후. 최대성이 꾼 꿈은 젊은 군관의 해몽과 달리 사실로 드러났다. 생각지도 못했는데 두리동이 본영에 나타났던 것이다. 비는 여전히 부슬부슬 내리고 있었다. 서문 문지기 군사가 군관청으로 와서 전했다.

"보성에서 사람이 왔그만요. 이름이 두리동이라고 허든디요."

"알았네."

최대성은 기름종이를 비옷처럼 둘러쓰고 잰걸음으로 갔다. 서문 안에 들어와 있는 사람은 두리동이 맞았다. 두리동은 그 사이에 많이 늙어버린 것 같았다. 머리카락이 반백으로 변해 있었다.

"성, 으쩐 일인가? 아버님은 잘 겨신가?"

"노환이시라 고만고만허시제잉."

"으디 아픈 디는 읎으시고?"

"요즘에는 심이 딸리신께 사랑방에 누워 겨시기만 헌디 걱정이그만."

"근디 으쩐 일로 여그를 왔는가?"

"어저께 밤에 꿈을 꿨는디 동상허고 모다 어깨를 붙잡고 통곡을 했당께. 그래서 이것이 뭔일이냐 잪아서 왔그만. 혹시 동상헌데 뭔 일이 있을까 잪아서 온 것이여."

"나는 쪼깜 부상당헌 거 말고 사또 옆에서 전공을 세운 일밖에 읎어. 아버님만 잘 겨시믄 원이 읎겄그만."

"전공을 세웠다고 헌께 말인디 영감님께서 들으시믄 좋으셔갖고 벌떡 일어나실지도 모르겄그만잉."

최대성은 두리동의 말에 번개처럼 생각이 하나 스쳤다. 자신이 옥포해전에서 세운 공을 아버지 최한손이 듣게 된다면 백약보다 효과가 더 있을지 모르겄다는 생각이 들었다.

"근디 성허고 나허고는 친성제 같네. 비록 다르게 태어났지만 전생에는 친성제로 산 거 같어. 긍께 나도 꿈에서 성을 봤단 말이여."

"아이고메, 신분이 다른디 어쳐께 전생에 성제였겄어. 그런 소리는 앞으로 입 밖에 내지 말드라고잉."

두리동은 크게 손사래를 쳤다. 그러면서 싸움에서 세운 공이나 말해

보라고 했다. 전라좌수영 장수들이 대부분 옥포 앞바다에서 왜대선 1척 이상씩 불태운 전공을 세웠는데, 최대성도 왜대선 1척을 불태워 바다 밑에 수장시켰다고 알려주었다. 그러자 늙어가는 두리동의 얼굴에 웃음기가 어렸다.

2차 출전

비가 오는 둥 마는 둥 며칠이 지났다. 장마 같지 않은 장마가 끝난 셈이었다. 초여름 새벽바다는 파고가 높지 않았다. 격군들이 노를 젓기에 최적의 바다였다. 이순신 함대는 5월 29일(음) 먼동이 트는 시각에 본영 앞바다를 떠났다.

장수들의 소임은 1차전 때와 달랐다. 이순신은 본영 유진장에 군관 윤사공을 임명하고, 조방장 정걸은 흥양의 1관 4포를 감독하도록 조치했다. 약간 변화를 주었는데, 장수들의 역할은 다음과 같았다.

중부장 광양현감 어영담, 전부장 방답첨사 이순신, 돌격장 급제 이기남, 후부장 흥양현감 배흥립, 좌부장 낙안군수 신호, 우부장 보성군수 김득광, 좌척후장 녹도만호 정운, 우척후장 사도첨사 김완, 좌별도장 우후 이몽구, 우별도장 여도권관 김인영, 한후장 군관 가안책 및 급제 송성, 참퇴장 전 첨사 이응화, 탐망선장 진무 이전.

최대성은 한후장에서 대솔군관 참모진으로 합류했다. 유군장이었던 나대용, 이설, 이봉수, 배응록 등도 마찬가지였다. 대솔군관이란 우두머리를 보좌하는 군관이란 뜻으로 본영에 남을 수도, 함께 출전할 수도 있었다. 이순신 함대는 경상도 하동과 남해 섬 사이에 끼어 있는 노량을 향했다. 2차 출전이었다. 1차 출전 때의 경험 덕분에 첨자진 대오는 질서정연했다. 기러기 떼가 하늘을 날아가는 것처럼 이순신 함대는 넓은 광양만을 지나갔다. 1차 출전 때와 달리 이번에는 경상우수사 원균이 하동 선창에 있다가 약속한 노량 선창에 먼저 와 있었다. 이순신은 1차 출전 때는 원균과 그 부하 장수들에게 실망이 컸지만 약속을 지켜준 원균이 고마웠다.

"원공, 지난번에 합심해주어 왜적을 크게 무찔렀소. 부하 장수덜 공을 다시 한번 더 치하하오."

"무슨 말씀이오. 이공께서 경상도로 원군 와주시어 괴멸될 뻔했던 경상우수영의 전력이 기적적으로 되살아났소. 이공께 감사를 드리오."

"이번에도 용맹헌 부하 장수덜이 나서주기를 바라오."

"물론이오. 장수들에게 단단히 일러두겠소이다."

두 수사가 협력을 맹세하는 동안 옆에 있던 경상우수영, 전라좌수영 장수들이 칼 잡은 손에 힘을 주었다.

"원공, 시방 적덜이 배를 대어두고 있는 곳이 워디요?"

"적선들이 사천 쪽으로 가고 있다는 보고를 받았습니다."

중부장 어영담이 말했다.

"대장 나으리, 사천 선창은 노량에서 가차운 곳입니데이. 모지랑포까지 동진했다가 위로 쪼메 들어가면 됩니더."

"물때는 워쩌?"

"함대가 도착할 때쯤에는 썰물이라 포구까지 들어가기는 심들 낍니데이. 앞바다에 있다가 밀물이 되면 들어가야 할 낍니더."

"가다가 멈출 수는 없는겨. 적의 탐망선이나 척후선이 우덜을 봤을 수도 있으니께."

"깊이 들어갔다가는 개펄에 전선이 얹힐 수도 있십니더."

원균이 대답했다.

"적들은 교활해서 우리 함대가 머뭇거리면 즉시 공격해 올 것이오."

"그러니께 되치기해야지요."

이순신의 판옥선 23척과 원균의 판옥선 3척은 첨자진 대오로 사천을 향해서 이동했다. 이순신의 판옥선이 1차 출전 때보다 1척 줄어든 것은 군관 송한련이 옥포 승첩장계를 평양으로 가지고 올라갔다가 아직 돌아오지 않았기 때문이었다. 원균의 판옥선 1척이 줄어든 것도 마찬가지였다. 최대성은 대솔군관이 되어 대장선을 타고 있었다. 그만큼 이순신의 신뢰가 컸다.

최대성은 함대가 사천으로 이동하는 동안 이순신과 전술 전략을 짰다.

"최 군관, 이번 싸움에서는 거북선이 맹활약헐겨."

"적덜이 조총과 화포로 공격헌다믄 철판으로 덮은 거북선은 무적 돌격선이 될 것이그만요."

"돌격장에 나대용보다 이기남을 기용헌 것은 젊은 혈기를 기준으루 헌겨."

"지도 그로코롬 생각헙니다요. 나대용 장수는 머리가 필요헐 때 요긴허고, 혈기 왕성헌 이기남 장수는 몸이 필요헐 때 요긴헌 군관이 아니겠습니까요."

"그려. 그렇다구 나대용 군관이 용맹심이 읎다는 것이 아녀. 글구 이기남 돌격장이 머리가 나쁘다는 것도 아녀."

이순신이 나대용의 용맹을 말한 것은 1차전 때 유군장으로서 전공을 세웠기 때문이었다. 유군장이란 유격장의 다른 말로 적진 깊숙이서 적을 타격하는 것이 임무였다.

"대장 나으리, 지는 두 장수의 장점을 말씸 드렸을 뿐이그만요."

"근디 말여. 적덜이 1차 해전 때 우덜 전술을 알았으니께 계책이 달라질 것인디 워처께 될 거 같은감. 우덜 화포 사격에 당했으니께 뭔가 계책을 세와났을겨."

"대장 나으리, 거그까지는 생각을 못했그만요."

"돌아가서 궁리혀 봐."

최대성은 등골이 서늘했다. 이순신의 용의주도한 성격을 자신은 그의 발끝도 따라가지 못할 것 같은 생각이 들었다. 이순신의 생각은 장수들보다 늘 한발 앞서갔다.

그때였다. 왜수군의 척후선을 발견했다는 보고가 대장선에 올라왔다. 곤양 쪽에서 왜수군의 척후선이 해안을 따라 사천 쪽으로 가고 있다는 보고였다. 이순신은 포수에게 화포 1발을 쏘라고 지시했다. 그러자 대장선의 북이 둥둥둥 울렸다. 이어서 전부장 방답첨사 이순신의 판옥선과 남해현령 기효근의 판옥선이 쫓아가 추격전을 벌였다. 전부장 방답첨사의 판옥선과 남해현령이 탄 판옥선은 전속력으로 왜의 척후선을 뒤쫓았다. 그러다가 적선이 2백 보 이내에 들자 일제히 화포 사격을 했다. 판옥선의 사부들이 환호성을 질렀다.

"명중이요!"

왜수군의 척후선은 연기를 피워올리더니 맥없이 바닷속으로 가라앉았다. 중위장 방답첨사가 지시했다.

"더 이상 나가지 말라. 여기서 멈추라!"

일부 장수들이 왜적의 수급을 베러 대오에서 뛰어 나가려 하자 중지시켰다. 이는 대장 이순신의 지시이기도 했다. 육군은 적의 머리를 베어 조정에 올려 전공을 증명하려고 했지만 이순신의 수군은 주요 전술이 당파이기 때문이었다. 당파(撞破)전술이란 함포 사격을 뜻했다. 화포로 적선의 밑부분을 쏘아 침몰시키는 것이 당파였다. 당파전술 후에도 전공을 인정받기 위해 적의 머리를 베려고 욕심부렸다가는 역공을 당할 수도 있었다.

이순신은 왜의 척후선을 침몰시켰다는 보고를 받고 나서야 다시 이동했다. 그러나 사천 선창 앞바다에 들어서자, 중부장 어영담의 조언대로 썰물이 시작되고 있었다. 바닷물이 얕아지는 사천 선창 깊숙이 함대가 들어가는 것은 위험했다.

"뒤로. 물러서라."

사천 선창에는 누각이 있는 왜수군의 안택선 10척과 소선 2척이 정박해 있었다. 이순신은 썰물을 이용한 유인작전을 구사했다. 이순신 함대가 먼바다로 물러나자 속도가 빠른 왜수군의 안택선들이 쏜살같이 쫓아왔다. 이순신이 대장선 전령에게 지시했다.

"적덜이 유인작전에 걸려 든겨. 뱃머리를 돌려 화포 사격을 혀!"

군관이 즉시 중위장에게 알리자 그는 바로 장수들에게 전달했다. 동시에 쫓아오는 왜선을 향해 화포 사격을 집중했다. 그러자 왜선들은 재빨리 사천 선창으로 돌아가버렸다. 그때부터 바다의 조류는 밀물로 바뀌고 있었다. 이순신은 다시 사천 선창으로 공격할 것을 명했다.

"공격혀! 방포혀!"

그러자 거북선이 앞으로 나가 휘젓고 다니면서 선제공격을 가했다. 거북선의 출현에 왜수군은 선뜻 맞대응하지 못했다. 거북선 포수들은 천자총통, 지자총통, 현자총통, 황자총통 화포들을 쉴 새 없이 쏘았다. 왜수군들은 안택선 안에서 갈팡질팡 이리 뛰고 저리 뛰기만 할 뿐 역공하지 못했다. 선창 뒷산에 왜수군 4백여 명이 험한 지세를 이용해서 장사진을 치고 괴성을 지르고만 있을 뿐이었다. 배에서 내려 산으로 도망친 왜수군은 극히 일부였다. 그제야 2선에 있던 이순신 함대의 화포들이 일제히 불을 뿜었다. 순식간에 선창에 정박한 왜선 10척이 불타면서 바닷속으로 가라앉았다. 왜소선 2척만 남게 되자 이순신은 화포 사격을 중지시켰다.

"화포 사격을 중지하라!"

전부장 방답첨사가 대장선으로 올라와 이순신에게 물었다.

"대장 나으리, 왜 적선을 다 분멸하지 않습니까?"

"밤이 되믄 산으로 올라간 적덜이 도망칠려구 배에 탈겨. 그때 모다 붙잡는 거여."

"산에 진을 친 것입니까요?"

"옥포허구 달라. 그때는 거제 깊은 산속으로 도망을 쳤는디 말여, 시방은 가차운 산에 올라가 있어."

"아, 그렇습니다요."

"옥포에서 우덜 함포 사격을 당해보구 나서 적덜 나름대루 준비헌 계책인지두 물러."

이순신의 짐작은 정확했다. 그때 산에 올라간 왜수군들이 조총과 화포 사격을 했던 것이다. 산으로 올라가 이순신 함대가 선창에 근접해 오기를 기다렸음이 분명했다. 다행히 근접하기 직전이었으므로 왜의 조총과 화포공격은 이순신 함대의 수군들에게 중상을 입히지는 못했다. 그래도 이순신 함대의 수군들 가운데 조총의 탄환과 화살이 관통하는 몇 명의 경상자가 나왔다. 이순신도 조총의 탄환이 갑옷을 뚫고 왼쪽 어깨 위에 박혔고 또 등을 스쳤으며, 대장선에서 이순신을 보좌하던 대솔군관 나대용도 왜수군 탄환이 왼쪽 다리를 관통했다. 군관 이설은 화살을 맞고 피를 흘렸다.

날이 저물자, 이순신은 모지랑포로 물러나 사천 선창 초입인 앞바다를 막으면서 밤을 세우려고 했다. 그제야 이순신은 왼쪽 어깨가 끊어질 것 같은 통증을 느꼈다. 왼쪽 어깨에 탄환이 깊이 박혀 있기 때문이었다. 이순신은 사부들이 보는 앞에서 군관을 시켜 예리한 칼끝으로 탄환이 박힌 왼쪽 어깨를 2치나 깊게 찢었다. 그러자 탄환이 나왔다. 이순신은 바닷물로 소독한 뒤 천으로 어깨를 감싸고서는 웃으면서 말했다.

"찰과상에는 바닷물보다 뽕나무 잿물이 효험이 큰겨."

모지랑포에서는 아무 일도 일어나지 않았다. 사천 선창에 소선 2척을 남겨 두었지만 산에서 내려오지 않았기 때문이었다. 한밤중에 척후장이 대장선으로 와서 보고했다.

"뒷산에 장사진을 치고 있던 적덜이 더 멀리 달아난 거 같습니다요."

"우덜 돌격선을 보구 혼이 나가버린겨."

"날이 새면 원 수사에게 가서 선창을 수색허라구 혀."

원균이 전공을 더 세울 수 있도록 기회를 주자는 이순신의 배려였다. 고작 왜대선 2척만 불태운 원균으로서는 마다할 이유가 없었다. 텅 빈 선창으로 가서 왜소선 2척을 분멸하기만 하면 되기 때문이었다.
　다음날 아침, 실제로 원균은 부하 장수들을 데리고 가서 왜소선에 죽어 있는 3명의 왜군 머리를 베었고 2척을 불태워버렸다. 이로써 이순신은 사천해전의 작전을 종료했다. 그런 뒤 정오에 고성 사량 바다에서 수군들에게 휴식을 주고 밤을 보냈다.

　다음날 6월 2일 진시(辰時, 오전 8시).
　또, 이순신은 우척후장 김완의 보고를 받았다. 적선이 당포 선창에 정박해 있다는 보고였다. 이순신에게 당포는 익숙한 지형이었다. 1차 출전 때 원균과 만나기로 한 곳이 당포였던 것이다. 사량도에서 당포까지는 두어 식경 만에 도착할 수 있는 가까운 거리였다. 이순신 함대는 예정대로 사시(巳時, 오전 10시)쯤 당포 앞바다에 도착했다. 좌척후장 정운이 또 이순신에게 보고했다.
　"왜대선 9척, 중선과 소선 12척으로 모두 21척이 선창에 정박해 있그만요."
　전투 경험이 생긴 척후장 김완의 보고는 이순신의 귀에 쏙 들어왔다.
　"왜대선 중에 1척은 높은 누각이 있십니더. 누각에 붉은 휘장을 둘렀꼬 휘장 사면에는 황(黃)자를 크게 써 놓았십니데이. 일산을 쓰고 있는 왜장은 두려운 기색이 아조 없십니더."
　이순신은 돌격장 이기남에게 명했다.
　"왜장이 탄 대선을 몬자 당파혀!"

"예, 대장 나으리."

"여러 장수덜은 돌격장이 화포를 쏜 후에 방포하라!"

"예."

"적덜은 선창에 있고, 사천 선창맹키로 뒷산에도 장사진을 치구 우덜에게 화포를 쏠 것이께 아조 가차이 접근허지 말라."

조선수군의 함포 사격이 시작되면 산에 장사진을 치고 있다가 조총과 화포로 역공한다는 왜수군의 전술을 간파한 이순신이었다. 선창에 근접하여 경상자가 발생한 사천포해전 전술을 되풀이하지 않기 위해서였다.

거북선이 먼저 돌진했다. 화포를 쏘아 높은 누각의 왜대선 외판을 당파했다. 거북선의 용머리에서 나온 현자총통의 화포공격이었다. 이어서 천자, 지자총통과 대장군전을 쏘아 왜선 일부가 박살이 났다. 화포의 철환인 대장군전의 위력은 돛대를 부러뜨릴 만큼 강했다.

거북선의 선제공격이 끝나자 이번에는 판옥선들이 일제히 함포 사격을 했다. 사부들은 장전과 편전을 날렸다. 중위장 순천부사 권준이 쏜 화살에 왜장이 층루에서 굴러떨어졌다. 권준의 화살이 왜장의 가슴에 꽂혔던 것이다. 순간 우척후장 김완과 흥양보인 진무성이 왜대선으로 뛰어올라 왜장의 목을 베었다. 왜수군들은 배를 버리고 산으로 도망쳤지만 이순신은 추격을 중지시켰다.

"산에 적덜이 장사진을 치고 있으니께 추격을 중지혀!"

마침 그때 먼바다에 나가 있던 탐망선의 탐망선장 진무 이전이 이순신에게 급보했다.

"왜대선 20여 척이 중소선을 거느리고 이짝으로 오고 있그만요."

이순신 함대는 즉시 탐망선장 이전이 가리키는 방향으로 뱃머리를 돌렸다. 오리쯤 이동했을 때였다. 왜선들은 이순신 함대를 보자마자 도망쳤다. 그러나 이순신 함대는 왜선들을 추격하다가 석양이 기울 무렵에야 멈추었다.

"장수덜은 추격을 멈춰야 혀!"

전공을 세우려고 과욕을 부리다가 부하들이 생명을 잃을 수도 있기 때문이었다. 이순신은 함대를 창선도까지 이동하여 하룻밤을 결진(結陣)하기로 했다. 밤에 우후 이몽구가 왜장의 대장선을 수색하다가 노획한 옻칠 갑 속에 든 금부채를 이순신에게 바쳤다. 옻칠 갑 한쪽에 '유월 팔일 수길(六月八日 秀吉)이라고 쓰여 있던바, 수길은 하시바 히데요시로서 왜왕 자리에 올라 왜란을 일으킨 도요토미 히데요시의 과거 이름이었다.

이순신 함대는 왜선의 정탐을 다음날에도 새벽부터 추도로 나가 시작했다. 그러나 왜선들은 벌써 멀리 달아나버리고 없었다. 할 수 없이 이순신 함대는 고성땅 고둔포에서 또 하룻밤을 결진했다. 그런 뒤 다시 당포로 돌아왔을 때 당포의 토병 강탁이 왜군들 동향을 알려주었다.

"2일 당포해전에서 살아난 왜적덜은 통곡하면서 시체를 한곳에 모아 불사르고마 육로로 달아났십니더. 당포 먼바다에서 쫓겨간 적선덜은 오늘 거제로 갔다 캅니더."

"토병 말이 믿을 만허니께 즉시 뱃머리를 거제로 돌릴겨!"

그러나 좌척후장 정운이 대장선으로 급히 와서 보고했다.

"이억기 우수사 전선덜이 이제사 오고 있그만이라우."

"모다 몇 척인겨?"

"25척이그만이라우."

"오니께 안심이 되는구먼. 인자 우리 함대는 무적함대가 될겨."

이순신은 이억기 함대를 보는 순간 자신감이 더욱 솟구쳤고, 장수와 수군들은 사기가 충천했다. 이순신은 정오에 이억기를 만나 날이 저물 때까지 왜적을 쳐부술 이야기를 했다. 고성과 거제의 경계인 착량 앞 바다로 가서 진을 칠 때까지 의논을 계속했다.

특별휴가

바다 안개는 아직도 자욱했다. 새벽보다는 덜했지만 열 걸음 앞을 분간할 수 없었다. 나무와 사람이 거뭇한 그림자로 보였다. 사시(巳時)쯤부터 완고했던 바다 안개가 한 자락씩 본영에서 물러났다. 바다 안개가 심할 때는 전선끼리 부딪치는 돌발 사고도 발생하곤 했다.

2차 출전을 끝내고 본영으로 돌아온 다음날이었다. 이른 아침부터 동헌 마당가에서 연기가 피어올랐다. 동헌 당직군관이 어제 오후 선생원 부근까지 가서 뽕나무 가지를 베어와 불을 피우고 있었다. 마른 가지가 아니라 막 베어온 생가지라서 연기가 더 많이 났다. 그래도 장작불 때문에 생가지들이었지만 푸른 연기를 피우며 잘 탔다. 흥양에서 돌아온 조방장 정걸이 동헌방으로 들어가다 멈추고 당직군관에게 물었다.

"아칙부터 으째서 화톳불을 피우고 있는가?"

"뽕나무 재를 맹글고 있습니다요."

"뭣에 쓸라고?"

"잿물을 내서 대장 나으리 어깨에 바를라고라우."

"대장께서 어깨를 다치셨간디?"

"예, 그렇습니다요."

정걸이 인기척을 한 뒤 동헌방으로 들어갔다. 정걸이 왼쪽 어깨를 천으로 감싸고 있는 이순신을 보더니 깜짝 놀랐다.

"대장 나으리!"

"놀래지 마슈. 어깨에 박힌 탄환을 빼냈으니께."

정걸의 눈가가 촉촉해졌다. 마치 아버지가 아들의 상처를 보는 듯 안타까워했다. 그러자 이순신이 말했다.

"나대용은 탄환이 왼쪽 다리를 관통했기 땜시 다음 출전은 으쩔지 모르겄슈."

"그 정도라믄 에럽겄지라."

그때 건강을 되찾은 최대성이 평소보다 늦게 왔다. 나대용과 이설을 만나고 오느라 늦었다. 나대용은 의원을 불러 치료를 받아야 할 만큼 상처 부위가 곪아 있었고, 이설은 화살이 살갗을 조금 찢은 정도여서 활동하는 데는 지장이 없었다. 최대성은 두 장수의 상처 정도를 이순신에게 보고했다. 그러자 이순신이 말했다.

"나 군관은 상처가 아물 때까지 본영에 남겨둘겨."

"대장 나으리 뿐만 아니라 나 군관, 이 군관이 다친 이유가 있지라우."

정걸이 궁금한지 다그치듯 물었다.

"최 군관, 이유가 뭣이여?"

"모다 대장선을 타고 있었지라우. 근디 대장선이 돌격선멩키로 선창에 근접해부렀지라우."

사실이었다. 산에서 장사진을 치고 있는 왜군의 조총과 화포의 사거리 안에 들어가버린 것이 문제였다. 철갑을 두른 거북선은 상관없지만 판옥선은 조총과 화포공격에 취약할 수밖에 없었던 것이다. 이순신이 모를 리 없었을 텐데, 최대성으로서는 그것이 의문이었다. 어깨 치료를 받기 위해 갑옷을 벗은 이순신에게 물어보기가 난감했다.

그런데 이순신은 최대성의 답답함을 간파했는지 말했다.

"그때 내가 흥분헌겨."

"믿어지지 않그만이라우."

"그러니께 왜수군 무리에 섞여 있는 순왜덜을 보구 분노가 치밀었던겨."

순왜(順倭)란 왜군 앞잡이 노릇을 하거나, 왜군에 들어가 조선군을 상대로 싸우는 조선인을 뜻했다. 이순신은 순왜들이 보이자 분노가 솟구쳐 대장선을 거북선처럼 선창 부근까지 돌진시켰던바, 대장선에 타고 있던 나대용, 이설 등이 산에서 쏘아대는 왜군들의 조총 탄환과 화살을 맞았던 것이다.

그러나 이순신은 어깨의 상처에도 불구하고 당항포해전과 율포해전에서 승리한 뒤 2차 출전을 마치고 본영으로 귀진했다. 당항포해전과 율포해전의 승리는 결코 작은 것이 아니었다. 왜수군이 전의를 상실할 만큼 컸다.

5일 전, 그러니까 당항포해전은 6월 5일에 있었던 전투였다. 바다 안개가 앞을 분간할 수 없을 만큼 짙게 끼어 이순신, 원균, 이억기 함대 51척은 오전 내내 움직이지 못했다. 바다 안개가 서서히 걷힐 무렵이었다. 왜국에서 귀화한 항왜(降倭) 7, 8명이 거제도에서 소선을 타고 와 이순신에게 첩보를 주었다.

"당포에서 쫓긴 왜선들이 고성땅 당항포에 정박해 있습니다."

이순신은 좌척후장 정운에게 지시했다.

"좌척후장은 바다 어귀에 복병해 있을겨."

여러 장수들에게도 명했다.

"나머지 전선덜은 당항포로 들어갈겨."

이순신은 47척 전선을 거느리고 당항포로 이동했다. 포구에는 왜대선 9척, 중선 4척, 소선 13척 등 모두 26척이 산기슭에 정박하고 있었다. 이순신은 사천해전처럼 거북선을 먼저 보내 선제공격하도록 명했다. 뒤이어 연합함대가 서로 번갈아 가며 화포와 화살을 쏘아대 대부분의 적선을 분멸시켰고 1척은 유인해서 불태워버렸다. 좌척후장 정운은 도망치는 왜대선 2척을 사로잡았다. 다음날 새벽에도 방답진 소속 판옥선 전선들이 바다 어귀에서 왜대선 1척을 바닷속에 수장시켜버렸다. 그리고 6월 7일에는 웅천땅 증도 바다에서 결진해 있다가 사시(巳時, 오전 10시)쯤 탐망선장 진무 이전, 토병 오수 등이 왜수군 머리 2급을 베고 급히 돌아와서 이순신에게 보고했다.

"가덕 바다 우에서 왜적 세 명이 소선을 타고 있다가는 우리를 보더니만 북쪽으로 내빼기 시작했습니요. 그래서 우리는 있는 심을 다해 추격헌 끝에 적 세 명을 모다 활로 쏘아 죽이고 머리통을 베어부렀습니요. 근디 그때 경상우수사 으떤 군관이 소선을 타고 와서 왜적 머리 한 개를 빼앗아갔습니요."

연합함대는 곧 출발하여 정오쯤에 영등포 앞바다에 이르렀다. 이때 부산 쪽으로 도망치는 왜대선 5척과 왜중선 2척을 발견하고 뒤쫓았다. 연합함대는 샛바람을 받으면서도 추격하여 율포 바다에서 왜수군 함대를 포위했다. 그런 뒤 전광석화처럼 속전속결로 마무리 지었다. 좌별도장 이몽구가 왜대선 1척을 나포한 뒤 7명의 머리를 베고 불태웠으며, 우척후장 김완이 왜대선 1척을 나포한 뒤 20명의 머리를 베었다. 또 좌척후장 정운이 왜대선 1척을 나포한 뒤 9명의 머리를 베었으며, 중부장 어영담과 가리포첨사 구사직이 협력해 왜대선 1척이 육지에 대려고 할 때 추포한 뒤 불살랐다. 또 우별도장 김인영은 1명의 머리를 베었고, 소비포권관 이영남은 소선을 타고 쫓아가서 2명의 머리를 베었다. 나머지 빈 적선 1척까지 분멸시켜버렸다. 율포해전의 패장은 구루시마 미치유키였다.

이윽고 조선 수군은 최대성 등 여러 장수들과 함께 부산 몰운대까지 정탐을 나갔다가 왜군들이 모두 도망쳐 보이지 않으므로 거제 송진포에서 결진했다가, 웅천 앞바다로 옮겨 수색한 뒤 9일 당포에서 하룻밤 묵고, 10일에는 남해 미조항 앞바다에서 연합함대를 해산했던 것이다.

정걸이 이순신을 위로했다.

"대장, 2차 출전도 큰 전과를 냈그만이라. 왜적덜이 인자 남해에서 발을 붙이지 못헐 거 같그만이라우."

"왜왕이나 적장덜이 기고만장허다가 인자 기가 꺾였을 것이지라우."

최대성이 맞장구를 쳤다. 그러자 이순신이 어깨 통증 때문에 이맛살을 찌푸리면서 말했다.

"격침된 적선만 70여 척 될겨."

"대장 나으리, 우리 배는 1척도 피해를 입지 않았그만요. 지는 고것이 자랑스럽습니다요."

"대솔군관덜이 나를 잘 보좌해주었으니께 가능혔던겨. 장수덜이 고상헌 것은 말헐 것도 읎구 말여."

"이번 싸움에서 지는 헌 일이 벨로 읎그만이라우."

"눈에 보이는 것만 전공인감. 티가 나지 않는 것두 전공인겨. 송희립, 이봉수, 이설, 나대용, 변존서 같은 대솔군관덜이 다 그려."

이순신은 승첩장계에서 전공을 과장하지 않고 사실대로만 작성해 올렸다. 바로 그 점이 원균의 승첩장계와 달랐다. 이순신은 승전했지만 전공보다는 아군의 실수와 보완할 점은 물론이고, 왜군에 대한 계책을 장계에 반드시 포함시켰던 것이다.

동헌 당직군관이 사발을 들고 들어왔다. 뽕나무 재로 만든 잿물이 담긴 사발이었다. 곪으려고 하는 어깨를 치료하기 위해서였다. 이순신이 말했다.

"잿물이 효험이 크다고 혀. 근디 바람을 쐬줘야 허는디 늘 갑옷을 걸치구 있으니께 걱정이여."

"바닷바람만 쐬어도 상처가 꼬득꼬득해지지라우. 방법이 읎을게라우?"

"읎어. 진물이 나드라두 장수는 항시 갑옷을 걸치구 있으야 혀. 속옷을 입구 있을 수는 읎지 않남."

최대성의 말에 이순신이 잘라 말했다. 정걸과 최대성은 이순신이 어깨에 잿물을 바르려고 눕자 동헌방에서 나왔다. 마침 이봉수가 순찰을 돌다가 최대성을 보드니 다가왔다. 이봉수가 정걸에게 먼저 인사했다.

특별휴가 283

"조방장님, 고생하셨습니다."

"자네덜이 고상혔제 나야 고향에 나가 있었는디 고상헐 것이 뭐가 있었겄는가."

"흥양의 1관 4포를 감독하셨지 않습니까?"

"대장이 늙은 나를 배려해준 것이여. 고향으로 가서 쪼깜 쉬라고 말이여."

"그나저나 자네덜 고상혔은께 인자 맘 놓고 푹 쉬어."

"저는 대솔군관이라서 힘은 덜 들었습니다요."

"대장이 본영 군관덜을 골고루 쓰느라고 이번에는 대솔군관 시켰던 거여. 대장이 나에게 그러코름 말씸했어."

"눈치채고 있었습니다. 다음번 출전 때는 일선으로 나가겠다고 건의드릴 생각입니다."

"인사는 대장 맴이여. 긍께 가만히 있는 것이 좋아."

"예, 명심하겠습니다."

흥양 출신인 정걸은 보성 출신들을 특히 아꼈다. 흥양이나 보성은 이웃이고 친인척이 서로 자주 오가는 곳이기 때문이었다. 젊은 시절에 최대성이 정걸을 만난 것도 그러한 이유에서였다.

다음날 군관회의 때 이순신은 3차 출전 구상을 밝혔다. 다만 출전날짜는 아침에 바다 안개가 사라질 때라고 특정했다. 짙은 바다 안개는 항해를 방해하고, 적이 기습작전을 펼 수도 있기 때문이었다. 장마철에 출전을 자제했던 이유와 마찬가지였다. 그렇다면 3차 출전은 7월로 넘어갈 수 있었다.

며칠 후.

갑술이 본영으로 최대성을 찾아왔다. 최대성은 남문 밖 활터에서 뙤약볕에도 불구하고 습사(習射) 하며 땀을 흘리고 있었다. 오후 한때는 늘 습사를 했던 것이다. 지난번은 두리동이 왔는데 이번에는 갑술이 활터로 왔다. 남문 수문장이 갑술을 데리고 와서는 곧 되돌아갔다. 두리동이 초로의 늙은이가 된 것처럼 갑술도 사십대 후반이었지만 몰라볼 만큼 늙어 있었다. 집사 같은 마름으로서 고향의 넓은 논밭을 관리하느라고 고생한 흔적이 얼굴에 역력했다.

"성, 무신 일로 왔는가?"

"으응."

갑술은 대답 대신에 신음을 내뱉고는 눈물을 주르륵 흘렸다. 최대성은 바로 불길한 예감이 들었다. 그러나 갑술을 진정시키려고 화제를 돌렸다.

"요즘 여그는 쪼깜 한가해졌는디 구경시켜 줄게."

"나가 시방 한가허게 구경이나 허고 있을 땐가!"

갑술이 화를 냈다. 최대성에게 화를 내기는 어린 시절 집안에 들어온 이후 처음이었다. 양민과 천민 고아 사이로 만났지만 오랫동안 함께 살면서 친족이 돼버린 듯했기 때문이었다.

"아버님께서 위중허신 모냥이그만."

"곡기를 끊으신 지 나흘 돼야부렀어. 의원을 불러 델꼬 왔지만 모다 고개를 흔들고 가부러. 으응."

갑술이 말끝에 참지 못하고 또 신음 소리를 냈다.

"성, 이럴 때가 아니네. 시방 사또를 뵙고 와야겄네. 긍께 여그서 쪼간 지달려."

"알았어."

최대성은 특별휴가를 받으려고 동헌으로 올라갔다. 마침 이순신이 동헌 마루 호상에 앉아서 깊은 생각에 잠겨 있었다. 아마도 3차 출전을 구상하고 있는 듯했다. 날창을 들고 허공에 이리저리 금을 긋고 있었다.

"대장 나으리."

"아칙에 왔는디 워째서 또 온겨?"

"보성에 핑 댕겨와야겄습니다요."

"부모님께서 편찮으신겨?"

이순신이 놀란 채 호상에서 일어나 말했다.

"예, 아버님께서 곡기를 끊으신 지 나흘 돼야부렀다고 헙니다요."

"어허! 큰일이구먼. 얼릉 댕겨와. 아니, 아버님께서 완쾌하실 때까지 간병혀."

"아이고메, 고맙습니다요."

"아버님께 내가 쾌차하시기를 바란다구 전혀. 본영 의원을 델꼬 갈겨?"

"아닙니다. 보성읍성에도 아는 의원덜이 있그만요."

최대성이 동헌을 물러나오려고 하는데 이순신이 또 말했다.

"군마를 내줄겨. 그러니께 타고 가."

"마름이 와서 걸어가겄습니다요."

"아녀."

이순신이 동헌 당직군관에게 군마 1필을 내어주도록 지시했다. 최대성이 동헌 마당에서 무릎을 꿇고 큰절하며 말했다.
"군마는 낼 바로 본영으로 보내드리겠습니다요."
"그런 거 신경 쓰지 말구 아버님 간병이나 잘혀."
동헌을 나온 최대성은 마음속으로 이순신에게 충성을 맹세했다. 하명만 한다면 목숨을 아끼지 않고 싸우겠다는 다짐을 거듭거듭 했다. 군마는 벌써 군관청 앞에 있었다. 말구종 관노가 말고삐를 잡고 있었다. 최대성은 방으로 들어가 물품들을 정리 정돈했다. 그런 뒤 정걸 조방장방으로 갔다. 그러나 정걸은 판옥선 점고 나갔는지 보이지 않았다. 조만간에 판옥선들을 점고하겠다고 말했던 것이다. 이봉수도 북봉 연대까지 순찰하러 올라가고 없었다.

할 수 없이 최대성은 남문 밖 활터로 나갔다. 말구종 관노가 뒤에서 군마를 끌고 따라왔다. 최대성은 갑술을 보자마자 보성으로 가자고 말했다.

"성, 사곡마실로 가세. 사또께서 특별히 허락허셨네."
"아이고메, 소문대로 훌륭허신 사또 나오리시네잉."
"군마까지 내주셨어."
"여그서 동상이 공을 크게 세웠은께 군마를 내주셨겄제."

말고삐를 잡은 말구종이 앞서고 갑술은 말 엉덩이 뒤에 두어 걸음 떨어져서 걸었다. 최대성은 젊은 시절에 승마 훈련을 많이 한 덕분에 어색하지 않았다. 엉덩이는 말안장에, 두 다리는 말 옆구리에 가볍게 붙였다. 군마는 불편하지 않은지 자드락길을 경중경중 나아갔다.

사곡마을 가는 길

햇볕은 따가웠다. 널따란 갈대밭에 백로가 오르락내리락했다. 바다는 점점 더 멀어졌다. 순천 어귀인 해농창평에 이르렀을 때였다. 본영 서문을 지나 선생원에서도 쉬지 않고 온 탓에 말이 침을 흘리며 헉헉거렸다. 말구종이 말에게 풀을 뜯기려고 했다. 최대성은 눈치를 채고 말에서 내렸다. 말구종은 말에게 물부터 먹이려고 개울가로 내려갔다. 그때 어디선가 울음소리가 들려왔다. 최대성이 갑술에게 말했다.

"성, 사람 우는 소리가 아니여?"

"내 귀에는 물소리 같기도 헌디? 개울물 소리 말이여."

"잘 들어봐, 사람이 우는 소리랑께."

갑술이 소리 나는 너럭바위 쪽으로 걸어가더니 흠칫 놀라 뒷걸음질 쳤다.

"오메, 바우 뒤에서 사람이 살고 있어야."

팔이 하나 없는 사내는 맥없이 앉아 있고, 아낙네가 우는 아기를 달래고 있었다. 아기는 아낙네의 쭈글쭈글한 젖을 빨 때마다 젖이 나오지 않는지 울면서 보챘다. 더 놀라운 것은 너럭바위 한쪽에는 누더기를 걸친 늙은이 서너 명이 마치 죽음을 기다리고 있듯 널브러져 있었다. 갑술이 돌아와 최대성에게 말했다.

"동상, 사람덜이 있는디 몰골이 말이 아니여, 거지도 상거지랑께. 근디 메칠 굶었는지 심을 못 쓰고 다 드러누워 있어."

"말은 붙여 봤는가?"

"말헐 기운도 읎어."

최대성은 갑술을 따라서 너럭바위 뒤로 갔다. 갑옷을 입은 최대성을 보더니 외팔이 사내가 다가왔다.

"고향을 떠나 이리저리 댕기다가 여그까지 왔그만요."

"으디서 왔소?"

"광양 바닷가에서 왔지라우. 왜넘덜이 무서와서 떠났지라우."

"아무것도 묵지 못했소?"

"개울에 나가 물괴기를 잡아묵다가 고것도 읎어서 시방은 찬물만 마시고 있그만이라우."

"마실에 들어가믄 일거리라도 있을 거 아니요."

"숭년이라서 일이 읎어라우. 우리가 마실에 들어가믄 두둑질헌다고 작대기로 쫓아내지라우."

최대성은 광양에서 온 유랑민을 두고 떠나기가 몹시 곤혹스러웠다. 말구종이 꼴을 뜯긴 뒤 최대성 앞에 왔지만 그는 광양 유랑민 곁을 떠나지 못했다. 출전해서 왜적과 싸우는 것도 백성을 보호하자는 것이고, 유랑민을 구휼하는 것도 마찬가지일 터였다.

"성, 이 사람덜을 모른 체허고 떠날 수 읎네."

"대양이 동상, 영감님께서 위중허신디 빨리 가드라고잉."

대양(大洋)은 두리동 형제가 오래 전부터 최대성을 부를 때 입에 붙

사곡마을 가는 길 289

은 그의 자(字)였다.

"동상, 뭣허는 것이여. 영감님 땜시 얼릉 가잔께."

"성, 나는 이 사람덜을 두고 못 가겄네. 이 사람덜도 우리 백성이 아닌가."

"아따, 시방은 그럴 때가 아닌디 그래싸네잉."

"무신 좋은 수가 읎을까?"

"동상이 결정해야제 내가 어처께 허겄어."

최대성이 완강하게 나오자 갑술은 뒤로 물러섰다. 최대성이 외팔이 사내를 불렀다.

"여그 있는 사람덜 모다 우리 집 일을 시켜줄 것인께 준비허게."

"아이고메, 인자 죽지는 않겄그만요."

"보성까지 걸어갈 심은 있는가?"

"어르신께서 다 죽어가는 지덜을 살려주신다는디 으딘들 못 가겄습니까."

갑술의 얼굴에는 당황하는 빛이 역력했다. 농사철이니까 일을 시키고 배고픔을 면케 해준다지만 농한기가 됐을 때 어떤 방법으로 광양 유랑민들을 데리고 있겠다는 것인지 이해할 수 없기 때문이었다. 더구나 최한손이 위중한 상태에서 마음대로 유랑민들을 구휼하겠다는 것은 논밭 수확을 관리해온 마름으로서 납득이 되지 않았다. 그러나 최대성은 외팔이 사내를 불러 말했다.

"보성 사곡마실로 찾아오게. 나는 약속을 지킬 것인께."

"사곡마실에 도착해서 으떤 어르신을 찾을께라우."

"첨사 어르신을 찾으믄 될 것이네."

최대성은 아버지 최한손 첨사를 찾으라고 당부했다. 그런 뒤 말에 탔다. 말구종은 무슨 영문인지도 모른 채 말고삐를 잡아챘다. 부드러운 풀을 뜯으며 배를 채운 말이 힘차게 앞발로 땅을 찼다.

갑술은 어두운 낯빛으로 자꾸 고개를 좌우로 흔들었다. 최대성의 처사를 이해하지 못하겠다는 고갯짓이었다. 최대성은 순천에서 낙안으로 가는 고갯길에서 요의를 느끼고는 말에서 내렸다. 뒤따라오던 갑술이도 최대성이 서 있는 반대 숲속으로 가서 오줌을 누었다. 말구종이 고갯길 너머 산골짜기에서 피어오르는 연기를 보더니 최대성에게 말했다.

"군관님, 쩌그 마실에 왜적이 쳐들어왔을께라우?"

"적이 여그까지 와서 분탕질허지는 못했을 것이다."

"마실이 불타는 것 같은디요?"

"사또께서 남해를 틀어막었기 땜시 여그는 왜적이 발붙이지 못허는 곳인께."

"그라믄 마실에 불을 지른 이유가 뭣일께라우?"

초여름에 작은 마을이 불타고 있다는 것은 아주 드문 일이었다. 최대성은 말구종에게 지시했다.

"혹시 역병이 돌아서 그란지 모르겄다. 낙안으로 가는 길이니 그쪽으로 가보자."

"예, 군관님."

고갯길을 내려가자 군사 몇 명이 마을 쪽에서 걸어오고 있었다. 늙은 군사 한 명이 갑옷을 입은 최대성을 보더니 잰걸음으로 왔다. 그러자 갑술이 앞을 가로막고는 말했다.

"전라좌수영 한후장님이시요. 무신 일이요?"

"순천부 관아에 있는 군교요."

순천부 관아 군교가 말에 타고 있는 최대성을 쳐다보며 말했다.

"여그까지 순찰 나오셨그만요."

"순찰이 아니요."

"마실에 역병이 돌아 부사님께서 불을 지르라고 하명허셨습니다요."

최대성은 고개를 끄덕였다. 자신의 예감이 불행하게도 맞았던 것이다.

"마실 사람덜은 으디로 산개시켰는가?"

"흥양, 보성, 장흥 친인척집을 찾아서 다 떠나고 죽어도 마실 옆에서 죽겠다고 한 몇 사람만 남아 있그만요."

"집안 짐을 모다 지고 갔는가?"

"짐 속에 묵을 곡석만 허락했고, 나머지 짐덜은 지덜이 보는 앞에서 다 불태웠그만요."

"잘했그만. 역병이 다른 지역에도 돌면 큰일이 아니겠는가."

아마도 타지방으로 역병이 퍼지는 것을 막기 위해 순천부 관아에서 군사를 보냈을 터였다. 그런데 순천부사는 지금 전라좌수영 본영에 파견 나와 있었다. 최대성은 군교의 말이 조금 의심스러워 재차 물었다.

"시방 순천부사께서는 본영에 겨신디 부사께서 지시했다는 말이 맞는가?"

"부사님을 대리허고 겨시는 대장(代將)님이 지시했지라우."

"누구신가?"

"유섭 대장님이어라우."

최대성은 유섭을 잘 알고 있었다. 1차 출전 때 옥포해전에서 함께 싸웠던 장수였기 때문이었다. 유섭은 순천부사 권준을 대신해서 순천대장(代將)으로 출전한 인물이었던 것이다. 또 한 명의 군사가 다리를 절룩거리며 최대성에게 다가와 말했다.

"한후장님!"

"자네는 누구인가?"

"순천부 관군 이선지입니다요."

"워미, 자네그만."

최대성은 이선지를 정확하게 기억했다. 사망자 1명 없이 완벽하게 승리를 거둔 옥포해전에서 조선수군의 피해라면 부상자 3명뿐이었기 때문이었다. 순천부 관군 이선지는 왜군 조총의 탄환이 스쳐 다리를 다쳤고, 나머지 2명은 경상우수영 장수들이 전라좌수군이 이미 사로잡은 왜선을 활로 쏘면서 빼앗으려다가 사부와 격군에게 상처를 입혔던 것이다. 그때 이순신은 본영으로 돌아와 이선지에게 왜선에서 노획한 쌀을 다른 수군보다 더 많이 주어 포상했고, 부상이 나을 때까지 순천부 관아로 귀대해 있으라고 명했던 것이다. 최대성이 이선지에게 물었다.

"마실을 떠나지 않겄다고 헌 사람이 몇 명이나 되는가?"

"모다 늙은인디 아홉은 되겄그만요."

"그 사람덜은 시방 으디에 있는가?"

"마실 어구 우산각에 있어라우."

우산각이라 하면 마을 사람들이 농사를 짓다가 소나기가 내릴 때 비를 잠시 피하는 정자를 말할 터였다.

"알았네, 부상은 다 나았는가?"

"낫기는 다 나섰는디 한쪽을 쩔뚝대는 병신이 돼부렀지라우."

"사또께서 승첩장계에 자네 이름도 올렸은께 임금님께서 고마워허셨을 것이네."

"아이고메, 임금님께서 지같은 놈을 생각허실께라우?"

"나는 사또께서 쓰신 승첩장계에서 자네 이름을 분명허게 보았네. 그러니 임금님께서 보시고, 도승지께서도 보시고, 비변사 대감덜께서도 보시지 않았겄는가?"

늙은 군교가 부러워하는 얼굴로 말했다.

"아따, 이선지 자네는 출세해부렀네야. 승첩장계에 이름을 올려부렀으니 말이네."

"군교님, 전공자가 아니라 부상자로 이름을 올린 것인디 부끄럽그만요."

"자, 이러코름 있을 때가 아니네. 마실 사람이 있다는 우산각을 안내헐 수 있는가?"

"당연히 지덜이 안내해야지라우."

늙은 군교가 앞장서 걸었다. 그 뒤를 순천부 관군 이선지가 절룩거리며 뒤따랐다. 최대성은 그들이 멀찍이 가는 것을 보고 나서야 움직였다. 마을 우산각은 낮은 언덕 위에 초가로 지어져 있었다. 언덕 뒤로는 개울이 하나 흘렀고, 개울 너머는 온통 다랑이 논밭이었다. 불타는 마을은 우산각을 지난 산골짜기에 있었다. 아직도 잔불이 꺼지지 않은 듯했다. 초목이 무성한 초여름이어서 산불로 번질 위험은 없었다. 옹기종기 붙어 있는 초가들은 다 불타고 무너져내린 숯덩이만 보였다.

"마실 사람덜은 은제 돌아오는가?"

"곡석을 거둘라믄 가실에는 와야지라우."

우산각에 힘없이 쪼그려 앉아 있던 마실 늙은이 아홉 명이 군교를 보더니 일어났다. 우산각 옆에는 솥단지 하나가 바위 틈새에 올려져 있었다. 늙은이들은 마을사람들이 돌아올 때까지 논밭을 지키면서 버틸 요량인 것 같았다. 최대성이 말에서 내려 가까이 다가가려고 하자 늙은 군교가 말렸다.

"위험헌께 여그쯤에서 말씸해야 헙니다요. 이 사람들 중에 누가 역병에 걸렸는지 알 수 읎은께라우."

"설상가상이그만. 사변이 난 디다 역병까지 돌았은께 말이여."

최대성은 옆에 있는 갑술에게 말했다.

"이 사람덜을 우리 마실로 델꼬 갈 수 있을까?"

"동상, 큰일 낼 일 있는가. 우리 마실에 역병이 돌믄 으쩔라고."

늙은 군교와 이선지도 반대했다.

"군관님, 고로크롬 허시믄 안됩니다요."

"한후장님, 이 사람덜을 도와줄 수 있는 방법은 많습니다요."

"무신 방법이 있겄는가?"

최대성이 이선지에게 물었다. 그러나 이선지는 대답하지 못했다.

"지에게 무신 심이 있겄습니까만 관아에 돌아가서 대장님께 보고헐랍니다요."

"자네 대장도 벨 수 읎을 것이네. 본영에도 군량이 부족헌디 순천부라고 해서 넉넉허겄는가."

최대성이 갑술에게 다시 말했다.

"이 사람덜을 사곡마실에서 쪼깜 떨어진 디서 살게 하고 곡석을 대주믄 으쩔까?"

"곡석을 대주는 것은 에럽지 않은디 위험허당께라우!"

갑술이 최대성의 손을 잡아끌면서 하소연했다. 그러나 최대성은 냉정했다.

"글고 광양 사람덜까지 합치면 도대체 몇 사람인지 머리 아프그만. 사실은 우리도 숭년이 들어 쪼깜 에러와졌당께."

"에러울 때 콩 반쪽이라도 나놔 묵는 것이라고 아버님께 귀에 못이 박힐 정도로 많이 들었네. 내 말은 아버님 뜻이기도 허단 말이여."

"영감님께서 위중허신디 병이라도 옮으믄 으쩔라고! 이 사람덜을 위하는 것이 영감님께는 불효가 될 수도 있당께."

최대성은 갑술이 완강하게 반대하기 때문에 마을사람들을 데리고 가는 것은 포기했다. 대신 갑술을 달랬다. 집사 역할을 하는 갑술의 곤란한 처지도 있을 것이므로 자신의 주장만 밀어붙일 수도 없었다.

"성, 그라믄 무신 방도가 읎을까?"

"델꼬 가지 않드라도 도울 수 있는 방도는 있겄제잉."

"뭣이여?"

"곡석을 쪼깜 대주믄 으쩔랑가 모르겄네잉."

"성, 묘수 중에 묘수네."

갑술이 생각해낸 구휼 방법은 본영으로 돌아가는 말구종 편에 곡식을 보내주는 것이었다. 보성강 주변의 소작농들을 감독하는 마름 역할을 오랫동안 해온 갑술의 기가 막힌 제안이었다. 갑술이 형인 두리동보다 더 명석하다는 것을 최대성은 새삼 실감했다. 최대성이 늙은 군교에게 말했다.

"이 사람덜에게 곡석을 보내주겠네. 노인덜에게 고러코름 전하시게."

군교가 마을 노인들에게 가서 말하자 노인들이 놀란 듯 최대성을 멀뚱멀뚱 쳐다보더니 이윽고 통곡했다.

"어흑! 어흑!"

최대성은 통곡하는 노인들을 보고 있기가 민망해서 바로 그 자리를 떠났다. 임란의 여파는 산지사방으로 퍼져 있었다. 가장 크게 고통받고 있는 사람들은 바로 양민이었다. 낙안을 지나면서 최대성 일행은 또 정처 없이 낙안성을 떠나고 있는 노인 두 명을 만났다. 어디로 가는지도 모르고 집을 떠나는 노인들이었다. 그러니 죽을 자리를 찾아가는 것이나 다름없었다. 최대성은 갑술에게 상의하지 않고 바로 노인들을 사곡마을로 데리고 가겠다고 말했다.

"성, 이 노인덜은 손발이 성한께 농삿일은 거들어주겠네. 델꼬 가세."

그래도 되는 이유는 최대성에게 확실하게 있었다. 아버지 최한손이 자신의 건강을 고려해서 1년 전에 이미 최대성에게 집안 재산을 모두 물려주었던 것이다.

최대성 일행이 초암산 아래 사곡마을에 도착했을 때는 벌써 석양이 오봉산 너머로 지고 있었다. 초암산은 이미 산그림자가 드리워져 어둑어둑했다.

부모 봉양

사립문을 밀고 들어가자 사랑방으로 가던 부엌데기가 걸음을 멈추었다. 그녀는 손에 미음이 든 소반을 들고 있었다. 갑술이 말했다.

"영감님께서 쪼깜 드시는가?"

"점심끼니에 서너 숟갈 드셨습니다요."

"아이고, 듣던 중 희소식이네."

"읍성에서 의원이 댕겨가신 뒤로 드셨습니다요."

최대성은 안도했다. 갑술에게 아버지가 곡기를 끊었다는 소리를 들었을 때는 눈앞이 캄캄했지만 부엌데기 말에 안심이 됐다. 최대성은 사랑방으로 바로 들어갔다. 아버지 최한손은 사랑방 아랫목에 누운 채 최대성을 맞이했다.

"아버님!"

"으흥."

최한손은 신음소리를 내뱉으며 아들 최대성을 바라보았다. 희미한 눈의 광채로 보아 의식은 있다는 증거였다. 더구나 손을 꼼지락거리며 최대성에게 무언가 의사 표시를 했다.

"대성이가 왔어라우. 아버님, 절 받으씨요."

최대성은 아버지 최한손 앞에서 공손하게 큰절했다. 이어서 갑술이도 따라했다. 갑술이가 말했다.

"영감님, 심 내시지라우. 아드님도 왔은께라우."

"으흥."

최한손이 눈을 두어 번 껌벅거렸다. 최대성이 부엌데기에게 물었다.

"아버님께서 미음을 어쯔께 드셨는가?"

"누운 채로 드셨습니다요."

"넘기기 심드셨을 것인께 내가 아버님을 일으켜보겠네."

최대성은 최한손을 일으켜서 벽에 등을 기대게 했다. 처음에는 힘이 없어 불안정했지만 최대성과 갑술이 양쪽에서 붙들고 있자 미음을 먹기에 알맞은 자세를 취했다. 갑술이 부엌데기에게 말했다.

"인자 미음을 드시게 허게."

"그래야지라우."

부엌데기가 얼른 숟가락으로 미음을 떠서 최한손의 입에 대었다. 그런데 최한손은 서너 숟갈을 넘기더니 미간을 찡그리며 고개를 흔들었다. 맛이 없어 못 먹겠다는 표정이었다. 그러자 갑술이 말했다.

"영감님, 한 술만 더 드시지라우."

"으흥."

"입맛이 읎으셔서 그럴 것이네."

최대성이 미음을 떠서 자신의 입을 대보며 부엌데기에게 지시했다.

"어죽이 겁나게 싱겁네. 긍께 소금으로 짭짤허게 간을 맞추게."

부엌데기가 소금을 가지러 간 사이에 최대성은 아버지 최한손이 들어서 좋아할 만한 이야기를 했다.

"아버님, 지가 왜적덜을 무찔렀그만이라우. 왜대선도 1척 불태와부렀그만요. 이순신 대장 막하에서 한후장으로 나가 싸왔지라우."

아들의 전공 이야기에 최한손의 얼굴에 희미한 미소가 어렸다.

"긍께 얼릉 일어나셔서 아들이 더 큰 공을 세우는 것을 보셔야지라우."

최한손이 고개를 힘없이 위아래로 끄덕였다. 최대성의 말에 반응을 보였다. 갑술이도 한마디했다.

"영감님, 아드님이 한후장이 됐어라우. 한후장이 돼야서 왜적덜을 겁나게 무찔러버렸어라우!"

"네가 고로코름 헐 줄 알았다. 난 인자 죽어도 여한이 읎다."

뜻밖에 최한손의 입에서 몇 마디가 새어 나왔다. 최대성은 물론 갑술이도 놀랐다. 최대성의 전공을 이야기했더니 최한손이 힘을 내서 말하고 있는 것이었다. 그제야 최대성은 부엌데기에게 말했다.

"얼릉 아버님께 어죽을 드리게."

"예."

최대성과 갑술은 다시 최한손의 좌우에서 부축했다. 그러자 부엌데기가 숟갈에 미음을 떠서 최한손의 입가에 댔다. 최한손은 미음을 마지못해 한 사발을 다 넘겼다. 갑술이 눈물을 흘리며 말했다.

"영감님, 인자 일어나시겄습니다요. 나흘 만입니다요."

"지는 아버님 쾌차허실 때까지 여그 있을게라우. 긍께 안심허시지라우."

부엌데기도 갑술이처럼 덩달아 울다가 나갔다. 최대성이 갑술에게 눈짓을 주었다. 사랑방을 나가야 아버지 최한손이 편히 한숨 주무실 것이라는 눈짓이었다.

"아버님, 낼 새복에 뵐게라우."

최대성은 사랑방을 나와 젊은 시절에 공부하던 충효당으로 갔다. 충효당에는 서책 표지가 누렇고 너덜너덜한 사서삼경과 병서가 선반에 그대로 놓여 있었다. 최대성은 팔베개를 한 채 누웠다. 본영을 떠나 집으로 오면서 만난 사람들이 머릿속에 떠올랐다. 광양 유랑민, 순천 역병이 돈 마을 사람들, 낙안 노인들이 눈앞에 어른거려 누란의 위기에 처한 나라의 상황을 실감했다.

두리동이 어두워진 해시쯤 급히 충효당으로 왔다.

"동상, 안 자는 모냥이네잉."

"성, 급헌 일이 생겼는가?"

"친친재 나리께서 보성읍성에 오셨다는 말을 알려줄라고 왔그만."

친친재라면 이순신의 친구 선거이였다.

"향교에 댕기는 마실 청년이 그란디 금의환향이라고 그라그만."

"금의환향? 성, 뭣이 금의환향인지 모르겄네."

금의환향이란 높은 벼슬을 한 뒤 고향에 오는 것을 뜻하는데, 최대성이 알기로는 선거이가 선조 23년 전라우수사(정3품)로 부임하여 선조 24년에 진도군수(종4품)를 겸직했고, 올해 전라병사(종2품)로 승진했는데, 4월에 임란이 발발한 탓에 아직 임명장을 받지 못한 상태였다. 그런데 전라우수사로 이억기가 부임해 왔으므로 현재는 진도군수만 유지하고 있으니 결코 높은 벼슬자리에 오른 것은 아니었다. 최대성은 선거이가 친구인 전라좌수영의 이순신을 만나러 가는 길에 고향을 들른 것이 아닐까 하고 짐작했다.

"나는 낼 아칙에 성묘헐라고 헌디 성은 으쩐가?"

"그라고 본께 벌초헐 때도 돼부렀그만잉."

그때 갑자기 소낙비가 내렸다. 안채 뒤 대숲에 쏟아지는 소낙비 소리가 유난히 크게 들려왔다. 갯바위에 쏴아쏴아 하고 달려드는 파도 같은 소리를 냈다.

다음날 새벽.

최대성은 새벽 문안인사를 하러 사랑방으로 들어갔다. 최한손은 누운 채 말했다.

"집에 왔으믄 쉬어야제 뭐하러 왔느냐?"

"문안인사를 드려야지라우. 밤새 잘 주무셨는게라우."

"요상허다. 니가 온께 심이 난께 말이다."

"어저께 왔다간 의원이 용헌 거 같은께 또 불렀그만요."

"니가 참말로 한후장이 됐단 말이냐? 가문에 영광이여."

"한후장이었다, 대솔군관이 되기도 허고 그렇그만요."

"사또께서 니를 신임허는 모냥이다."

"아버님께서 편찮으시다고 헌께 바로 특별휴가를 주셨그만요."

최한손은 숨이 차는지 잠시 입을 다물었다. 그러더니 잠시 후 앉혀달라고 했다. 벽에 등을 기댄 뒤부터는 말을 좀 더 자연스럽게 했다.

"사또께서 내 걱정까지 허시는 것을 보믄 분명 효자이시리 것이다."

"자당님께서 겨시는 아산으로 나졸을 가끔 보내 소식을 들으셨는디 내년에는 아예 본영 옆으로 오시게 해서 모신다고 허그만요."

"봐라, 을매나 효심이 지극허시냐. 자고로 충은 효에서 나온다고 했느니라."

최대성은 이순신의 어머니 봉양이 얼마나 지극한지 잘 알고 있었다. 나줄이나 형제, 조카들을 통해 수시로 어머니 안부를 확인하곤 했던 것이다. 그것도 성에 차지 않으니까 내년부터는 본영 가까운 곳에 처소를 마련하여 어머니를 모시겠다고 참좌군관 송희립에게만 은근히 밝혔는데, 어느새 본영 군관들 사이에서는 다 알려져 버린 사실이었다.

밤에 한바탕 길게 쏟아진 소나기 때문에 최대성은 성묘를 오후로 미루었다. 풀잎들이 빗물에 젖어 산길을 오르기가 불편할 것 같았기 때문이었다. 탕약 달이는 것을 지켜보는 한편, 갑술을 불러 창고에서 쌀가마니를 꺼내게 했다. 본영 말구종 편에 역병이 돈 마을 사람들에게 줄 쌀가마니였다. 또한 아침 일찍 보성읍성에서 의원이 왔으므로 충효당으로 불러 이것저것 물어보았다.

"무신 탕약인지 모르나 아버님께서 기력을 회복허시는 것 같소."

"어르신께는 특효약이 읎그만이라우. 노환으로 심이 떨어져서 그란께 기력을 회복허는 탕약밖에 읎그만요."

"탕약도 탕약 나름이 아니겠소."

"선대부터 이어온 비방이 있기는 허지라우."

"효험이 크니 오늘 가져온 탕약을 여러 첩 보내주시오."

"어쩌께 보낼께라우?"

"가는 길에 사람을 딸려 보내겄소."

최대성은 두리동 형제 대신 힘께나 쓰는 머슴이 의원을 따라가게 했다. 집에 머무는 동안 자신이 직접 탕약 달이는 것을 감독할 생각이었다. 오후가 돼서야 최대성은 성묘하러 선산으로 올라갔다. 상수리나무 숲길로 들어서자 뻐꾸기, 꾀꼬리 소리가 가깝게 들려왔다. 본영에서는 밤새 우는 소쩍새나 쏙독새 울음소리에 잠을 이루지 못한 적이 많았는데, 고향에 오니 뻐꾸기, 꾀꼬리가 자신을 반겨주는 것 같았다. 최대성은 솔가지를 꺾어 윗대부터 순서대로 성묘했다. 증조부, 조부, 어머니 순이었다. 어머니 산소 앞에서는 맞은편 산자락을 바라보면서 하염없이 시간을 보냈다. 그런데 그때 두리동이 산길을 허둥지둥 올라왔다.

"친친재 나리께서 문병오셨그만."

"으쩌믄 들르실 것 같다는 생각이 들드그만."

"얼릉 가봐야제잉."

"알았어, 성."

과연 마당에는 말 한 마리가 말뚝에 묶여 있고, 사랑방에는 선거이가 최한손을 문병하고 있었다. 최대성은 사랑방으로 들어가 선거이에게 엎드려 큰절했다. 이순신의 친구인 데다 나이로 보아도 여덟 살이나 위였으므로 큰형님 뻘이었던 것이다.

"나으리께서 아버님 병문안을 오시다니 고맙습니다요."

"이 수사를 만나러 가는 길에 들렀네. 첨사 어르신께서 누워 겨신다는 말을 듣고 어찌 모른 체 지나갈 수 있겠는가."

"아버님은 어저께부터 기력을 쪼깜 회복허신 거 같습니다요."

"자네 효성 덕분일세. 이 수사가 자네에게 특별휴가를 주었다는 말도 들었네."

"말씸을 들으셨다니 부끄럽습니다요."

"잘 모시게나. 《논어》에 이런 구절이 있지 않는가. '수욕정이풍부지(樹欲靜而風不止), 자욕양이친부대(子欲養而親不待)'라, '낭구는 가만 있으라고 허지만 바람이 그치지 않고, 자식은 봉양헐라고 허지만 부모님은 지다려주지 않는다'는 말이네."

"영념허겠습니다요."

"이 수사를 만나거든 자네가 부모 봉양을 잘허고 있다는 말을 전허겠네."

"사또께서 부모 봉양 잘허라고 배려해주셔서 요러코름 있그만요."

"이 수사가 자네를 다시 부를지 모르네. 나도 사실은 이 수사가 불러서 가는 길이네."

"혼자 가시는 길인게라우?"

"아니네, 봇재 너머 군영구미에 진도에서 온 협선에는 진도 관군덜이 멫 명 타고 있네."

진도는 전라우수사가 다스리는 곳인데, 전라좌수사의 부름을 받아 가는 것이라면 특별한 일이 아닐 수 없었다. 어쩌면 선거이가 전라병사를 제수받고서도 임란으로 임명명령서만 수령하지 못한 입장이었으므로 전라우수사 이억기의 허락을 받지 않고 선거이 독단으로 결정한 일인지도 몰랐다 전라병사는 전라우수사 상관이기 때문이었다

"공문에 의하면 적선덜이 거제에 모여들고 있다는디 일전을 도모헐라고 그라는 것 같네."

"본영을 떠나 있으니 지는 죄송헐 따름이그만요."

"이 수사의 허락을 받고 와 있은께 미안헐 것은 읎네."

선거이는 병문안만 하고 곧 말을 타고 봇재 너머 군영구미로 떠났다. 선거이 말대로 왜선들이 거제로 다시 집결하고 있다는 것은 사실이었다. 임란 초기 해전을 가볍게 여겼던 왜수군은 이순신 함대에게 연전연패하자 왜왕 도요토미 히데요시는 전략을 바꾸었다. 그간 육전

에 가담하고 있던 왜군 수군대장들에게 급히 남하하라는 명을 내렸다. 이에 왜수군장 구키 요시다카, 와키자카 야스하루, 가토 요시아키 등 3인은 한양에서 협의 후 부산으로 내려갔다. 6월 10일 그들은 부산에서 왜선들을 정비하여 조선수군과의 해전을 대비했다.

격분했던 왜왕은 또 부하 장수들에게 엄명을 내렸다. 6월 23일자 주인장(朱印狀)으로 구키, 와키자카, 가토 등은 해상 경비를 엄히 하고 협동하여 단시일 내에 조선 수군을 격파하라는 엄명이었다. 따라서 구키와 가토 두 왜수군장은 부산에서 왜선들을 더 집결시키고자 했는데, 공명심에 사로잡힌 와키자카만 수하 왜선 70척을 거느리고 조선 수군이 출몰한다는 거제도로 출전하기 위해 비상까지 걸어둔 상황이었다.

이순신은 왜왕 히데요시의 의도를 이미 간파하고 선거이를 불렀던 바, 함경도에서 생사고락을 함께했던 전우 선거이는 즉시 전라좌수영으로 가는 중이었다. 그러니 비록 병문안을 왔다고는 하지만 최대성 집에서 오래 머물 수는 없었던 것이다.

최대성 역시 아버지 최한손이 기력을 회복하여 건강이 좋아진다면 본영으로 즉시 복귀할 생각이었다. 그러나 최한손은 이제 겨우 미음을 하루에 두 끼 넘기는 정도였다. 최대성은 여종들에게만 맡기지 않고 직접 탕약을 달이기도 하고, 무엇보다 새벽 문안인사는 빠지지 않았다. 최한손이 자신의 운명을 예견하고 있는지 아들 최대성을 자주 보기를 원하는 것 같았기 때문이었다.

최대성이 집에 온 지 보름 만이었다. 최한손은 자리에서 일어나 집안의 본채, 안채, 별채, 행랑채, 충효당 등을 돌아볼 정도로 거동했다. 그런데 6월 하순에 본영에서 통인이 이순신의 공문을 들고 왔다. 3차 출전이 있으니 복귀하라는 공문이었다. 최대성은 새벽 문안인사 때 솔직히 말했다.

"아버님, 사또께서 부르시는그만요."

최한손은 망설이지 않고 말했다.

"내 걱정허지 마라. 남아가 적을 무찔러 난을 평정해야제 어찌 사사로움에 얽매이랴. 얼릉 떠나그라."

"아버님, 영념헐게라우."

최대성은 아버지 최한손의 훈계를 따랐다. 그리고 두리동 형제를 따로 만나 광양 유랑민들에게 농사 일거리를 계속 찾아주기를 부탁한 뒤 사곡마을을 떠났다.

3차 출전

본영 앞바다에는 판옥선들이 즐비했다. 전라우수군 판옥선 25척이 정오 전에 도착하여 정박해 있기 때문이었다. 전라좌수군의 판옥선 24척과 함께 늘어서 있으니 장관이었다. 더구나 굴강 안에는 거북선 2척이 협선과 포작선들 사이에서 위용을 과시하듯 깃발을 펄럭이고 있었다. 수군들이 부두를 바삐 오가며 군량과 포환 상자를 날랐다.

최대성은 남문에 올라 본영 앞바다를 바라보면서 심호흡을 했다. 3차 출전이 다가오고 있음을 실감하지 않을 수 없었다. 최대성은 젊은 수문장 진무가 다가오자 말했다.

"군관청 말구종을 보낼 텐께 쩌그 묶여 있는 말을 주게."

"으째서 그런다요?"

"집에서 가져온 말이네. 돌려보낼 것이네."

"아, 알겄그만요."

군관청 말구종은 군관들이 이용하는 군마를 관리해온 관노였다. 따라서 군관들은 이순신의 허락을 받지 않고도 말구종을 마음대로 부릴 수 있었다.

"전라우수군 전선덜은 은제 왔는가?"

"정오 쪼깜 전에 왔그만요. 곧 출전헐 거 같그만이라우."

최대성도 그렇게 생각했다. 통인이 본영에 복귀하라는 공문을 들고 왔을 때, 최대성은 3차 출전을 직감했는데, 본영 앞바다에 떠 있는 전라우수군의 전선들을 보니 틀림없는 사실로 다가왔다. 최대성은 바로 동헌으로 올라갔다. 이순신은 동헌 호상에 앉아 있었다. 동헌 당직군관이 말했다.

"방금 장수 회의가 끝났그만요."

"알겄네."

이순신이 최대성을 보고는 말했다.

"부친께서는 워쩌신겨?"

"미음을 드시고 산책을 쪼깜썩 허십니다요."

"최 군관 효심이 통했구먼."

"복귀허라는 공문을 받고 즉시 달려왔습니다요."

"그려. 좌수군 전선덜이 왔으니께 곧 출전헐겨."

"무신 부서든 맡겨 주시믄 목심을 아끼지 않고 싸우겄습니다요."

"1차, 2차 출전해 보니께 싸우는 것이 쉬울라믄 정탐을 잘해야겄다, 허고 생각혀. 싸움은 정탐에서 승부가 난다고 봐야 혀."

"척후장이 정탐허고 있지 않습니까요."

"척후장은 바다에서 허고, 육지에서도 정탐해야 혀."

이순신은 바다와 육지에서 동시에 정탐한 뒤 전술과 전략을 세우겄다고 결심하고 있었다.

"이번 출전에서는 대솔군관덜을 육지루 보내 정탐을 강화헐겨."

이순신은 정탐이 전투의 승패를 좌우한다고 믿었다. 그러기 때문에 정탐을 더욱 강화하고자 했다. 최대성은 이순신의 구상을 바로 이해했다. 이순신이 신임하는 송희립, 나대용, 이봉수, 최대성 같은 대솔군관들을 정탐군관으로 활용하겠다는 구상을 하고 있음이 분명했다. 정탐은 탐망과 달랐다. 탐망군사는 적진 깊숙이 들어가 며칠씩 숨어 머물면서 적정을 탐문하는 것이고, 정탐군사는 적진 가까이 가서 탐문한 뒤 본대에 돌아오는 것이었다.

"대장 나으리, 이번 출전에서 정탐을 맡으라는 것입니까요?"
"그려."
"으디로 가야 헙니까요?"
"노량에서 원공을 만나믄 결정헐겨."
"알겄습니다요."

3차 출전을 앞둔 본영 안팎으로 긴장감이 감돌았다. 수군들의 발걸음은 더 빨라졌고, 장수들은 동헌을 하루 내내 드나들었다. 이순신 역시 수시로 장수를 불러 장수 회의를 주재했다. 장수들의 임무는 2차 출전 때와 엇비슷했다. 별도장과 한후장을 새로 뽑고, 거북선이 두 척 출전하므로 돌격장에 박이량을 추가해 임명했다. 바뀐 장수들은 다음과 같았다.

  우척후장 여도권관 김인영
  우부장 사도첨사 김완
  좌별도장 군관 윤사공, 가안책
  우별도장 전 만호 송응민

유군장 발포만호 황정록
한후장 본영군관 김대복, 급제 배응록
우귀선 돌격장 박이량

저녁에는 이순신의 지시로 장수들이 객사 앞으로 모였다. 검푸른 서녘 하늘에 부처님 눈썹처럼 생긴 초승달이 떠서 객사를 내려다보고 있었다. 장수들 발 앞에는 흰 분청 사발이 한 개씩 놓여 있었다. 본영 진무들이 항아리를 들고 왔다. 바닷바람이 소포 선소 쪽에서 불어왔다. 광양 바다를 건너오는 샛바람이었다.

그때 이순신이 동헌에서 왔다. 이순신 앞에도 흰 분청 사발이 놓여 있었다. 이윽고 이순신이 입을 열어 말했다.

"장수덜은 명심헐겨! 우덜은 나라의 은혜를 갚고자 떨쳐 일어난 장수덜이여. 그러니께 목심을 바쳐 싸와야 혀! 피를 다 같이 마시는 것으로써 우덜 맹세는 바우맹키로 단단해지는겨. 알겄는가?"

"예, 대장 나으리!"

이순신이 포효하듯 말을 마치자 진무들이 이순신 앞에 놓인 사발부터 항아리 속의 검붉은 액체를 따르기 시작했다. 초승달 달빛에 먹물처럼 보일 뿐 사발을 채우고 있는 것은 붉은 피였다. 원래는 백마의 피를 따라야 했지만 진무들이 들고 있는 항아리 속에는 닭 피가 들어 있었다. 이순신이 장수들 앞에 놓인 사발을 둘러보더니 소리쳤다.

"맹세는 요로코름 허는겨!"

"예, 대장 나으리!"

이순신이 먼저 사발 안의 닭 피를 단숨에 마셨다. 그런 뒤 콧수염에 묻은 피를 손으로 쓰윽 닦았다. 그러자 장수들이 뒤따라 닭 피를 들이켰다. 장수들의 사발에 담겨 있던 닭 피는 단숨에 비워졌다. 대신 초승달 어두운 달빛이 빈 사발을 채웠다. 최대성은 닭 피를 마신 뒤 이를 악물었다. 이순신이 또 소리쳤다.

"낼 새복에 출전헐겨. 장수덜은 만반의 준비를 철저히 혀."

이순신과 장수들은 객사 안으로 들어가 북쪽을 향해 4배를 한 뒤 각자의 판옥선으로 돌아갔다. 최대성도 군관청으로 가지 않고 남문을 나와 부두에서 걸음을 멈추었다. 나대용이 뒤따라오고 있었다.

"동상, 오날 밤에는 배에서 자야제잉."

"성님도 배로 가는 길이지라."

"낼 새복에 출전헌다고 헌께 배에서 눈을 쪼깜 부칠라고 허네."

"근디 이번 출전도 대솔군관이지라? 나도 그라요."

"대장선에 탄께 쪼깜 답답허그만."

"사또께서 부상당했던 군관은 대솔군관으로 쓰는거 같아라우."

"그러고 본께 나는 1차전 옥포에서 다쳤고, 동상은 2차전 사천에서 부상을 당했제잉."

"사또께서 배려해 주시는 건디도 거시기 허그만요."

"아니여, 신임이 두터와서 대솔군관으로 쓰시는 거여. 이번에 나에게 정탐을 맽기신다고 허드라고."

"성님 말씸이 맞는 거 같으요. 이봉수 군관을 대솔군관으로 델꼬 댕기시는 것을 보믄 알 수 있지라. 신임허시지 않으믄 곁에 두시지 않겄지라."

"대장선을 타고 댕기는 것 자체가 장수로서는 영광이제잉."

두 사람은 또 대장선을 탔다. 본영 군관들이 선호하는 대솔군관으로 다시 임명받았기 때문이었다. 대장선에 오른 최대성과 나대용은 각자 자기 자리로 갔다. 나대용은 뱃머리로, 최대성은 격군들이 쉬고 있는 아래층으로 내려갔다. 격군들이 편하게 앉아 있다가 최대성을 보고는 부동자세를 취했다.

"저녁은 묵었는가?"

"예, 한후장님."

"인자 나는 한후장이 아니여. 대솔군관인께 그냥 군관이라고 허믄 되네."

"예, 군관님."

"격군장, 우리 전선이 물에 을매나 잠기는가?"

"13자쯤 잠기지라우."

"어른 걸음으로 다섯 보쯤 되겠네."

"으째서 갑재기 물어보십니까요?"

"거제 부근에 암초가 많은께 그라네."

"왜선덜은 밑이 뾰쭉헌께 암초를 잘 피해 댕기지만 우리 배는 밑이 편편해서 암초에 걸리믄 빠져나오기 심들지라우."

"격군장이라서 아는 것이 많그만."

"노질을 잘 헐라믄 수심을 잘 알아야 허지라우."

최대성은 대장선 위아래층과 저판층의 군량까지 점고한 뒤 잠자리에 누웠다. 그러나 잠이 올 리 만무했다. 출전 전날 밤에는 오만 가지 생각이 머릿속을 떠나지 않곤 했던 것이다. 가장 큰 근심거리는 아버지 최한손의 건강 문제였다. 두리동 형제가 간병을 잘하겠지만 오래된 노환이라서 인명재천이라는 말이 머릿속을 짓누르곤 했다.

최대성은 뒤척거리면서 밤을 새웠다. 꼭두새벽 무렵 이순신이 대장선에 오르는 인기척 소리가 났다. 경계군사와 나누는 군호(軍號) 소리가 났던 것이다. 최대성은 벌떡 일어나 전복(戰服) 차림으로 갑판으로 올라가 이순신을 맞이했다.

"대장 나으리, 대장선 이상 읎습니다요."

"수군덜 중에 아픈 군사는?"

"읎그만요."

송희립, 나대용, 이봉수도 잠자리에서 나와 이순신 앞에 부동자세를 취했다. 이순신은 출전 시각을 결정하려는 듯 대장선 장대로 올라갔다. 뒤늦게 중위장 순천부사 권준도 나타났다. 권준은 1차 출전 때는 전라감사 이광에게 불신받아 참전하지 못했는데, 이순신이 이광을 설득하여 2차부터는 장수로 복귀했다. 그래서인지 다른 장수보다 더 적극적이었다. 장대로 올라가 이순신의 명을 받아 즉시 다른 장수들에게 전달했다.

이순신의 첫 번째 명은 인시(寅時, 새벽 4시)에 출전한다는 것이었다. 이윽고 중군선에서 쏜 화포 1발이 새벽의 적막을 찢었다. 그러자 전라 좌우군 판옥선들이 뱃머리를 돌리면서 일제히 닻을 올렸다. 또 화포 2발을 쏘자, 모든 판옥선들이 삼각형의 첨자진 대오를 만들었다. 일단 연합함대는 광양 바다 쪽으로 이동을 시작했다. 노량까지의 이동은 2차 출전 때와 똑같았다. 격군들은 익숙한 물길이었으므로 힘차게 노를 저었다.

함대가 노량으로 가는 이유는 경상우수사 원균을 만나기로 했기 때문이었다. 원균은 약속대로 노량에서 판옥선 7척을 거느리고 와 있었다. 이순신은 원균에게 적정을 물었지만 그는 명쾌하게 대답하지 못했다. 그동안 정탐을 게을리한 탓이었다. 그러나 이순신은 원균이 판옥선 7척을 거느리고 와서 합세한 것만도 고맙게 생각했다.

"원공, 우덜 함대는 규모루 보나 전투력으로 보나 인자 무적함대가 됐슈."

"이공, 전라우수군 25척, 전라좌수군 24척에 거북선 2척, 경상우수군 7척에다 협선과 포작선을 합치면 이공 말씀이 맞소이다."

조선수군 연합함대는 노량에서 수군들의 사기를 진작하기 위해 닭백숙 특식을 한 뒤 창신도로 이동하여 하룻밤을 보냈다. 다음날은 생각지 못한 강한 태풍이 불었다. 함대는 태풍 때문에 창신도에서 가까운 미륵도 당포까지 가는데도 날이 저물었다. 더 이상 이동은 위험했다. 당포에서 1박 할 수밖에 없었다.

수군들이 배에서 내려 땔나무를 베며 물을 긷고 있을 무렵이었다. 왕실목장의 목자(牧子) 김천손이 조선수군 연합함대를 보고는 달려와 보고했다.

"왜선 70여 척을 봤십니더."

"워디서 본겨?"

"왜선덜이 오늘 오후 미시(未時, 오후 2시)에 영등포 앞바다를 지나갖꼬 거제와 고성 경계인 견내량에 이르러 머무르고 있십니더."

왕실목장 목자의 보고이므로 믿을 만했다. 이순신은 즉각 최대성을 불렀다.

"견내량으루 가서 적정을 정탐혀."

"예, 대장 나오리."

최대성은 바로 정탐군사를 선발하여 협선을 타고 미륵도 남단을 돌아 거제도로 갔다. 거제도 해안 산길을 따라 덕호마을까지만 가면 견내량에 정박한 왜선들을 정탐할 수 있었다. 직접 눈으로 목격하거나 평생 고기를 잡아 온 늙은 어부를 만나면 적정이나 견내량 형세 등을 알 수 있을 터였다.

기대한 대로 정탐군사들은 덕호마을에서 섬 늙은이를 하나 만났다. 늙은이는 왜적들의 노략질에 치를 떨었다.

"철천지 왠수덜 아닌교. 막 치가 떨린데이."

"왜선은 을매나 돼요?"

"낮에 본 것만도 대선 36척, 중선 24척, 소선 13척이었십니데이."

최대성은 늙은 어부의 말을 믿었다. 김천손이 보고한 내용과 일치했기 때문이었다.

"견내량 형세는 으쩌요?"

"바다가 좁고 암초덜이 많십니더. 그러니께 왜선덜 하고 싸우기가 쪼메 에러울 낍니데이."

"바다 깊이를 알고 있소?"

"그물을 던져봐서 잘 압니더. 15자 쪼메 넘을까 말까 헙니데이. 근디 암초가 있는 디는 13자쯤 될 낍니더."

암초가 돌출한 곳은 13자 정도 된다고 하므로 판옥선이 자유자재로 움직이기에는 어려울 것 같았다. 최대성은 늙은 어부에게 고마움을 표했다.

"반다시 사또께 말씸드리겄소."

최대성은 정탐군사를 이끌고 바로 연합함대가 있는 당포로 돌아왔다. 위험한 적진이므로 더 머물 필요가 없었다. 늙은 어부를 만난 것은 천운이 아닐 수 없었다. 반달 달빛까지 정탐군사를 도와주었다. 달빛이 있어 돌아오기가 수월했던 것이다. 거제도 해안에 숨겨둔 협선을 타고 쉽게 당포를 향했다. 강풍이 잦아든 밤바다는 반달 달빛이 파도를 타고 어른거렸다.

최대성은 대장선에 올라 이순신에게 보고했다.

"적선 70여 척은 견내량에 서로 맞닿아 정박해 있그만요. 글고 지형이 좁고 암초가 많아서 우리 전선들이 싸우기가 심들 거 같습니다요. 글고 적은 싸우다가 형세가 궁해지믄 언덕을 의지해 육지로 도망칠 것입니다요. 그렇다믄 적을 없애기가 에러우니 한산 바다 가운데로 끌어내는 유인작전을 펴는 것이 좋으리라 판단됩니다요."

"최 군관 말이 일리가 있구먼."

이순신은 당포에서 밤을 새우고 새벽에 당포 반대쪽 앞바다로 이동하리라고 결단했다. 그곳은 한산도 바로 옆이었다.

연전연승

견내량에 정박한 왜선 70여 척은 왜장 와키자카 야스하루가 거느리고 있었다. 와키자카는 쿠기와 가토와 연합하지 않고 단독으로 김해를 떠나 거제도 북단으로 이동해 견내량에 머물고 있었다. 이순신은 판옥선 대여섯 척으로 임시 선봉대를 급조했다. 왜선들을 유인할 판옥선들이었다.

조선수군 선봉대가 왜선이 정박하고 있는 견내량 초입에서 화포 1발을 쏘았다. 그러자 왜선들이 돛을 올리고 깃발을 흔들면서 쫓아왔다. 조선수군 선봉대는 위장전술을 구사했다. 왜선들의 위세에 쫓기는 것처럼 위장해 물러났던 것이다. 왜선들은 포기하지 않고 조선수군 선봉대를 바짝 추격했다. 이순신은 장수들에게 엄명을 내렸다.

"명이 떨어지기 전에는 방포허지 말겨!"

"예, 대장 나오리."

왜선들은 선봉대를 쫓아 한산도 바다 가운데까지 쫓아왔다. 조선수군 선봉대가 최대한 유인한 결과였다. 왜수군들이 왜선에서 뛰어내리더라도 사방이 바다이므로 헤엄쳐 도망갈 수 없고, 구사일생으로 섬에 오른다고 해도 굶어 죽을 수밖에 없는 곳이었다. 마침내 이순신이 명령했다.

"학익진 대오루 혀!"

학익진은 옥포나 사천에서 크게 성공했던 판옥선의 공격 대오였다. 수심이 깊은 한산도 바다는 판옥선들이 자유자재로 움직일 수 있었다. 바다 깊이가 60여 자, 어른 걸음으로 스물대여섯 보나 되었다. 판옥선들이 학의 날개를 펼친 대오로 2열을 만들었다. 그러자 이순신이 또 다시 명을 내렸다.

"1열 방포혀!"

1열에 선 판옥선들이 일시에 천자, 지자, 현자총통 화포를 쏘아대자 왜선 두세 척에 금세 불이 붙었다. 그러자 쫓아오던 왜선들이 주춤했다. 학익진으로 포진한 조선수군들의 판옥선을 본 왜수군들은 단번에 사기가 꺾였다. 한쪽의 사기가 꺾이면 다른 쪽의 사기는 오르기 마련이었다. 이순신은 기회를 놓치지 않았다. 1열 판옥선의 모든 장수들에게 천자, 지자, 현자총통 화포 공격을 지시했다. 포신이 뜨거워지자 2열에 있던 판옥선들이 1열 판옥선 앞으로 나오며 화포 공격을 더욱 세차게 했다.

"2열 방포혀!"

포신이 뜨거워지면 1열과 2열이 교대하면서 화포로 당파전술을 구사했다. 왜선들이 맞대응 하면서도 조금씩 밀려났다. 그때부터 조선수군의 장수와 군사들이 앞다투어 왜수군을 추격했다. 화살과 불화살을 번개처럼 날렸다. 마치 그 기세가 강풍을 탄 들불 같았고, 허공을 찢는 우레인 듯했다.

조선수군이 퍼붓는 한나절 이상의 화포 공격이었다. 왜선들은 한꺼번에 불타면서 불바다 속으로 가라앉았다. 조선수군들은 왜선을 버리고 바다로 뛰어드는 왜수군을 보는 족족 활과 갈고리로 사살했다. 한산도 바다는 왜수군들의 핏물로 번졌다.

"쩌어기 적선 밑에 숨어 있다. 죽여라!"

"층각에 왜놈 수괴가 있다!"

특히 중위장 순천부사 권준은 제 몸을 잊고 돌진하여 왜의 층각대선 1척을 쳐부수어 왜장을 비롯하여 왜수군 열 명의 머리를 베고 우리나라 남자 1명을 산 채로 구했다. 중부장 광양현감 어영담도 돌진하여 왜의 층각대선 1척을 쳐부수고 부상당한 왜장을 대장선으로 데리고 갔는데 말이 통하지 않고 화살을 맞은 것이 중상이므로 즉시 목을 베었으며 12명의 왜수군 머리를 베고 우리나라 남자 1명을 구했다.

뿐만 아니라 우부장 사도첨사 김완은 왜대선 1척을 쳐부수어 4명의 왜수군 머리를 베었고, 또 두 척을 쫓아가서 깨뜨리고 불태웠다. 전부장 방답첨사 이순신 역시 왜대선 1척을 쳐부수어 4명의 왜수군 머리를 베었다. 또, 좌귀선 돌격장 이기남은 왜대선 1척을 쳐부수어 7명의 왜수군 머리를 베었고, 좌별도장 윤사공과 가안책은 층각선 2척을 바다 가운데서 사로잡아 6명의 왜수군 머리를 베었다.

좌부장 낙안군수 신호는 왜대선 1척을 사로잡아 7명의 왜수군 머리를 베었고, 좌척후장 녹도만호 정운은 층각대선 2척을 화포로 당파하여 3명의 왜수군 머리를 베고 우리나라 사람 2명을 산 채로 구출했다. 우척후장 여도권관 김인영은 왜대선 1척을 쳐부수어 3명의 왜수군 머리를 베었고, 유군장 발포만호 황정록은 층각선 1척을 쳐부수어 2명의 왜수군 머리를 베었다.

우별도장 송응민은 2명의 왜수군 머리를 베었고, 흥양통장 최천보는 3명의 왜수군 머리를 베었고, 참퇴장 이응화는 1명의 왜수군 머리를 베었다. 우귀선 돌격장 박이량도 1명의 왜수군 머리를 베었고, 장수 손윤문은 왜소선 2척에 화포를 쏘고 산 위까지 왜수군을 추격했으며, 장수 최도전은 우리나라 소년 3명을 구했다.

나머지 왜대선 20척, 중선 17척, 소선 5척은 좌우도의 여러 장수들이 합심하여 불살라 수장시켰는데, 화살을 맞고 물에 빠져 죽은 왜수군의 숫자는 헤아릴 수 없었다. 그리고 왜선을 버리고 도망친 왜수군은 4백여 명이나 되었다.

이로써 한산해전은 조선수군 연합군의 완벽한 승리였다. 다만 이전의 전술과 달리 한산도 바다 가운데로 유인하여 접전한 전투였으므로 조선수군의 사상자도 다수 발생했다. 사상자 없는 이전의 싸움과는 확실히 달랐다.

종일 접전한 탓으로 조선수군은 승리를 즐길 여유가 없었다. 밤이 되어 쉬거나 잠을 자고 싶을 뿐이었다. 최대성은 이순신이 전투를 지휘하는 장대로 올라가 말했다.

"대장 나으리, 남은 적덜은 노를 저어 도망쳐부렸고, 날이 저물고 있은께 여그서 임시 진을 치고 밤을 보내믄 으쩌겠습니까요?"

"우덜 군사가 죙일 싸우느라구 피곤허니께 나두 그렇게 생각혀."

황혼이 짙어질 무렵이었다. 이순신은 견내량 내항으로 들어가 결진하라고 지시했다.

한산해전에서 대승한 이순신은 7월 9일 가덕으로 향하려는데, 탐망군사가 왜선 40척이 안골포에 있다고 보고했다. 그러나 역풍이 불어 안골포로 가기는 무리였다. 조선수군은 역풍이 잦기를 기다리다가 날이 저물자 거제땅 칠전도에서 밤을 보냈다. 역풍은 10일 자정부터 약해지기 시작했다. 이순신은 지체하지 않고 새벽에 안골포 출전을 명했다. 역시 전술은 학익진이었다. 왜수군은 안골포 포구에 물고기비늘처럼 진을 친 어란진 대오로 정박하고 있었다.

"안골포는 지세가 좁구 얕으니께 조수를 보면서 단번에 공격허기보다는 여러 척이 교대루 공격혀."

이순신의 지시에 따라 조선수군은 판옥선을 교대로 보내 안골포의 왜선들에게 타격을 가했다. 다음날 새벽에야 조선수군은 안골포 포구에 상륙했다. 조선수군은 즉시 수색 정찰에 들어갔다. 전사한 왜군의 시체를 모아놓고 불 지른 곳이 12군데나 되었다.

"대장 나으리, 아직도 타다 만 뼈다귀와 손발들이 흩어져 있십니다. 안골포 성 안팎에 적덜이 흘린 피가 곳곳에 묻어 있십니데이. 왜적덜 사상자 수는 헤아릴 수가 없십니더."

7월 11일 오전 사시쯤 연합함대는 양산강과 김해포구 및 강동포구 등 주변해역을 수색 정찰했지만 왜선을 발견하지 못했다. 몰운대까지 정탐했지만 왜선들은 이미 다 도망치고 없었다. 저물녘에 조선수군 함대는 천성보 쪽에 오래 머물 것처럼 왜군 탐망군을 속인 뒤 야간 이동으로 12일 오전 사시쯤 한산도에 도착했다.

한산도 해안에는 지난 8일 한산도 해전에서 도망친 왜수군들이 며칠 굶은 채 널브러져 있었다. 섬 주민들이 3명의 왜군 머리를 베어왔다.

"섬 안에 굶어서 비실비실헌 왜적덜이 많십니데이."

이순신은 경상우수사 원균에게 한산도 토벌을 맡기고 13일 본영으로 복귀할 수밖에 없었다. 군량이 떨어지고 있었고, 왜적들이 도망치기만 할 뿐 싸울 기미가 없기 때문이었다.

"도망친 왜적덜이 반다시 또 나타날겨. 긴장을 늦추지는 말으야 혀."

그래도 이순신은 임란 초기와 달리 여유를 되찾았다. 한산해전과 안골포해전으로 조선수군이 제해권을 완전히 장악했기 때문이었다. 이제 왜수군의 서해 진출은 무산되었으므로 지원군과 보급물자를 받지 못한 왜육군은 허송세월을 보낼 수밖에 없었다. 특히 고니시 유키나가 왜장은 평양까지 진격했으나 진퇴양난에 빠질 터였다. 왜왕 도요토미 히데요시는 왜수군 대장 도도 다카도라에게 지시했다.

〈앞으로는 조선수군과 싸우지 말라.

거제도 해안에 성을 쌓고 해안선을 따라 싸우라.

부산포에서 보급로를 유지하라.〉

한편, 본영으로 돌아온 이순신은 전라좌우수군들에게 휴식을 준 뒤 8월 1일부터 맹훈련을 시켰다. 전선도 증강했다. 거북선 2척을 포함한 판옥선 72척, 협선 92척 등 모두 166척이었다. 이제는 위세용으로 띄웠던 포작선은 필요 없었다. 연일 전라좌우수군들은 활쏘기와 씨름 등 합동훈련을 했다. 그러는 중에 이순신은 경상우도 순찰사 김수로부터 공문을 받았다.

〈육상으로 진군한 왜적들이 낮이면 숨고, 밤이면 행군하여 양산 및 김해강(金海江) 등지로 잇따라 내려오는데, 짐짝을 가득히 실은 것으로 보아 도망치려는 낌새가 현저하다.〉

공문을 받은 이순신은 동헌에 모인 장수들에게 물었다.

"나는 퇴각허는 적덜을 토멸허구 말겨. 장수덜 생각은 워쩐겨?"

"한 놈도 살려줄 수 읎지라우!"

전라좌우수군 장수들이 이구동성으로 대답했다. 이순신은 8월 24일 신시(申時, 오후 4시)에 전라좌우수군 함대를 출진시켰다. 이번에는 칠십팔세 조방장 정걸도 나섰다.

"이 늙은이도 싸우고 잪그만. 본영에 남은 유진장만 허다가 은제 싸와보겄냐고."

"조방장님 충의를 어처께 꺾겄습니까요."

"하하하."

최대성의 말에 모두가 웃었다. 이순신도 흔쾌하게 정걸의 의견을 받아들였다.

"조방장님 충의는 하늘이 알아주겄지유."

"대장, 돌격장을 시켜주씨요."

"조방장님께서 앞장 서서 싸와주신다믄 우덜은 이미 승리헌 것이나 다름읎구먼요."

오후 느지막이 출진한 연합함대는 남해 관음포에서 1박을 했다. 다음날 25일 사량도에서 경상우수사 원균과 합세했고, 왜적으로부터 방어하기에 용이하므로 항상 머물렀던 당포에서 1박을 하고 26일은 거제도 앞바다에서, 27일은 원포(현 창원시 진해구 원포동)에서 1박을 하고, 28일 가덕도에서 잤다. 그리고 29일 조선함대는 가덕도를 출발하여 양산, 김해까지 왔는데, 왜수군 3백 명이 왜대선 4척과 소선 2척에 나누어 타고 양산에서 나오는 것을 발견했다. 척후장의 보고를 받은 이순신은 즉시 공격 대오를 지시했다.

"왜왕 지시로 적덜은 우덜과 싸우지 않으려구 헐겨. 그러니께 추격해서 분멸해야 혀."

이순신의 예견대로 왜군들은 배를 버리고 육지로 도망쳤다. 이순신은 원균에게 전공의 기회를 주었다.

"원공, 경상우수사 장수덜에게 지시허슈."

그러자 원균 부하 장수들이 버리고 간 왜선들 가까이 가서 화포공격을 하고 불태웠다. 가덕도로 돌아온 이순신은 또 한번 결단을 내렸다. 이억기와 원균에게 작전을 상의하던 결론을 내렸다.

"부산은 적의 근거지가 돼왔으니께 이번에 소굴을 없애버려야만 적의 간담을 꺾을 수 있을 거유."

"이공의 말이 맞소이다."

마침내 9월 1일 첫닭이 울자 조선수군 연합함대는 부산포로 향했다. 그런데 진시(辰時, 오전 8시)쯤 갑자기 거센 샛바람이 불어 파고가 높아지자 격군들의 노젓기가 힘들어졌다. 연합함대는 간신히 몰운대 쪽으로 전선들을 대었다. 그때 왜대선 5척을 발견하고는 화포 공격으로 모두 분멸했다. 다대포 앞바다에서도 왜선 8척을 만나 분멸했고, 서평포에서도 왜선 9척을 만나 분멸했다. 또 절영도에서는 왜선 2척을 분멸한 뒤 섬을 수색했다.

최대성은 정탐군관이 되어 군사들을 거느리고 절영도 안팎을 샅샅이 뒤졌지만 왜적의 흔적을 찾지 못했다.

"적덜은 이미 철수허고 읎습니다요. 긍께 부산 앞바다로 탐망선을 보내야 허겄그만요."

"탐망선을 보낼겨."

적시에 탐망선을 보낸 셈이었다. 절영도에 왜적이 없으니 안심하고 부산 앞바다까지 탐망선이 갈 수 있었던 것이다. 탐망군관은 바로 돌아와 이순신에게 보고했다.

"5백여 척의 적선덜이 선창 동쪽 산기슭 아래 줄지어 숨어 있습니다요. 글고 왜대선 4척이 초량에서 나오고 있습니다요."

보고를 함께 받은 이억기와 원균은 왜군의 위세에 마음을 굳히지 못했다.

"이공, 우리 형세가 유리해질 때까지 관망하는 것이 어떠하겠소?"

이순신은 또 결단을 내렸다.

"우덜 군사덜이 시방 공격허지 않구 돌아간다믄 적덜은 반다시 우리를 업신여길 거유. 그러니께 여그서는 장사진으루다가 공격해야 혀유."

원균과 이억기는 이순신의 결단에 따랐다. 지휘권이 총대장 격인 이순신에게 있으므로 그럴 수밖에 없었다. 이순신이 송희립에게 지시했다.

"독전기를 흔들면서 진격혀!"

우부장 녹도만호 정운, 거북선 돌격장 이언량, 전부장 방답첨사 이순신, 중위장 순천부사 권준, 좌부장 낙안군수 신호 등이 앞장서서 곧바로 돌진했다. 왜수군의 선봉대선 4척은 순식간에 불타면서 바닷속으로 가라앉기 시작했다. 그러자 배를 버린 왜적들은 헤엄을 쳐서 육지로 도망쳤다. 승세를 탄 조선수군들은 깃발을 흔들고 북을 치면서 장사진으로 쳐들어갔다. 산기슭 아래 숨어 있던 왜선들은 조선수군의 위세에 겁을 먹고 나오지 못했다. 왜군들은 산으로 올라가 조총과 화포로 맞대응했다. 그러나 조선수군들은 화력을 집중해 왜선 1백여 척을 불태워버렸다. 다만, 우부장 녹도만호 정운이 조총의 탄환에 맞아 즉사한 것은 이순신으로서는 큰 손실이었다. 이순신은 진심으로 애통해했다. 뿐만 아니라 정운을 포함한 전사자 5명, 부상자 25명도 마찬가지였다.

이순신은 철수를 지시했다.

"과유불급, 지나치면 낭패를 보는 벱이여. 적덜이 육지에서 상대헌다는디 방법이 읎어. 우덜은 수군인겨."

조선수군 연합함대는 한밤중에 뱃머리를 돌려 가덕도로 돌아와서 밤을 보냈다. 9월 2일 다시 부산포 앞바다로 나가 왜군을 쳐부수려고 생각했으나 후일로 미루었다. 육지에 왜군들이 생각보다 많아 조선육군과 합동작전을 하지 않으면 섬멸하기가 어려울 것 같았기 때문이었다. 또 다른 이유는 풍랑이 거셌으므로 판옥선끼리 부딪쳐서 파손된 전선들이 생겨났고, 어느새 군량이 떨어져 가고 있었던 것이다. 할 수 없이 이순신은 진을 파한 뒤 전라좌우수군 함대는 본영으로 향했다.

최대성은 대장선 갑판에 서서 문득 머리를 고향 쪽으로 돌렸다. 연전연승하고 복귀하는데도 갑자기 불길한 예감이 들었기 때문이었다.

효(孝)와 충(忠)

최대성은 본영에서 아버지 최한손의 부음을 듣자마자 이순신에게 보고했다. 그런 뒤 군마를 타고 사곡마을에 달려왔을 때는 벌써 집안 머슴들이 선산에서 산역(山役)을 하고 있었다. 유택 자리는 최한손이 생전에 풍수를 불러 정해둔 자리였고, 최대성도 두리동 형제와 함께 가본 곳이었다.

나라가 사변 중이므로 장례는 삼일장이었다. 내일이면 상여가 집에서 나가는 날이었다. 최대성 집은 본채, 안채, 별채, 충효당 등등 할 것 없이 친인척 조문객들로 북적거렸.

가을 하늘은 보성만처럼 푸르렀고, 오후의 햇살은 대숲 깊숙이 스며들었다. 최대성은 사랑방으로 들어가 갑옷을 벗고 갑술이 가지고 온 상복으로 갈아입었다. 조문객들이 부담스러워할까 봐 빨리 갑옷을 벗었다. 노환을 오랫동안 앓다가 숨을 거둔 때문인지 두리동 형제는 생각보다 담담했다.

"동상, 너무 상심마소. 날씨가 도와준 덕분에 산역이 순탄허네."

"아버님께서는 사계 중에 가실을 젤로 좋아허셨는디 하늘이 도운 거 같그만."

인명재천인 데다 이미 예고된 별세였으므로 최대성도 두리동 형제 못지않게 평정심을 잃지 않았다. 다만 임종을 보지 못한 것이 한스러울 뿐이었다. 그럼에도 불구하고 뼛속 깊이 비통해지는 회한은 없었다.

"아버님은 본채에 겨시제?"

"본채 큰방에 겨시그만."

최대성은 본채 큰방으로 갔다. 10폭 병풍 뒤에 최한손은 깊은 잠에 빠진 듯 반듯하게 누워 있었다. 두리동이 와서 병풍을 한쪽으로 밀쳤다. 최대성은 엎드려 큰절을 두 번 했다. 그런 뒤 아버지 최한손에게 가까이 가서 무릎을 꿇었다. 최대성이 아버지 최한손의 손을 잡았다. 손은 가벼웠고 얼음처럼 차가웠다. 전해오는 차가운 기운이 최대성의 감정을 북받치게 했다. 최대성은 목구멍을 넘어오는 감정을 꾹 눌렀다. 잠시 후 최대성이 혼잣말을 했다.

'아버님, 대성이가 왔어라우.'

'가실 때 뵙지 못해서 죄송해라우.'

최대성은 최한손의 얼굴을 쳐다보면서 말했다. 최한손의 얼굴은 몹시 말라 있었다. 누렇게 변한 살갗은 쭈글쭈글했고 볼은 깊이 들어가 있었다. 허연 콧수염과 턱수염에 가려진 입술은 검붉었다. 그래도 평온한 기운이 얼굴을 감싸고 있어 그나마 위안이 됐다. 순간 최대성의 마음도 편안해졌다. 아버지가 개흥사 주지스님이 말한 극락으로 가셨을 것 같은 예감이 들었기 때문이었다.

"성, 슬퍼허지 마소. 아버님은 좋은 곳으로 가셨응께."

"동상, 뭔 소리여?"

두리동이 눈을 크게 뜨고 물었다.

"스님이 말헌 극락 같은 곳으로 가셨을 거 같아서 헌 말이여."

"어쳐께 안당가?"

"사람은 갈 때 얼굴에 다 나타나는 뱁이여. 나는 싸움터에서 많이 봐서 알어."

최대성은 일어나 큰방을 나왔다. 두리동이 병풍을 다시 치는 동안 혼자서 하는 소리가 최대성의 귀에 들어왔다.

'아이고메, 영감님. 동상이 큰 싸움터에 갔다 오더니 도사가 돼서 왔어라우.'

최대성은 두리동의 혼잣말을 귓등으로 흘리며 사랑방으로 돌아왔다. 사랑방은 아버지 최한손이 손님들을 맞이하거나 서책을 읽던 방이었다. 최한손이 애용하던 벼루와 붓들은 앉은뱅이책상 위에 가지런히 놓여 있었다. 선반에는 서책들이 수십 권 얹혀 있고, 벽에는 망건과 삿갓이 걸려 있었다. 그제야 최대성의 눈가에 물기가 어렸다. 웬일인지 아버지가 남긴 유품들이 병풍 뒤에 누워 있는 아버지보다 더 최대성의 가슴을 먹먹하게 했다.

그러나 최대성은 사랑방 문고리를 잡아당기는 소리에 눈을 비비면서 바르게 앉았다. 석양이 기우는지 창호에 대나무 그림자들이 어른댔다. 두리동이 들어와 장례 진행 상황을 말했다.

"유택 자리는 잘 잡아놨고, 상여는 개흥사 단청허는 스님이 와서 시방 치장허고 있그만."

"삼우제 지내는 동안 영우는 얼릉 마당가에 지어야 쓰겠제잉. 문상객을 받을라믄 말이여."

삼년상에 사용하는 임시사당을 사곡마을 사람들은 '영우'라고 불렀다. 그러니까 임시사당은 망자의 영위(靈位)를 모신 곳이었다.

"동상, 전시에 고상허는 사람덜 눈도 있고 헌께 장례는 겁나게 간소허게 준비해불드라고."

"그라제잉. 전시에는 임시로 아무 디나 가장(假葬)헌 뒤에 몇 년 지나서 정식으로 귀장(歸葬) 허는디 뭐."

"동상, 으쨌든 호상인께 요로코름 치르믄 쓰겄네잉."

"성도 인자 우리 집 구신 다 돼분 거 같네."

그날 밤 최대성은 본채 큰방과 사랑방을 오가며 철야했다. 그 바람에 부엉이가 안채 대숲 언저리의 상수리나무에 앉아 밤새 우엉우엉 우는 소리를 들었다.

다음날 장례 절차 역시 전시 중이므로 최대한 간소하게 진행했다. 상여를 치장하는 종이꽃을 가능한 한 줄이고 앞소리꾼도 두지 않았다. 상여를 메는 상두꾼은 흰 바지, 흰 저고리를 입은 머슴들이 맡았다. 소박한 상여는 선소리 없이 곧장 산으로 올라갔다. 사곡마을 당산나무 앞을 지날 때의 노제도 생략했던 것이다. 유택 자리에서는 상두꾼들이 하관과 봉분의 일까지 맡아 했고, 평시 같으면 3일 후에 하는 삼우제도 바로 지냈다. 전시 중이기 때문에 장례를 상례대로 치를 수는 없었다.

유택에서 제사를 지내는 동안 갑술은 머슴들을 데리고 임시사당을 한나절 만에 지었다. 기둥과 서까래는 이미 치목(治木)을 해두었으므로 짜맞추기만 하면 되었다. 사방 1칸의 원두막 같은 임시사당이었다. 지붕과 벽면은 모두 볏짚 이엉으로 얹고 둘렀다. 또한 임시사당의 바닥은 오래전에 켜놓았던 널빤지를 깔았고, 임시사당 안쪽에는 다리가 긴 직사각형 제단을 놓았다.

산에서 내려온 최대성은 사랑방에서 잠시 숨을 돌렸다. 잠시 후 갑술이 들어오자 그에게 고마움을 표했다.

"아따, 성도 인자 칙간목수는 되겄네."

"원두막을 지어봐서 그란지 에렵지는 않그만."

"난 낼 아칙부터 곡을 헐라네."

"문상객덜이 몰려들믄 하루 죙일 곡을 헐 틴디 심들겄네."

"전시 중인디 누가 올까?"

"영감님께서 생전에 덕을 많이 베푸셨은께 여그저그서 오겄제잉."

"성, 부고는 다 나갔제?"

"보성향교를 통해서 부고장을 돌렸은께 다 나갔다고 봐야 헐 것이그만."

갑술이 보성향교를 직접 다녀왔기 때문에 하는 말이었다. 실제로 보성향교 교생들에게 부고장을 돌렸으므로 일단 보성 선비들에게는 다 알렸다고 봐야 옳았다.

중추의 초저녁 공기는 선득했다. 갑술이 사랑방 문을 열고 나갈 때 제법 서늘한 공기가 밀물처럼 밀려들었다. 방구석으로 연기가 새어 나왔다. 꼴머슴이 사랑방 아궁이에 군불을 지피고 있기 때문이었다.

갑술의 말대로 다음날부터 문상객들이 종일 끊이지 않고 찾아왔다. 최대성은 쉴 틈 없이 임시사당에 서서 문상객이 절하는 동안 곡을 했다.

"아이고, 아이고."

오후는 임계영의 형 임백영이 조문을 왔다. 임백영은 전라좌의병 의병장 임계영의 중형이었고, 박광전과 과거시험을 응시하러 함께 다녔던 친구 사이였다. 그러니 최대성으로서는 스승뻘인 셈이었다. 최대성은 임백영을 극진하게 맞이했다.

"어르신, 요로코름 조문 와주시니 고맙습니다요."

"몸이 불편해서 쪼깜 늦게 왔네."

"인편에 보내주신 부조는 잘 받았습니다요."

"자네 선친께서 가셨은께 인자 내 차례인가 보네."

"아이고메, 어르신 무병 장수허셔야지라우."

최대성은 임백영을 임시사당으로 안내했다. 임백영은 영위 앞에서 2배를 하고 일어났다. 2배를 하는 동안 최대성은 큰소리로 곡을 했다. 소리가 작으면 성의가 없다고 생각하는 사람도 있었던 것이다.

임백영은 실력에 비해 덜 알려진 선비였다. 그러나 그의 벼슬 이력은 누구에게도 뒤지지 않았다. 명종 4년에 생원시에 합격하고, 명종 16년 식년시 문과급제하여 김해부사와 승정원 좌승지, 경연 참찬관, 수찬관 등을 역임한 선비였다. 또한 임란이 발발했을 때 노환을 앓고 있었지만 동생 임계영을 도와 의병을 모집하고 가재를 모두 정리해 군량과 군수물자를 지원했던 것이다.

"사랑방으로 가시어 목이라도 축이시겠습니까요?"

"문상객 받느라고 바쁜 자네를 붙들고 있을 생각이 읎네."

"그라시믄 여그서 쪼깐 쉬시다가 가시지라우."

"그럼세."

임백영은 최대성의 권유로 임시사당에 앉아 이런저런 소식을 전해주었다. 주로 동생인 임계영의 활동을 들려주었는데, 보성에서 창의한 전라좌의병은 의외로 선전하고 있었다. 올해 4월에 죽천 박광전, 삼도

공 임계영, 능주현령 김익복, 진사 문위세 등과 보성관아에 모여 전라좌의병을 창의했는데 그때 임계영은 의병장에 추대되었던 것이다.

이후 전라좌의병은 7월에 남원으로 가면서 장흥, 순천, 낙안 등지에서 의병 1천여 명을 모병한 뒤 순천 출신 전 만호 장윤을 부장으로 임명했으며, 전라좌의병의 장표는 호랑이 호(虎)자로 삼았다. 또 8월에는 의병장 최경회가 이끄는 전라우의병과 합세했다. 군용을 갖춘 전라좌우의병군은 장수로 진출하여 금산과 무주에서 내려오는 왜군을 격파하여 남진을 막았다. 또 경상도를 지원해달라는 초유사 김성일의 공문을 받고는 8월 21일에 영남으로 향했다.

이동하는 동안 거창, 함양, 삼가에서 왜군과 접전하여 연승했고, 합천으로 이동했다가 왜군이 성주와 개령(김천)을 공격해 오자, 영남의병들을 구원하고자 성주성에서 왜적을 전멸시킨 큰 전과를 올렸다.

"동상이 이끄는 의병군이 1차 성주성전투에서 대승했다네."

"지는 이순신 좌수사 막하에서 육지의 소식을 간간이 듣긴 했습니다만 자세히는 못들었그만이라우."

"자네는 바다에서 적을 무찔러불고, 동상은 육지에서 적을 무찔러 분께 조만간에 이 땅에서 적이 물러가지 않겄는가."

"오직 그러기를 바랍니다요."

"아차, 내 정신 쪼깐 보게. 내가 여그서 앉아 있다니. 문상객이 줄을 섰네. 나는 이만 감세."

임백영 말대로 문상객 서너 명이 임시사당 밖에서 서성거리고 있었다. 때문에 최대성은 임백영에게 전라좌의병군 활약에 대해서 더 듣지는 못했다. 문상객들은 대부분 환갑이 지난 노인들이었다. 젊은 유생이

나 장정들은 대부분 전장 터로 나갔기 때문이었다.

임시사당에 영위를 모신 지 10일이 지났을 무렵이었다. 정오쯤에 보성향교 전교를 역임한 복내 출신의 최정해 선비가 문상을 왔다.
"먼 디서 오셨그만이라우."
"싸목싸목 걸어왔네. 선친허고 생전에 인연이 지중허지는 못했네만 문상허고 잪어서 왔네."
"고맙그만요. 지가 스물두 살 때 어르신을 첨 뵀지라우."
"그랬던가?"
"정자전 활쏘기대회 때였지라우."
"아, 생각나네. 자네가 1등을 했지. 벌써 20여 년이 흘러가부렀그만. 내가 향교 전교를 헐 때였응께."
"세월이 참말로 빠르그만요."
"그때 참가헌 장정덜은 시방 모다 전장 터에 있겄제?"
"사변이 일어나지 않았으믄 다 문상 와서 만났겄지라우."
"나라를 구허는 일인께 떠났을 수밖에 읎겄제."
채정해가 향교 전교를 맡은 것은 그만큼 보성 유생들에게 존경을 받았기 때문이었다. 채정해는 명종 22년에 생원시에 합격한 뒤 학행으로 봉사에 역임하고 나서 군자감 부정에 올랐던 선비였다. 또한 선조 22년 정여립 모반사건을 진압한 인물 중에 한 사람이었다. 임란이 발발하자, 동생 채종해와 함께 고향 풍치마을에서 사재를 털어 의병들을 모집하고 훈련을 시키는 등 나름대로 역할을 다하고 있는 선비였다. 최대성은 말구종을 불러 채정해를 복내까지 모셔다드리라고 지시했다.

"어르신을 편히 모시그라."
"아니, 난 걸어가겄네. 일손이 부족헐 것인디 부담을 주고 잪지 않네."
"여그까지 오셨는디 모셔드리는 것은 당연허지라우."
"허허허. 자네도 고집이 솔찬허그만."

채정해는 마지못해 사립문 밖에서 말에 올라탔다. 말구종이 채정해에게 '잘 모시겠다'고 인사하면서 말고삐를 잡아당겼다.

또 늦가을이 가고 초겨울 문턱에 들어설 무렵이었다. 이번에는 박광전이 문상을 왔다. 사곡마을 지근거리에 있는 조양마을의 박광전이 문상을 늦게 온 것은 병을 앓고 있기 때문이었다. 임계영의 참모로 가 있던 차남 박근제가 돌아와 간병을 잘하여 몸이 좀 회복되자 문상을 온 것이었다.

"선상님, 찾아뵙지 못해 죄송합니다요."
"사변 중에는 나라를 구허는 일만큼 중헌 일이 으디 있겄는가."
"아조 에릴 때 선상님께서 《논어》를 갈쳐주셨는디 그 은혜를 어찌 잊겄습니까요."
"자네가 열세 살 때였지. 우계정으로 찾아온 것이."
"예, 우계정에서 1년 동안 삼시로 《논어》를 배왔지라우."
"나라를 구허는 것이 내게 은혜를 갚는 일이니 그리 알게."
"명심허겄습니다요."
"선상님께서 건강을 회복허신 것 같아 지는 참말로 좋습니다요."
"나도 건강이 회복된다믄 나가서 싸우고 잪네. 그러기를 바라고 있네."

"아이고메, 선상님 연세를 생각하셔야지라우."

"효로 시작해서 충으로 끝내는 것이 진정 선비의 삶이 아니겠는가."

"선상님, 영념허겄습니다요."

박광전은 바로 떠나지 않고 사랑방으로 들어가 사곡마을 유지와 술상을 받았다. 제자 최대성을 위해 그랬다. 최대성 역시 박광전이 사랑방에서 반나절이라도 머물다 가겠다고 하자 허전한 마음이 잠시 사라지는 것 같았다. 스승이나 아버지는 옆에 계시는 것만으로도 든든해지는 존재가 아닐 수 없었다.

저물 무렵 박광전이 떠난 뒤 최대성은 '효로 시작해서 충으로 끝내는 것이 선비의 삶이다'라는 박광전의 당부를 재삼 곱씹었다. 임시사당에서 조석으로 곡하며 삼년상을 치르는 것이 효라면, 본영으로 나가 왜적과 싸우는 것은 충이기 때문이었다.

5차 출전

선조 26년 1월 22일.

눈보라가 나붓나붓 흩날렸다. 그러나 본영에 눈은 쌓이지 않았다. 눈은 땅에 닿자마자 녹아버렸다. 이순신은 선전관 채진(蔡津)이 가지고 내려온 우부승지 유몽정의 서장을 받았다. 서장 안에는 선조의 명령서인 유서(諭書)도 있었다. 유서는 작년 12월 28일에 봉함한 것인데, 선전관 채진이 전라좌수영에 도착한 날은 선조 26년 1월 22일이었다. 유서의 내용은 다음과 같았다.

〈명나라 대장 이여송이 10만 정예군을 거느리고 평양의 적을 소탕, 평정하려고 계획하니 황해도와 한양은 차례로 수복될 것이다. 큰 군사들이 마구 무찌르면서 진군하면 남은 왜적들은 모두 도망해 돌아가려고 할 것이다. 그렇게 되면 불가불 적의 돌아가는 길을 차단하고 모조리 죽이지 않으면 안 될 것이다. 그대는 수군을 거느리고 나가 기회를 봐서 길목을 잡아 누르고 적을 무찔러 죽이기에 진력하라.〉

명나라 대군이 곧 왜장 고니시가 점령하고 있는 평양을 수복하고 그 여세를 몰아 한양 도성도 수복할 것은 물론이고 남진을 계속할 터이므로 그대는 왜국으로 돌아가려는 적을 길목에서 지키고 있다가 무찔러 죽이라는 내용의 유서였다. 이순신은 유서를 받자마자 본영으로 복귀하라는 공문을 써서 전령 편에 여러 진의 장수들에게 보냈다. 최대성은 임시사당에 있다가 본영 통인에게 이순신의 공문을 받았다. 최대성은 두리동 형제에게 뒷일을 맡겼다.

"성, 수사께서 복귀허라는 공문을 보내셨그만."

"여그 걱정은 말어. 해오던 대로 잘헐 틴께."

최대성은 장남 최언립도 불렀다.

"언립아, 하나부지께 상식을 비가 오나 눈이 오나 조석으로 올려야 헌다."

"예, 아버님."

상식(上食)이란 영위 앞에 조석으로 놓이는 밥과 국을 뜻했다.

"글고 니가 나 대신 문상객을 공손허게 맞이허그라. 또 문상객이 영우에 들믄 큰소리로 곡해야 헌다."

"예, 아버님."

"큰소리로 곡허는 것이 문상객에게 성의를 보이는 것이니라."

"영념헐게라우."

최대성은 아버지 최한손 영위 앞에서 큰절을 2배하고 일어났다. 갑술이 사랑방에서 갑옷을 챙겨왔다. 통인이 끌고 온 군마가 사립문 밖에서 히잉히잉 소리쳤다.

"동상, 갑옷으로 바꽈 입어."

"상중에는 상복을 입드라고."

순천 출신 전 훈련원 봉사 정사준 군관이 그랬다. 상중인데 본영에 나와 이순신에게 광양현 전탄(錢灘)의 복병장으로 임명받고 나서 상복 차림으로 갔던 것이다. 최대성은 문상받는 일을 장남 최언립에게 맡기고는 본영에서 끌고 온 군마를 타고 달렸다. 통인은 보성읍성으로 갔기 때문에 최대성은 본영을 향해 혼자서 내달릴 수 있었다. 들판은 잔설이 녹지 않아 희끗희끗했다. 며칠 전에 내린 눈이었다. 그러나 낙안을 지나 순천 부근을 달릴 때는 잔설은 자취를 감추고 없었다. 눈구름이 오락가락하는 보성 산간 지역과 순천, 여수의 기후는 확연하게 달랐다. 여수는 빗방울이 곧 떨어질 것처럼 짙은 비구름이 하늘을 덮고 있었다.

본영 앞바다에는 본영 소속의 판옥선들만 정박하고 있었다. 군관청도 본영 군관들만 들락거렸다. 진에서 미리 귀대한 장수와 군관들은 드물었다. 그러니까 최대성만 빨리 복귀한 셈이었다.

본영 군관들이 화톳불에 몸을 녹이고 있었다. 군관들끼리 삼삼오오 모이면 으레 싸움에서 승리한 것이 화젯거리가 되기 일쑤였다. 작년 10월 4일부터 10일까지 대군의 왜적을 맞아 싸운 진주성 전투도 예외는 아니었다.

진주목사 김시민이 군사 3천3백여 명과 성민 5백여 명으로 왜적 3만여 명을 물리친 싸움이 진주성 전투였다. 특히 임계영의 전라좌의병군과 최경회의 전라우의병군 군사 2천여 명이 단성의 살천리에서 왜군을 물리친 뒤 결진하고 횃불 및 피리로써 진주성 관군과 신호해가며 왜적을 위협했다. 때문에 진주성을 공격하던 왜군은 오히려 곽재우의 의병군과 전라 의병군에게 포위당하여 앞뒤로 고전을 면치 못했다. 마침내 왜군은 1만여 명의 전사자 시체를 모아 불사르고 창원으로 퇴각했으며, 김시민은 전투 마지막 날 왼쪽 이마에 적탄을 맞아 의식을 잃었다가 부상이 악화되어 며칠 뒤 순절했다.

진주성 전투의 승리는 조선군에게 적은 군사로도 합심만 하면 싸워서 대승할 수 있다는 자신감을 안겨주었다. 한편, 진주성 전투의 승리로 경상도를 보전하였을 뿐만 아니라 적들이 감히 호남을 넘볼 수 없도록 한 것이 무엇보다 큰 성과였다. 이순신 역시 진주는 호남으로 통하는 길목인 점에서 진주성의 안전을 간절하게 바랐던바 모처럼 한숨을 돌렸다.

최대성은 동헌으로 올라가 이순신에게 귀대를 보고했다.

"어허, 2월 초삼일까지 복귀허라구 했는디 워째 빨리 귀대헌겨?"

"지만 특별휴가를 받아 넉 달을 집에 있었그만요. 그래서 통인이 가지고 온 공문을 보자마자 달려왔습니다요."

"그냥 쉬라구 휴가를 준 것이 아녀. 선친께서 돌아가셨으니께 준겨. 장례는 잘 치른겨?"

"사또 덕분에 별다른 허물 읎이 치렀그만요."

"임금님 유서를 받고 부른겨. 늦어도 이월 초엿샛날은 본영을 출진혀야 혀. 임금님 명이여."

이순신의 예상대로 2월 초하룻날부터 여러 진의 장수와 군관들이 본영으로 복귀하기 시작했다. 비가 내리는데도 발포만호 황정록과 여도권관 김인영, 순천부사 권준이 왔다. 초이튿날은 녹도의 임시장수와 사도첨사 김완, 흥양현감 배흥립 등이 판옥선을 타고 들어왔고, 낙안군수 신호는 군마를 타고 왔다.

초사흘날에는 경상도에서 옮겨온 향화인(向化人) 김호걸과 나장 김수남이 본영 군사들이 보는 앞에서 군령을 엄히 하고자 목이 베였다. 격군장부에 올라 있는 격군 80여 명이 도망간 것을 알려주었는데도 불구하고 뇌물을 받고서는 그들을 붙잡아 오지 않았기 때문이었다. 몰래 군관 이봉수와 정사립을 보내 격군 70여 명을 찾아 잡아 와서 각 판옥선에 나눠 보냈다. 그때 대솔군관 최대성은 잡아온 격군들을 격군명부와 대조했다.

보성군수 김득광은 초닷샛날에야 나타났다. 이순신은 김득광에게 약속기일을 어긴 죄를 문초하지 않을 수 없었다. 그러나 송희립, 최대성 등 대솔군관들이 공무를 보느라고 늦었기 때문에 벌주지 말자고 건의했다. 전라관찰사가 명나라 군사를 접대하는 차사원(差使員)으로 임명하여 강진과 해남 등의 관아를 다녀오느라고 늦었기 때문이었다.

김득광이 왔으므로 전라좌수영 장수들은 다 온 셈이었다. 이순신은 즉시 대솔군관들에게 판옥선으로 가서 군량과 무기를 점고하라고 지시했다.

"임금님 명으루 나가는 5차 출전은 두어 달 걸릴겨. 그러니께 군량은 충분허게 있는지 점고혀. 또 무기는 애껴써야 헐겨. 낼 출진할 때 신호용 화포는 쏘지 말으야 혀. 나팔과 깃발로만 신호혀."

"예, 대장 나으리."

이순신의 지시를 받은 송희립, 최대성, 이봉수, 정사립 등은 즉시 본영 판옥선으로 가서 전투 준비태세를 점고했다. 준비태세는 이상이 없었다. 선직이 지키는 창고마다 군량은 가득했고, 화포장들이 관리하는 화약은 충분했다. 사부들에게 지급하는 장전과 편전도 원래 개수보다 많았다. 점고 결과는 참좌군관 송희립이 이순신에게 보고했다.

마침내 초엿샛날 첫닭이 우는 축시(丑時, 새벽 2시경)였다. 출전을 준비하라는 첫 나팔소리가 났다. 이어 출전 직전에 두 번째 나팔소리가 울려 퍼졌다. 바로 세 번째 나팔소리가 나자 모든 판옥선들이 닻을 올리고 돛을 펼쳤다. 나팔소리에 맞추어 흑대기와 남색기, 백색기가 올랐고 북소리가 났다. 화약을 아끼기 위해 화포는 쏘지 않았다. 장수들은 수군들에게 소리쳐 지시했다.

"닻을 올려부러라!"

"돛을 펼쳐부러라!"

"뱃머리를 돌려부러라!"

전라좌수영 판옥선들은 3차, 4차 출전 때의 물길을 따라 일제히 광양 바다를 지나 하동과 남해 사이의 노량을 거쳐 사천 앞바다로 나왔다. 망망대해로 진입한 정오쯤부터 이순신 함대의 속도는 아주 느려졌다. 남쪽에서 태풍급 맞바람이 강하게 불어오고 있기 때문이었다. 할 수 없이 이순신 함대는 이동을 멈추고 사량도에 머물며 밤을 새웠다. 이순신이 대장선의 대솔군관들에게 말했다.

"이번 5차 출전은 이전 때보다 기간이 기니께 조급허지 말으야 혀."

"기간이 을매나 되겄습니까요?"

"출진 전에 말헌 바 있지만 4월 초에나 귀진헐겨."

대솔군관들은 각자의 자리로 돌아갔다. 최대성도 뱃머리로 가서 순찰을 준비했다. 밤바다는 아주 어둡지는 않았다. 반달이 떠서 희미하게 달빛을 뿌리고 있었다. 갑판에 서서 경계 중인 수군들의 눈빛이 번뜩였다. 그때 이순신이 장대에서 내려와 최대성에게 다가왔다.

"고향 생각허고 있는겨?"

"아닙니다요, 대장님."

"소상이 9월이 아닌감?"

"예, 맞습니다요."

이순신은 최대성의 아버지 최한손이 작고한 달을 정확하게 기억하고 있었다. 최대성은 내심 놀라면서 주먹을 꽉 쥐었다. 이순신에게 충성하겠다는 마음이 절로 솟구쳤다. 이순신이 자애롭게 말했다.

"그때 가서 특별휴가를 줄 테니께 걱정허지 말겨."

"아들놈에게 맽겨 놓고 왔은께 괴안찮습니다요."

"소상은 아들이 치러야 혀. 아들이 있는디 손자가 어쩌께 치르남."

"예, 대장 나으리."

이순신은 다시 장대로 올라갔고, 최대성은 갑판과 아래층, 창고를 돌았다. 보초를 선 수군들과는 군호를 주고받았다. 군호는 무운(武運)과 장구(長久)였다. 최대성이 '무운' 하면, 보초수군은 '장구' 하고 답했다.

이순신 함대는 날이 새자마자 출발했다. 미륵도 남단을 돌아 미륵도와 한산도 사이 바다를 거쳐 곧장 견내량으로 동진해 갔다. 이윽고 견내량에 이르니 경상우수사 원균이 미리 와 있어 적을 칠 것을 의논했다.

"원공, 왜선이 워디에 숨어 있소?"

"이공, 왜선은 우리 전선을 피해서 다니고 있소. 작년 한산도 대첩 이후 왜왕이 우리 전선과 맞붙어 싸우지 말라고 지시했다고 하오. 그러나 소규모 선단으로 다니면서 노략질을 멈추지 않고 있소."

"그렇다믄 여러 섬을 정탐허는 것이 중요헐 거 같소."

"나도 동감이오."

그때 남해현령 기효근이 왔고, 뒤이어 소비포권관 이영남, 사량만호 이여념이 이순신의 대장선에 올라왔다. 모두 원균의 부하 장수들로 전라좌수영 수군들의 전공을 가로챈 적이 있어 이순신의 부하 장수들 모두가 달갑지 않게 여기는 무인들이었다. 그러나 이순신 총대장에 대한 그들의 충성심은 의심의 여지가 없었다. 이순신 함대가 견내량에 이르자 그들이 달려온 것도 이순신을 총대장으로 따랐기 때문이었다.

그런데 원균은 전라우수사 이억기가 보이자 앉자 대뜸 욕설을 퍼부었다.

"매번 이 수사는 늦게 왔소. 나이도 어린놈이 이래도 되는 것이오!"

"원공, 쪼끔만 지둘러 봅시다."

원균은 이억기보다 스물한 살 위였다. 그러니 아들뻘인 셈이었다. 이억기 함대의 출현이 매번 늦으니 화가 날 법도 했으나 이순신은 자중지란을 경계했다.

"이공, 나 먼저 가겠소."

"원공, 오늘 한낮 안에 오겠다구 했으니께 지둘러 보시지요."

최대성도 원균을 붙들었다.

"우수사 나으리, 약속했다고 허니 지다려 보시는 것이 으떠신지요?"

"흠흠."

원균은 헛기침을 하며 분을 삭였다. 그런데 정오쯤에 이억기 함대가 나타났다. 이순신에게 한 약속을 지킨 것이었다. 다만 이억기가 거느리고 온 전선은 판옥선, 협선, 포작선을 다 합쳐 40척이 못 되었다. 그래도 이순신 함대의 수군들은 기뻐 날뛰었다.

그제야 최대성은 정탐군관으로서 협선을 타고 척후선보다 먼저 오늘 밤 결진할 칠천도로 먼저 갔다. 한산도전투에서 대패한 왜적들은 가능한 한 섬들을 피해 웅천이나 김해 해안 등에 숨어 있는 중이었다.

최대성에게 보고받은 이순신은 신시(申時, 오후 4시경)쯤 발선해 초저녁이 되어 칠천도에 도착했다. 그런데 그날 밤 구름이 하늘을 덮어 달은 새벽까지 보이지 않았다. 큰비가 올 징후였다. 과연 날이 새면서부터 장대비가 종일 쏟아져 조선수군의 연합함대는 견내량에서 꼼짝을 못했다.

폭우가 멈추었을 때는 다음날 묘시(卯時, 오전 6시경)였다. 즉시 조선수군 연합함대는 곧장 척후선 장수가 보고한 적정(敵情)을 참고해서 웅천 웅포로 향했다. 그런데 왜선들은 줄지어 정박해 있을 뿐 싸울 의지가 없었다. 조선수군 함대의 선봉대가 거듭해 꾀어내려 했지만 왜선은 다가오려는 시늉만 하다가 들어가 버리곤 했다.

"뱃머리를 돌려라!"

할 수 없이 조선수군 함대는 해시(亥時, 밤 10시경)에 뱃머리를 돌려 남서진했다. 거제도 북단 포구인 영등포를 지나 지근거리에 있는 거제도 소진포에서 결진했다. 대장선에 탄 대솔군관 모두가 분개했다.

"적덜을 잡아 읎애버리지 못해 분허기 짝이 읎그만요."

"겁나서 도망만 치니께 벨 수 읎잖은가. 유인작전두 통허지 않으니께 말여."

그날 밤도 달이 뜨지 않았다. 달은 먹구름에 가려 있었다. 자정이 지난 꼭두새벽도 마찬가지였다. 폭우가 내릴 기세였으므로 이순신은 원균과 협의하여 하루 더 소진포에서 머물기로 했다. 소진포 뒷산과 앞바다에 경계 군사를 내보내고 대다수 수군들은 휴식을 취했다.

탐망군관의 보고에 따르면 왜선들은 여전히 웅천 웅포에 진을 치고서 꼼짝하지 않았다. 그제와 같이 조선수군 선봉대가 나갔다 물러갔다 하면서 꾀어내려 시도했으나 왜선들은 끝내 앞바다로 나오지 않았던 것이다. 결국 이순신은 선봉대를 불러들였다.

"적덜을 잡아 없애지를 못허니께 분허기 짝이 읎구면."

조선수군 연합함대는 오후 신시에 할 수 없이 웅포 앞바다에서 철수했다. 그런데 소진포로 가지 않았다. 한 번 정박한 곳은 위험하기 때문이었다. 조선수군 연합함대는 서진하다가 갑자기 폭우가 쏟아져 이동을 멈추고 칠천량에서 밤을 새웠다. 장대비는 밤새 내렸다.

싸움을 피하는 왜적

장대비가 또 퍼부었다. 새벽부터 술시(戌時, 오후 8시경)까지 쏟아졌다. 조선수군 연합함대는 폭우 때문에 연일 휴식을 취했다. 한편, 조선수군에 이어 조선육군도 어제 행주산성에서 대승을 거두었다.

명군이 평양에서 개성으로 남진하여 한양 도성을 수복하려고 계획할 때 수원에 있던 전라도순찰사 권율은 군사 4천여 명을 나눠서 전라병사 선거이로 하여금 양천강 기슭에 진을 치게 하고, 권율 자신은 군사 2천3백여 명을 이끌고 행주산성으로 들어갔다. 그런 뒤 급히 성루(城壘)를 수리하고 중책(重柵)을 둘러쳤다. 그런데 명군이 벽제관에서 왜군에게 패하여 개성으로 물러났다가 다시 2월에 명군 제독 이여송 주력군이 평양으로 돌아가자, 한양 도성의 왜군은 행주산성에 있는 권율의 군사를 단번에 쳐서 없애려 하였다.

이윽고 2월 12일 새벽에 한양 도성의 왜군은 행주산성으로 향했다. 왜군의 기마선봉대 1백여 기(騎)가 먼저 행주산성에 도착했고, 뒤이어 왜의 대군이 성을 에워쌌다. 왜군은 성급하게 공격했고, 성안의 조선군은 활과 신기전을 쏘며 돌덩이까지 굴리면서 수성전을 폈다. 새벽 묘시(卯時, 오전 6시경)부터 해 떨어질 무렵까지 서로 밀고 당기기를 세 차례나 되풀이하면서 치열한 접전을 펼쳤다. 서북쪽 자성(子城) 울타리 한 칸이 불타 무너지자, 방어하던 승군이 조금 물러나면서 왜군이 들이닥쳤다. 그때 권율은 칼을 휘두르며 군사를 독전하여 왜군의 진입을 막았다.

이때 왜장 요시카와가 크게 부상당한 채 물러났는데도 성안에서는 화살을 거의 다 소진하여 더 이상 산성을 방어할 수 없는 상황이 돼버렸다. 그런데 때마침 충청수사 정걸이 판옥선 2척에 군사와 화살을 가득 싣고 와서 지원했고, 경기수사 이빈이 강화에서 배편으로 화살을 수만 개 가져왔다. 이에 사기가 오른 권율의 군사들은 성 밖으로 나가 왜군을 기습공격했다. 당황한 왜군은 급히 전사자를 한데 모아 불태우고는 물러났다.

퇴각 소식을 들은 한양 도성의 왜장 고니시 등은 분개하여 직접 왜군을 이끌고 행주산성으로 향했다. 그러나 왜군의 재공격을 예상한 권율은 산성의 영책(營柵) 등을 다 없애고 군사와 성민 모두 파주로 떠나버린 뒤였다.

폭우는 조선수군 연합함대의 발을 묶었다. 물론 왜선들도 마찬가지였다. 폭우가 쏟아지는 날은 이순신의 대장선으로 각 함대의 장수들이 모여 왜적을 토멸할 계책을 논의하고자 진중회의를 했다. 그런데 전투가 뜸해지다 보니 장수들이 술을 마시고 취해 주사를 부리기도 했다. 이순신은 일기에 장수들의 술주정을 적어 남겼다.

〈우후가 함부로 술을 마셔 망발을 뇌까리니 그 형편없는 짓을 어찌

말로 다하겠으며, 어란만호 정담수와 남도포만호 강응표도 역시 같은 꼬락서니들이다. 극렬한 적을 방어하고 토멸할 약속을 하는 때에 그토록 술을 퍼마시다니 사람 됨됨이를 말로 표현할 수 없다. 지금 전시가 아닌가. 울화가 치밀어 견딜 수 없다. 나는 욕설을 퍼부으며 그들을 내쫓고 회의를 파해버렸다.〉

비구름은 2월 보름이 지나서야 서서히 걷혔다. 그런데 이제는 바람이 사나워졌다. 전선을 띄울 수 없을 정도였다. 그렇다고 무작정 결진한 채 있을 수만은 없었다. 웅천 웅포의 왜적을 없애지 못한 것이 목에 걸린 가시 같았다. 18일에야 이순신은 함대를 이끌고 웅천으로 또 나아갔다. 예상한 대로 적세는 여전했다. 이순신은 사도첨사 김완을 복병장으로, 여도만호와 녹도가장을 좌우돌격장으로 임명하여 광양 2호선, 흥양대장선(代將船), 방답 2호선 등을 거느리고 송도(松島, 창원 웅천)에 복병하게 하고 여러 전선 장수들에게 명해 왜적을 꾀어내게 시도했다. 이번에는 일부러 왜적이 얕잡아보게끔 작은 협선들을 내보냈다.

그러자 왜대선 10여 척이 쫓아 나왔다. 그때를 놓치지 않고 경상복병 판옥선 5척과 전라복병 협선들이 쏜살같이 추격하여 화살 공격과 화포 사격을 했다. 일부 왜대선들은 불탔고, 또 몇 척은 도망쳤다. 더 추격하여 패멸시키지는 못했지만 왜수군의 머리를 수십급 베었다. 5차 출전을 해서 거둔 첫 승리였다.

그래도 이순신의 연합함대는 왜적이 싸움을 피하기만 하니 웅포 앞바다에 더 있을 수는 없었다. 이순신은 함대를 웅포 서쪽에 있는 원포로 이동하여 물을 긷고 어둠을 틈타 영등포 바다 가운데 이르렀다가 다시 원포와 가까운 곳에 있는 사화량에 결진하고 밤을 지냈다. 지근 거리지만 함대를 밤중에 이리저리 이동시킨 것은 왜적의 척후선이나 탐망선을 교란시키려고 그랬다.

날이 밝기를 기다렸다가 함대를 다시 웅포 쪽으로 돌리려 했지만 샛바람이 갑자기 불어 전선끼리 부딪치는 사고가 발생했다. 순천, 흥양, 방답, 본영 전선이 1척씩 부딪혀 깨졌던 것이다. 할 수 없이 이순신은 웅포 먼바다에서 소진포로 내려와 연합함대를 정박시키고 밤을 지냈다.

수군들은 곧 곯아떨어졌으나 이순신은 잠을 이루지 못했다. 웅포의 적들을 토멸하지 못한 것이 분해서였다. 더구나 선조의 명으로 2월 초에 본영을 떠난 지 두 달이 가까워지고 있었다. 이순신은 작전을 바꾸었다. 수륙협공전술로 왜수군을 패멸시킬 전략을 짰다. 밤중에 대솔군관들을 불러 진중회의를 했다.

"비가 오고 바람이 사납다고 해서 적을 토멸허지 못헌다믄 우덜 모다 한이 될겨."

"샛바람이 사나운디 나갈 수 있을게라우?"

"그저께 바람을 무시허고 나갔다가 우리 배끼리 부딪쳐 4척이 파손됐다고는 허지만 마냥 지둘릴 수는 읎잖은감."

최대성의 말에 이순신이 협공전술을 제안했다.

"웅포 양쪽에 군사를 보내 치는 시늉을 허믄 적덜이 갈팡질팡헐겨. 그때 주력이 들어가 치믄 워쩌?"

최대성이 다시 말했다.

"탁발을 댕겨본 스님덜은 수군보다 지리에 밝지라우. 긍께 육지로 올라가는 군사는 승군에게 맽기믄 잘헐 것입니다요."
"좋은 생각이여. 승장 삼혜와 의능을 제포루 보내 상륙허구 있는 것처럼 형세를 취하게 허구, 이억기 전선덜 중에 변변치 못헌 배덜을 골라 안골포 쪽으로 보내 상륙헐 태세를 보이믄 적덜이 당황헐겨."

제포는 웅포 서쪽에 있고, 안골포는 웅포 동쪽에 있는 포구였다. 양쪽에서 상륙해 쳐들어갈 것처럼 형세를 취하면 왜적들이 더 이상 웅포에 붙어 있지 못하고 바다로 도망쳐 나올 터였다. 대솔군관 모두 이순신의 수륙협공전술에 놀랐다. 또한 승군들 모두 사기가 올랐다. 판옥선에서 활을 쏘는 사부 노릇만 했는데, 제포로 투입한다고 하니 사기가 충천했던 것이다.

이순신의 협공전술은 정확하게 맞아떨어졌다. 웅포 양쪽에서 상륙할 것처럼 형세를 취하니 왜군들은 혼비백산했다. 그때를 놓치지 않고 조선수군 연합함대 15척은 웅포로 쳐들어갔다. 전라우도 5척, 전라좌도 5척, 경상도 5척이 합세한 연합함대였다.

겁을 먹은 왜적들은 전의를 상실한 채 조선수군의 화포 공격에 속수무책으로 당했다. 웅포에 있던 대부분의 왜선들이 불타다가 바닷속으로 가라앉았다. 다만 발포 2호선과 가리포 2호선이 이순신의 공격명령 전에 얕은 바다로 돌진하다가 개펄에 얹혀 왜선의 습격을 당하고 만 것이 이순신을 크게 실망시켰을 뿐이었다. 얼마 후에는 성언길의 진도지휘선이 적들에게 에워싸여 구출해야 하는데도 경상 좌위장과 우부장이 외면해 버려 이순신으로서는 참을 수 없었다. 다행히 우후 이몽구의 판옥선이 치고 들어가 진도지휘선을 구출했지만 이순신은 소진포로 돌아오면서 경상우수사 원균에게 힐문하고 탄식했다.

"전라 경상 심을 합세해 싸우자는 것이 연합이 아니유! 따로따로 싸우는 것은 연합이 아니쥬."

이순신은 다음날에도 분이 풀리지 않자, 소비포권관 이영남, 영등포만호 우치적, 사량만호 이여념, 순천부사 권준, 광양현감 어영담, 가덕첨사 전응린 등이 모인 진에서 원균을 불러 따졌다.

"원공, 어제 부하 장수덜이 진도지휘선을 구하러 가지 않았는디 워째서 잘못이 읎다는 말이오."

"장수들의 임무가 각자 있으니 함부로 나설 수 없는 일이 아니오. 당연한 일을 가지고 왜 따지는 것이오."

"어제와 같은 답답한 일이 또 발생허지 않기를 바라오."

"이공이 부하 장수들을 잘못 다룬 일이니 더 이상 문제 삼지 마시오."

이순신은 원균이 험악한 얼굴로 대꾸하자 입을 다물어버렸다. 원균이 이순신을 증오하는 듯한 표정을 짓자 부하 장수들 앞에서 언쟁하는 모습을 보여주고 싶지 않았던 것이다.

원균과 장수들이 돌아간 뒤 이순신은 대장선으로 와서 대솔군관들과 진중회의를 했다.

"비가 웬수그만. 웅천의 적덜을 완전히 소탕해야 허는디 그러지를 못허구 있으니 말여."

폭우가 쏟아지면 화포 사격을 할 수 없으니 조선수군의 전력은 크게 떨어졌다. 함포 사격으로 왜선을 깨트리고 분멸한 뒤 화살로 왜적 잔당을 죽이는 것이 조선수군의 주요 공격전술이었던 것이다. 최대성이 건의했다.

"대장 나으리, 원공 소행이 괘씸허니 앞으로는 전라좌우군만으로 싸우믄 으쩌겄습니까?"

"임금님 명으로 싸우니께 내 맘대루 헐 수 읎는겨."

"우리 장수의 배가 위험에 처했는디 보고도 못 본 체허는 경상 장수 덜이 우리 편이라고 헐 수 있습니까."

"나도 분허구 치욕을 당헌 거 같어서 괴롭구먼."

이순신은 경상도 수군을 분리하는 것에는 신중했다. 그것은 선조의 명을 어기는 것이기 때문이었다. 그러나 왜군과의 전투는 이뤄지지 않고 있으므로 앞으로 그런 일은 발생하지 않을 것도 같았다. 실제로 그랬다. 2월 23일 이후부터 3월 한 달까지는 전투다운 싸움이 한 번도 없었던 것이다. 따라서 순천부사 권준은 병이 들어 먼저 갔고, 부상을 당한 적이 있는 대솔군관 나대용도 본영으로 들어갔다.

이순신은 최대성에게도 본영으로 가라는 권유를 했다. 정탐군관으로서 김해강 하단의 독사이목이나 몰운대까지 가보았으나 왜적이 조선수군을 공격할 기미는 전혀 없었던바, 이순신이 최대성에게 본영으로 가도 좋다고 배려했던 것이다. 그러나 최대성은 군관 나대용과 김인문, 이순신의 아들 이염(李苒)과 함께 가지 않았다. 바다 위에서 진을 옮겨 다니는 진중생활도 습관이 되니 나름 즐거웠다. 왜적이 싸움을 회피하기만 하니 휴식 시간이 길었다. 장수들을 불러 바둑과 장기를 두고, 술을 마시며 때로는 뭍으로 내려가 과녁을 세워 습사하기도 했다. 본영에서 보낸 탐후선이 돼지 몇 마리를 보내 특식을 먹기도 했고, 장수들이 사냥해서 잡은 사슴고기를 굽기도 했다.

선조 26년 4월 3일.

마침내 전라좌수군은 출전할 때와 달리 노량으로 가지 않고 남해도 남단을 돌아 여수 본영으로 돌아왔다. 그런 뒤 이순신은 4월과 5월 초사흗날까지 한 달여 동안 장수와 군사들에게 활쏘기를 시키면서 6차 출전에 대비해서 격군과 사부, 화포장, 포수를 점고하고 무기와 군량을 모았다.

최대성은 또다시 6차 출전하는 판옥선에 승선했다. 대부분의 군관들도 마찬가지였다. 이순신 함대가 무적이었으므로 싸움터로 나가는 것을 두려워하는 장수나 수군들은 아무도 없었다. 이억기 함대는 초사흗날 약속대로 본영 앞바다에 나타났다. 그러나 이순신은 혀를 찼다.

"약속을 지킨 것은 다행이나 군사의 질이 드러나게 뒤떨어져 있으니께 탄식허지 않을 수 없구면."

초사흗날에만 선전관 이춘영과 이순일이 선조의 명령서인 유서를 전하려고 왔다가 갔다. 도망가는 적의 퇴로를 막고 토멸하라는 명령이었다. 그렇지 않아도 이순신은 무기와 군량을 충분히 확보했으므로 날씨를 보아 출진하려고 하던 중이었다. 다만 초나흗날이 아산에 계신 어머니 초계변씨 생신이어서 마음이 쓰였다. 여수 곰천에 사는 군관 정대수에게 속마음을 털어놓았다.

"정 군관, 내게 고민이 하나 있구면."

"대장 나으리께서도 고민이 있으신게라우?"

"그려."

"무신 고민인게라우?"

"멀리 겨신 어머님 안부가 늘 고민인겨."

"여그서 가차운 곰천에 제 빈집이 있는디 거그로 모시믄 으쩌겄습니까요. 허락허신다믄 지가 배편으로 모시고 오겄습니다요."

"그렇게만 해준다믄 을매나 고맙겄는가. 어머님이 여기 겨신다믄 바다로 나가두 안심헐 수 있으니께 말여."

"알겄습니다요."

정대수는 곧 아산으로 떠났고, 이순신은 초이렛날 어머니에 대한 부담을 덜고 전라좌우수군에게 6차 출전을 명했다. 이번에는 늘 가는 물길이었던 노량으로 가지 않고 남해도 남단 쪽으로 이동했다. 그러나 미조항 앞바다에 이르렀을 때 샛바람이 사납게 몰아쳐 미조항으로 들어가 정박했다. 경상도로 갈 때 샛바람은 격군을 힘들게 하는 역풍이기 때문이었다. 다음날 다시 이순신 함대는 사량도를 거쳐 당포로 가서 또 하룻밤을 보냈다. 정박하기 전에 미리 예전처럼 정탐군사를 견내량으로 보냈는데, 정탐군사가 가덕도 바다 멀리 적선 2백여 척이 정박해 머물고 있으며, 웅천의 적들도 다시 결진하고 있다는 보고를 했다. 그러니까 이순신 함대가 본영으로 돌아가 있는 사이에 다시 왜적들이 웅천과 김해강 하구에 진을 친 셈이었다.

그러나 왜적들은 조선수군이 나타나면 싸움을 피해 물러나거나 도망쳤다. 그러니 이순신의 6차 출전도 전투다운 싸움을 해보지 못한 채 바다에서 시간만 보냈다. 경상우수사 원균과의 크고 작은 갈등만 쌓여갈 뿐이었다. 이순신과 원균은 같은 정3품 수군절도사였으므로 사사건건 부딪쳤다. 임란 초기에는 전라좌수영과 경상우수영의 전력 차이가 워낙 컸기 때문에 이순신이 전투에서 주도권을 쥐었으나 차츰 경상우수영의 전력이 회복되면서 원균 경상우수사가 어깃장을 놓곤 했던 것이다.

이에 이순신은 충청, 전라, 경상 삼도수군을 한 사람의 지휘관이 통솔하는 직책의 신설이 절실하다는 제안을 조정에 서장(書狀)으로 올렸다. 6월 11일의 일이었다. 결국 선조는 8월 1일 이순신에게 '전라좌도 수군절도사 겸 충청, 전라, 경상 삼도수군통제사'를 제수했다. 그리고 이순신이 한산도에서 선조의 교지를 받은 날은 8월 15일이었다. 따라서 종2품 삼도수군통제사는 정3품 수군절도사의 직속상관이 되므로 이순신과 원균의 서열은 자연스럽게 정리되었다. 그러니까 6차 출전 중에 최대의 사건은 이순신이 삼도수군통제사 자리에 오른 것이었다. 또한 이순신에게 큰 힘을 준 것은 충청수사 정걸이 수군을 이끌고 내려와 합류한 점이었다. 이순신은 6월에 내려온 정걸과 수시로 만나 전술 전략을 논의했다. 최대성도 존경해왔던 정걸을 만나 기쁘기 짝이 없었다. 정걸은 최대성에게 문상하지 못한 것을 재차 양해를 구했다.

"자네 선친께서 별세허신지를 몰랐네. 미안허네. 이해해주겠는가."

"통제사께서 자네에게 곧 휴가를 준다고 허드만. 선친께서 9월에 별세허셨는가?"

"예, 어르신."

"소상이 되겠그만. 기회를 보아 소상 때는 반다시 문상 가겠네."

"어르신, 말씸만 들어도 고맙습니다요."

초상을 치른 지 1년 만에 지내는 제사를 소상(小祥)이라고 불렀다. 그러나 전시 중에 군사를 거느리고 있는 수령이 문상 간다는 것은 쉽지 않은 일이었다. 최대성은 칠십구세 노장에게 위로의 말을 들은 것만으로도 고마웠다.

모의장군

선조 27년 2월.

소상을 치른 최대성은 다섯 달 만에 다시 본영으로 복귀했다. 그런 뒤 이순신 통제사가 삼도 수군을 거느리고 있는 한산진으로 갔다. 이순신은 여전히 상복을 입고 있는 최대성을 대솔군관 겸 정탐군관으로 임명했다. 각 부서의 장수들도 마찬가지였다. 왜적이 싸움을 회피하기만 했으므로 거제도 주변의 섬들을 정탐하면서 일과를 보냈다. 최대성은 주로 진해 앞바다로 나가 정탐했다.

3월이 돼서야 왜선 6척이 당항포에 들어와 있는 것을 발견하고 조선수군의 함대가 달려가 분멸했다. 저도(楮島)에서도 왜선 1척을 화포 사격으로 불살랐다. 그러자 저도의 왜수군들은 두려워서 밤중에 왜선 17척을 버리고 도망쳤다. 이에 조선수군 함대는 17척을 남김없이 깨트리고 불살랐다. 6월에 최대성은 상작(賞爵)을 받아 종5품의 훈련원 판관이 되었다.

8월에는 이순신 통제사 함대 장수들과 춘원포에 출몰한 왜선을 추포하여 분멸시켰고, 사천에 이르러 권율 원수를 만났다. 권율은 일찍이 선거이와 정걸에게 최대성의 무재(武才) 이야기 들었음인지 반갑게 맞아주었다. 9월에 최대성은 이순신 통제사의 허락을 받고는 집으로 돌아왔다. 대상(大祥)을 지내기 위해서였다. 대상을 치르고 나서도 최대성은 상복을 벗지 않았다. 상복을 입은 채 10월에 장문포에서 충청수사 이계훈, 병사 선거이 및 곽재우, 김덕령과 작전하여 수륙의 왜적을 포획했고 흉도(胸島)를 정탐한 뒤 한산진으로 돌아왔다. 그때 이순신은 최대성을 특별히 격려했다.

"상복 입은 최 군관을 보믄 말여, 부모 봉양을 잘혀야겄다는 생각이 들어."

"통제사 나으리맨치 자당님을 잘 모시는 장수가 으디 있겄습니까요? 본영이 가차운 곰천에 겨시는 자당님께서는 복이 많은 분이시지라우."

"작년 5월 말에 정대수 군관이 아산으로 가서 모시구 왔네. 가차이 겨시니께 안부를 자주 살필 수 있어 월마나 안심이 되는지 모르겄네."

"통제사 나으리 효심을 모든 장수덜이 본받아야 헙니다요."

"허허허. 대상을 치렀으니께 인저 집으루 돌아가 상복을 벗게. 상복이 적덜의 표적이 될 수 있는겨."

"아이고메, 지 땜시 옆에 있는 군사가 다칠 수도 있겄습니다요."

11월에 본영에서 탐후선이 들어오자 최대성은 이순신에게 보고하고 한산진을 떠났다. 최대성의 효심과 전공은 조정에 널리 알려져 병조에서는 승진을 상신했다. 그러자 선조는 을미년(1595) 2월에 정3품의 훈련원정을 제수했다. 그때 최대성은 일선 현장에서 '흉적을 물리쳐 없애고 종사(宗社)를 보전해야 한다'고 사직을 청했지만 오히려 선조는 가상히 여겨 금(金)을 주고 검(劍)과 홀(笏)을 하사했다.

최대성의 효심과 충심(忠心)은 이순신 가족들도 만나고 싶어 할 정도였다. 병신년(1596) 정월에는 이순신의 삼남인 이면, 맏형 이희신의 아들인 이완 등과 본영에서 한산진으로 함께 왔고, 8월에는 순천부에 이르러 중형 이요신의 장남 이봉과 차남 이해, 이순신의 장남 이회와 삼남 이면, 이완 등과 정담을 나눈 뒤 본영으로 돌아와 대솔군관 자격으로 이순신 통제사를 따라서 체찰사 이원익을 면담하기 위해 진주로 떠났다. 진주는 호남의 관문으로서 중요한 요해지였다. 1차 전투에서는 김시민이 지켜냈고, 2차 전투에도 비록 성을 내주고 말았으나 왜군의 전사자도 3만여 명이나 되어 곧 부산 등으로 퇴각할 수밖에 없었던 것이다. 나주 출신의 총대장 김천일 창의사, 화순 출신의 부대장 최경회 경상우병사 등 대부분 전라도 의병들이 진주성 관군 및 성민들과 힘을 합쳐 목숨을 아끼지 않고 수성전을 폈던 곳이었으므로 최대성은 대솔군관으로 따라나섰던 것이다. 실제로 최대성은 진주병사 김응서에게 선조 26년(1593) 6월 하순에 벌어진 당시 전투상황을 소상히 들을 수 있었다.

선조 30년 2월.

최대성은 통제사 이순신이 참소당하자 몹시 분개했다. 의금부에서 내려온 금부도사가 이순신을 포박하여 압송해 가는 모습을 보고는 크게 통곡한 뒤 한산진을 떠났다. 정유년(1597) 2월 26일의 일이었다. 원균에게 지휘받고 싶지 않았고, 그의 자질로 보아 머잖아 전투에서 패할 것이라고 짐작했기 때문이었다.

고향으로 돌아온 최대성은 바로 의병들을 모집하려고 궁리했다. 허공에 진눈깨비가 흩날리던 날이었다. 겨울이 곱게 물러가지 않고 어깃장을 놓았다. 마지막 꽃샘추위였다. 최대성은 동생 최대민(崔大旻)과 종제 최대영(崔大英), 장남 최언립(崔彦立)과 삼남 최후립(崔厚立) 및 두리동 형제와 머리를 맞대었다.

"동상, 원 수사 부하로 있느니 차라리 고향을 지킬라고 와부렀다."

"성, 이 통제사께서는 무신 죄를 지셨다고 의금부로 불려 가신 것이여?"

"이야기를 허자믄 긴디, 한 마디로 왕명을 거역했다고 붙잡혀 가셨어."

"참말로?"

"그럴 분이 아니제. 통제사를 미워헌 대신덜이 왕명 거역죄로 뒤집어씌운 거여."

최대성은 동생과 아들, 두리동 형제에게 정유년(1597) 1월 중순 왜군의 재침략부터 이야기했다. 왜왕 도요토미 히데요시는 왜장들에게 두 가지를 명했다. 이순신을 먼저 제거하고 조선수군을 궤멸시킬 것과 전라도를 공격해서 점령하라는 지시였다. 정유년 이전의 조선 침략이 계획대로 이루어지지 못한 이유는 첫째 이순신이 이끄는 조선수군 때문에 제해권을 내준 점, 둘째 전라도를 점령하지 못해 양곡을 제대로 마련하지 못한 점이 주된 요인이라고 판단했기 때문이었다.

바다를 건너온 10만여 명과 부산 일대에 잔류한 2만여 명까지 총 12만여 명의 왜군이 재침략하자 조선도 방비 계책을 급히 세웠다. 1월 19일 경상우병사 김응서의 장계를 본 선조는 이순신 통제사에게 부산포로 출전하라고 명했다. 왜군의 도해(渡海)와 부산 상륙을 막으라는 것이었다. 그러나 이순신은 '바닷길이 험난하고 왜적이 필시 복병을 설치하고 기다릴 것이며, 전함을 많이 출동하면 적이 알게 될 것이고, 적게 출동하면 도리어 습격을 받을 것이다'라는 내용의 장계를 올리고는 부산포로 출전하지 않았다. 그런데 왜장 가토 기요마사는 이미 1월 13일 부산 다대포에 상륙했던바, 1월 14일 한산도에 도착한 도원수 권율로부터 받은 선조의 명령은 시기적으로 늦었으므로 왕명 거역죄는 성립할 수 없었다. 그런데도 1월 23일 김응서의 보고를 접한 선조는 "이순신이 출전하지 않아 우리나라가 이제 끝났다"며 극언했고, 1월 28일 선조는 원균을 경상우도 수군절도사 겸 경상도 통제사로 삼아 수군 통제권을 양분해버렸다.

한편, 이순신이 임금의 명을 어기고 부산포로 나가지 않았다며 박성, 남이신 같은 대신들이 탄핵하고 상소문을 올렸고, 2월 4일 사헌부가 통제사 이순신을 잡아들여 죄를 물어야 한다고 아뢰자 선조는 이틀 후인 2월 6일에 이순신을 잡아 오도록 우부승지 김홍미에게 은밀히 전교했다. 그때 이순신은 수군을 거느리고 가덕도 바다에 있었는데 어명이 내려졌다는 소식을 듣고 한산도로 돌아와서 원균에게 전선 180척, 군량 9,914석, 화약 4천 근, 총통 3백여 자루를 인계하고 함거(檻車, 소달구지)에 올랐던 것이다.

삼남 최후립이 아버지 최대성의 이야기를 다 듣고 나서 한마디 했다.

"아부지, 젤로 좋아헌 사람은 원균 수사이겄그만요."

"바라던 대로 경상도 통제사가 됐은께 응당 그러겄제."

최언립이 동생 최후립의 말을 받았다. 최언립이 다시 말했다.

"근디 원균 수사가 통제사 나으리를 자꼬 무시했담서라우?"
"원래 능력 읎는 사람덜이 시기 질투가 많은 벱이다."
"아부지, 으째서 고향으로 돌아오신지 인자 알겄그만이라우."
"한산도로 다시는 안 갈 것이다. 음흉허고 술 마시믄 주사 심헌 원공 부하가 될 일은 읎을 것이다."
"성님, 향보허는 것도 나라의 은혜를 갚는 일인디 그라믄 되는 거 아니요."

최대민이 말한 향보(鄕保)란 고향을 지킨다는 뜻이었다.

"원래 내가 훈련원을 사직허고 내려올 때 생각도 그랬제. 긍께 당장 우리 집에 의병창의소를 설치헐란다."
"임금님을 지키는 근왕의병이든, 향보의병이든 모집헐라믄 당장에 큰 자금이 필요허겄지라우."
"사재를 털어야제. 마실에서 먼 디 있는 논밭부터 팔았으믄 쓰겄그만. 창고에 있는 양곡은 군량으로 내놓고."

다음날부터 집사인 두리동 형제는 최대성의 계획대로 움직여 주었다. 멀리 있는 보성강 주변의 논밭부터 보성군 유지들에게 넘겼다. 최대성의 편지를 본 유지들은 평소 거래 가격보다 더 주고 사들였다. 대의명분을 앞세우고 하는 일이었으므로 장흥, 능주의 늙은 선비들도 군량미를 보내왔다.

칼과 창을 만드는 대장장이도 읍성에서 달려와 가세했다. 선조의 명으로 군량미가 부족한 탓에 전라좌의병이 김덕령 의병군에 합쳐졌을 때 고향으로 돌아온 의병들이 속속 합류했다. 최대성은 젊은 의병들에게 지시했다.

"대를 베어 오라. 깃대와 죽창을 맹글 것이니라."

최언립과 최후립은 깃대와 죽창 제작을 감독했다.

"느그덜은 우리 집 대숲에 대나무는 을마든지 있은께 알아서 베도록 허그라."

깃대 수십 개와 죽창 수백 개를 며칠 동안 만들었다. 의병들은 점점 더 많이 모여들어 사곡마을은 갑자기 사람들로 북적거렸다. 최대성은 동생 최대민과 최대영에게 지시했다.

"동상들은 의병덜 훈련을 시켜부러. 충보정 활터가 훈련장으로 좋것그만."

"성님, 지도 활터에서 시킬라고 생각했그만요."

종제 최대영에게는 대장장이와 목수들을 감독하여 칼과 활을 만들게 했다.

"동상, 칙간목수덜은 활을 맹글고 대장장이는 칼을 맹글게 시켜부러."

"예, 성님."

사노(私奴) 머슴들은 마을 입구에 솥을 걸어놓고 끼니를 전담했다. 급식 감독은 두리동 형제가 맡았다.

"배고프믄 싸울 맴이 읎어진께 배불리 먹여부러잉?"

"마실 유지덜 솥단지를 겁나게 많이 빌려왔은께 배고픈 의병은 읎을 거그만."

바다에서 왜적과 싸워본 최대성은 의병 전력에 대해서 믿음이 생겼다. 동생들이 의병들을 밤낮으로 훈련시키고, 칼과 창이 준비되었으며 군량이 넉넉하니 왜적을 무찌를 수 있겠다는 자신감이 들었다. 최대성은 장남 최언립에게 집안 장롱에 있는 붉은 비단치마를 가져오도록 시켰다.

"언립아. 안채로 가서 니 엄니가 냉겨놓은 붉은 비단치마를 가져오그라."

"으디다 쓸라고 그란게라우?"

"기호(旗號)를 쓸라고 그란다."

"후립아, 사랑방에서 벼루와 큰 붓을 가져오그라."

붉은 비단치마는 진원 박씨가 시집오면서 가지고 온 것이었다. 아내 진원 박씨가 별세했을 때 모든 옷가지를 불태웠지만 붉은 치마는 아내가 생각나면 꺼내보려고 남겨두었던 것이다. 큰 붓은 아버지 최한손의 유품이었다.

최후립이 벼루에 먹을 갈았다. 최언립에게는 붉은 비단치마를 잘라 깃발을 만들게 했다. 두리동 형제에게는 사노 머슴들 바지저고리를 만드는 흰 광목천 여러 필을 가져오게 했다. 이윽고 최대성이 붉은 비단치마로 만든 깃발에 모의장군(募義將軍)이라는 글씨를 아버지 최한손과 아내 진원 박씨의 생전 모습을 떠올리며 일필휘지로 썼다. 장남 최언립이 물었다.

"아부지, 무신 뜻인게라우?"

"의병을 모집헌 장수라는 뜻이다."

그러자 동생 최대민이 말했다.

"성님, 지는 의(義)를 모은 장군이라는 뜻 같그만요."

"동상 말도 맞어. 우리덜은 고향을 지키겄다는 의로운 군사덜인께."

머슴들의 바지저고리 감인 흰 광목천에는 보성향보의병군(寶城鄕保

義兵軍)이라고 썼다. 광목천이 바닥날 때까지 다 썼다. 의병 조장들이 드는 깃대에 달 깃발들이었다. 최대성이 두 아들에게 지시했다.

"충보당 활터를 임시 진으로 삼았은께 일단 이 깃발들은 대나무 깃대에 달아 그곳에 꽂아두거라."

"예, 아부지."

"인자 아부지라고 부르지 마라."

"예, 대장님."

"오늘부터 우리 일가(一家)는 물론이고, 보성향보의병덜은 고로코름 불러야 헌다."

최대성은 깃발에 글씨를 쓰고 나서부터는 공(公)과 사(私)를 엄격히 구분했다. 최대성은 대나무 깃발을 세워둘 충보정 활터로 가서 점검했다. 충보정 활터는 훈련 중인 의병들의 함성이 우렁찼다.

"야앗! 야앗!"

대나무 깃발들이 세워지고 초암산 산바람에 펄럭이자 의병진의 분위기가 한결 뜨겁게 달아올랐다. 최대성은 의병들을 충보정 앞에 집합시켰다. 맨 앞에 최언립이 모의장군기를 들고, 보성향보의병기를 든 각 의병조장들 뒤로 의병들이 줄을 섰다. 활터를 만든 이후 의병들이 꽉 찬 것은 처음이었다. 이윽고 최대성이 말했다.

"나는 보성향보의병 대장 최대성이다. 우리덜은 목숨을 아끼지 않고 나라의 은혜를 갚고자 모인 의병덜이다. 초암산 아래 의(義)가 반석 멩키로 뭉쳤은께 이루지 못헐 일은 웂을 것이다. 알겄는가?"

"예, 대장님."

"우리는 변고를 지다리다가 생기믄 즉시 달려가 웂앨 것이다. 이름은 보성이지만 순천, 흥양, 낙안, 장흥 등 으디든 달려가 적을 무찌를 것이다. 알겠는가!"

"예, 대장님."

"보성 유지덜이 소 한 마리를 보내왔다. 오늘은 누구에게나 공평허게 특식이 나갈 터이니 그리 알라."

그날 밤. 2월 그믐날 밤은 눈앞을 분간할 수 없을 만큼 캄캄했다. 충효당에서 막 잠을 자려고 하던 최대성은 발걸음 소리에 몸을 일으켰다. 충효당 쪽으로 누군가가 자박자박 걸어오고 있었다. 이윽고 인기척이 났다.

"대장님."

두리동 목소리였다.

방문을 열자 두리동 형제가 마치 죄를 지은 사람처럼 두 손을 앞으로 모으고 서 있기만 했다.

"왔으믄 들어와야제."

그제야 두리동 형제는 방으로 들어와 큰절하듯 엎드렸다. 두 사람 모두 꺼이꺼이 흐느끼고 있었다. 최대성이 놀란 채 두리동 형제를 일으켜 세웠다. 무슨 마음으로 넙죽 엎드려 그러는지 알 수 없었다. 그러나 곧 두리동이 마음속의 말을 털어놓았다.

"대장님 하나부지께서 우리 성제가 열 살 안팎이었을 때 받아들였지라우."

두리동 형제는 부모를 모르고 자랐다. 그의 부모는 자식을 버린 유랑민이라고도 하고, 부모가 돌림병으로 죽자 천애고아가 되어 최계전이 불쌍히 여겨 받아들였다고도 했다. 두리동 형제의 부모에 대해서는 누구도 입 밖에 낸 적이 없으므로 신분이 평민인지 천민인지 알 수도 없었다. 두리동 형제는 사노 머슴들 사이에서 성장하다가 최한손의 눈에 들어 마침내 집사가 됐고, 최대성과는 친족처럼 형 동생으로 불러왔던 것이다.

"대장님 집안에서 우리 성제를 요로코름 살게 해주셨으니 인자는 우리가 목심을 내놓고 보답헐 차례라는 생각이 들어 눈물이 나요."

"성덜, 인정으로 맺은 사인디 누가 갈라놓을 수 있겄는가."

"모의장군님, 우리 성제는 목심으로 은혜를 갚을 것인께 그리 아시씨요."

최대성도 눈물을 흘렸다. 두리동 형제에게 자신이 태어날 때부터 받았던 고마움을 말로 표현할 길이 없어서였다. 잠시 후 세 사람은 대장부가 의리를 맹세하듯 서로 껴안았다.

어명이오!

왕명거역죄를 지은 죄인은 고문받다가 숨이 끊어지기 일쑤였다. 추관(推官)이 원하는 죄를 자백받아내기 위한 고문은 참혹하기 짝이 없었다. 판중추부사 정탁은 이순신을 추국하기 전에 그러한 고문만은 막아보려고 선조에게 읍소했다.

"이순신은 명장이니 죽여서는 안 되옵니다. 군사상 기밀에 있어서 이롭고 해로운 것은 멀리서는 추측하기 어려운 것인바, 그가 싸움에 나아가지 않음도 반드시 까닭이 없지 않을 것이니 너그러이 용서하고 다시 공로를 세우게 하시옵소서."

72세의 정탁이 이순신의 구명을 위해 선조에게 직언한 것은 나름대로 확신이 있었기 때문이었다. 이순신의 일기를 보고 난 뒤, 비로소 이순신에게 장수로서 잘못이 없음을 알았던 것이다. 유성룡이 성장기의 고우(古友)로서 이순신을 아꼈다면, 이원익은 진중에서 함께 생활한 뒤에야 이순신을 신뢰하게 됐고, 정탁은 곤경에 처한 이순신을 뒤늦게 이해한 원로대신이었다. 병조판서를 지냈던 이덕형도 윤두수, 이산해의 눈치를 보다가 이순신을 죽여서는 안 된다고 선조에게 호소했다.

결국 선조는 이순신을 특별사면했다. 이순신은 왕명거역죄로 극형을 받아야 했지만 백의종군하는 죄로 감면받았다. 도원수 권율 휘하에서 군졸처럼 흰 무명옷을 입고 싸우라는 처분을 받았던 것이다. 극형을 면해주겠으니 싸움에서 전공을 세워 나라에 보답하라는 것이 사면의 취지였다.

정유년(1597) 4월 1일. 이순신은 의금부 옥문을 나왔다. 3월 4일 하옥됐으니 28일 만이었다. 의금부 앞 회화나무 이파리들이 짙푸르렀다. 이순신은 유성룡 등을 만난 뒤 곧바로 금부도사 감시하에 아산으로 내려갔다. 이순신은 선산으로 먼저 올라갔다. 여수 본영과 한산도 통제영을 전령처럼 오갔던 아들 이회가 앞장서서 걸었다. 조부와 선친 순으로 솔가지를 봉분 앞에 놓고 큰절했다. 하산하면서 이순신은 아들 이회에게 어머니 초계 변씨의 안부를 물었다.

"곰천에 겨시는 할머니는 무사허신겨?"
"시방 아산으루 올라오구 겨시구먼유."
"워째?"
"아버님 소식을 비밀에 부칠지 말지 망설이다가 알렸는디 그때부터 할머니께서 충격받으시구는 곡기를 끊다시피 했구먼유."

아들 이회는 아버지 이순신에게 더 정확한 사실은 차마 말하지 못했다. 할머니의 건강을 장담할 수 없어서 본영 군관에게 부탁해서 관을 짤 널판자를 준비했던바, 결국 초계 변씨는 배에 실려 아산으로 오는 도중에 숨을 거두고 말았던 것이다.

그러나 백의종군 죄를 받은 이순신은 어머니를 상례대로 삼년상을 치르지 못하고 아산을 떠나야 했다. 도원수 권율을 만나 명을 받기 위해 순천으로 가야 했다. 권율이 순천에 와서 군기가 흐트러진 전라좌수영 관내를 시찰하고 있기 때문이었다.

이순신은 권율을 만나기 위해 공주, 은원(논산 은진) 익산, 삼례역, 전주, 오원역(임실 관천), 남원을 거쳐 순천까지 내려왔다. 죄인이었으므로 순천 성문 밖에서 17일 동안 머물렀다. 이순신이 순천 성안으로 들어가지 않고 성 밖의 정원명 집에 머물고 있는 것은 자신의 신분이 백의종군하는 죄인이기에 그랬다. 죄인은 관원이 부르지 않는 한 성안으로 들어갈 수 없었다. 그런데도 정원명 집은 이순신에게 인사하고자 찾아오는 사람들로 북적거렸다. 순천부사 우치적은 자주 찾아왔고, 송희립의 형 송대립과 동생 송정립, 흥양 둔전 감독관인 이기남, 순천 출신 정사준은 아예 이순신 옆에 붙어서 참좌군관 노릇을 했다. 최대성도 찾아와 백의종군하는 이순신을 보고서 눈물을 흘렸다.

"통제사 나으리. 이 무신 변고인게라우?"

"극형을 면했으니께 전공을 세워 나라에 보답해야 혀."

"자당님께서 돌아가셨다는디 아산으로 문상을 못 가서 죄송허그만요."

"나를 만나는 것이 문상이여. 내가 상주니께 말여."

이순신과 최대성은 정식으로 맞절했다. 문상인 셈이었다. 최대성이 이순신에게 보고했다.

"지는 귀향허자마자 보성에서 의병을 모아 훈련시키고 있그만요."

"좌수영이 걱정이여. 군사덜이 원 통제사가 지시해도 잘 듣지 않는다구 혀. 듣는 시늉만 허는 모냥이여. 여그 찾아오는 군관덜이 이구동성으로 허는 얘기인겨. 군기가 무너지믄 오합지졸이지 뭐여."

"사실이그만요. 통제사 나으리를 믿고 따랐던 군사덜이니 당연헌 거 아닙니까요. 지만 해도 금부도사가 한산도로 내려와 통제사 나으리께서 도성으로 올라가시자마자 바로 사직했그만요. 시방 군사덜 심정도 마찬가지겄지라우."

현재 삼도수군통제사 겸 전라좌수사는 원균이었다. 군사들은 원균을 마음속으로 따르지 않았으므로 군기가 엉망이 된 것은 사실이었다. 도원수 권율이 전라좌수영 관내를 시찰하고 있는 것도 바로 그러한 것을 바로잡기 위해서였다. 이순신은 한숨을 쉬면서 화제를 돌렸다.

"최 군관이 보성에서 의병을 창의헌 것은 잘헌 일인겨. 왜적은 반다시 전라도를 점령헐라고 허니께 말여."

"보성 홍양 일대에서 전방삭 군관, 황원복 군관, 김덕방 군관 모다 지와 마찬가지로 수십에서 수백 명의 의병을 모아 훈련시키고 있습니다요."

"훌륭헌 일이여. 나는 충의가 넘치는 전라도만 오믄 심이 나는겨. 한산도에 있을 때 헌 말인디 호남이 읎으믄 나라도 읎는겨."

최대성은 의병 통솔 때문에 이순신 옆에 더 있지 못하고 보성으로 돌아왔다. 그런데 전라좌수영 관내를 시찰하던 권율은 끝내 이순신을 만나주지 않고 도원수영이 있는 경상도 초계로 가버렸다. 할 수 없이 이순신 일행은 순천을 출발하여 구례를 거쳐 초계로 가야 했다. 이순신 일행은 천천히 이동한 탓에 구례 북문 밖 폐가 같은 손인필 집에서 하룻밤 묵었다.

구례현감 이원춘이 찾아와 깨끗한 처소로 옮길 것을 권유했다. 또 이원춘은 체찰사 이원익이 진주로 가는 길에 며칠 묵고자 구례로 온다고 하며, 도원수 권율은 운봉을 거쳐 초계로 가지 않고 명나라 총병 양원을 영접하기 위해 전주로 갔다는 소식을 알려주었다. 이순신은 구례 현감의 권유로 구례 동문 밖 깨끗한 장세호 집에 있다가 어둑어둑해질 무렵에 구례 객사에서 체찰사 이원익을 만났다. 이원익은 상주 이순신에게 예를 갖추어 맞절을 했다. 그런 뒤 밤새워 정담을 나누었다. 이원익이 떠나면서 이순신에게 한마디 했다.

"일찍이 임금님 분부가 있었는데 미안하다는 말씀이 많았던바, 그 뜻을 알지 못하겠소"

이원익이 떠난 뒤였다. 이순신은 초계로 가는 중에 이어해 집에서 3일을 머물렀다. 그런데 그때 새벽공기를 가르며 이어해 집으로 중군장 이덕필과 변홍달이 달려왔다. 방으로 들어온 이덕필과 변홍달이 한숨을 쉬었다. 이덕필이 고개를 푹 숙이며 말했다.

"16일 새벽에 적이 칠천량에 있는 우리 수군을 기습공격하여 통제사 원균, 전라우수사 이억기, 충청수사 최호 등 여러 장수와 군졸들이 큰 해를 입고 수군이 대패했습니다."

7월 초에 조선수군의 전선 180척 중에서 20척을 원균이 지휘하며 싸웠던 절영도 해전에서 잃었기 때문에 7월 15일 밤 이경에서 시작해 16일까지 이어진 칠천량해전에서는 거북선 수척에다 전선 160척과 협선 140여 척을 합쳐 총 3백여 척이 왜선 1천여 척의 공격을 받아 참패했다고 말했다. 다만 전라우수영 소속 7척이 싸우는 와중에 동해로 표류했고, 배설이 12척을 이끌고 도망쳤기에 160척 중에서 19척만 온전하게 남아 있을 것이라고 알려주었다.

칠천량해전의 비보는 도원수영까지 전해져 진시(辰時)가 되자 권율이 이어해 집으로 왔다. 권율도 믿기지 않는 듯 한동안 말을 못했다. 잠시 후에야 길게 한숨을 쉬며 말했다.

"원 통제사를 고성으로 불러 절영도 싸움에서 패배한 책임을 물어 곤장을 쳤건만 분발하기는커녕 칠천량에서 대패했으니 할 말이 없소."

권율은 이순신에게 경상도 해안에 흩어진 군사들을 모으라는 지시를 하고는 곧 이어해 집을 나갔다. 이순신이 권율의 명을 받아 진주성 밖 손경례 집으로 가서 칠천량 패잔병들과 각처에 흩어져 있는 군사들을 모았다. 그런 뒤 훈련을 시켰다.

그런데 이순신이 손경례 집에 머문 지 닷새 만이었다. 아침햇살이 구름 낀 동녘하늘에 부챗살처럼 퍼지고 있을 무렵이었다. 대엿새 동안 비가 내리다가 모처럼 해가 뜨고 있었다. 진배미 너머의 강물이 햇살에 반짝거렸다. 말 한 마리가 마을을 향해 달려오더니 손경례 집 앞에서 멈추었다. 말에 탄 사람이 소리쳤다.

"어명이오! 어명이오!"

선전관 양호였다. 이순신과 군관들이 마당으로 내려와 엎드렸다. 이윽고 선전관 양호가 다시 소리쳤다.

"이 공께서는 임금님 교서와 유서를 받으시오!"

이순신은 양호가 들고 있는 교서와 유서에 숙배했다. 그리고 나서 무겁게 일어나 교서를 읽어 내려갔다.

〈왕은 이르노라. 오호라! 국가가 의지해온 것은 오직 수군뿐인데, 하늘이 화를 내려 흉악한 칼날이 다시 성하게 함으로써 마침내 삼도의 군사를 한 번 싸움서 모두 잃었으니 이후로 바다 가까운 고을은 그 누가 막아 낼 것인가? 한산도를 이미 잃었으니 적들이 무엇을 두려워 하겠는가? 초미의 위급함이 조석으로 닿아 있으니, 지금의 계책은 오직 흩어져 없어진 군사를 다시 모으고 전선을 거두어 모아, 급히 아군의 요해처에 엄숙히 큰 군영을 만들 뿐이다. 그리하면 도망쳤던 무리들이 돌아갈 곳이 있음을 알 것이요, 바야흐로 적들을 막아낼 수 있을 것이다.〉

이순신은 이 대목에서 한숨을 소리 나게 쉬었다. 엎드려 있는 군관들은 신음 소리로 들었다. 군관들 중에서도 한숨 소리가 새어 나왔다. 이순신은 다시 교서에 눈을 주었다.

〈생각하건대, 그대는 일찍 수사 책임을 맡았던 그날부터 이름이 드러났고 또 임진년 승첩이 있은 뒤부터 공로와 업적을 크게 떨쳐서 변방 군사들이 그대를 만리장성처럼 든든히 믿었건만, 지난번에 그대의 직함을 갈고 그대로 하여금 백의종군토록 한 것은 역시 나의 생각이 어질지 못함에서 생긴 일이었거니, 그 결과 오늘 이 같은 패전의 욕됨을 만나게 된 것이니 더 이상 무슨 말을 할 말이 있겠는가! 더 이상 무슨 할 말이 있겠는가!〉

이순신은 분노 같은 것이 치밀어 올랐으므로 어금니를 물었다. 죄 없는 자신을 하옥시키고 죽이려 했던 임금이 원망스러웠다. 자신을 왜 죽이려 했는지에 대한 솔직한 사과는 한 마디도 없었다.

〈이제 그대를 상복 입은 채로 기용하고, 또한 그대를 평복 입은 가운데서 다시 옛날같이 천거하여 전라좌수사 겸 충청, 전라, 경상 삼도 수군통제사에 임명하노니, 그대는 지금 나아가 군사를 모아 어루만져 주고 흩어져 도망간 자들을 찾아 불러 단결시켜 수군의 진영을 회복하고, 형세를 장악함으로써 군대의 위풍을 일시에 떨치게 한다면 이미 흩어졌던 백성의 마음을 다시 안정시킬 수 있을 것이며, 적들 또한 우리가 방비하고 있음을 듣고 감히 두 번 다시 방자하게 창궐하지 못할 것이니, 그대는 이를 힘쓸지어다.(중략) 그대는 충의의 마음을 굳건히 하여, 나라를 건져주기를 바라는 나의 소원을 이뤄주길 바라면서, 이에 교서를 내리니 그대는 알지어다.〉

이순신은 임금의 명을 따르겠다는 내용의 장계를 쓴 뒤 양호에게 주고, 즉시 손경례 집을 떠나 두치로 향했다. 바다를 장악한 왜적이 언제 공격할지 모르므로 경상도보다 안전한 전라도로 들어가 도망치고 흩어진 군사를 모으기 위해서였다. 모처럼 날이 개어 길을 재촉할 수 있었다.

이순신 일행은 강행군했다. 새벽달을 보고 출발해서 초저녁달이 떠서야 임시숙소에 도착하곤 했다. 진주 손경례 집을 출발하여 두치, 석주관, 구례 손인필 집, 압록, 곡성현청, 옥과현청, 순천부, 낙안읍성, 조양창까지 오는데 불과 7일밖에 걸리지 않았다. 보성 조양창에 8월 9일에 도착했던 것이다. 군사는 손경례 집에서 출발할 때만 해도 15명에 불과했는데, 어느새 1백여 명 이상으로 불어나 있었다.

이순신은 1백여 명의 군사 대부분을 보성읍성으로 보내고 자신은 몇몇 군관들과 함께 군량 창고인 조양창을 점고했다. 조양창 문은 도장 찍힌 종이로 봉인돼 있었다. 봉인을 보는 순간 이순신은 가슴이 뛰었다. 과연, 조양창 안에는 군량미 6백 석이 차곡차곡 쌓여 있었다. 이순신은 자신도 모르게 중얼거렸다.

"천운이구먼."

"통제사 나으리, 6백 석이믄 수군 6백 멩이 1년간 묵을 수 있는 양식이그만요."

"그려."

이순신은 피난 가고 없는 군량창고 군관 허름한 김안도 집에서 묵다가 군관들의 권유로 지근거리에 있는 박곡 다전마을의 부자 양산항 집으로 옮겼다. 양산항은 기묘사화 때 화를 입은 양팽손의 후손이었다. 화순 이양에 살던 양팽손의 다섯째 아들 양응덕이 보성으로 들어와 살았는데, 그의 아들이 바로 양산항이었던 것이다.

그날부터 전라좌수영의 옛 부하들이 찾아오기 시작했다. 송희립, 배흥립, 송대립, 최대성 등이 그들이었다. 거제 현령 안위와 발포 만호 소계남이 들어와 이순신의 명을 받았다.

"나는 보성읍성에서 군영구미로 갈겨. 그러니께 배설헌테 12척 배를 군영구미로 가져오라구 전혀."

"수사는 왜적이 무서버 벌벌 떨고 있십니다. 통제사 나리의 명을 쉽게 따를지 모르겄십니다."

이순신의 지시에 안위가 대답했다. 경상우수사 배설이 하동의 노량 부근에서 몸을 피한 채 겁을 먹고 있다는 보고였다. 그러자 이순신이 혀를 차며 말했다.

"쯧쯧. 괴씸허구 한탄스러움을 이기지 못허겠구먼!"

"칠천량 싸움 뒤부터 수사가 변한 거 같십니더. 원래는 계책도 뛰어나고 용감했십니더."

"권세 있는 자에게 아첨해서 능력이 미치지 못허는 자리까정 승진허믄 충직헌 군사만 그르치게 되는겨."

"통제사 나리 말씸이 옳으시그만요. 수사에게 날랜 군사를 몬자 보내 나리의 명을 전해불겠습니다요."

태인 출신 소계남이 단호하게 말했다.

"내 명을 배설헌티 반다시 전해야 써."

최대성이 물었다.

"통제사 나으리, 12척 배를 혹시 명량으로 끌고 갈라고 허시는 것입니까요?"

"그려, 작년에 전라도 군창과 해안을 순찰했는디 명량이야말로 본영 소포멩키로 좁은 해협이니께 군사 한 명이 천 명을 상대헐 수 있는 요해처여. 12척만 있다믄 왜선 수백 척을 상대해 싸울 수 있다는 말인겨."

이순신이 병신년(1596)에도 전라도 해안지방을 순찰하면서 윤8월 26일에는 전라우수영 태평정(太平亭)에 묵으면서 명량해협(울돌목)을 자세히 답사했던 것이다.

"지도 명량으로 가겄습니다요."

"최 군관은 의병군으루 보성, 흥양을 지켜야 혀. 뒤가 든든해야 안심허구 명량에서 더 잘 싸울 수 있을겨. 그러니께 허는 말이여."

이순신은 하동현감 신진과 우후 이몽구를 만난 뒤, 8월 14일 양산항 집에서 보성읍성 열선루로 떠났다. 열선루는 명량으로 떠나기에 앞서 이순신으로서는 마지막으로 출전의 결심을 다지고 싶은 장소였던 것이다.

보성, 흥양의병군 합동전투

정유년 이른 봄에 최대성이 보성향보의병진을 사곡마을에 설치했고, 흥양에서는 송대립이 최대성보다 한참 뒤 도원수 권율의 지시를 받아 해안으로 침입해오는 왜적을 무찌르고자 흥양향보의병을 창의했다. 그러니까 송대립은 정유년 9월 16일 명량해전 이후 겨울에야 권율의 지시를 받았던 것이다. 선조 27년(1594)에 무과급제한 송대립은 송희립의 친형으로 한산도에서 이순신 명을 받아 최대성과 함께 전투한 바 있었다.

도원수 권율은 송대립의 무재를 인정하고 창의별장(倡義別將)에 임명했던바, 그는 흥양 마륜마을에서 모집한 의병들을 훈련시켰다. 처음에는 의병 숫자가 적었지만 차츰 송대립을 믿고 모여드는 흥양 장정들이 많아져 전력의 형세가 왜적과 싸울 만하게 강성해졌다.

한편, 경상도에 주둔하던 왜군 일부는 왜왕 히데요시의 명을 받아 전라도 남원으로 향하고 있었다. 왜장은 우키다 히데이에 등이었다. 남해의 제해권을 확보한 왜수군도 전라도 해안 곳곳에 출몰했다.

무술년(1598) 3월 4일이었다. 보성 예진(曳津, 예당)에 왜선 30척이 정박하면서 내륙까지 노략질하려고 했다. 예진으로 나가 있던 탐망군사가 급히 달려와 최대성에게 보고했다.

"대장님, 왜선 30척이 예진에 정박해 있습니다요."

최대성은 즉시 황원복, 전방삭, 송대립, 김덕방 등과 함께 작전회의를 했다. 네 장수는 모두 의병을 거느린 대장들이었다. 황원복은 최대성, 송희립, 전방삭 등과 함께 고성 적진포해전에 참전했던 전투 경험이 있는 장수로서 순천에 주둔한 왜수군 일부가 보성 방향으로 진출할 것이라는 첩보를 입수하고 전우 최대성을 찾아온 인물이었다. 또한 보성읍 택촌마을 태생인 전방삭은 올해 초 의병 5백 명을 모집하여 왜적의 보성 침입에 대비해 최대성과 협력했다. 그는 일찍이 선조 8년에 무과급제했던 노장(老將)이었다. 그리고 홍양에서 송대립과 함께 온 김덕방 역시 무과급제자로 이순신 막하에서 전공을 세운 장수였다. 모두가 병법에 밝아 전술과 전략을 짜는 데 이견이 없었다. 최대성이 먼저 말했다.

"해전이 아니기 땜시 정박한 왜선을 몬자 공격허는 것은 맞지 않소."

"그라지라. 협소헌 들판으로 끌어들여 유격전을 해야 겠지라."

"그런 들판이라믄 으디가 좋겠소?"

"여그서 유격전을 펴기 좋은 디는 죽전들판이지라."

최대성의 말에 나이가 가장 많은 노장 전방삭이 좌장처럼 점잖게 동의했다.

"최 대장 말이 맞네. 예진에서 적덜이 뭍으로 온다믄 반다시 죽전들판을 지날 것이니. 죽전들판 양쪽에 매복해 있다가 천둥 번개멩키로 일시에 달려들믄 적덜은 대패헐 것이니."

송대립은 아우 송희립과 나이가 엇비슷한 최대성을 각별하게 생각했다. 송대립도 한마디 했다.

"동상이 전술을 짜는 것을 본께 신뢰가 가네. 하하하."

"성님, 통제사 나오리 밑에서 함께 전술을 익힌 성님을 잘 모실랍니다요."

"내가 적덜하고 싸우다 죽으믄 시체라도 찾아줄랑가?"

"성님, 물론이지라. 그란디 그런 말씸 마시씨요. 불사조 같은 분이 그런 말씸을 허시믄 안 되지라우."

작전회의가 끝나자마자 최대성, 전방삭, 송대립, 김덕방의 의병군은 죽전들판 좌우로 엎드려 은폐했다. 왜적들은 죽전들판을 지나 재를 넘어 보성읍성으로 들어가려고 할 터였다. 최대성과 전방삭은 재갈을 물린 말을 타고서 의병들에게 명령이 떨어지기 전까지는 화살을 쏘지 말라고 엄하게 지시했다.

"적덜이 죽천들판 한가운데로 올 때까지 화살을 쏘지 마라."

"예, 대장님."

"내가 효시를 쏠 것인께 그때 공격허그라!"

의병들은 죽전들판 좌우 개울과 골짜기에서 더욱 납작 엎드렸다. 이제 막 봄풀이 올라오기 시작한 들판은 초록빛이 막 번지고 있었다. 일손이 바쁜 농사철이 되려면 한두 달이 더 지나야 했다. 이윽고 왜적 선봉대가 죽전들판 쪽으로 천천히 다가왔다. 그러나 그들은 들판 좌우에 은폐하고 있는 의병들을 발견하지 못했다. 최대성과 전방삭은 공격 명령할 때를 신중하게 쟀다.

왜적의 본대가 더 가까이 와야 했다. 그렇지 않으면 선발대만 잡고 본대를 놓칠 수 있었다. 최대성은 아들이자 전령인 최언립과 최후립을 의병 조장들에게 보내 더욱 은폐하라고 지시했다.

"언립아, 후립아. 조장덜에게 더 엎드려불라고 해라."

"예, 대장님."

최대성은 두리동 형제에게도 지시했다.

"군사덜 화살이 넉넉헌지 돌아보고 와야 쓰겄그마. 부족헌 디는 더 갖다주고."

"예, 대장님."

최대성은 소리칠 수 없으므로 의병들에게 지시할 것이 있으면 두 아들과 두리동 형제를 통해서 전달했다. 극도로 긴장한 의병은 머리를 처박은 채 엉덩이를 쳐들고 있기도 했다. 두리동은 침을 꼴깍 삼켰다.

마침내 왜적 본대가 들판 가운데로 들어왔다. 최대성은 바로 효시를 쏘아 올렸다. 효시가 귀신 소리를 요란하게 내며 날아올랐다. 그제야 왜적 선봉대와 본대를 향해서 일제히 화살이 쏟아졌다. 방심하고 있다가 일격을 당한 왜적은 크게 당황하여 조총을 허공에 쏘기만 할 뿐 괴성을 지르면서 갈팡질팡했다. 최대성이 소리쳤다.

"공격하라!"

"왜적 놈을 때려잡자!"

사방에 은폐해 있던 의병들이 죽창을 들고 왜적들에게 달려갔다. 의병들의 함성에 사기가 꺾여버린 왜적은 조총을 던지고 항복했다. 그러나 일부 왜적은 조총을 겨누고 있다가 의병들의 칼에 목이 잘리거나 날카로운 죽창에 찔려 죽었다. 한나절 만에 왜적의 시체가 죽전들판 여기저기에 널브러졌다. 송대립이 크게 만족해했다.

"동상, 전술이 맞아떨어져 크게 이겨부렀네."

"여그 장수덜끼리 잘 협력헌 덕분이지라."
"모다 이순신 통제사 부하덜 아닌가. 통제사께서 갈쳐준 대로 싸우니 이길 수밖에 읎제."
"옳은 말씸이요."
"난 도원수 당부도 있고 헌께 바로 홍양으로 갈라네."
"이번에는 성님이 군사를 지원해줬은께 담에는 지가 군사를 델꼬 갈께라."
"말만 들어도 고맙네야."

 합세했던 의병장들은 각자의 진으로 돌아갔다. 창의별장 송대립은 흥양으로 갔고, 노장 전방삭은 자신의 의병군을 데리고 보성읍성으로 돌아갔다. 황원복, 김덕방도 마찬가지였다. 죽전들판 전투에서 승리한 보성향보의병군은 전우애로서 더욱 결속했다. 병서에 나온 대로 전투에서 이기는 군사가 또 이기는 법이었다.

 최대성은 송대립에게 약속을 지켰다. 그러니까 죽전들판 전투를 한 지 한 달이 지났을 때였다. 송대립이 보낸 전령이 흥양에 왜적이 나타났다며 전방삭과 황원복, 최대성에게 달려왔다. 전령은 최대성에게 송대립의 편지를 내밀었다.

"별장님께서 보내신 편지그만요."
"알았네."

 최대성은 편지를 보면서 흥양 망저포에 왜적 1천여 명이 침입한 사실을 알았다. 송대립의 흥양향보의병군이 왜선에 불을 지르는 등 기습하자 왜군 1천여 명이 첨산으로 올라가 완강하게 진을 치고 있다는 것이었다. 보성 예진에 침입한 지 한 달 만에 또 흥양 망저포에 대규모로 침입한 것은 심상치 않은 징후였다. 더구나 보란 듯이 첨산에 진을 치고 있다는 것은 조선 의병군을 두려워하지 않는다는 방증이었다.

"별장님은 으디에 겨신가?"

"첨산 밑에 겨십니다요. 이번에는 적덜이 악랄허기 그지읎습니다요. 이전에 네 번이나 소규모 침입은 있었습니다만 이번에는 작심허고 쳐들어온 것 같어라우."

전령의 보고 중에 소규모란 왜선 5척 정도의 침입을 뜻했다. 왜선 5척 미만의 침입은 실제로 3월 18일부터 3월 23일까지 네 번이나 있었고, 그때마다 흥양관군과 송대립의 의병군이 무찔렀던 것이다. 흥양 양강 일대에서는 매복장 송정기가 두 번이나 왜적의 머리 30급 이상을 베었고, 흥양 고도에서는 흥양현감이 왜적의 머리 1급을, 첨산포에서 송희립도 왜적의 머리 1급을 베고 군수물을 노획했던바 소소한 전투는 계속 이어지고 있는 셈이었다.

"알았네, 보성의병군을 델꼬 바로 가겠네."

전방삭과 황원복도 최대성과 같은 생각으로 의병군을 거느리고 첨산으로 갔다. 그때 조총으로 무장한 왜적들은 송대립 의병군을 포위한 채 공격하고 있었다. 그러나 최대성, 전방삭, 황원복 의병군이 배후를 공격하자 역전이 돼버렸다. 보성의병군과 송대립의 흥양의병군이 협공으로 돌격하자 왜적은 속수무책으로 당했다.

첨산 지리에 밝지 못한 왜장은 매복했던 산자락에서 공격은 물론 후퇴도 못한 채 부하들을 잃었다. 그러나 근접전투는 쌍방 모두 사상자가 나게 마련이었다. 송대립과 최대성의 종제 최대영이 적탄에 쓰러졌다. 최대성은 말을 타고 왜장을 향해 돌진했다. 칼을 휘두르며 달려들자 왜장을 호위하던 왜적들이 도망쳤다. 최대성은 왜장의 목을 베고 송대립의 시신을 말에 태워서 가져왔다. 최대영의 시신은 훼손을 염려한 최후립이 적진까지 쳐들어가 찾아왔다.

왜장이 죽자마자 왜적들은 오합지졸이 돼버렸다. 이를 악문 의병들이 전의를 상실한 왜적들에게 다가가 죽창으로 찔러 죽이고 칼로 목을 베었다. 사기가 오른 의병군은 두려움 없이 적진을 헤집고 다녔다.

"우리가 이겨부렀다!"

"적이 바우 뒤에 숨었다! 죽여부러라!"

말을 탄 의병군 장수 전방삭과 황원복은 비호처럼 첨산 산자락을 누비고 달렸다. 최언립과 최후립도 아버지 최대성의 명령을 전하면서 싸웠다.

"잔적덜을 한 놈도 놓치지 말고 소탕허그라."

"일자 진을 대오로 적덜의 퇴로를 차단허그라."

첨산의 산자락은 왜적들의 붉은 피로 물들었다. 왜적을 완전히 토멸했을 때는 석양이 기울고 있었다. 그제야 최대성은 칼에 묻은 피를 개울물에 씻었다. 전방삭과 황원복 장수가 조금 전까지만 해도 기백을 떨치며 싸우더니 지금은 송대립과 최대영, 의병들 시신 앞에서 맥없이 서 있었다. 최대성이 말에서 내려 종제 최대영의 눈을 감겨주었다. 최대영은 눈을 부릅뜬 채 죽어 있었던 것이다. 전방삭이 최대성을 위로했다.

"최 대장, 우리가 이겼은께 동상이 한을 풀고 좋은 디로 갈 것이네."

"예, 성님. 순절헌 우리 의병덜도 좋은 디로 가야지라우."

"순절헌 의병덜을 빠짐읎이 승첩장계에 이름을 남기세."

"종사관헌테 시킬게라우. 글고 창의별장 시신은 지가 인도헐라요. 지가 은젠가 약속했그만요."

의병들은 죽은 왜적들을 찾아 머리를 베었다. 또 일부는 왜적의 군수물자와 무기를 첨산 아래로 등짐을 해서 날랐다. 최대성은 말에 송대립의 시신을 태우고 그가 태어나고 자란 동강 마륜마을로 달렸다. 마륜마을에는 어쩌면 송대립의 막내동생 송정립이 있을지도 몰랐다. 송정립은 명량해전 이후 몸에 종기가 나 집에서 치료 중이었던 것이다. 그리고 송희립은 지도만호로 나가 있으므로 고향 집에 없을 터였다. 모두 이순신 휘하에서 왜적과 싸운 충절의 여산 송씨 삼형제였다.

예상한 대로 송정립은 고향 집에 있었다. 하인이 병수발을 들고 있다가 최대성을 맞았다.

"나으리, 누구를 찾으신게라우?"

"주인이 있느냐?"

인기척에 송정립이 아픈 몸을 이끌고 나왔다. 송정립은 최대성을 보자마자 잰걸음으로 다가와 말했다.

"성님, 첨산에서 싸운다는 소문을 듣고도 가지 못했그만요. 미안허요."

"대립이 성님을 모시고 왔네. 우리가 이겼지만 성님께서 마상에서 분투허시다가 순절허셨네."

송정립은 최대성과 하인이 거두는 큰형 송대립의 시신을 보고서는 담담하게 말했다.

"큰성님께서 인자서야 나라의 은혜를 갚았그만이라우. 지도 곧 일어나 싸움터로 나갈 것이그만요."

"난 의병덜이 지다리고 있은께 가봐야 허네. 훗날 다시 옴세."

송정립은 하인과 함께 송대립의 시신을 큰방으로 들였다. 최대성은 지체할 수 없었다. 말을 타고 첨산으로 달렸다. 그런데 잠시 후 최대성은 다시 말고삐를 잡아당기며 마륜마을로 향했다. 송대립이 자신을 부르는 것 같아서 마륜마을로 다시 갈 수밖에 없었다.

송정립의 집 앞에 서자 통곡소리가 들려왔다. 비통하게 곡을 하는 송정립의 목소리가 틀림없었다.

"아이고, 아이고!"

비통한 송정립의 곡소리를 듣고 있으려니 최대성의 가슴도 미어졌다. 최대성은 입술을 깨물면서 힘을 주어 헛기침했다.

"동상, 나 쪼깜 보세."

하인이 방문을 열고 먼저 나왔다.

"나으리, 으쩐 일이신게라우?"

"별장 성님을 뵈러 왔네."

"아까 참에 모시고 온 분이 별장님 아니셨는게라우?"

"그러고말고."

하인은 무슨 말인지 모르겠다는 듯 고개를 갸우뚱하면서 방안에 있는 송정립에게 말했다.

"나으리께서 다시 오셨어라우."

최대성은 방으로 들어가 송대립 시신 앞에서 큰절을 두 번 했다. 그런 뒤 곡을 했다.

"아이고, 아이고!"

"성님, 무신 일로 또 오신게라우?"

"대립이 성님께 곡을 못허고 가믄 한이 될 거 같아서 돌아왔네."

"적진에서 큰성님 시신을 거두셨은께 다 아실 거그만요."

"그러코름 말해준께 마음이 개보와지네. 초상을 잘 치르게. 내 반다시 또 옴세."

의리를 지킨 최대성은 송정립 집을 나왔다. 사립문 밖에서 말에 탄 최대성은 말고삐를 힘껏 잡아당겼다. 그제야 최대성은 굵은 눈물 두어 방울을 흘렸다.

거차포전투

농사철이지만 순천, 낙안 해안의 들판에는 농부들 모습이 보이지 않았다. 이따금 아주 늙은 농부나 전장 터에서 부상당해 돌아온 젊은 장정들이 보일 뿐이었다. 그래도 논에는 개울물이 졸졸 흘러들었고, 마을 가까운 밭에는 늙은 아낙네들이 쪼그려 앉아서 호미질하고 있었다. 정유년 왜군이 무도하게 재침한 탓이었다. 유랑민이 된 해안가 사람들이 어디론가 줄지어 가물가물 떠나기도 했다.

최대성은 5월 하순 장마가 오기 전에 순천, 낙안 해안지역에서 노략질하는 왜적을 토멸해야겠다고 작전회의를 했다. 순천, 낙안의 해안이 뚫리면 보성도 위험하기 때문이었다. 보성읍성 방수장(防守將) 정회는 보성향보의병 작전회의에 처음으로 참석했다. 최대성이 말했다.

"적덜은 장마철 전에 더 노략질헐 것 같으요. 적덜이 상륙헌다믄 마침 농사철이라서 우리 농사꾼덜 피해가 더 크지 않겄소? 긍께 상륙을 막는 것이 상책이라고 생각허요."

"지가 관군을 델꼬 온 것은 바로 그것이지라."

"방수장이 합세허니 우리 의병군은 사기가 오르고 있소. 실제로 관군 일부가 합류해 형세가 강해진 것 같으요."

보성관아 관군들 중에 일부가 의병군에 합류한 것은 의미가 컸다. 첫 번째는 관군도 의병군의 전력을 인정했다는 것이고, 둘째는 보성 군수가 보성향보의병에게 기대하기 시작했다는 점이었다. 최대성의 의병군은 죽산벌판전투와 흥양 첨산전투에서 이긴 경험이 있기 때문에 어찌 보면 관군보다 더 잘 싸우는 군사라고 할 수 있었다. 보성군수가 보성읍성 방수장 정회를 파견한 것이 그 한 예였다. 정회가 다시 말했다.

"순천 왜성에 왜적이 있는 한 전라도 해안은 늘 위험헐 것이그만요. 왜성을 함락시켜야만 해안지방 사람덜이 안심허고 살 수 있겄지라."

왜군들이 작년 9월부터 3개월 동안 축성한 왜성이었다. 순천왜성은 한양 도성에서 물러나 후퇴하던 왜군들이 직산전투에서 대패하면서 경상도, 전라도 해안까지 내려와 재기를 노리고 축성한 왜성들 가운데 하나였다. 순천왜성의 성주는 왜장 고니시 유키나가였고, 왜군은 1만 4천여 명에 이르렀다. 그러니 그들의 일과는 왜성을 방어하면서 전라도 해안지방에서 노략질하는 것이었다. 보성향보의병군 종사관인 최대민이 말했다.

"왜적덜이 첨산전투에서 보성, 흥양 합동의병군에게 대패헌 뒤로는 흥양 해안은 조용허다고 헙니다요. 긍께 전라도 해안에 왜적덜이 나타날 때마다 크게 무찔러불믄 함부로 나타나지 않겄지라우."

"종사관 말이 맞네. 평소에 의병덜을 훈련시키는 이유가 바로 그것이네."

최대성의 말에 전령 참모인 최언립이 말했다.

"대장님, 순천에 왜성이 있은께 의병군이 그짝까지 나가서 심껏 방어해야 헐 것 같습니다요."

"순천, 낙안, 흥양, 보성은 서로 이어진 땅인께 우리가 비록 보성에 진을 치고 있지만 전령 말대로 모다 한 구역으로 봐서 작전해야 써."

최후립은 형 최언립 말에 고개를 끄덕였다. 두리동도 한마디 했다.

"대장님, 앞으로는 우리 성제는 선봉대를 이끌라요. 젊은 장정덜이 나이를 솔찬히 묵은 우리 성제를 보고 잘 따른께라우."

"성님, 나도 그 생각을 허고 있었는디 동감이요."

갑술이 말에 모두가 웃었다. 두리동이 자신의 나이를 계급처럼 말했기 때문이었다. 작전회의 중 이견이 없다는 것은 그만큼 의병군이 잘 운용되고 있다는 방증이었다.

작전회의가 있은 지 이틀 후였다. 탐망군사가 순천 초천포(草川浦)로부터 화포(花浦)에 이르는 해안지역에 왜선 10여 척이 나타난 후 순천만 거차포(鉅次浦)에 상륙하여 노략질한다고 알려왔다. 왜적들은 왜장 고니시 부하들이 틀림없었고, 이틀 전 작전회의는 의병군의 전투 준비 태세를 미리 강화한 셈이었다.

"군수 나으리께서 부르신께 우리덜은 읍성으로 돌아가봐야 허겄소."

"걱정 마시요. 의병군덜이 첨산에서 싸와 이긴 적이 있은께 잘 싸울 것이요."

보성군수는 관군이 순천까지 간다는 것에 부담을 느낀 듯했다. 물론 보성이나 순천 모두 전라좌수영 관내 지역이지만 왜적이 어디서 나타날지 모르는 형국이므로 보성군수가 판단하여 결정한 것이 분명했다. 정회가 최대성에게 미안해했다.

"적덜이 보성에 침입허믄 그때는 적극적으로 합세헐라요. 군수 나으리 의중도 있고 허니 그냥 돌아가겄소."

"미안해 헐 것 읎소. 며칠 동안 여그 있어 준 것만도 고맙소."

최대성은 방수장 정회가 돌아간 뒤 두리동 형제에게 의병들을 충보정 활터로 모으도록 지시했다. 사곡마을 주변의 산자락에서 훈련 중이던 의병들이 충보정 앞으로 모였다. 이윽고 최대성이 충보정에 올라서서 외쳤다.

"보성 의병덜은 듣거라. 우리는 낼 순천 거차포로 갈 것이다. 보성의 병군이 왜 순천까지 가느냐고 의아해하는 사람덜이 있을지 몰라서 허는 말인디 순천은 낙안, 보성허고 이어져 있다. 긍께 왜적덜이 보성에 오기 전에 무찔러 토멸해야 허는 것이다. 알겄느냐?"

"예, 대장님."

"싸우는디 특별헌 것은 읎다. 보성의병군이 창의헌 지 2년이 넘었다. 그동안 훈련받은 대로 싸우믄 이길 수밖에 읎느니라. 더구나 우리는 이곳 보성 죽전들판전투, 흥양 첨산전투에서 이긴 경험이 있는 의병군이다. 병서에 이겨본 군사가 이긴다고 했다. 우리는 거차포로 나가 불구대천 왠수 왜적덜을 반다시 토멸허고 말 것이다!"

의병 조장 중에 한 명이 소리쳤다.

"대장님, 시방 당장 가야 헙니다요. 적덜은 하루에 80리를 달린다고 그랑께요. 순천에서 80리믄 낙안입니다요."

"서두르다 보믄 낭패를 볼 것이다. 오늘 밤에 선봉대를 보내 초천포와 화포, 거차포 으디든 정박허고 있는 적선부터 불태울 것이니 왜적덜은 이짝으로 서둘러 오지는 못헐 것이다."

선봉대 대장은 두리동이 맡았다. 부대장은 갑술이 자원했다. 두리동 형제는 항상 바늘과 실처럼 행동했다.

"자, 그라믄 오늘 밤은 편허게 휴식허그라. 심이 있어야 싸움도 잘허는 벱이다. 사곡마을 유지덜이 돼지를 잡았은께 오늘 저녁 끼니는 특식이 나갈 것이다."

최대성은 의병들의 사기를 한껏 고취시켰다.

"와아! 와아!"

두리동 형제가 다가와 미리 보고했다.

"대장님, 몬자 순천으로 떠나겄습니다요."

"군사는 을매나 델꼬 가는가?"

"스무 멩만 델꼬 갈라요. 너무 많아도 우리덜 위치가 적에게 발각되믄 작전을 못허겄지라."

"잘 생각했고, 적선만 불태우고 곧 빠져야 돼. 싸우기는 우리 본대가 헐 것인께."

"예, 대장님."

최대성은 충효당으로 돌아왔다. 초저녁부터 축축한 바닷바람이 불더니 해시쯤 가랑비가 내렸다. 그러나 장맛비는 아니었다. 밤하늘에 구름이 몰려왔다가는 금세 벗겨졌다. 별들이 다시 또록또록 빛을 냈다. 그때 인기척이 났다. 최대성은 아내 광산 김씨인 것을 직감했다. 광산 김씨는 첫 번째 아내 진원 박씨가 언립을 낳은 후 죽자, 아버지 최한손의 권유로 맞아들였던 두 번째 아내였다. 광산 김씨는 후덕했다. 최대성이 의병활동을 하는 동안 조금도 간여하지 않고 그림자처럼 뒤에서 내조만 했다. 의병들의 끼니때가 되면 여종들을 데리고 나가 일한 뒤 말없이 안채로 돌아오곤 했다.

"낼 새복에 떠나신다고 해서 왔지라우."

"첫닭이 울 때 사곡을 떠나 순천으로 갈 것이요."

"으째서 맨날 싸울 때는 새복에 떠난다요?"

"적덜이 잠잘 때 움직일라고 허는 것이 첫째 이유고, 원근각처에 순왜 첩자가 있을지 모른께 그라요."

아내 광산 김씨가 가져온 소반을 내밀었다.

"요것이 뭣이요?"

"새복에 떠나신다고 헌께 약밥을 싸왔그만이라우."

"나만 묵어서 되겄소?"

"찰밥에 대추, 밤이 들었은께 아칙 끼니가 늦어도 든든허시겄지라우. 긍께 새복에 일어나시자마자 들어부시씨요."

"고맙소."

"대장님부터 심이 나야 부하덜이 잘 싸우겄지라."

"허허. 나는 그런 뜻이 있는지 몰랐소. 후립이는 아조 잘 허고 있은께 걱정 마시요."

"언립이도 잘허고 있지라?"

최언립은 전부인 진원 박씨가 낳은 아들이었다. 그러나 광산 김씨는 최언립을 친아들처럼 잘 보살폈다. 광산 김씨의 자애로운 성품은 배다른 형제간의 갈등을 오래전부터 없애버렸다. 최언립과 최후립은 누가 보아도 친형제처럼 우애가 돈독했고, 부모 봉양을 잘했던 것이다.

축시가 되자 멀리서 첫닭이 울었다. 최대성은 축시 전에 깨어나 광산 김씨가 놓고 간 약밥을 먹었다. 그런 뒤 갑옷으로 갈아입고 충보정으로 갔다. 의병 조장들도 벌써 일어나 자기 조 의병들을 점호하고 있었다. 늙은 의병 조장이 와서 말했다.

"날씨도 우리덜을 도와주그만요."

"나도 걱정했는디 해시가 지남시로 별이 보이드라고."

"꿈을 잘 꿨그만요."

"현몽이여?"

"지가 왜장을 생포했그만요."

"조장이 적덜에 대한 적개심이 을매나 큰지 알겠그만. 그런께 그런 꿈을 꾸는 것이여."

"나만 그런 것이 아니지라우. 우리 의병 중에는 바닷가에 살다가 부모 성제 잃은 사람덜이 많어라우. 왜적을 잡기만 허믄 사지를 찢어불겄다는 의병덜이 있당께라우."

"태평성대를 지옥으로 맹글어분 놈덜이 왜적인디 안 그러겄는가."

이윽고 보성향보의병군은 모의장군 깃발을 앞세우고 사곡마을을 떠났다. 가능하면 낯선 마을을 피해서 가야 했다. 그런 마을에 순왜 첩자가 있을지 모르기 때문이었다. 의병군은 일부러 평지로 행군하지 않고 가파른 초암산을 넘어 주릿재 쪽으로 향했다. 주릿재를 넘어가면 낙안이었다. 낙안에서도 힘든 산길을 타고 남진하여 거차포로 이동할 계획이었다. 낙안을 지났을 무렵 탐망군사가 달려와 최대성에게 보고했다.

"대장님, 선봉대가 적선을 불태우는지 불길이 하늘로 치솟았습니다요."

"몇 척이던가?"

"캄캄해서 몇 척인지는 세보지 못했습니다요. 근디 여그저그서 불길이 환했그만이라우."

"그렇다믄 선봉대 작전이 성공헌 것이다."

전령 참모 최언립이 말했다.

"대장님, 전공 욕심이 나서 우리 의병덜이 적덜 목을 베어 가지고 오지 않을게라우?"

"그라지 말라고 했다. 치고 빠지라고 했은께 선봉대는 시방 으딘가 숨어 있을 것이다."

최대성은 두리동 형제의 명민함을 믿었다. 죽전들판과 첨산에서 두 번이나 지켜보았는데, 두리동 형제는 용맹하기도 하거니와 명석한 두뇌로 전술을 이해했던 것이다.

먼동이 순천만 하늘부터 터오고 있었다. 그러나 바다와 해안은 아직 어둠에 덮여 있었다. 의병군이 거차포에 이르자 그제야 바다가 제 모습을 드러냈다. 거차포는 작은 포구였다. 왜선함대가 한꺼번에 정박할 만한 넓은 포구는 아니었다. 갈대밭이 무성한 것으로 보아 개펄이 드넓고 바다는 수심이 깊지 않은 것 같았다. 탐망군사가 보고한 대로 바닷가에는 불탄 왜선들이 거대한 숯덩이처럼 썰물이 빠진 개펄에 누워 있었다. 최대성은 왜적들이 거차포 천마산 산비탈에 진을 치고 있으리라고 판단했다.

"적덜은 시방 산자락에 일자진을 치고 있을 것이다."

전라좌수영 군관으로 있을 때 경험했던바, 왜적들은 불리해지면 반드시 배를 버리고 산비탈로 올라가 진을 쳤던 것이다. 첨산에서도 마찬가지였다. 그리고 선봉대는 갈대밭에 엎드려 은폐하고 있으리라고 짐작했다. 최대성의 판단은 옳았다. 왜적은 왜선을 버리고 거차포 천마산 산비탈에 진을 치고 있었고, 두리동 형제의 선봉대는 갈대밭에 숨어 있었다. 이윽고 두리동 형제가 최대성에게 다가와 왜적의 위치를 정확하게 알려주었다.

"대장님, 시방 쩌그 골째기부터 저짝 산자락에 적덜이 있그만요."

"왜적덜 특징이요. 불리허믄 배를 버리고 반다시 산자락으로 올라가 진을 치드랑께."

최대성은 일자진의 왜적을 어떻게 공격하는지를 알고 있었다. 양쪽으로 군사를 보내 협공하는 것이 일자진을 무너뜨리는 최선의 전술이었다. 의병군 본진과 선봉대를 합치고 나서 최대성은 의병군을 둘로 나누었다. 그런 뒤 두리동과 갑술이 각각 양쪽에서 의병군을 거느리게 했다. 마침 천마산 산비탈에서 연기가 피어올랐다.

"저것덜이 겁대가리가 읎그만잉. 우리덜헌테 시방 디질 것인디 아직 끼니를 묵을 정신이 있는 모냥이네. 우리도 아적 묵지 못했는디 말이여."

두리동이 침을 퉤 뱉으며 손가락질을 했다. 의병 조장들 가운데 한 명이 손으로 감자를 먹이는 시늉을 하면서 말했다.

"얼릉 올라가 작살내붑시다요."

마침내 최대성이 왜군 진을 향해서 '공격 앞으로'를 명했다. 그러자 두 무리로 갈라진 의병군이 돌격했다. 그때까지도 왜장뿐만 아니라 왜적들은 보성향보의병군 본진의 공격을 전혀 눈치채지 못했다. 선봉대가 왜선에 불을 지르고서 어디론가 후퇴했을 거라며 믿고 있기 때문이었다. 최대성은 의병군 조장들에게 마지막으로 명했다.

"접근은 고양이멩키로, 공격은 호랭이멩키로 허그라."

"그래도 저놈덜은 아칙은 묵다 죽은께 혈색은 좋겄습니다요. 하하하."

"아적 웃을 때가 아니여."

최대성은 말을 타고 갈대밭에서 지휘했다. 지휘부 전령과 의병 일부는 갈대밭에 남아 있기로 했다. 도망치는 왜적들을 추포해 머리를 베기 위해서였다. 최대성의 작전과 전술은 그대로 맞아떨어졌다.

왜적들은 아침 끼니를 먹다가 의병군의 전광석화 같은 급습을 받고는 맥없이 쓰러졌다. 의병군이 양쪽에서 죽창과 활을 들고 벼락같이 달려들었기 때문에 미처 조총을 쏘지도 못한 채 당했다. 조총 소리는 불과 십여 번 울렸을 뿐 의병들의 함성에 묻혀 버렸다. 최대성이 있는 지휘부 쪽으로 도망쳐 오는 왜적은 단 한 명도 없었다. 천마산 산비탈에서 또다시 함성이 들려왔다. 왜적 수십 명을 완전하게 소탕했다는 신호였다. 그제야 갈대밭에서 지켜보던 의병군 지휘부도 승리의 함성을 질렀다.

안치혈투

거차포전투에서 승리를 거둔 보성향보의병군은 바로 돌아오지 않고 순천왜성 부근에서 며칠을 머물렀다. 그때 왜군은 죽전들판전투와 첨산전투에서 패한 것을 만회하려고 5월 25일 흥양으로 또 침입해 들어와 보성지역 일대에서 노략질을 자행했다. 왜군으로서는 보성, 흥양 의병군에게 당한 것에 대한 설욕전이었다.

보성향보의병이 순천으로 나가 있었으므로 왜적을 즉시 방어하지 못했다. 보성관군은 읍성을 지키는 것만도 힘겨워 전전긍긍할 뿐이었다. 흥양, 낙안 관군도 마찬가지였다. 이후 왜군은 6월 5일 경상도 사천의 왜장 시마즈 요시히로의 부대까지 들어와 가담했다. 그만큼 보성향보의병군에 패한 것을 분하게 여기고 있었던 것이다. 왜군의 적정을 보고받은 최대성은 급히 보성지역으로 향했다. 순천왜성이 가까운 고두포에서 화포, 거차포를 거쳐 낙안 쪽으로 이동했다. 해안 길은 되도록 피하면서 산길을 이용했다.

한편, 이순신 통제사는 작년 가을에 대승을 거뒀던 명량해전 이후 겨울 106일 동안 목포 보화도(현 고하도)에서 전력을 보강한 뒤 2월 17

일 완도의 고금도 덕동진으로 내려와서 머물고 있었다. 이순신은 판옥선을 13척에서 53척으로 늘렸고, 군사도 1천여 명에서 2천 명으로 배가시켰다. 뿐만 아니라 군량미도 무려 2만 석이나 고금도로 싣고 내려왔다. 더구나 명나라 제독 진린의 수군 5천여 명이 몇 달 안에 고금도로 내려와 합류한다는 희소식이 전해졌다. 그렇게 되면 최초로 조명연합수군이 결성되는 셈이었다.

보성향보의병군이 낙안 벌교포에 이르렀을 때였다. 보성읍성 방수장 정회가 달려와 급보를 전했다.
"적선 10여 척이 예진에 쳐들어 왔소."
"우리덜이 나가 있을 때 복수헐라고 보성에 온 거 같은디 요번에는 참말로 본때를 보여줘야겠소."
"그새 바뀐 것이 있소?"
"군수 나으리께서 새로 오셨소."
최근에 부성규수로 저백옥이 왔으며, 그는 전방삭과 종친이라고 정회가 말했다.
"전 대장께서 수시로 소통허믄 좋을 거 같으요."
"당장에 전 대장 창고에서 쌀 50석을 꺼내불고, 일가친척들을 설득해 잡곡 50석을 모아 보내왔그만요."
"고마운 일이요."
"나는 시방 지름길로 돌아가야겠소."
"의병군은 수가 많은께 산길을 타야 허겠소. 으디에 순왜 첩자가 있는지 모른께."

최대성은 순천으로 갔을 때와 같이 북진하여 주릿재를 향했다. 힘든 행군이지만 안전했다. 최대성은 전령인 아들들에게 지시했다.
 "주릿재를 넘어 초암산 밑에서 임시 진을 칠 것인께 몬자 가서 전방삭 대장, 황원복 대장에게 전허그라."
 "대장님, 의병 중에 지친 사람덜이 있는디 으쩔께라우?"
 "주릿재에서 쪼감 쉬믄 괴안찮을 것이다. 예진에 적덜이 나타났다고 헌께 다리 쭉 뻗고 쉴 틈은 읎다."
 "알겄그만이라우."
 "우리가 순천에 있을 때 방수장 말에 의하믄 5월 25일 흥양 해안에 왜적이 상륙했던 모냥이다. 6월 초닷샛날에는 적덜이 내지까지 짚이 들어와부렀고."
 "대장님, 그라믄 적덜이 시방 보성까지 와부렀을께라우?"
 "그렇다고 봐야제. 긍께 심들지만 쉴 틈이 읎다는 것이다."
 그런데 이상하게도 내륙 깊숙이 왜군들이 들어와 있지만 주릿재 부근의 마을은 조용했다. 왜적을 피해서 산으로 들어가는 피난민들이 보이지 않았다. 이는 필시 관아 군사들이 알려주지 않았기 때문일 수도 있었다. 실제로 흥양현감 최희량은 자신의 책임이 두려워서 왜군침입을 이웃 고을은 물론 관찰사에게 알리지 않았던 것이다. 3백여 명의 양민과 가축들이 잡혀갔는데도 숨기는 데만 급급했다.
 최대성은 초암산 뒤쪽에서 이동을 멈추고 임시 진을 쳤다. 그런 뒤 경계병 십여 명을 초암산 산자락에 올려보내고 의병들에게는 휴식을 주었다. 그때 의병들을 거느린 전방삭과 황원복이 왔다. 보성향보의병들은 옷을 입은 채 계곡물에 풍덩풍덩 몸을 담그면서 피로를 풀었다.

"아이고메, 시원허다!"

"보름 만에 세수를 허는 거 같네. 살 거 같으네."

임시 진 반대편은 사곡마을이었다. 사곡마을에는 벌써 탐망군사가 적정을 정탐하고 있었다. 사곡마을은 지대가 높아서 안치들 쪽을 정탐하기에 더없이 좋은 곳이었다. 다음날 6월 8일 이른 아침이었다. 탐망군사가 최대성에게 다가와 보고했다.

"안치뜰에 연기가 나는디 적덜이 있는 것 같아라우."

"근접해서 정탐허그라."

최대성은 드디어 결전의 날이 왔다고 판단했다. 자신도 모르게 초암산을 향해 엎드린 뒤 절했다. 초암산은 최대성에게 어머니 같은 산이었다. 초암산 산신령이 점지하여 그가 태어났고, 젊은 시절 대장부의 꿈을 펼치고자 맹세했던 산이었던 것이다. 최대성이 초암산 정상을 보고 절하자 두 아들, 두리동 형제도 따라서 큰절했다. 그러자 의병들이 무릎을 꿇고 두 손까지 모았다. 초암산 산신령에게 무운장구를 빌었다. 잠시 후 최대성이 의병들을 향해 소리쳤다.

"초암산이 충의로 나선 우리 의병덜을 지켜줄 것이다! 초암산은 목심을 아끼지 않고 왜적을 무찔러 온 우리 의병덜을 잊지 않을 것이다!"

탐망군사가 다시 돌아와 최대성에게 보고했다.

"대장님, 안치뜰에 왜적덜이 겁나게 들어와 있그만요."

"알았다. 우리는 이때를 지달렸다. 적덜을 토멸헐 때다."

최대성은 두 장수 전방삭과 황원복이 와 있었으므로 즉시 작전회의를 했다. 최대성이 먼저 말했다.

"적덜이 안치뜰에 있는디 요번 전술은 사방에서 공격허는 것이 으쩔게라우?"

"고라니 몰이허데끼 허자는 것이제?"

"예, 전 대장님. 적을 가운데로 몰아넣어불고 앞뒤 좌우에서 협공허자는 거지라우."

"그라믄 누가 앞이고, 뒤인가? 또 누가 좌이고, 우인가?"

노장 전방삭의 물음에 최대성이 간밤에 작전을 구상한 대로 말했다.

"읍성이 가차운 앞에서는 정회 방수장이, 뒤에서는 황원복 대장이 앞뒤로 밀어붙임시로 적을 치게 하고, 최언립 전령이 좌측에서 치고, 두리동 선봉대장이 우측에서 협격허믄 으쩌겄는게라우?"

"나는 으디서 싸우란 말인가?"

"전 대장님은 최후립 전령허고, 적덜이 상륙헌 길을 차단허믄 으쩌겄는게라우?"

"적덜 퇴로를 차단허라는 총대장을 따라야제, 사공이 여럿이믄 배가 산으로 가는 벱이네."

왜군이 안치들에 들어와 진을 치고 있는 상황이었으므로 작전회의를 짧게 끝냈다. 최대성은 말에 올라탄 뒤 안장에 모의장군 깃발을 꽂았다. 그러자 의병 조장들이 재빨리 의병들을 점고했다. 점고를 끝낸 의병조장들이 최대성에게 보고했다.

"우리 조 이상읎그만요."

두리동을 대신해서 선봉대를 맡은 갑술이도 보고했다.

"대장님, 선봉대도 이상읎그만요."

최대성은 동생이자 종사관인 최대민에게 지시했다.

"종사관은 잘 들으라. 오늘 우리덜은 안치뜰 적진으로 돌격해 혈투를 벌일 것이다. 안치뜰 혈투를 하나도 빠짐읎이 교전일기에 작성허 그라."

"예, 대장님."

"지휘부는 선봉대와 함께 오도재를 넘어 안치뜰로 갈 것이느니라."

지휘부를 점고하는 최대성의 얼굴은 그 어느 전투 때보다 더 비장했다. 전방삭과 황원복도 마찬가지였다. 왜군이 안치들까지 들어왔다는 사실은 그만큼 보성읍성이 가깝고 위험해졌다는 것을 뜻했다. 지난번 죽전들은 안치들 아래에 있어 상대적으로 덜 위급했던 것이다. 최대민이 최대성에게 물었다.

"대장님, 보성관군이나 낙안관군 지원군이 올께라우?"

"모르긴 해도 읍성을 방어허고자 오지 않을 거 같은디."

"안치뜰에서 막아야제 으디서 방어헌단 말이요?"

"나는 모의장으로서 안치뜰만 생각헐란다. 관군이 오믄 더 좋고, 오지 않아도 그만 아니냐?"

실제로 보성 관군은 올 생각이 없었다. 왜군이 보성읍성 턱밑까지 왔으므로 비상이 걸린 상태였다. 낙안 관군은 경계를 소홀히 하여 왜군이 침입한 사실을 늦게서야 알고 대응이 늦었다. 어쨌든 안치전투는 보성읍성을 내주느냐, 마느냐 하는 중요한 일전이었다.

마침내 최대성은 장사진 대오를 명했다. 사곡마을 앞으로 온 의병들은 상하좌우, 후방으로 나뉘어 안치들을 향해 포위해 들어갔다. 지리에 밝은 의병 조장들이 앞장서서 숲에 비가 스며들 듯 왜적 가까이 접근해갔다. 오줌을 싸러 논두렁으로 나왔던 왜군조차 가만가만 접근하는 의병들을 발견하지 못했다.

"쩌그 난쟁이 같은 왜놈 쪼깜 보소. 저것도 사람이라고 힘서 댕기는 모냥이네잉."

"아따, 작은 고추가 매운 벱이여."

의병들이 아직도 실전을 실감하지 못하고 농담하다가 방수장 정회에게 주의받았다.

"시방 코앞에 적이 있는디 뭔 정신머리읎는 소리여."

"방수장님, 조심헐게라우."

정회와 부하들은 개울을 건너 삵괭이처럼 살금살금 안치들 위쪽으로 가서 공격 신호를 기다렸다. 그리고 황원복 대장은 안치들 아래쪽으로 가서 의병들을 철저하게 은폐시켰다.

"바우멩키로 납짝 엎드려부러!"

"그러다 봉께 깨구락지가 부랄 밑에 붙어부렀어라우."

한 의병이 하소연하자 옆에서 끽끽 웃는 소리가 났다.

"누가 웃고 지랄이여! 시방 죽느냐, 사느냐 허는 전시 중인디 말이여."

의병 조장이 화를 내자 다시 풀숲은 조용해졌다. 잠시 후에는 최언립 전령이 거느리는 의병부대가 안치들 좌측으로 가고, 두리동이 의병들을 안치들 우측으로 데리고 가서 엎드렸다. 마지막으로 전방삭과 최후립은 의병군 일부를 거느리고 왜군의 퇴로를 막기 위해 예진이 보이는 후방으로 내려갔다. 전방삭이 최대성에게 나직이 말했다.

"여차허믄 예진에 정박헌 적선덜을 불질러불라네."

"안치뜰에 있는 적덜을 모다 토멸헌다믄 그럴 필요는 읎어라우. 적선에는 노략질헌 군량도 있고, 즈그덜 군수물자도 있을 것인께 노획해야지라우."

"상황을 봐서 불을 지르든, 배 안의 물자덜을 노획하든지 그러겄네."

최대성은 선봉대를 이끌고 있는 갑술이와 초암산 산자락을 타고 오도재 쪽으로 방향을 틀었다. 그때 방수장 정회가 효시를 쏘아 올렸다. 자신의 작전 위치에 있다는 신호였다. 그러자 황원복, 최언립, 두리동, 전방삭이 거의 동시에 효시를 쏘았다. 명령만 떨어지면 공격하겠다는 신호이기도 했다. 최대성이 오도재까지 왔을 때였다. 최대성이 총통 중에서 가장 작고 가벼운 황자총통을 어깨에 메고 오던 지휘부 의병 포수에게 화포를 방포하도록 명했다.

"방포허그라."

"예, 대장님."

갑자기 마른하늘에 천둥 치듯 화포 소리가 산자락의 적막을 찢었다. 순간 돌격하는 의병들의 함성이 안치들을 메웠다. 포신이 식기를 기다렸다가 다시 화포가 불을 뿜었다. 화포는 왜적을 섬멸하기 위해 쏘기보다는 의병들의 사기 진작용이었다. 화포 소리가 조총 소리보다 몇십 배나 더 컸으므로 의병들의 기를 살려 주었던 것이다.

왜군들은 좌우에서 협공하자 유리한 지형을 선점하려고 정회가 있는 위쪽으로 밀려서 올라갔다. 또 일부 왜군은 오도재 쪽으로 넘어왔다. 최대성은 갑술이 거느리는 선봉대를 두리동에게 보냈다. 오도재 쪽으로 오는 왜군을 막기 위해서였다.

"적덜이 위로 올라가니 벨 수 읎이 우리도 그짝으로 가자."

최대성의 지휘부가 오도재를 내려가는 동안 두리동이 거느리는 의병과 만났다. 최대성이 두리동에게 물었다.

"안치뜰 적덜이 으째서 위로 올라간당가?"

"포위를 벗어나불라고 그런지, 보성읍성을 갈라고 그런지 쪼깜 지켜봐야겠그만잉."

"시방 정회 쪽으로 적덜이 올라가는 것 같은디."

그런데 두리둥은 정회 쪽을 별로 걱정하지 않았다. 안치들에서 포위당한 적들이 많이 죽었기 때문에 보성읍성 쪽으로 가는 왜군의 숫자는 위협적이지 않기 때문이었다. 그 정도의 왜군이면 보성관군이 충분히 격퇴할 것이라고 믿었다.

잠시 후 골바람에 누린내가 풍겨왔다. 왜군들이 죽은 동료들의 시체를 모아놓고 태우는 냄새였다. 의병군에게 시신의 머리를 내어주지 않으려고 자신의 동료를 태워버리는 잔인한 짓이었다. 그때 최대성은 왜군들이 의병군에게 밀리면서 안치들을 내어주고 퇴로를 찾고 있다고 판단했다.

"나는 시방 안치들에 모의장군 깃발을 꽂을 것이니라."

"대장님, 아직은 위험허요. 적덜은 음흉해서 매복해 있을지 모르요."

"우리가 이긴 것이나 다름읎은께 그렇다고 허드라도 적덜은 독 안에 든 쥐새끼일 뿐이다."

더구나 황원복이 지휘부로 와서 손에 묻은 피를 닦으면서 의기양양하게 말했다.

"모의장, 적덜은 도망칠 줄만 알지 싸울 줄은 모른 거 같소. 조총을 갖고도 죽창을 든 우리덜에게 지는 것을 보믄 말이요."

"황 대장, 말씸이 맞소."

안치들 백병전에서는 조준하면서 쏴야 하는 왜군의 조총보다 의병군의 칼과 죽창이 더 위력적이었을 터였다. 최대성은 오도재를 내려가기 위해 말을 탔다. 두리동 형제와 지휘부 의병들이 최대성을 뒤따랐다. 그런데 오도재 고갯길이 끝나는 산길에서였다. 낙오병인지, 매복병인지는 알 수 없으나 갑자기 왜군들이 조총을 쏘아대며 나타났다. 최대성은 바로 칼을 휘둘러 눈앞에 보이는 왜군들의 목을 베었다.

"무도헌 왜왕의 업보다!"

투구를 쓴 왜장은 오도재 아래로 도망쳤다. 최대성은 말을 타고 왜장을 뒤쫓았다. 그러나 그때 조총 소리가 요란했다. 두리동 형제가 피를 토하듯 외쳤다.

"대장님!"

최대성이 적탄을 맞고 말에서 떨어졌다. 그러자 주인 잃은 말을 탈취하려고 왜군 십여 명이 숲속에서 튀어나왔다. 이번에는 두리동 형제가 고함치며 돌진해 칼을 휘둘렀다. 순식간에 왜군 서너 명이 산길에 붉은 피를 뿌리며 나뒹굴었다. 그러나 그뿐이었다. 두리동 형제도 적탄을 맞고 최대성 옆에 쓰러졌다.

그제야 조총 소리를 듣고 의병 1백여 명이 함성을 지르며 달려왔다. 의병군의 기세에 질린 왜군들이 두 손을 번쩍 들면서 항복했다. 그러나 대장 최대성을 잃은 지휘부 의병들은 적개심이 솟구친 나머지 번개처럼 달려들어 왜군들의 목을 다 베어버렸다. 그런 뒤에야 대장부 최대성의 시신 앞에서 모두가 통곡했다.

정유년(1597)에 보성향보의병을 창의한 이후 대소 20여 차례나 전투를 치르면서 왜적 1백여 급을 참수한 대장 최대성의 장렬한 최후였다. 이순신 통제사와 맹세한 대로 장수의 삶을 전장(戰場)에서 영예롭게 마치었으니 모의장군 최대성의 나이 46세였다.

에필로그

왜국침략으로 발발한 7년 전쟁이 끝나고 나서도 조선 조정은 안정을 찾지 못하고 혼돈의 시기를 보냈다. 전쟁 동안 충절의 인물들이 나라를 위해 목숨 바쳤다면 이제는 나라가 그들의 전공을 세상에 널리 알려야 할 차례였다. 그러나 나라에서 공신을 선정하는데 들쭉날쭉 기준이 모호했다. 위국순절(爲國殉節)한 최대성 모의장군 같은 경우는 조정 대신들의 무성의한 공무 처리로 끝내 외면받고 말았다. 최대성의 장남 최언립과 삼남 최후립이 나란히 선무원종 2등 공신에 책록되었으나 안치혈투의 총대장(總大將) 최대성에게는 알 수 없는 이유로 공신록권(功臣錄券)이 돌아오지 않았던 것이다.

이에 보성, 흥양지역의 향교 선비와 경주 최씨 후손들은 소청운동(訴請運動)을 전개했다. 그들 가운데 대표적인 인물은 안방준 의병장이었다. 안방준은 안치전투 때 26세였고, 최대성이 태어난 사곡마을과 가까운 보성읍성에 살고 있었으므로 누구보다도 그 전투를 잘 알고 있었던 유생이었던 것이다. 더구나 안방준은 임진왜란, 정묘호란, 병자호란에 간여한 실천적인 선비였고, 박광전 의병장의 고제(高弟)였다. 안방준은 〈선무원종공신록권〉이 배포된 이후부터 모의장군 최대성의 전공이 세상에 드러나지 않은 것을 억울하게 생각하여 전라 순찰사에게 인조 26년(1648) 상서(上書)를 올렸던 것이다. 안방준의 나이 76세 때의 일이었다.

〈생(生) 등은 듣자옵건대 나라를 위하는 것은 온갖 행실 중에서 첫째라 이르고, 나라를 위하여 죽는 것을 죽음 가운데서 첫째라 친다고 합니다. 풍속 교화가 잘되고 못됨이 여기에 달린 것이니 충절이란 도(道)가 중하고 크지 않겠습니까? 본군(보성)이 비록 바닷가 지방이기는 하지만 본시 충절이 많았던바 그중에서도 드러나게 기릴 만한 분을 상국 합하(相國閤下)께 말씀드리겠습니다. 원하건대 채택하시어 장려해주고 빛내주소서.

본군에서 살던 모의장군 최공 대성은 바로 고려조에 대사성이었던 농은(農隱) 선생 해(瀣)의 8세손입니다. 만력 을유년(선조 19년)에 무과 제4등에 급제하여 훗날 훈련원정에 이르렀습니다.

천성이 순하고 효성스러워 오직 군부(君父)만 알고 몸을 잊었으며 충의의 담력이 커 나라에 몸 바칠 생각만을 두고 있다가 정유년 동쪽의 오랑캐가 온 나라에 가득 차고 관군이 와해되어 감히 막는 자가 없거늘 오직 최공만이 눈물 흘린 뒤 팔을 걷어붙였습니다. 최공은 칼을 어루만지면서 동쪽을 노려보고는 목숨을 던져 나라를 건질 각오로 향병(鄕兵)을 불러 모아 수천 명의 군중과 함께 적장 청정(淸正)의 왜군과 왜교(倭橋), 죽전(竹田)들판에서 싸웠으며, 대소 이십여 차례의 접전에서 모두 이겨 1백여 급의 목을 베어 적의 기세를 크게 꺾었습니다.

또 충무공 이순신 막하에서 한후장으로 뽑혀 한산의 싸움에서 큰 승리를 거두기도 하였습니다. 그리고 흥양 망저포나 첨산의 싸움에서 창의사 송대립과 무인 김덕방과 함께 주먹을 휘두르며 칼날의 위험 속에서 싸워 크게 적을 잡고 노획한 공을 세웠습니다. 그때 불행히도 송공은 전망(戰亡)을 하였습니다. 그 뒤에 최공은 또 왜적을 맞아 본군의 안치에서 큰 싸움을 벌였는데 중과부적에도 몸을 돌보지 않고 분발하여 칼을 휘두르며 적진으로 돌진해 무찔렀습니다. 그 순간 거의 적의 우두머리를 잡을 수 있었는데 하느님이 돕지를 아니하여 날아온 탄환이 최공의 가슴을 관통하고 말았습니다. 그러나 충의의 간담(肝膽, 속마음)이 죽음에 이르도록 꺾이지 아니하여 한참 동안 눈을 부릅뜨고 늠름한 생기가 있었다고 합니다. 소문이 퍼져가는 곳에 아직도 지사(志士)의 머리끝이 서는데 이런 분이 여러 사람과 똑같이 썩는대서야 어찌합니까? 때를 기다리느라 그런 것일까요?

아! 최공은 남녘의 사족(士族)이요, 시골의 무부(武夫)입니다. 그런데도 한결같이 나라를 위하여 죽겠다고 결심하여 죽는 것을 당연하게 여겼으니 충성과 자신의 몸을 죽인 절의가 옛날 당나라의 충신 장순(張巡)과 허원(許遠)에 비한다 해도 어찌 못하다고 하겠습니까?

생(生) 등이 여러 차례 말씀을 올려 이미 주상께 말씀드리겠다는 제사(題辭, 관의 결정)를 얻었는데도 아직도 포상하고 정표(旌表, 세상에 알림)하는 일이 없습니다. 그래서 충신이나 의사들이 팔목을 끼고 맥이 풀린 것이니 이것은 생(生)들만 외치는 사언(私言)이 아닙니다. 당시의 교전일기에 사적(事績)이 소상하게 실려 있습니다. 최공의 대절(大節, 대의를 위한 절개)은 돼지나 고기 같은 어두운 것들도 감읍할 만하거니와 그 아들 언립도 경자년에 무과에 급제하여 벼슬이 양현전직장(養賢殿直長)

인데 공을 세워 을사년의 원종공신록에 들었고, 막내아들 후립은 거산 찰방인데 역시 원공공신에 들었으니 3부자의 높은 절의를 그 누가 놀라지 않겠습니까?

우리 성상께서 즉위하신 지 26년에 맨 먼저 충신 절사(節士)의 자손들을 찾아서 수용(收用)토록 하셨으니 그 내세를 위하여 권장하시는 뜻이 어찌 적다고 하겠습니까?

옛사람이 말하기를 '어진 사람을 등용하려면 청컨대 괴(槐, 燕臣 郭槐)부터 시작하십시오' 하였으니 바라옵건대 합하께서는 위로 성교(聖敎, 임금의 명)를 생각하시고 아래로 충정을 살피시어 먼저 최공을 포상하시면 1년이 못 되어 충절의 성해짐이 다만 최공뿐이 아닐 것입니다.

엎드려 원하옵건대 합하께서는 대궐에 말씀드리시어 벼슬로써 포상하시게 하고 정문(旌門)도 세워주게 하시어 충효를 포상하고 권장하게 하심이 어떠합니까? 생(生) 등은 황공함을 가눌 길이 없습니다. 삼가 무릅쓰고 진술합니다. 무자년(1648) 11월〉

이에 전라 순찰사는 다음과 같이 글을 남겨 결재했다.

〈높은 충절과 뛰어난 행적은 사람으로 하여금 알지 못하는 사이에 우러르고 싶은 마음의 충동을 느끼게 한다. 이런 뜻을 담아 곧 계문(啓聞, 왕께 알림)을 할 작정이니 우선 본관으로부터 그 호역(戶役, 집안의 부역)을 면제해 주도록 하여 사기를 붙들어 일으키고 고을의 풍속을 권장토록 할 것.〉

안방준의 소청운동을 계승한 인물은 그의 문인 문희순(文希舜)이었다. 인조 26년(1648)에 스승 안방준과 함께 연명하여 상서에 참여했던 문희순은 4년 뒤인 효종 3년(1652년)에 49인의 유림 대표로서 다시 전라도 순찰사에게 모의장군 최대성의 전공을 상세하게 써 올렸다. 안방준의 상서와 다른 것이 있다면 안치전투의 '교전일기'를 참고하여 전황을 구체적으로 기술한 점이었다. 문희순은 다음과 같은 글을 전라 순찰사에게 올렸다.

〈보성군의 사인(士人) 문희순 등은 삼가 목욕재계하고 백배(百拜)하여 군의 인사(人士)들과 함께 최의사 대성의 순절을 포창(襃彰)해 달라는 일로 방백께 서(書)를 올립니다.

우리나라에 섬 오랑캐의 변이 임진, 정유년보다 참혹할 수가 없었는데 특히 영남과 호남이 가장 먼저 당했습니다. 당시의 충열(忠烈)스런 선비는 손가락으로 셀 수가 없지만, 모의장군 최공 대성의 절의를 지키고 나라를 위해 죽은 의기(義氣)는 아직까지도 묻혀 있는 채 정포(旌襃, 국가에서 포상하는 일)의 전(典)을 받지 못하고 있어서 매양 초막집 호롱불 앞에서 둘이만 대하고 앉아도 곧잘 무릎을 치며 개탄하곤 합니다.

그런데 어찌 다행히도 하늘이 그 장절(壯絶, 뛰어나고 장함)을 영원히 천재(千載, 오랜 세월)의 뒤까지 적막하게 하지 않으려고 바야흐로 성명(聖明, 임금의 밝은 지혜)에 의해 합까께서 보임하시어 남도지방에 묻혀 있는 빛을 발천(發闡, 가려 있던 것이 드러남)하려 하시니 생(生) 등이 말씀드리고자 합니다. 말씀드릴 바는 입근절사(立殣節死, 절의를 위해 죽음)한 지 정유년부터 60여 년이 됐는데도 온 고을의 부녀자나 어린애까지 귀가 있는 자는 모두 들었고, 입이 있는 자는 모두 말하며, 슬퍼하고, 탄식하고, 오열하기를 똑같이 하여 마치 어제의 일인 듯합니다.

최공은 고려조의 검교(檢校) 대사성 농은 선생 해의 8대손이요, 전 첨정 한손의 자(子)입니다. 젊어서 학문을 하였고, 만력 명 신종(明神宗) 을 유년에 무과에 급제했는데 천성이 지극히 효성스럽고, 강하고, 굳세어 나라에 충성심도 대단했습니다.

지난 임진 계사의 변에 관군이 와해되자, 한 사람도 눈 부릅뜨고 용기를 내어 목숨 버릴 각오로 의(義)에 나선 사람이 없었는데, 오직 최공만이 눈물 뿌리고, 팔뚝 걷어붙이며, 칼 짚고 일어서 수백 명의 향병(鄕兵)을 모집하여 곧 이충무공의 막하로 달려가니 이공이 한후장으로 삼아 한산도 싸움에서 대첩하였고 5년 동안 전투에서도 많은 기공(奇功)을 세웠습니다.

정유재란에 이르러서는 연약한 군사 수천 명을 모으고 자식인 후립과 언립, 가노 두리동과 갑술을 대동하여 본군의 예교(曳橋), 죽전 들에서 싸웠으며 크고 작은 교전을 20여 차례 하여 적들을 남김없이 섬멸하니 적의 형세가 무너지고 패했습니다. 흥양 망저포와 첨산 싸움에서 창의사 송대립과 무사 김덕방과 함께 칼을 휘두르며 적진으로 들어가 적을 크게 포획했는데 송공은 결국 탄환을 맞아 죽고, 공은 그 우두머리를 칼로 베고 승승추격(乘勝追擊)을 했습니다.

이때 본군의 방수장 정회로부터 적선이 예교에 와서 정박했다는 급한 보고를 받고 공이 산길로 주릿재를 넘어오니 적이 상륙하여 안치들에 진을 치고 있었습니다.

공은 정회와 황원복을 시켜 전후로 밀어가며 무찌르게 하고, 언립으로 하여금 두리동을 거느리고 좌우에서 협격하게 했으며 전방삭을 시켜 후립과 함께 선로(船路, 배로 가는 길)를 막게 했습니다. 드디어 화살을 쏘며 적을 쫓아 오도재에 이르렀는데 이때 잠복했던 적이 갑자기 일어나므로 중과부적인데다 하늘마저 돕지 않아 날아온 탄환이 가슴을 뚫으니 충담의간(忠膽義肝)이 죽을 때까지 꺾이지 않아 눈을 부릅떠 한참 동안까지 늠름한 생기가 있었습니다. 이날이 6월 8일이었습니다.

두리동과 갑술이 크게 소리 지르며 뛰쳐나가 칼을 휘둘러 적을 베었는데 기운이 다하여 결국 그들도 공의 시신 곁에서 죽었고, 그래서 적이 더 나가지를 못했으니 바닷가의 남부지방에 오히려 백성이 살아남게 된 것은 모두가 공의 힘이었습니다.

이 사실이 '교전일기'에 있어 모두 참고할 수가 있습니다.

아! 한 사람의 몸으로써 만인의 목숨과 바꾸었으니 빛나는 충성과 열렬한 기운이 사람으로 하여금 머리가 솟구치고 간담이 떨리게 함을 금할 수가 없게 합니다.

생(生) 등이 삼가 삼강행실을 살펴보니 신라의 비영자(丕寧子)는 창을 비끼고 적진에 돌입하여 적의 머리 몇 개를 베고 갑자기 죽자, 그 자식과 노비가 따라서 죽었으므로 선덕왕 조정에서 내린 은례(恩禮)가 천양(泉壤, 저승)까지 넉넉하게 미쳤고 김원주(金原柱)는 노(虜)를 물리쳐 포위를 풀었지만, 결국은 노진에 함몰되었으나 간관이 포상을 계청하여 정려(旌閭) 증직(贈職)이 되었으니 이는 충렬을 위장(慰獎, 위로하고 권장함)하고 윤강(倫綱, 삼강오륜)을 부식(扶植, 뿌리내리게 함)하는 도리입니다. 하물며 열렬 늠름한 장자가 어찌 비녕과 원주에 비해 십 배뿐만이 아니겠습니까?

생(生) 등이 여러 번 영(營)에 글월을 올려 이미 조정에 알리겠다는 제사(題辭, 관의 결정)를 얻었는데도 여러 해가 지나도록 조용하기만 합니다. 저희들 호소가 시원치 않다고 여기어 등한하게 응답하신 것입니까? 아니면 깜짝 놀란 만큼 주상께 들려드리시겠습니까? 이는 합하께서 헤아려 조정의 충절을 권장함을 도와드리기를 어떻게 하느냐에 달려 있습니다. 생(生) 등은 구구한 소원을 금할 수 없어 삼가 죽기를 무릅쓰고 진술합니다. 신묘년(1652) 3월〉

최대성의 전공 회복운동은 안방준 이후 최대성의 5대손 최정기가 영조 27년(1751) 예조에 올린 소지(所志, 진정서)에 이르기까지 1백여 년 동안 계속되었다. 결국 영조는 최대성의 향리에 충신 정려(旌閭)를 세우라는 명과 함께 증(贈) 통정대부 형조참의 증직교지를 내렸다. 통정대부란 정3품 상계(上階)로서 당상관의 품계였다. 안치전투에서 순절한 지 154년 만에 내린 왕명이었다.

이후 영조 44년(1768) 유림의 발의로 정유재란시 안골포, 가덕도해전에서 전사한 보성군수 안홍국의 정충사에 배향되었다가, 현재는 모의장군의 전적지 죽전들판과 안치들이 가까운 충절사에 위패가 봉안되어 있는바, 오가는 사람들의 마음에 대장부 최대성 장군의 혼이 불현듯 충절과 효심을 불러일으켜 주고 있다.

〈끝〉

대장부의 꿈

초판 1쇄 인쇄 2025년 11월 6일
초판 1쇄 발행 2025년 11월 10일

지은이   정찬주
펴낸이   정태욱
펴낸곳   여백출판사

총괄기획 김태윤
디자인   남상원, 안승철

등록   2019년 11월 25일(제2019-000265호)
주소   경기도 고양시 덕양구 삼원로 73, 1213호
전화   031-966-5116
팩스   02-6442-2296
이메일 ybbook1812@naver.com

ISBN 979-11-90946-42-1 03810

ⓒ 정찬주, 2025

- 책값은 뒤표지에 있습니다. 잘못 만들어진 책은 구입처나 본사에서 교환해드립니다.
- 이 책은 저작권법에 의해 보호받는 저작물이므로 무단전재와 복제를 금합니다.